民村 李箕永의 作家世界

권 유

국학자료원

※ 머리글

내가 越北作家 民村 李箕永 소설연구로 박사학위를 받은 것은 1990년대 초반이다. 당시, 李箕永은 越北作家로서, 일제시대의 자료에 접근하기에도 다소 불편한 점이 없지 않았었다. 사실 자료를 찾고 복사를 하는데도 일일이 번거로운 절차를 밟지 않을 수가 없었다. 그런 상황이기는 했지만 점차로 拉北作家나 越北作家의 작품들이 점점 解禁의 조짐을 보이면서, 그 당시로는 북한문학에의 관심이 고조되는 시기이기도 했다. 따라서 필자는 당시의 최대한의 가능성을 고려하여 越北作家 중에서 상당히 중요한 위치를 차지하는 民村 李箕永을 선택했다.

이 글은 1부와 2부로 구성된다. 1부는 학위 논문 발표되기 전, 후의 예비단계에서 학위 논문의 방향을 결정하는데 필요한 논문들을 모은 것이고, 2부는 박사학위 논문을 다소 개고한 것들이다. 따라서 1부의 논문들을 총체적으로 추수한 논문이 2부의 논문이라고 보면 될 것이다.

이 글의 성격은 대체로 계급주의의 이념모색기를 거쳐서 이념수립기, 그리고 이념과 실천의 통합시기를 거쳐서 이념변질의 과정을 지나 이념의 붕괴기, 즉 친일문학이 대두되는 하나의 순환과정을 드러내 보여준다. 카프 문학운동은 이 일제 식민지 치하에서는 항일운동과도 그 맥락을 같이한다고 할 수 있다. 이 경우 하나의 특이한 현상이라면 민족주의 계열의 항일운동은 제도의 순응 하에서 준비론과 맞물려서 서서히 일제에 동화되어 갔지만, 맑크시즘은 격렬한 저항운동과 과격한 집단운동, 정치운동 등으로 일제에 정면으로 대결하였고 행동으로 보여주었으며, 한반도 내에서 발을 못 붙이고 만주나 러시아의 流民으로서 고난의 형극을 감내하여 왔다는 점이다.

따라서 카프문학운동도 일제의 폭압의 대상이 되어서 1, 2차 카프 검거사건과 함께 결국에는 강제로 해산되기까지 했으며, 그 이후 카프 지식인들은 현실과 양심 사이의 갈등에서 다른 어느 作家들보다도 심정적 트라우마를 거치고 해방되기까지 가슴속으로 울분을 눌려 지내다가 해방이 되자 다시 폭발적으로 결집이 되어 무서운 응집력을 갖고 대사회, 정치운동에 뛰어들게 된다.

이런 상황에서 카프의 문예이론적 지도자로 있던 民村 李箕永은 해방이 되자 막바로 越北하여 김일성의 사회주의 정치이념과 통치이념에 작품으로 민중들을 선동하고 이끌어서 김일성의 지도이념에 따르도록 하는데 큰 역할을 담당하기도 했다. 그 대표적 例가,「땅」과「두만강」이 될 것이다.「땅」은 해방직후 북한에서의 토지개혁의 정당성과 당위성을 진작시킨 작품으로 꼽을 수 있고「두만강」은 북한의 제도변화와 사회주의의 당위성 및 김일성 개인의 우상숭배를 정당화시키고 이는 후일 주체사상의 하나의 출발점이 된다고 보기 때문이다.

李箕永은 개화기의 격동기에 소년시절을 보내면서 신소설과 이광수 최남선의 계몽주의 문학에 접하였다. 그는 이전의 전통적 인습에 대하여 적대적 자세를 보이면서, 계몽주의와 아르쯔이바세프의「싸닌」을 통하여 급진적인 세계와 자유연애사상을 습득하게 된다. 이후 그는 조명희와의 만남을 통해 문학적 사상적 전개가 사회주의적 세계관으로 통합되고 있다. 李箕永은 체험과 이념의 일치를 통한 인물의 대표성(혹은 전형성)을 확보하고자 노력한다.

李箕永의 작품세계는 다음과 같이 정리할 수 있다.

① 초기 소설의 세계에서는 가난의 형상화를 통해 사회주의적 세계관을 형성해 가기 시작했다. 그러면서 지식인은 차츰 현실로의 참여를 통해 실천적인 모습을 구체화시켜 나갔다.

②「故鄕」의 작품세계에서는「故鄕」을 중심으로「故鄕」에 연관된 작품들과 관련지어 살펴 보았다.「故鄕」은 지식인과 노동자, 농민의 連帶가 이루어지는 가운데 전망을 드러냈다.

③「故鄕」이후의 작품에서는 식민지체제가 전시체제로 경직화 되면서 그의 작품은 풍자기법으로 우회하거나, 사회주의 운동가의 내적 파탄과 회고적인 내면세계의 갈등을 드러내면서 서서히 일제의 식민지체제에 동화되어가는 양상을 보였다.

이처럼 李箕永의 작품세계는 카프라는 문학운동의 구심점이 일제의 탄압으로 空洞化되면서 그 사상적 흔들림이 자신의 작품세계에도 영향을 미쳐, 친일적 모습 혹은 그 체제에 동조하는 내적 파탄의 경로를 보인다.

다음은 李箕永의 문학사적 위상을 살핀 결과다.

① 李箕永은 사회주의 세계에 대한 전망을 지속적으로 모색하려 했다.

② 그는 이광수류의 계몽주의와는 다른 면을 지식인을 통하여 작품에 구현하려 했다. 그는 '프롤레타리아' 계급을 이끌어 갈 수 있는 현실적인 지도자상을 형상화시킨 인물을 그려냈다.

③ 그는 프로소설이 지닌 정치우위론과 이념편향주의를 극복하고, 그의 세계관을 문학적으로 형상화시키는데 노력을 기울여, 문학과 이념을 일치시킨 성과작을 남겼다.

④ 그는, 식민지 시대의 사회주의 리얼리즘의 성과작이라고 할만한 「故鄕」을 발표하였는데, 이 작품에서 계급적 대립을 보여주는 전형적인 인물로 프롤레타리아 계급의 전형을 보여주는 농민들과 부르조아 계급의 전형을 보여주는 지주의 인간상을 대비시켰으며, 지식인의 전형을 창출했다.

⑤ 그의 작품세계를 지배하는 두 개의 중심축이 있는데, 하나는 계몽적모티프이며 다른 또 하나는 이념의 실천적 모티프다. 그러나 계몽 모티프는 지속적으로 유지되지만, 계급주의적 이데올로기는 「故鄕」까지는 지속적으로 유지되나 그 이후부터는 변질, 퇴화되어 나타난다. 바로 그것이 일제의 제도화에서 동화되어 나타나다가 친일문학으로 경도된다.

李箕永의 소설은 사회적 모순에 희생되는 인간집단 곧, 도시빈민, 지식인, 노동자, 농민 등을 이념적 관점에서 파악함으로써, 한국 프로소설의 수준을 한 단계 올려 놓은 것으로 해석할 수 있다.

더구나 카프의 제1차 방향전환에서, 관념과 현실의 통일을 주요의제로 상정하였을 때, 「낙동강」에 대한 문학적 聲價에 맞먹을 만큼, 프로소설의 경향적 정신을 집대성하고 그 이후의 모든 노력이 합쳐진 성과작으로 「故鄕」을 꼽을 수 있다. 요컨대 李箕永이 당대의 문학사적 검토작업에서 주목받을 수 있었던 배경은 지식인의 이상주의적 완결미에 역점을 두기 보다는, 이념적 토대를 구축한 가운데 현실적인 인물설정과 사건전개에 주력했다는 점 때문이다.

해방이전까지의 李箕永 소설에 대해 살펴 본 결과 다음과 같은 사실들을 알 수 있다.

첫째로 그의 문학적 배경은 사회주의 사상에서 출발했던 것이 아니라 오히려 고전소설과 신소설, 그리고 1910년대의 이광수, 최남선의 계몽주의 문학의 영향에서 출발했다는 점이다.

둘째로 李箕永에 의하여, 이전의 계몽주의가 가진 유약한 지식인의 의식과 차원이 '관념(사고)'에서 '다양한 계층(현실)'으로 확대된 점이다. 그리고 정치우위론과 그 연대성을 강조했던 KAPF의 관점과는 다르게 그는 창작을 통하여 실제적 성과를 드러낸 점이다.

세째로 李箕永 소설의 일부 작품에서 드러난 세계관의 굴절과 변질은 식민지 시대를 거친 한국의 정신사적 상처로 남을 수밖에 없다는 점이다. 그리고 그런 상황에 직면했던 한 지식인에게서 나타난 반응과 갈등은 그 나름대로는 최대의 응전방식이었을 것으로 간주된다.

넷째로 그럼에도 불구하고, 「故鄕」은 농촌이 지니고 있는 여러가지의 국면을 검토해 볼 때, 한국프로소설의 중요한 성과작임을 부인할 수는 없다. 왜냐하면, 해방 이전까지 그만한 현실인식과 미래에 대한 낙관적 전망을 구비한 작품을 찾아본다는 것은 흔하지 않은 일에 속하기 때문이다.

끝으로 이 책의 출간에 많은 관심을 기울여주신 국학자료원 정찬용 사장님을 비롯하여 여러 선생님들에게 감사를 드린다.

목 차

1 부

民村 李箕永의 作家的 變移 / 作家論

1. 서 론

식민지 시대 동시대의 대부분의 作家가 그러했듯이, 民村 李箕永도 개화기에 태어나서 성장했으며, 처음에는 계몽주의 문학의 영향을 받았다. 그러나 1920년대부터는 식민지 시대 지식청년층이 선택한 마르크시즘의 이데올로기의 영향을 받아 프로作家로서의 위치를 확고히 다졌다. 그는 프로문학의 핵심인물로 이 사상운동을 작품으로 실천하는 데 주력했으며, 30년대 중반에는 프로문학사상 가장 높은 평가를 받아 온 『故鄕』을 위시한 다양한 작품을 발표하였다. 그러나 그는 일제말기의 정치 문화적 악조건 속에서 사회주의 이데올로기를 포기하고 심지어는 친일문학으로 기울어지는 등 그의 作家의식이 서서히 퇴조되어 가는, 이 시대의 作家象을 노정시키기도 했다.

이러한 李箕永의 삶과 문학적 도정을 검토해 볼 때, 특히 주목할 점은, 이 作家가 마르크시즘 사상을 한낱 단순한 유행사조가 아니라, 자기 시대를 보고 해석하는 인식의 발판으로 삼았다는 점, 그리고 식민지사회의 내부를 들여다 보고, 그 고뇌와 갈등을 문학적으로 구현하고자 했던 한 시대의 문학지성을 대변했다는 점에 주목을 요한다. 한 作家의 작품은 그 시대를 반영하는 것으로, 새로운 문학관을 형성하는데 기여한다. 이런 뜻에서, 이 作家의 삶과 문학적 道程은 일제말기의 친일행각까지도 포함해서 특정시기, 한 사회의 정신사가 부딪쳤던 그 가능성과 한계를 동시에 보여주었다고 할 수 있다.

본고는 이러한 民村 李箕永이 우리 문학사에 어떤 업적 내지 폐해를 아울러 남겼는지를 그의 생애를 통하여 고찰해 보고 외국문학이 民村의 작품에는 어떻게 영향이 미쳤으며, 아울러 우리 문학상에서 어떤 의미망을 남겼는지 살펴보고자 한다.

2. 對社會 應戰으로서의 社會主義方式과 變移

"문학상의 이데올로기와 테마는 사회적 환경에 어느 정도 의존한다"[1]라는 전제는 作家의 생애를 고찰하는 하나의 이유가 될 수 있다. 作家의 세계관 형성은 作家의 체험, 즉 시대적 배경과 사회 문화적 조건들에서 기인된다는 의미다.

1890년대 중반에서부터 1910년대 중반까지의 약 20년간은 李箕永의 성장기간에 해당된다. 이 시기의 사회적 환경은 대략 두 가지의 특징으로 요약된다. 하나는 자주적인 근대국가로의 이행을 위한 사회개혁의 노력이 실패로

---

1) Wellek, René & Austin Warren, Theory of Literature, Penguin Book, Middlesex, England, 1966. p.109.

돌아간 점이고, 또 하나는 식민지 사회로 편제된 제도적 변동 때문에 민중의 생활이 극도로 궁핍해진 점이다.

　民村 李箕永은 1895년 5월 29일 忠淸南道 牙山郡 排芳面 回龍里에서 출생하였다.[2] 李箕永의 집안은 德水 李氏 忠武公派로서, 그의 아버지 李敏彰은 20세에 무과에 급제하여 서울에 거주하고 있었다. 그러나 그는 가정을 그다지 돌보지 않고 신학문과 신교육에 관심을 쏟았던 개화양반이었다.[3] 그와 같은 사회적 열망은 李箕永의 집안에도 영향을 미친 것으로 보인다. 李箕永 先代 이후의 궁핍은 부친의 기질로 인한 것도 있었겠으나, 그보다는 시대적 상황의 격변기에 희생된 피해자의 모습과 결부되어 나타나기도 한다.[4]

---

2) 李箕永의 출생연도는, 호적에는 1893년 5월 6일로 기재되어 있으며, 족보에는 1896년 5월 6일로 나타나 있다. 또한 유족들의 증언으로는, 1893년인지 1895년인지 가늠하기 어렵다고 했다. (李箕永, 『봄』, 풀빛, 1989. 「연보」와 「유족의 말」)
그러나 최근의 자료에는, 1895년 5월 29일 충남 아산군 배방면 회룡리에서 출생한 것으로 되어 있다.(안동일, 「북한기행-越北作家 李箕永 家를 찾아서」, 《다리》, 26, 1989. 12. p.137., 박종원, 류만, 『조선문학개관』, Ⅱ, 사회과학출판사, 북한, 1986. p.71. 인동, 1988., 박충록, 『朝鮮文學簡史』, 연변교육출판사, 연변, 1987. p.271. 『한국민중문학사』, 열사람, 1988.)
　그의 가정환경이나 소년시절, 그리고 성장과정에 대해서는 발표된 몇 편의 수필이나, 산문에 의거하여 재구성해 볼 수밖에 없는데, 이에 대한 기본자료는 다음과 같다.
① 「노변야화」, 《조선일보》, 1934.1.14 - 27.
② 「인상깊은 가을의 몇 가지」, 《사해공론》 17, 1936.9.
③ 「소년시절의 그리운 정서」, 《풍림》 5호, 1937.4.
④ 「나의 수업시대-作家의 올챙이때 이야기」, 《동아일보》, 1937.8.5.-8.
⑤ 「초하수필」, 《조선문학》 14, 1937.8.
⑥ 「탁류에 배를 타고 내려 올 때」, 《사해공론》 40, 1938.8.
⑦ 「문학을 하게 된 동기」, 《문장》 13, 1940.2.
3) 李箕永, 「나의 수업시대」, 《동아일보》, 1937.8.5-7.
　부친은 일찍이 무관학교를 다녔던 신학문의 체험자였고, 천안에 寧進學校를 창립하기도 했다. 그는 아내가 죽자 낙향했는데 낙향후 가세가 기울어졌다.
4) 李箕永은, 앞의 '그의 회고'에서 일본을 비롯한 열강들의 압력과 사회적 신분, 질

이와 같은 예는 그의 자전적 소설인 『봄』(박문서관, 1942)에 잘 드러난다. 기실 1900년대는 역사적으로, 한국사회의 변혁적 힘이 제도적 개혁으로 이어지지 못한 채 식민지로 전락한 시대이며, 개인이라는 국가의 주체가 피해자의 모습으로 드러나는 시대다. 「가난한 사람들」, 「오매를 둔 아버지」, 「돈」 등의 작품은 지식인, 소설가의 궁핍상을 그린 작품으로 당시 지식인들의 절망적 한 계상황을 보여준다.

李箕永의 독서체험에 대하여 살펴보면, 그가 책을 가까이 하기 시작한 것은, 10여 세 때 모친이 장질부사로 죽자, 내성적이며 감수성이 예민한 성격으로 바뀌어 갔고 그때부터 이야기 책을 탐독하게 된다. 그는 후일의 회고에서, "내가 만일 모친상을 일즉 당하지 않았던들 이야기 책을 탐독하지 않았을 것이며, 따라서 문학의 인연과는 멀어졌을지도 모른다"5)라고 할 만큼 모친의 죽음과 그의 문학과는 밀접한 관계를 갖는다.

그는, 「조웅전」, 「사씨남정기」 등의 고대소설을 거지반 다 거친 뒤에, 「추월색」, 「牧丹花」, 「치악산」, 「두견화」 등과 같은 신소설을 읽고 더욱 감심하였으며, 李光洙의 「무정」, 「개척자」 등을 읽어보고 나서 비로소 신문학에 대한 동경은 절정에 달하게 되었으며, 《청춘》, 《학지광》 등을 주문해 읽을 만큼6) 문학의 열성이 대단했는데 이때 나이는 20세 전후다.

이처럼 그는 어린 시절부터 이미 문학적 분위기에 친숙해 있었다. 李箕永의 독서체험을 검토해 보면, 고전소설에서 신소설, 이광수로 이어지는 변천의 과정을 보여주고 있는데, 특히 李箕永의 성장기에 많은 영향을 미친 사상은 이광수의 계몽주의 문학임을 추찰할 수 있다. 그 이유는, '문학의 사회적 효용성'7)을 주장한 이광수의 문학관과 李箕永의 문학관은, '인류사회를 導率'8)한다는 점에서 일맥상통하며, 李箕永이 지향한 작품세계도 계몽주의가

서의 해체 등에 대해 언급하고 있다.
5) 李箕永, 「문학을 하게 된 동기」, 《문장》 13, 1940.2.
6) 李箕永, 위의글.
7) 이광수, 「조선문사와 수양」, 《창조》 8, 1921.1.

강하게 드러나고 있기 때문이다.

李箕永의 독서체험은 자아의 성숙과정과 일치하고 있는 것으로 풀이된다. 결국 1900-1910년대의 문학적 흐름이 李箕永의 독서체험 안에서 사회적 추세와 함께 변화해 나간다는 점을 발견할 수 있다. 이 시기는 한국사회가 경제적 정치적으로 전근대적 상태를 면치 못했다고 할 수 있다. 신소설은 당대의 정세와 사회상황에 관심을 보이는 문학적 특성을 보여준다.9)

다음 그의 학력을 살펴보면, 그는 한문수학을 하다가, 12세 전후에 아버지가 설립한 사립학교에 다닌다. 그 후 그는 한 동안 방랑생활을 하다가,10) 잠시 기독교에도 귀의하면서 종교적인 체험을 쌓기도 한다.11) 또한 그는 故鄕에서 호서은행의 직원으로 근무하기도 한다. 그 뒤 1922년 4월 도일하여 일본 東京 九段坂의 유학생 감독부에 유숙하며, 낮에는 神田區 新保町 宏文社에서 寫字生으로 아르바이트를 했고, 밤에는 正則英語學校를 다니다가 1923년 9월 1일 정오 12시에 발생한 동경대지진으로 인하여 한달 뒤에 동아일보사에서 파견한 弘濟丸을 之浦에서 얻어 타고 일주일 만에 부산에 상륙하여 귀국한다. 그때가 9월 하순경으로 추찰된다. 그는 1923년 봄 동경의 유학생 모임에서 조명희를 만나게 된다. 그러나 그 당시는 조명희와는 익숙한 관계는 아니었으며, 조명희는 당시 와세다 대학에 다니고 있었던 관계로 9월 1일 동

---

8) 이광수, 위의글.

9) 이재선, 『개화기소설연구』, 일조각, 1991.

10) 그의 내적 지향은 방랑이라는 삶의 유랑형식을 통해 점차 구체화되다가 渡日의 결행을 시도하는 것으로 보인다. 여행편력은 그의 소설에서 다양한 소설상의 체험적 공간을 형성하는 토대였던 셈이다. (李箕永,「나의 문학수업시대」,《동아일보》, 1937.8.8.)

11) 李箕永,「나의 수업시대-作家의 '올챙이 때' 이야기」,《동아일보》1937.8.5-8.8.
　　　이같은 체험으로 인해,「부흥회」(《개벽》, 1926.1.-2.)와 같은 소설에서는 기독교에 대해서 매우 비판적인 주제의식을 보여준다. 李箕永은 '조선지광사'에 입사하기 전까지 논산에서 기독교 계통의 사립학교인 영화학교의 고원으로, 그리고 개신교의 전도사로 활동한 바 있다.

경대진재가 일어났을 때 李箕永은 귀국하지만, 조명희는 학교를 졸업하고 귀국하게 된다. 이때 이미 조명희는 일본사회에서 지식인들의 사상적 갈등과 사회주의 대두의 필연성을 깊이 느끼고 사상적 갈등도 어느 정도 마음의 정리가 되어있는 상태였던듯 하다.

李箕永의 삶에서 특이한 체험은 '早婚' 경험이다.[12] 그는 근대적 사회의 격동기 속에서 개인적 궁핍과 조혼이라는 인습의 피해를 체험하였기 때문에, 신학문과 문학을 접하면서부터는 진취적인 생활을 동경하여 자신을 적응시키는데 있어서는 매우 적극적이었던 것으로 보인다. 이러한 점은 그가 일본으로 건너가 고학하는 열정에서도 확인되는 바인데, 스스로 고백한 바와 같이, 내성적이며 고독한 성격을 지닌 그의 성장기의 성격과 우울한 시대의 환경을 진보적인 행동으로 극복해 나간 것으로 보인다.

다음은 李箕永의 문학적 立志인데, 李箕永이 문학을 하겠다고 마음먹은 것은 20살 때이다. 그의 자전적 고백에 따르면, 근대 문학 작품으로 이광수의 「무정」과 아르쯔이바셰프의 「싸닌」을 접하게 되면서부터라고 한다.[13] 그는 러시아 作家인 아르쯔이바셰프의 1903년 작인 「싸닌」을 읽게 되고 장차 문학에 전념하려는 결심을 세운다.[14] 「싸닌」은 러시아 문학사에서도 사회적 반향을 크게 불러 일으킨 작품으로 유명하다. 러시아에서는 이른바 '싸닌 신드

---

12) 李箕永은 14세 때인 1909년에 2살 연상인 趙炳箕와 결혼하였다. 그는 집안의 강요로 결혼하였으나, 결혼생활은 단란하지 못했던 것으로 보인다. 이같은 점은 「봄」, 「故鄕」, 「소부」 등에 반복적인 모티프로 나타나고 있는 점에서 추론이 가능하다. 李箕永은 문단에 등단한 뒤 서울로 올라와 洪乙順과 재혼을 서두른 것으로 보인다. 그의 재혼은 1924년 전후로 추측되는데, 그 이유는 李箕永의 북한에 살고 있는 유족가운데 장남인 李種赫이 1924년 생으로 족보에 기재되어 있기 때문이다.

13) A 기자, 「李箕永과의 잡담집」, 《신인문학》, 1936.8.

14) 李箕永, 「나의 수업시대」(《동아일보》, 1937.8.8.)와 「노변야화」(《조선일보》, 1934.1.24.) 참조. 그가 문학을 하겠다고 결심하게 된 동기는, 「싸닌」이라는 작품의 특성과 연관지어 살펴 볼 필요가 있다.
미르스끼, 『러시아문학사』, 이항재 역, 화다, 1988. pp.151-153.

롬'이라고 할 만한 사회적 현상이 벌어지기도 했었는데, 이것은 당시 비평가들에게는, 러시아 멘셰비키혁명의 실패이후 인텔리겐차의 허무주의가 민중적 이상의 반대급부로 자리잡으면서 나타난 귀결로 해석된다. 이를테면 아르쯔이바셰프의 이 소설은 윤리에서 해방된 개인적 도락과 병적인 성적 방종을보여주는, 인간적 인습과 문화의 경멸을 담고 있는 작품이다. 이것은 요컨대, "원시적 리얼리티를 제외한 모든 것에 대한 부정"이기도 했던 것이다.

추론하건데 이 「싸닌」의 영향은 러시아에서 일본으로 전파되고, 이광수를 비롯한 계몽주의적 문학과 김동인의 탐미적 소설에도 수용되어 나타나는 것으로 보인다. 곧, 「싸닌」의 세계가 불러 일으킨 결과로써, '계몽과 자유연애' (이광수) 그리고 '자유연애와 탐미적 예술성의 지향'(김동인)이라는 계몽주의적 세계와 미적 세계의 추구를 낳게 하여, 전통적 유교질서에 대한 무조건적인 공격성으로 전이된 듯하다.

그는 이때부터, 자신이 인습 즉 조혼이라는 구습의 피해자였다는 의식과 친화작용을 일으켜 문학적 열정을 보다 구체화시키게 된 것 같다. 그 이후 「싸닌」 이외에도, 뚜르게니예프, 또스또옙스키, 톨스토이, 막심 고리끼의 작품 등 러시아 문학을 섭렵하게 된다.15) 뒷날 李箕永은 고리끼에 관하여 이렇게 회고한다.

　　내가 고리끼를 알기는 거금 10여년 전 關東大震災를 치르고 돌아
　오던 이듬해에 상경하여 도서관을 다닐 무렵이다. ..... 걸작이라면 누구
　의 것이나 그만큼 특색이 있는 것이겠지만 고리끼의 특색은 그의 건실
　한 체험에서 우러난 다분히 현실미에 있는 줄로 안다. (중략)

---

15) 李箕永, 「실패한 처녀장편」,《조광》 50, 1939.12.
　　그는 귀국 후 자신이 거주하고 있었던 용두동에서부터 인사동에 있는 도서관을
　다니면서 도스토예프스키의 작품을 탐독하였고, 뚜르게니예프, 고리끼를 접한다.
　그러면서 그는 자유연애와 관동대지진이라는 식민지 유학생의 특이한 체험을 결
　합시켜, 지식인의 허위의식을 누이의 눈으로 폭로하는 「오빠의 비밀편지」라는 작
　품을 쓴 것으로 생각된다.

최근에 읽어 본 그의 작품 『어머니』는 여주인공이었다. 그러나 근로
인으로서 건실한 생활과 전형적 성격을 묘사한 것은 역시 그 나라의 사
회적 현실을 생생하게 반영한 것이 아니던가.16)

이처럼 李箕永은 고리끼의 체험문학에 영향을 받았으며 사회주의 리얼리
즘에 접하게 되지만, 당시 그의 청년 시절에 접한 문학적 세계는, 사회주의적
인 세계라기보다는, 자신의 조혼체험과 「싸닌」을 통해 접하게 된 자유연애,
혹은 인습으로부터 벗어나게 되는 돌파구로서 자신의 성장과정과 관련된 세
계에 속해 있었던 것으로 파악된다.
李箕永의 본격적인 문단활동은 抱石 趙明熙와의 만남에서부터 시작된
다. 이 시기는, 동경에서 고학으로 正則英語學校를 다니다가 1923년 9월 동
경대지진으로 인해 학업을 중단하고 귀국한 이듬해다. 당시의 젊은 지식층이
일반적으로 그러했듯이, 본의 아니게 학업을 중단하게 된 李箕永도 도서관을
전전하면서 습작생활을 계속한다.17) 그러면서 그는 여기에서 다시 조명희를
만나게 되는데 이들과의 만남은 새로운 계기를 마련하게 된다. 이 시기에 조

---

16) 李箕永,「막심 고리끼의 자가적 인상 초」-그의 건실한 생활체험과 부단한 노력을
   추억하며, <조선중앙일보>, 1936.6.22.
17) 李箕永은, 귀국하는 1923년 10월 이후부터「오빠의 비밀편지」를 발표하기 이전
   까지의 시기 동안, 그의 문학적 시발점에서 비교적 긴 중편소설을 창작하는 열정
   을 보인다. 그는 이 때 中西伊之助의 소설「赫土に芽ぐるもの」를 읽고 그의
   소설을 모방하여「死의 影에 飛하는 白鷺群」이라는 제목으로 500-600매 분량의
   '장편소설'을 쓴 바 있다. 그러나 이 작품은 《조선일보》, 《동아일보》에 연재
   를 부탁했으나, 모두 거절당했다고 한다. 그 후 이 작품은 李箕永 자신의 회고에
   의하면, 분실하였다고 말하고 있다. 그는 이 작품의 내용을 다음과 같이 회고하고
   있다.
   "나는 이 장편에서 '鮮姬'라는 여주인공을 통하여, 東京 유학생과의 연애, 갈
   등을 취급하는 一方, 신구의 사상충돌과 내가 체험한 東京과 震災 등의 신화(삽
   화, 필자 주)를 넣어가며 불행한 주인공의 운명을 그려 보자는 것이었다."(李箕永,
   「실패한 處女長篇」, 위의글.)
   이로 미루어 볼 때, 이 작품은「싸닌」에서 추구하고 있는 자유연애와 그로 인한
   갈등이 주된 제재로 여겨진다.

명희는 1920년대 초반의 지적 방황을 딛고 동경에서 사회주의를 통해 자신의 진로를 모색하고 있었으며, 귀국하고 나서는 조선일보 학예부 기자로 있으면서, 조선지광사의 동인역할도 함께하고 있었다.

李箕永은 문단에 등단한 이후 해방되기까지 대부분을 서울에서 생활했다. 그는, 서울을 벗어난 적이 두어 번 있었는데, 그것은 1933년 여름 「故鄕」을 집필하기 위하여 천안의 성불사에 가 있던 시기와, 일제의 패색이 짙어가던 1944년 봄 강원도 금강산 초입인 내금강 병이무지리에 화전을 일구러 들어갔던 시기이다. 따라서 그는 해방이전 대부분의 작품을 서울에서 집필했다고 할 수 있는데, 서울은 문화활동과 모든 정보의 중심지였기 때문에 작품활동을 위해서는 서울을 벗어날 수가 없었던 것으로 추정된다.

李箕永은 1924년 《開闢》지를 통하여 문단에 등단한다.18) 그의 문단 데뷔작인 「오빠의 비밀편지」(《개벽》 49,1924.7)는 사실상 습작기의 작품수준으로 구성, 인물의 성격 창조 등에 있어서 취약점을 드러내고 있었다. 이 작품은 봉건잔재의 남존여비사상에서 드러난 남성들의 위선과 종교의 불신 등을 戲畵的으로 그리고 있다.

이 작품은 作家의 이데올로기적 전망의 제시가 전혀 드러나고 있지 않다. 이 점은 적어도 이 당시까지는 李箕永의 사상적 입지점이 프로 문학쪽으로 기울어져 있지는 않았음을 말해 준다. 李箕永은 문단 등단이후, 이듬해 조명희의 알선으로 '朝鮮之光社'에 입사하게 되는데, 당시 이 잡지는 《批判》, 《新生活》 등과 더불어 진보적 계몽주의를 표방하고 있었다. 이 잡지사에서 일을 보게 된 그는 1925년 결성된 KAPF의 사상적 분위기에 자연스럽게 동화되어 간다. 韓雪野의 회고에 의하면,19) 李箕永과 포석, 그리고 한설야 자신은 친분이 깊었던 것으로 보인다.20) 뿐만 아니라 이들은 '새로운 문학'

---

18) 「오빠의 비밀편지」(《개벽》 49, 1924.7)
  심사를 맡은 염상섭이 이 작품을 3석으로 뽑은 것도 素材선택의 재치 때문으로 보인다. 심사결과, 1등은 없었고 2등은 최석주의 「파멸」이 입선됐다.
19) 韓雪野, 「포석과 民村과 나」, 《中央》 28, 1936.2.

- 혜성과 같이 돌연한 그러한 허황한 문학이 아니라 - 의 필요성을 절감하고 있었다. 그들은 곧, 감상의 流露21)를 주로 하는 낭만주의적인 문학에 대한 거부의식을 피력하고 있으며, "역사적 귀결로서 시대를 계승하고자 하는 필연성"22)을 희구하고 있었다.

李箕永은 이 시기에 「民村」, 「가난한 사람들」을 발표하여, 조명희의 「땅속으로」, 「저기압」, 「낙동강」과 유사한 세계를 제시하고 있다. 이는 뒤에 「홍수」나 「故鄕」 등과 같이 자신의 방식으로 바라보는 실천과 전망의 기반이 된다. 李箕永이 스스로 KAPF에 가입하는 데 아무런 사상적 주저가 없었다는 점으로 미루어 볼 때, 조명희와의 친분관계나 '조선지광사'에 입사한 사실도 작은 영향은 아니겠지만, 또한 방랑을 통한 현실체험의 질량, 사회에 대한 폭넓은 체험과 일본에서의 고학경험 등으로 시대적 성격에 관한 이해와 인식이 이미 마련되었던 것으로 보인다.

李箕永은 조명희, 한설야 등과 함께 신경향파 문학의 조류에 동참하면서 한설야의 회고처럼 "시대적 계승자로 등장할 필연성"23)을 모색하고 있었던 것이다. 이러한 점은 물론 소설창작에 국한된 내면적 결의로써 그의 작품세계에서 잘 드러나고 있다.

카프를 통한 문학운동은 식민지 사회에 내재한 모순을 사회주의적 모색과

---

20) 김성수, 「李箕永의 초기소설과 사회주의 리얼리즘문학의 형성」,(김학성·임형택 외 공저, 『한국 근대문학사의 쟁점』, 창작과 비평사, 1990.참조)
  위의 글에서 李箕永의 회고담을 인용하여, 조명희, 李箕永, 한설야 등은 카프문학의 발기 이전부터 독서토론회를 통해 사회주의 사상을 습득하며, 작품의 내용과 주제에 대해 논의해 나갔다고 한다. 그러나 필자의 견해는, 1920년대 중반 李箕永의 사회주의적 사상의 습득은 조명희를 매개로 이루어지기는 했으나, 그것이 구체적이고 높은 수준의 문학세계를 구축했다고는 생각되지 않는다. 따라서, '독서토론회를 통해 사회주의 사상을 습득했으며, 작품과 주제에 대해 논의해 나갔다'는 한설야와 李箕永의 회고담은 그 신빙성에 있어 재고를 요한다.
21) 박인기, 『한국현대시의 모더니즘연구』, 단대출판부, 1988. pp.69-70.
22) 한설야, 앞의글.
23) 한설야, 앞의글.

연대세력의 결집, 그리고 실천이라는 차원에 집중하게 된다. 이러한 문학운동의 파장은 현실에 대한 방법론의 점검을 요구하는 결과를 낳아 문학사적 측면에서는 문학이론과 창작방법론의 수립이라는 논리적 측면의 성과를 거둔다. 당시 카프의 발기인에는 김기진, 박영희, 이활, 김영팔, 이익상, 박용대, 이적효, 이상화, 김온, 김복진, 안석영, 송영 등으로 《백조》, 《폐허》의 감상주의적 문학을 극복하고 신경향파 문학으로 대체하려는 움직임을 보이고 있었다. 그러나 여기에는 李箕永, 한설야, 박세영, 윤기정, 유진오, 박팔양, 이량, 홍효민, 조중곤, 김대준, 김창술 등이 가세함으로써 시대인식에서 비롯되는 강한 사회성을 담아내기에 이른다.

요컨대 李箕永은 이 시기에, 시 분야의 김형원, 박팔양, 이상화 등이 지닌 경향문학적 풍모와는 다른, 사회주의적 경향을 드러내고 있었다. 이 시기에 발표된 작품은 이미 일본을 통한 사회주의의 세례를 받고 계급적 각성을 통해 사회운동에 전력하는 인물을 묘사하고 있었다. 당시 카프 作家들이 탐독하고 있었던 책들은 日文으로 된 책들인데, 루나찰스키의 『마르크스주의 예술론』, 『현대 예술의 경향』, 플레하노프의 『마르크스주의 비평론』, 『예술론』, 『예술의 기원 및 발달』, 『예술의 사회적 기초』, 부하린의 『사적 예술론』, 靑野季吉의 『마르크스주의 문학론』, 藏原惟人의 『형식과 내용』 등이다.24) 이들 카프 作家들은 일본을 통한 마르크스주의의 수용을 통해 과학적으로 세계를 인식하는 하나의 진로를 발견한 셈이다. 당시 한국사회는 다양한 사회주의 단체들의 결성과 함께 조선공산당의 조직을 이룬 상황에 있었고, 그 외곽조직으로써 카프의 결성이 진행되고 있었다.

李箕永도 이같은 사회적 흐름과 영향권 내에서 벗어나지 않는다. 그는 1925년 당시 가장 진보적인 성격을 지닌 M.L노선의 대표적 기관지였던 '조선지광사'에 근무하고 있었기 때문이다. 그는 훗날 카프 내의 최연장자로서

---

24) 최웅권, 「조선무산계급문학과 20-30년대의 일본무산계급문학 운동」, 《조선어어문학론문집》, 연변대학출판사, 연길, 1988. pp.244-245.

중앙위원회 중앙위원, 출판부의 책임자로 활약한 바 있으며, 1931년 제1차 검거와 1934년 제2차 검거로 투옥 당한다.

안막의 「조선 프롤레타리아 예술운동약사」[25]에 의하면, 李箕永은 제1차 방향전환기(1925-27)에는 그다지 주목받는 作家는 아니었으며, 사상적으로도 무장된 면을 보이지는 않았다. 그는 제2차 방향전환기(1927-30)에 이르러서야 송영, 한설야, 김기진, 조중곤, 엄흥섭 등과 함께 주목받기 시작했으며, 차츰 볼세비키화되는 제3차 방향전환기(1930.4.이후)에 와서 「조희뜨는 사람들」(1930), 「홍수」(1930), 「가을」(1934) 등을 발표하면서 리얼리즘 소설의 사회주의적 경향을 더욱 분명하게 드러낸다. 그중 「조희뜨는 사람들」은 이 시기의 문제작으로 주목받은 바 있다.[26]

프로문학운동사의 맥락에서 보면 李箕永은 자신의 작품활동을 그 이념의 실천에 일치시켜 놓고 있었다. 그는 「가난한 사람들」(1925), 「民村」(1925), 「농부 정도룡」(1926), 「쥐이야기」(1926), 「오매를 둔 아버지」(1926), 「실진」(1927), 「아사」(1927) 등을 발표해 나간다. 그의 작품은 지식인, 노동자, 농민 등을 등장시켜 당시의 도시적 빈궁이나 농촌의 궁핍과 몰락 등을 제재로 식민지현실의 왜곡된 사회적 구조 안에서 형상화한 인물을 통해 이념의 실천을 보여주는 작품세계를 지니고 있었다. 이러한 작품세계를 지속적으로 그리던 李箕永은 마침내 식민지 시대 프로문학의 대표작인 「故鄕」을 발표하게 된다.

李箕永이 「故鄕」을 쓰게 된 동기로 李箕永은 현실적 대응방식을 러시아 문학에서 구하고 있다고 피력하고 있다. 그의 문학적 모델은 '집단적 힘을 통한 사회의 건설'에 바탕을 둔다. 李箕永은 자신이 문학적 감동을 받은 작품으로 판페로프의 「빈농조합」을 꼽는다.[27] 이 작품은 주인공이 프롤레타리아

---

25) 안막, 「조선 프롤레타리아예술운동 약사」, 《사상월보》, 1932.1.(김재용편, 『카프비평의 이해』, 풀빛, 1989. pp.625-630.)

26) 안막, 위의글. p.630.

27) 李箕永, 「내 심금의 현을 울린 작품 - 판페로프, '빈농조합'」, 《조선일보》, 1933.1.27. 판페로프의 「빈농조합」은 러시아 농민문학의 대표적인 작품이라고 할

의식을 지니게 되면서 빈농조합 건설투쟁에 전력을 다하며 빈농의 환경을 극복하는 과정을 묘사한 사회주의적 리얼리즘계열의 작품이다.

특히 이 작품에서 나타나고 있는 집단적 힘의 위력은 李箕永에게는 커다란 인상을 받은 듯 하다. 鬪魁로 인해 농민들 간에 물싸움이 일어나게 되나, 공동으로 노력하여 운하를 파는데 성공하는 집단노동력 위력, 집단의 화해와 일치된 공동의 목표에서 우러나오는 자발적인 노동의 현장, 이기심을 극복하고 공동선을 위해 진력하는 모습 등은 그의 문학적 대응양식의 한 모델로 작용하게 되는 것이다. 결국 집단성의 인식은 그의 문학적 관심이 당대사회의 문제에 대한 극복과 전망의 노력에서 파생한 것이다.[28]

이처럼 집단적 힘의 결속으로 농촌의 어려움을 극복하는 방식으로 사용된 판페로프의 「빈농조합」은, 民村의 작품인 「홍수」, 「故鄕」을 낳는 계기로 작용하기도 했으며, 그 방법의 차용은 후일 만주이농을 추진하는 일본의 정책에 호응하는 작품인 「대지의 아들」에서까지 나타난다.

李箕永은 카프해산 직전에 해당하는 1931-35년 간에 있어서 검거와 투옥이라는 일제의 탄압을 거듭 받는다. 이 기간에는 그의 사회주의적 리얼리즘에 입각한 전망과 성찰이 확고하기는 하나 차츰 일제에 의한 제도적 한계를 절감한 듯하다. 사회적으로 1931-2년 사이에는 일본의 군국주의가 대두하게 됨에 따라 이미 한국 문단은 그 정세에 대한 불안의식을 노정하고 있었다.[29] 이러한 가운데, 세계 경제의 공황으로 인한 제국주의적 정세의 흐름은 세계대전으로 치닫게 된다. 결국 이 같은 시대적 상황과 맞물린 것이 카프 및 여타 사회단체들에 대한 일제의 탄압이었다.[30]

수 있다. 이 작품은 1921년 레닌이 주도한 신경제정책(NEP) 속에서 사회주의 국가를 건설하는 농민을 소재로 한 내용이다.
28) 특히 이같은 집단적 힘의 결집이 뚜렷하게 나타난 작품은 「故鄕」이다.
「故鄕」은 그의 대표작이라고 할 만한데, 이 작품은 사회주의적 세계관의 관점에서 볼 때, 당대 사회 속에서 발견해 낸 훌륭한 성과라고 할 수 있다.
29) 김기림, 「인텔리의 장래-그 위기와 분화과정에 대한 연구」《조선일보》. 1931.5.17-24.

1933년, 李箕永은 이광수, 주요한 등과 함께 지상토론에서 위기상황에 대한 불안의식을 피력하고 있다. 즉 "조선의 순수문학은 멸망되는가?"라는 위기인식에 대체로 의견이 일치하고 있었다. 이러한 시대적 위기를 감지한 진술은 유진오에 의해 보다 뚜렷하게 나타난다. 그는 "암담한 현실에 대한 맹목적 절망, 이것이 10월 창작의 밑을 흐르는 주류이었다. 이 절망으로부터 나오는 것은 혹은 애수요 혹은 우울이요 혹은 찰나의 말초적 환락의 추구였다."[31] 라고 했는데, 이 말에서 시대적 위기의식에 처한 당시의 작품경향의 변화가 드러난다. 프로 문학측 作家들이 식민지 사회의 제도권에 포섭되는 양상은 이념적 차원이 붕괴되면서 나타나는데, 그것은 작품 안에서는 나약한 지식인의 파행적인 모습으로 나타난다.[32] 이것은 李箕永의 문단활동이 일제의 식민지적 제도의 틀 안에 놓여지게 되는 시대적 추세를 의미하는 것이기도 하다.

1939년 10월 중순경 朝鮮文人協會가 결성된다. 이 조선문인협회의 강령은 다음과 같다.

1. 긴박한 시국을 당하여, 반도 지식인에게 강력한 국민의식과 그 실천을 촉구하는 성명서를 팜플렛으로 발행할 것.

2. 순국영령에 감사하고 무운장구를 기원하기 위하여 회원 전원으로 하여금 호국신사에서 근로 봉사케 할 것.

3. 역원 전원으로 하여금 총력연맹 문화부가 개최하는 제1회 문화강좌를 청강케 할 것.

4. 위문문 및 위문품을 모집할 것 등의 강령을 1941년 6월에 채택 발표

---

30) 백철,『조선신문학사조사』, 백양당, 1949. p,192.
31) 유진오, 「10월창작평」,《조선일보》, 1933.10.14-19.
32) 김윤식, 「사상전향과 전향사상」, (『한국근대문학사상사』, 한길사, 1984.)
   당시 이들 作家들의 모습은, 그들의 검거상황에 대한 회고담에서 볼 수 있듯이, 매우 낭만적이며 여린 사회적 자세를 취하고 있었다. 이같은 문제는 다음과 같은 글에서 잘 드러난다.
   박영희, 「최근문예이론의 신전개와 그 경향」《동아일보》. 1934.1.10.
   백철, 「출감소감 - 비애의 성사」,《동아일보》. 1935.12.22-27.

한다.

이어서 1942년 9월 기독교청년회관에서 상임 간사회를 소집하여, 그 실천 요강을 채택 발표하는데, 그 내용은,

1. 문단의 국어화 촉진
2. 문인의 일본적 단련
3. 작품의 국책 협력
4. 현지의 作家 동원 등이다.

그리고, 그 세부사항에는 도의적인 조선의 확립에 대한 의의의 탐구, 증산 운동의 독려와 만주개척의 시찰과 같은 것을 규정하고 있었다.[33] 이러한 점은 李箕永의 식민지시대 말기에 발표된, 『대지의 아들』, 『광산촌』, 『동천홍』 등의 작품에서 빈번하게 드러나는 소설적 제재이다. 이처럼 李箕永은 이 단체에 가담하지만 적극적으로 활동했다는 자료는 없다.[34] 그러나 당시 작품활동에서는 일제의 체제논리에 적극적으로 동조하는 경향을 보인 것만은 사실이다.

그는 1944년 봄 강원도 내금강 병이무지리에 들어가 화전을 일구며 은둔생활을 하던 끝에 해방을 맞이하게 된다. 그의 식민지 말기 생활은 이렇듯 이념의 투쟁을 포기하고 소극적으로만 문단활동을 했던 것으로 보인다.

이상에서 李箕永이 취하고 있었던 삶의 모습은 다음과 같이 요약해 볼 수 있다. 그는 고전소설을 거쳐 사회적 변화를 전달해 주는 신소설의 세계에 이르게 되었고, 이후 계몽주의적 문학을 접함으로써, 문학적 취향을 나름대로 구비한다. 그리고 그는 구습의 하나인 무婚경험을 통해, 인습의 쓰라린 경험을 하나의 문학적 '트라우마'로 간직하고, 방랑에서 근대문화의 풍모를 대면

---

33) 임종국, 『친일문학론』, 평화출판사, 1963. p.102-106.
34) 李箕永은 1943년 4월 조직된 '朝鮮文人報國會'의 상담역을 맡기도 한다.(임종국, 위의책, p.153.)

하게 된다.

그는 문단에 등단한 이듬해 카프에 가입하면서 식민지 사회에 내재한 모순을 작품에 담아낸다. 그는 초기에는 그다지 주목받는 作家는 아니었으나, 카프 내의 중앙위원, 출판부 책임자로 활동하면서 이데올로기의 이념이 승한 프로문학에 이념과 실천의 일치를 보이는 우수한 작품을 지속적으로 발표해 나간다.

그가 농민소설 作家로 지위를 굳힌 작품은 「故鄕」이라고 할 수 있다. 이 작품은 이데올로기적 이념을 실천적으로 드러내어 프로문학의 우수작으로 꼽을 만 하다.

그러나 카프의 해산과 두 번의 투옥, 그리고 식민지적 위기상황은 作家로 하여금 이념을 붕괴시키도록 했고, 결국 제도권 아래에서 소극적으로 대처해 나가는 파행을 드러내다가, 종국에 가서는 일본 내부의 프로作家들이 국수주의자로 전향하는 것과 마찬가지 경로를 답습하며 친일문학 쪽으로 기울게 된다.

3. 作家的 葛藤

카프의 해산과 함께 계급주의는 결정적으로 타격을 입게 된다. 이미 1931년 신간회 해체에서부터 발단된 일제의 정치적 억압과 사상적 통제는 사회운동 모두가 탄압 받는 상황으로 바뀌는 것이다. 이러한 상황하에서 作家는 자신의 생존과 부딪치게 된다. 따라서 作家의 사상적 전향이 비록 일본 제국주의의 위력에 대한 굴복을 뜻한다고 볼 수도 있겠으나, 다른 한편으로는 사회제도로서의 억압에 대처할 만한 作家的 용기가 당대에 존재했겠는가라는 문제도 동시에 해명되어야 한다.

그들에게 현실과의 타협 - 곧 사상적 동조-은 두 가지의 의미를 갖는다. 그 하나는 체제와의 협조를 통한 생활의 보장과 체제 내의 안주이며, 또 다른 하나는 항거를 유보하고 내적인 모색을 시도하는 것이다. 그러나 이러한 타협의 유형조차도 정신적 고결성을 보존할 수 있는 수단으로는 미흡했다. 이들 作家들에게는 철저한 협조가 아니면 생계가 보장될 수 없는 은거만이 양자택일적 조건으로 제시될 뿐이다. 그러한 사회적 정세는 곧, 사회주의 문학의 포기를 뜻한다. 그는 이후 풍자문학을 통한 우회적 대응방식을 취하기도 한다.[35]

李箕永은 이처럼, 삶의 비극적 상황을 극복하기 위하여 풍자수법으로 세계를 묘사하거나, 作家精神의 보루를 현실의 희화화와 통속성 사이에 찾으려고도 했다. 그러나 그러한 의도와는 달리 李箕永은 그리 뛰어난 문학적 성과를 거두지는 못한다. 요컨대 그는 식민지 말기의 혹독한 탄압 속에서 作家의 양심과 신념의 차원을 고집하면서 골계가 수단의 영역으로 남아야 하며, 풍자는 '범속함'(통속성이라는 부정적인 의미를 가진 용어로 대체할 수도 있는)에까지 이르지 않도록 통제하여 궁극적으로는 문학정신 혹은 作家의 세계관을 드러내는 목적을 성취해야 한다고 본다.

그러나 李箕永의 경우, 자신이 설정한 양심과 신념의 보루가 서서히 탈각되면서, 이념의 치열한 실천에서 나타나던 건강한 공동체적 힘의 제시와 희망이 더이상 지속적으로 전개되지 않는다. 우선 프로문학의 전개가 허용되지 않는 사회적 정세에 대한 좌절에서부터 사상적 전향의 조짐이 발견된다. 바로 여기에서부터 李箕永은 일제의 체제에 대한 순응의 형태를 보이는 것이다.

그는 「인간수업」과 같은 풍자소설을 필두로 「대지의 아들」, 「처녀지」 등

---

35) 李箕永, 「창작의 이론과 실제-모델과 풍자소설, 기술문제에 관하여」《동아일보》, 1938.10.2.
"풍자문학은 문학의 상도로 보아 정면공격이 아니라 측면공격에 비할 수 있다. 作家는 풍자 속에 몰입해서 그것을 문학정신으로 다시 끌고 나오자면 풍자에 져서는 안된다." 여기서 그가 말하고 있는 '문학의 常道'란 식민지 사회 속에서 허용되었던 제한된 창작과 실천의 폭까지도 함유한 차원이다. 그러한 차원에서 문학이 지향했던 이념을 통한 정치적 실천이 정면공격이라면, 측면공격이란 일제의 탄압적 국면에 대처하는 우회적 문학기법인 셈이다.

이른바, '만주개척소설'을 써서 당시 일제의 만주경략과 미곡수확의 정책에 암묵적으로 동조하게 된다. 그와 같은 작품세계의 변질은 특히 국내상황으로부터 만주를 발견한 것이었음에도 그의 그러한 도피가 식민지 메카니즘 속에 빠져드는 한계로 작용한다. 이것은 정세에 대한 우회적 회피의 결과였던 셈이다. 결국 「동천홍」, 「광산촌」 등에는 자신의 입지를 친일로 옮아 가는 것이다.

이상에서 李箕永이 모색했던 작품세계의 변모양상은 다음과 같다.

첫째로 李箕永의 초기소설에서는 지속적으로 사회적 빈궁이라는 소재를 통해 빈민의 삶에 나타나는 비극성에 촛점을 맞추고 있다. 요컨대 그것은 그의 이념적 토대의 모색단계에서 발견되는 사회인식의 결과라는 추론이 가능하다.

둘째로 이 같은 가난의 형상화를 통해 관념적인 형태의 사회주의적 세계관을 형성해 가기 시작한다. 이점은 전망의 부재에서 차츰 현실참여를 통해 실천적인 모습을 구체화시켜 나가는 데서 알 수 있다.

셋째로 그와 같은 사회의식의 완결점이자 적층과정의 도달점은 「故鄕」이다. 「故鄕」은 지식인과 노동자, 농민의 삼각적인 연대가 완성되는 가운데 미래에 대한 낙관적 희망을 암시해 주는 구성을 보인다. 따라서 「故鄕」에 이르는 과정은 「故鄕」이전의 세계와 분류가 가능하다.

넷째로 「故鄕」 이후의 작품세계는 풍자적 기법의 시도와 실패, 통속성의 노출, 내적 파탄과 회고적인 운동가의 내면세계의 제시 등의 과정을 거치면서 완만하게나마 일제의 식민지체제를 용인하게 되는 양상을 보인다. 李箕永의 작품세계는 카프라는 문학운동의 구심점이 일제의 탄압으로 공동화되면서 그 사상적 흔들림이 자신의 작품세계에도 영향을 미쳐, 친일적 모습 혹은 그 체제에 동조하는 내적 파탄의 경로를 보인다.

4. 啓蒙性과 集團意識

民村의 세계관을 꿰뚫는 하나의 큰 축은 啓蒙主義다. 民村 李箕永은 당대에 이미 "作家적 명성은 물론 카프 간부로서 춘원 이후의 作家적 명망이 높았음을 세인이 旣知하는"[36) 상태였다. 이러한 점은 1910-20년대 소설의 새로운 경지를 개척한 春園 李光洙의 계몽주의의 한계가 李箕永에 의해 어느 정도 극복되었음을 뜻한다. 李箕永은 그의 성장배경과 문학으로의 입문에서 볼 수 있듯이, 적어도 신소설 이후 이광수의 계몽주의 소설의 영향권에서 그리 멀리 떨어져 있는 인물이 아니었다. 무엇보다도 우리 소설사의 계보를 소급해 보면, 거기에는 어김없이 계몽주의적 흐름이 온존하고 있다. 이 사상의 근원은 그러니까 '식민지사회로의 전락'에 대한 성찰에서 기인한 것이었기 때문이다.

그러나 李箕永은 「싸닌」의 급진적 자유주의 사상과 관련된 문제의식 - 예컨대, 전래되고 있던 인습과 제도의 허위 폭로, 자유연애의 주창 등과 같은 - 의 세례를 받으면서 자신의 문학적 입각점을 수립해 나간다. 이 자유연애의 흐름은 이광수 뿐만 아니라 김동인 등과 같은 당대 최고 作家들에게도 발견되는 시대의식의 공통분모이기도 했다. 1920년대의 암울한 정세하에서 지식인의 고뇌는 신비주의와 데카당틱한 예술지상주의적 세계로 도피하려는 두 개의 흐름 안에 놓여 있었다. 그 후 그는 고리끼의 체험을 본받고 판페로프의 「빈농조합」의 영향을 받게 된다.

李箕永은 조명희와의 만남에서, 사회주의 사상을 접하면서 자신의 정신적 방황을 마감하기에 이른다. 곧, 사회주의 사상을 통해 그는 식민지사회의 모순된 현실에 접근하고 더 나아가서는 이광수 류의 계몽주의와는 다른 길을 발견했다. 그것은 본질적으로 '사회주의를 통해 사회적 전망을 모색'하는 일이었다. 그는 이러한 사회의 모순구조를 농촌사회 속에서 발견하였다. 이것은

---

36) 민병휘, 「民村 李箕永과 함광 안종언」, 《청색지》 5, 1939.5.

자신의 성장과정에서 축적된 체험과도 긴밀히 관련된 것이기도 했다. 李箕永이 '農村作家'로서 자신의 위상수립은 그의 다양한 체험 위에서 사회주의 이념을 구현시킨 결과라고 할 수 있다.

그는 첫째, 농촌에서의 소작쟁의를 통해 계급적 대립을 첨예하게 조망한다. 즉, 지주 등 봉건적 매판세력과의 대립이 주된 갈등구조로 고정된다. 그것은 또한 봉건적 가치에 대해 강한 거부감으로 나타나면서 윤리적으로 파탄한 적대적이고 부정적인 인물의 이미지를 낳는다. 봉건적 가치를 견지하는 인물에 대한 부정적 특성은 아무래도 사회주의적 이념에 토대를 둔 계몽성에서 유래한 것으로 보인다. 이러한 계급적 대립에서는 사회모순과 인간사회의 선악에 대한 가치론적 판별기준이 이미 확립되어 있었던 바, 지주와 매판세력은 대부분 고정된 인물상을 드러낸다.

둘째, 프로소설이 지닌 가장 근본적인 결함이었던 정치우위론과 이념편향주의가 李箕永에게는 문학과 예술의 형상화에 앞선 가치는 아니었다. 그에게는 문학을 통한 사회적 욕구와 전망, 그리고 전형화된 인물의 문제가 보다 긴요한 것이었다. 이러한 점에서 그는 창작의 빈곤이라는 프로문학의 약점을 극복하는 드문 예가 된다. 「故鄕」은 조명희의 「낙동강」 이후 프로소설의 차원에서 한 단계 발전된 작품이다.

셋째, 「故鄕」이 갖는 장점 중의 하나는 그의 數多한 작품이 이를 중심으로 적층되어 리얼리즘의 새로운 차원을 개진한다는 점이다. 가령 조명희의 「낙동강」이나, 李箕永의 「民村」은 주제의 유사성을 보여준다. 이들 작품에서 나타나는 지식인의 죽음(「낙동강」)과 대응력을 갖추지 못한 계급적 분노(「民村」)는 당대적 사회의 비극적 국면을 드러내기는 하나, 그 자체로는 완결을 보인 것이 아니다.

두 작품은 자생적인 계급의 모순을 인식하고 폭발력을 암시한다는 점에서 최서해와는 변별된다. 「낙동강」의 경우, 가혹한 계급적 모순상황 속에서도 한 여성의 각성과 미래에의 전망을 나타낸다. 「民村」은 경제적 궁핍으로 인한 비인간적 상황의 초래에 아무런 대처능력이 없음에도 불구하고, 그 모순을 적확하게 꿰뚫고 있다. 그러나 서사전략의 관점에서는, '각성의 요구'라는 강력한 메세지가 수반되고 있다. 이것이야말로 사회주의적 문학의 모델이 갖는 전망이다. 이렇게 볼 때, 「故鄉」에 나타나는 농민의 집단적 힘이 결속하는 계기는 당대적 문제 해결방식의 구체적인 사례이자 보다 진전된 인식의 도달점인 셈이다. 「故鄉」은 그 같은 의미에서 이념을 바탕으로 삼은 계몽성, 곧 인민성이 주가 되는 사회주의 인물로 지식인을 등장시킨다.

넷째, 계몽의식은 사회주의적 리얼리즘 문학의 모델에서 발견되는 교훈주의적 엄숙성 때문에 다소 경직된 것도 사실이다. 표현에 있어서도 이러한 점은 그의 문체에서 발견되는 장황한 묘사와 반복어법, 한문투어 등으로 인해 묘사의 평면성을 벗어나지 못한다는 결함과 관련되어 있다.37)

다섯째, 李箕永의 소설에서 간과할 수 없는 문학적 결함은, ① 계몽주의적 이념에 수반되는 작위성이다. 이 작위성은 이념의 보다 세련된 묘사수준에 이르지는 못했다는 것을 시사한다. ② 그의 작품에서 발견되는 소재적 특성은 '계급주의를 위해서만' 효력을 발휘하는 경직성을 드러낸다. ③ 이러한 소재의 편향된 효과와 배려가 작품의 미적 구성과 승화된 이념적 현실묘사에 기여하지 못하는 장애요소로 작용한다.

여섯째, 「故鄉」에 이르는, 그리고 그 이후의 작품들에서 지속적인 흐름에는 두 개의 축이 존재하고 있다.

그 하나는 계몽적 모티프이다. 이것은 이광수에게서 그 기원을 찾을 수 있다. 그러나 그것은 계몽주의적 사고 - 각성한 자와 각성되어야 하는 자들 사이에 발생하는 사회적 전망과 연계되는 것-로써 당대 한국사회의 낙후한 실정에 기인한 것으로 보인다. 사회주의 사상 역시 사회모순 구조의 개선과 인간의 의식화를 다룬다는 점에서는 계몽주의의 속성과 유사한 측면이 있다. 하지만 사회주의 사상에는 분명한 이념적 지향과 모델이 존재한다는 점에서 차이가

---

37) 김남천, 「李箕永 검토-그의 인간. 사상과 작품. 문장」《풍림》 6. 1937.5.

난다. 이를테면, 투쟁을 통한 프롤레타리아 계급의 이익을 성취하려는 역동성과 전형적인 입장이 있어야 하고, 분명한 메세지가 있어야 하는 것이다. 바로 그 방법이 啓蒙主義이다.

李箕永의 작품세계를 「故鄕」을 정점으로 볼 때, 「故鄕」 이전은 계몽성의 이념적 발현이라는 뚜렷한 지향점을 가지고 있으나, 「故鄕」 이후에는 그 계몽성이 일제체제의 이익을 대변하는 내용상의 변질을 보인다는 점이다. 이는 달리 말해 식민지로의 동화를 의미한다. 대부분의 作家들이 그러했듯이 일제 말기의 정치적 억압과 폐쇄된 생활여건 속으로 그는 동화되어 갔던 것이다. 곧, 그의 계몽성의 변질은 일제 식민지 체제에 적극적으로 가담하는 선전문학으로 이어진다. 그러나 또 한편으로 이 같은 그의 문학적 궤적은 프로소설의 쇠퇴와도 부합되는 일면이다.

다음은 각성된 집단의 대응이 서사구조의 골간을 형성하면서 갈등과 대립의 세계에 대응방식을 갖춘 반복성이다. 이 문제는 앞으로도 밝혀져야 할 李箕永 문학의 총체적 의미와도 관련된다. 집단적 힘의 발견은 그가 계몽적 의식의 기반 위에서 전개해 간 이념적 모색의 값진 소산이다. 이를테면, 이광수의 문학에서 발견되는 도피주의적인 세계에는 늘 계몽성이 지식의 혹은 근대 문화의 위력을 전파하고자 하는 영향력 문제에 집중되고 있으나, 李箕永에게서는 그러한 측면은 나타나지 않는다. 오히려 그는 지식인의 '지식전달의 선구자적 풍모'와는 다른, 실천적 행위에 주목하고 있었다. 이것은 지식인의 자발적인 이념 실천행위이다. 이러한 이념의 실천 위에서 각성되지 않았던 농민들이 각성된 자로 변모하게 된다. 특히 농촌을 제재로 한 소설에서 각성된 계급으로서의 농민은 집단적 혹은 더 나아가 공동체적 삶의 필요성과 그에 대한 전망을 인식하는 데에까지 이르고 있다. 모순된 세계와의 대결은 그러므로 이념적 토대에서 확대된 계급성의 이상적 대응인 것이다.

일곱째, 李箕永의 소설을 하나의 큰 흐름으로 집약시켜 조망해 본다면, 거기에는 이념적 전망의 끊임없는 모색과정이 존재한다. 그의 소설이 가진 큰 특징의 하나는 농촌현실의 다양한 측면이 작품 내에서 일련의 에피소드로 구성되어 제시되고 있다는 점이다. 이러한 묘사의 풍부함은 그것이 가진 함량이 당대 프로소설과의 맥락에서는 독특한 영역이었다는 사실이다. 사회구조 모순에의 끊임없는 천착을 통해 보여주는 농촌현실의 구체상은 달리 말해 식민지적 모순상황 그 자체라고 할 만 하다. 따라서 李箕永의 문학적 응전방식은 식민지 사회 속에서 가장 긴요한, 모순극복의 과제를 蘊縮시켜 재현한 세계로서 농촌이라는 공간을 확보했던 셈이다. 그러므로 이광수의 소설이 갖는 의의가 민족계몽의 필요성을 착안한 데에 있다면, 李箕永은 민족계몽의 필요성을 지식인, 농민, 노동자, 도시빈민 등의 문제로까지 확대시킨 데에 의의가 있다.

여덟번째, 李箕永은 카프 해체와 일제의 전시체제 속에서 자신의 문학적 경향과 이념적 해체를 강요받는다. 그러한 정세 하에서 李箕永은 우회적 묘사방식을 통한 비판력의 확보를 시도하고자 하며, 혹은 계급주의적 세계를 유지하려 하지만 다른 한편에서는 사회운동에 대한 회의와 방황을 노정한다. 이러한 정신적 좌절과 방황의 근저에는 적어도 당대 作家들이 소유하고 있었던 내면세계의 붕괴현상 또는 이념의 탈각화라는 당대적 사회현상이 가로놓여 있다. 이를테면, 그것은 作家 個人의 문제가 아니라 민족 전체에게 가해진 폭력적 현실의 결과인 것이다. 사상적 변질을 겪으면서 그는 전향과 일제의 전시체제에 적극 참여하는 인물과 세계를 제시해 나간다.

여기에서도 李箕永은 계몽의식의 반복적인 그러나 그것의 왜곡된 양상을 보여준다. 「대지의 아들」은 먼저 제도에 대한 순응형태를 보이는 작품이다. 또한 「동천홍」과 「광산촌」은 동형의 서사구조를 갖는 작품으로써 이른바 전시체제 하에서 요구하는 인간상을 창출한다. 그만큼 일제말기 李箕永의 친일소설은 일본체제의 시책에 대한 적극적인 참여의식의 폭을 보여준다. 따라서 친일문학을 한국문학의 입장에서 살펴볼 때, 대부분의 친일소설은 민족적 동질성을 해체시켜 버리는 양상을 보여주며, 일본의 선전문학으로 전락하고 만다는 점이다. 李箕永의 문학 역시 그와 같은 시대적 조건에서 예외가 아니었다.

李箕永의 소설사적 지위는 신경향파 소설의 "추상적 반항이나 절망이나 狂調"를 극복하고 "불행많은 인간, 혹은 일반사회가 돌아보지 않는 인간들에 대한 동정과 신뢰와 그들의 인간적 가치의 확인과 창조력에 대한 희망"을 제시해 주고 있다는 점에서 높이 평가받고 있다.[38] 이러한 임화의 발언은 그의 문학이 사회적 모순에 희생되는 인간집단 곧, 도시빈민, 지식인, 노동자, 농민 등을 이념적 관점에서 파악함으로써, 한국 프로소설의 수준을 한 단계 올려 놓았다는 의미로 해석할 수 있다.

더구나 카프의 제1차 방향전환에서 "관념과 현실의 통일"[39]을 주요의제로 상정하였을 때, 「낙동강」에 대한 文學的 聲價에 맞먹을 만큼, 「故鄕」은 프로소설의 경향적 정신을 "집대성하고 그 이래의 모든 노력이 합쳐진 성과"[40]라는 평가를 받는다. 요컨대 그가 당대의 문학사적 검토작업에서 주목받을 수 있었던 배경은 지식인의 이상주의적 완결미에 역점을 두기보다는, 이념적 토대를 구축한 가운데 현실적인 사건전개에 주력했다는 점 때문이다.

5. 결 론

식민지 시대의 문학을 논의할 때, 늘 그것의 본질적인 의미와 지향점은 무엇이었던가를 반문하지 않을 수 없다. 타자의 지배논리를 강요당하는 특수한 식민지의 정신사적 상황과 낙후한 사회현실 속에서 문학의 맥락은 늘 왜곡되고 폄하될 위험을 안고 있다. 그러나 다른 한편으로는 이 식민지 상황이 한국

---

38) 임화, 「소설문학의 20년」, 《동아일보》 1940.4.18.
39) 임화, 위의글.
40) 임화, 위의글.

사회를 객관화시켜, 문학적 인식에 충격을 준 점도 간과되어서는 안된다.

李箕永의 문학이 논의의 대상으로 주목받을 만한 근거로는 '식민지 시대'라는 특수한 상황 속에서 파생된 사회적 모순현상을 사회주의의 이념 안에서 해결하고자 모색해 나간 데 있다.

1920-30년대 소설에서 李箕永 소설이 갖는 문학사적 의의는 두 가지 측면에서 설명될 수 있다. 그는 계몽성과 이념성이라는 두개의 축을 수립하면서, 그 방법론을 집단의식에서 찾고 있다. 그리고 그 대상을 당대사회에서도 가장 소외된 프롤레타리아 계급에 대한 묘사에 주력해 나갔다. 특히 그는 식민지의 모순 속에 처한 인물의 전형화를 시도하면서, 이념적 인식과정과 미래에 대한 그들의 전망을 제시하였다. 결국 이 같은 특성은 식민지 시대의 극복의지 혹은 이념적 표출이며, 사회적 욕망이 반영된 것이라고 할 수 있다. 그리고 그 특성들이 作家의 진지한 사상적 모색의 소산이라고 볼 때, 李箕永은 1930년대 한국 프로소설의 영역을 확대 심화시키는 데 기여했다는 말이 가능하다.

李箕永은 개화기의 격동기에 소년시절을 보내면서 신소설, 이광수 최남선의 계몽주의적인 문학에 접하였다. 더욱이 그는 이전의 전통적 인습에 대하여 적대적 자세를 보이면서, 계몽주의와 '아르쯔이바세프'의 「싸닌」을 통하여, 문학의 공리적 측면과 급진적인 세계와 자유연애사상을 습득하는 등 作家적 자세를 확립한다. 그리고 「싸닌」의 그 새로운 세계를 접하면서 그는 문학에의 입문을 결심하게 된다. 이후 그는 조명희와의 만남을 통해 문학적 사상적 전개가 사회주의적 세계관으로 통합되고 있다. 그의 작품세계에 영향을 준 作家는 러시아의 作家들로서 도스또옙스키, 고리끼, 판페로프 등을 들 수 있다.

계몽성과 이념성으로 그의 문학적 원리를 구분할 때, 전자는 이광수 이래로 낙후한 한국사회 현실에 수행한 문학의 공리적인 면을 지칭한다. 이념성은 사회주의라는 세계인식의 한 방식으로서, 미래에 대한 전망을 제시하는 버팀목 역할을 담당한다. 또한 이념성은 식민지 사회를 극복하는 객관적 진리와 명제 - 곧, 민족해방이라는 당대로서는 거의 절대적인 지상과제 - 를 함유하는 것이라면, 계몽성은 그것을 실천하는 방식이며 그 방법을 집단의식에서 찾고 있다.

「故鄕」을 중심으로 초기소설에는 이 두 개의 축이 병행되는 모색과정으로 고양되지만, 그것이 「故鄕」 이후에 오면, 일단 진전속도는 현저하게 감퇴된다. 사회적 정세가 전시체제로 변화하면서, 폭력적인 억압과 제도로의 편입을 강요하는 배경 안에서 「故鄕」에 이르는 작품세계와 「故鄕」 이후의 세계는 단절된다. 그리고 이념성이 탈각되고 내적 공동화라는 일종의 공백현상이 일어나면서, 그 가운데로 일제의 전시체제가 틈입하게 되고, 연이어 왜곡과정을 거친다. 이로 인해 그의 이념성은 계몽성의 변질을 가속화시켜 나가고 집단의식의 방법만 남는다.

바로 그 결과가 '親日'이었던 셈이다. 요컨대 李箕永에게 국한된 문제는 '그의 문학세계 내부의 어떤 인자가 변절의 요소로 잠복해 있었는가' 하는 점이다. 이것은 필자에게는 프로소설의 변천사와 李箕永의 소설변천과 동류항으로 바라보게 하는 점이다. 李箕永에게서 발견되는 그의 이념적 변질의 잠재요건은 '전체주의' - 일본 마르크스주의자들이 국수주의자로 전향한 것과 동일한 의미에서 - 라고 생각된다. 집단적 힘의 위력을 통해 사회적 전망과 미래에 대한 낙관성을 견지해 온 그였지만, 그보다 더 큰 힘에 압도되었을 때, 그는 의식과 이념의 파행상을 보이면서 서서히 일제라는 더 큰 힘에 동화되어 갔던 것이다. 이것은 어쩌면 전향한 作家들 모두에게 해당될 수 있는 당대의 절대적인 힘의 논리일지 모른다. 이 정신사적 맥락은 물론 앞으로 더 많은 검증과 주의를 요구하는 것이겠으나, 李箕永의 경우 이념성과 계몽성이라는 축은 근본적으로 변하지 않는다.

※ 참고문헌 ※

김윤식, 『한국근대문학사상사』, 한길사, 1984.

김재용, 『카프비평의 이해』, 풀빛, 1989.

박인기, 『한국현대시의 모더니즘연구』, 단대출판부, 1988.

박충록, 『朝鮮文學簡史』, 연변교육출판사, 연변, 1987.

박충록, 『한국민중문학사』, 열사람, 1988.

백철, 『조선신문학사조사』, 백양당, 1949.

박종원, 류만, 『조선문학개관』, Ⅱ, 사회과학출판사, 북한, 1986. 인동, 1988.

이기영, 『봄』, 풀빛, 1989.

이재선, 『개화기소설연구』, 일조각, 1991.

임종국, 『친일문학론』, 평화출판사, 1963.

A 기자, 「李箕永과의 잡담집」, 《신인문학》, 1936.8.

김기림, 「인텔리의 장래-그 위기와 분화과정에 연구」《조선일보》 1931.5.17-24

김남천, 「李箕永검토-그의 인간. 사상과 작품. 문장」《풍림》 6. 1937.5.

김성수, 「李箕永의 초기소설과 사회주의 리얼리즘문학의 형성」

김학성·임형택외 공저, 『한국 근대문학사의 쟁점』, 창작과 비평사, 1990.

민병휘, 「民村 李箕永과 함광 안종언」, 《청색지》 5, 1939.5.

박영희, 「최근문예이론의 신전개와 그 경향」《동아일보》. 1934.1.10.

백철, 「출감소감-비애의 성사」, 《동아일보》.193512.22-27.

안동일, 「북한기행-越北作家 李箕永 家를 찾아서」, 《다리》, 26, 1989.12. p.137.

안막, 「조선 프롤레타리아예술운동 약사」, 《사상월보》,1932.1.

유진오, 「10월창작평」, 《조선일보》,1933.10.14-19.

이광수, 「조선문사와 수양」, 《창조》 8,1921.1.

이기영, 「오빠의 비밀편지」(《개벽》 49,1924.7)

이기영, 「나의 문학수업시대」, 《동아일보》,1937.8.8.

이기영, 「나의 수업시대-作家의 '올챙이 때' 이야기」, 《동아일보》 1937.8.5-8.

이기영, 「내 심금의 현을 울린 작품」, 《조선일보》 , 1933.1.27.

이기영, 「노변야화」(《조선일보》 , 1934.1.24.

이기영, 「문학을 하게 된 동기」, 《문장》 13, 1940.2.

이기영, 「소년시절의 그리운 정서」, 《풍림》 5호, 1937.4.

이기영, 「실패한 처녀장편」, 《조광》 50, 1939.12.

이기영, 「인상깊은 가을의 몇 가지」, 《사해공론》 17, 1936.9.

이기영, 「창작의 이론과 실제-모델과 풍자소설, 기술문제」《동아일보》 1938.10.2.

이기영, 「초하수필」, 《조선문학》 14, 1937.8.

이기영, 「탁류에 배를 타고 내려 올 때」, 《사해공론》 40, 1938.8.

이기영, 「막심 고리끼의 자가적 인상 초」 <조선중앙일보>, 1936.6.22.

임화, 「소설문학의 20년」, 《동아일보》 1940.4.18.

최웅권, 「조선무산계급문학과 20-30년대의 일본무산계급문학 운동」

최웅권, 《조선어어문학론문집》, 연변대학출판사, 연길, 1988.

한설야, 「포석과 民村과 나」, 《中央》 28, 1936.2.

Wellek, René & Austin Warren,Theory of Literature, Penguin Book, Middlesex, England, 1966.

미르스끼, 『러시아문학사』, 이항재 역, 화다, 1988. pp.151-153.

民村 李箕永의 作品世界 槪觀

본고의 목적은, 북한에서 조선문학예술총동맹 위원장을 지냈으며,『故鄕』,
『땅』,『두만강』등의 작품을 남긴 民村 李箕永의 작품세계를 해방 이전까지
를 중심으로 살펴보는데 있다.

1. 생애

民村 李箕永은 1895년 5월 29일 忠淸南道 牙山郡 拜芳面 回龍里에
서 출생하였다. 그의 집안은 德水 李氏 忠武公派로서, 그의 아버지 李敏彰
은 20세에 무과에 급제하였다. 부친은 가정을 돌보지 않았으므로 가난했다.
그는 신학문과 신교육에 많은 관심을 쏟은 개화 양반이기도 했다.

그의 가정환경이나 소년시절, 그리고 성장과정에 대해서는 발표된 몇 편의
수필이나, 산문에 의거하여 재구성해 볼 수밖에 없는데, 이에 대한 자료는

「노변야화」(≪조선일보≫, 1934.1.14-27), 「인상 깊은 가을의 몇 가지」(≪사해공론≫, 1936.9.), 「소년 시절의 그리운 정서」(≪풍림≫5호, 1937.4.), 「나의 수업시대 - 作家의 올챙이 때 이야기」(≪동아일보≫, 1937.8.5.-8.), 「초하수필」(≪조선문학≫14, 1937.8.), 「탁류에 배를 타고 내려올 때」(≪사해공론≫, 1938.8), 「나의 문학동기」(≪문장≫13, 1940.2.) 등이다.

作家의 성장기를 살펴보는 것이 作家 개인의 특이한 요소를 추출하기 보다는 그가 살았던 시대적 환경에 대한 성격을 규명해 보는, 요컨대 작품이 생산되는 주변 여건과 사회적 환경을 짐작해 보는 것을 목적으로 하는 것이다.

李箕永이 보냈던 성장기인 1890년대 중반에서부터 1910년대 중반까지의 사회적 환경은 크게 자주적인 근대국가로의 이행을 위한 사회적 개혁 노력이 실패로 돌아가고 식민지 사회로 편입되는 제도적인 변동과 민중의 생활 기반의 몰락으로 요약된다.

이와 같은 시대적 환경 속에서 성장기를 보냈기 때문에, 그는 작품에서 사회적 위기와 혼돈, 그에 따른 개인적 좌절과 궁핍이라는 사회적 현실과 인물상을 도출해 낼 수 있었다. 따라서 李箕永 자신이 경험했던 극도의 가난이란 개인적 체험은 사회자체가 안고 있었던 문제영역과 등가적인 의미를 갖는다. 삶의 절박함으로부터의 탈출 욕구가 방랑이라는 낭만적 도피로 이어지기도 했다. 요컨대 그는 여행을 통해서 궁핍한 한계 상황에서 벗어나, 그 자신의 세계 인식의 확대라는 계기를 얻기도 했으며, 식민지 사회 속에 차츰 자리잡고 있는 근대 풍경에 접하게도 되었다. 뿐만 아니라, 李箕永은 무혼이라는 인습의 피해에서 과감한 탈출을 시도하듯, 문학을 통해 자신이 성장했던 환경적 제약조건들에서 벗어나기에 이른다.

성장기의 李箕永이 취하고 있었던 삶의 모습은 다음과 같이 요약된다. 소년 시절에는 풍부한 독서 경험을 기반으로 전통적 이야기 기술 방식의 고전소설을 거쳐 사회적 변화를 전달해 주는 신소설의 세계에 이르게 되었고, 이후 계몽주의적 문학을 접함으로써, 문학적 취향을 나름대로 구비한다. 그리고는 그는 구습의 하나인 早婚 경험을 통해, 인습의 쓰라린 경험을 하나의 문학적 트라우마로 간직하고, 방랑에서 근대 문화의 풍모를 대면하게 된다. 따라서 그의 성장기는 체험을 통해 근대 문화의 힘을 직접 확인하는 과정이기도 했을 뿐만 아니라, 막연하나마 사회적 인습 타파의 필요성을 자각했던 것으로 보인다. 그와 함께 자신의 삶의 지향을 어느 정도 확정짓는 문학적 준비 단계였다고 생각된다.

이후 李箕永은 조명희와의 만남으로 사회주의 접하게 된다. 카프의 가입과 사회주의의 체험은 李箕永의 문학적 세계관을 확립하는데 있어서 지대한 영향을 미치는 요인이 된다.

2. 작품 세계

李箕永의 작품을 통해 작품 세계의 변모 과정을 살펴본다는 것은 작품의 특색을 추출해 내기 위한 통시적인 접근 방식이다. 그의 작품 세계의 변모양상은 해방 이전까지 도시빈민소설이 주류를 이루는 「故鄕」 이전의 시기와 농촌소설이 주류가 되는 「故鄕」의 단계, 그리고 「故鄕」 이후의 단계로 크게 구획해 볼 수 있다. 그의 문학적 세계가 물론 사회주의적 기반 위에 서 있는 것도 사실이겠으나, 해방 이전까지 그의 소설이 보여주는 변천을 그리 쉽게 한 마디로 요약할 수는 없다.

사회와 문학이 긴밀한 상관성을 맺고 있었던 식민지 시대 문학 가운데서도, 특히 선전 -propagender- 과 선동 -agitation- 을 하나의 문학적 원리로 담아 내고자 했던 카프 문학의 지향성 속에서 李箕永의 문학적 궤적은 대체적인 일관성을 구비하고 있다. 왜냐하면 일제에 의한 국가침탈과 그로부터 발생한 억압은 李箕永의 경우, 그러한 세계관의 모색과 수립, 그리고 좌절이라는 흐름을 겪는 것으로 추론되기 때문이다. 作家는 사회와 개인의 매개적 인물로서 자신의 역사적 전망을 작품 속에 반영한다. 이것이 바로 李箕永의 문학을 바라볼 수 있게 하는 논의의 기반인 것이다.

李箕永은 자신의 작품활동을 그 이념의 실천 과정에 포함시켜 놓고 있었다. 이 같은 표현은 이념을 통한 식민지 사회의 모순의 발견과 그것에 대한 극복의 전망 내리기가 전개되고 있기 때문이다. 기실 이 점은 李箕永의 문학이 프로 문학의 성과와 한계를 가늠할 이력을 시사해 준다.

그의 문단 데뷔작인 「오빠의 비밀 편지」(≪개벽≫49. 1924.7)는 사실상 습작기의 작품 수준 정도로, 구성이나 인물 성격 창조의 단순함 등으로 작품 수준에 취약점을 드러내고 있었다. 즉, 이 작품은 봉건 잔재의 남존여비 사상에서 드러난 남성들의 위선과 종교의 불신 등을 회화적으로 드러내 주고 있으며, 당시의 개화 지식인들의 모순과 종교 불신 등을 꼬집는 내용이다. 그러나, 이 작품은 作家의 이데올로기적 전망의 제시가 전혀 드러나고 있지 않다는 점에서는 적어도 이 당시까지는 李箕永의 사상적 입지점이 프로 문학쪽으로 기울어져 있지는 않았다고 여겨진다. 심사는 맡은 염상섭이 이 작품을 3석으로 뽑은 것도 당시의 素材의 재치 때문으로 보인다.

그러나 李箕永의 소설에서 발견되는 전체적인 양상은 시대적 상황에서 염출된, 빈궁이라는 주제가 그의 소설 세계의 버팀목이자 지속적인 테마가 되고 있다. 이러한 점은 다음의 도표로 설명할 수 있다.

李箕永의 작품 중에서도 카프의 제1차 방향전환 전후로 발표된 「가난한 사람들」(≪개벽≫59, 1925.5.), 「오매를 둔 아버지」(≪개벽≫68, 1926.4) 「민며느리」(≪朝鮮之光≫68, 1927.6), 「해후」(≪朝鮮之光≫73, 1927.11) 「채색무지개」(≪朝鮮之光≫75, 1928.1), 「고난을 뚫고」(≪동아일보≫ 1928. 1.5.24) 등의 작품을 예로 들어 볼 때, 그의 계급주의에 대한 관심은 다소 관념적 차원에 머물러 있음을 알 수 있다.

도표 1. 李箕永 소설 세계의 변천 양상

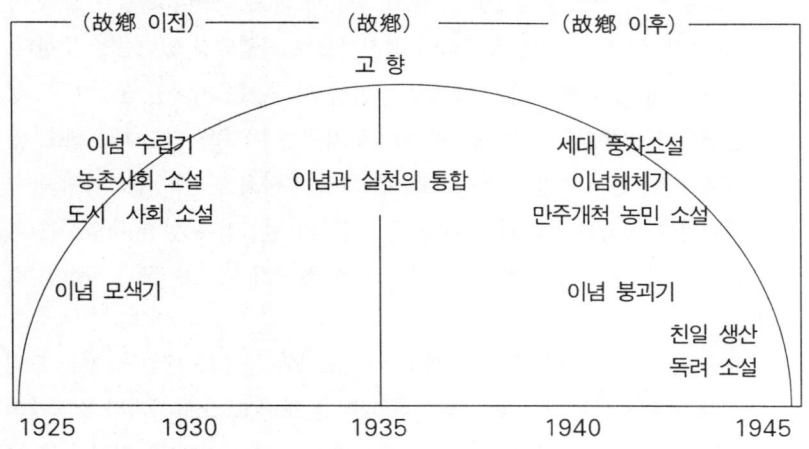

그의 소설에 나타나고 있는 주된 모티프는 '가난'이다. 이 貧窮의 문제는 달리 보자면 식민지 사회의 구조적 모순의 경제적 산물이다. 그러므로 이 빈궁 상황의 극복은 결국 민중의 절대적 모순을 탈피하는 가장 긴요한 문제이기도 한 것이며, 나아가 그것의 제시 방식과 이념적 토대를 수립하는 데에 필요한 무기는 사회주의적 방법이었던 셈이다. 따라서 여기에 대한 기본적인 인식은 계급투쟁이라는 현실로 파악하는 이념성이 그의 문학적 특성으로 나타나는 것이다. 바로 '가난' 그 자체의 상황을 드러내는 작품군은, '도시빈민소설'과 '농촌빈민소설'로 대별할 수 있다. 이 도시빈민소설과 농촌빈민소설은 다 같이 작품의 공간적 배경에 따라 '사회소설'이라는 범주에 속한다. 즉 당시 도시빈민문제를 취급하는 작품군은 도시사회소설의 범주에 넣을 수 있고, 농촌의 사회문제를 반영한 작품들은 농촌사회소설로 규정할 수 있는 것이다. 그러나 도시사회소설과 농촌사회소설의 중간지점에는 노동자의 삶과 그들의 투쟁 양상을 그리고 있는 노동자소설이 존재한다. 이 작품군은 극히 소수로서, 계급투쟁 의식이 공장 파업 또는 노동쟁의의 실천적 양상으로 제시되고 있다.

초기의 李箕永의 소설세계는 관념적인 차원에서 계급주의적 관점을 거칠게 담아내고 있었다. 그것은 달리 말해서 李箕永의 문학관이 확립된 것이 아니며, 다만 사회인식의 이념적 모색이 점진적으로 진행되고 있었음을 뜻한다. 가령 이 시기에 발표한 그의 소설에서 빈번히 나타나는 지식인 군상이나, 생활의 빈궁이 사회주의적 관점에서만 파악하기에는 어려운 면도 내포하고 있다. 빈궁은 이미 당시의 생활상으로 볼 때, 그것이 사회 전반의 현상이지 특수한 계급에만 한정되는 문제가 아니다. 곧, 생활의 현실적 위상을 체험하는 과정과 作家 자신이 그것을 역사적 인식으로 연결시켜 나가는 모색 과정인 것이다.

李箕永의 소설이 이러한 모색 과정에서 도시와 농촌의 빈궁 상황을 드러내면서, 또 한편으로는 빈민들의 의식화 과정을 보이고, 노동쟁의와 소작쟁의 등, 계급투쟁의 철저한 상황과 전망을 제시해 나가기 시작한다. 이것은 李箕永의 계급주의적 세계관이 수립되면서 차츰 그것이 고양되는 과정이라 볼 수 있다. 이들 작품군을 노동자 소설로 따로 검토해 볼 수 있는데, 특히 공장 노동자들의 세계를 제재로 하여 노동쟁의의 준비 과정과 노동쟁의의 모습을 그린 「호외」(≪현대 평론≫2, 1927.3.), 「조희뜨는 사람들」(≪대조≫2, 1930.4.) 등이 여기에 해당된다.

李箕永의 소설에서 농촌을 배경으로 하고 있는 작품들은, 식민지 체제가 주도한 착취 수단으로서의 근대화로 인해, 농촌에 미치게 된 사회적 변화 곧, 자영농의 몰락과 농촌의 궁핍화, 지주에 대한 저항 양상 등을 반복적으로 제시하고 있다. 당시 사회에서 농민이 차지하고 있는 노동 인구의 비율을 감안할 때, 이러한 모순의 제거는 궁극적으로 식민지 사회의 극복을 의미한다. 그리고 그의 소설에서 나타나는 주도적 인물상과 대립적 인물상은 적어도 하나의 전형적인 구도라는 점으로 이해할 만하다. 왜냐하면 적출된 상황에 담긴 사회적 의미가 계급적 대립으로 고정되어 있다는 점에서 그러하며, 인물조차 그 같은 상황에 알맞게 부여한 사회적 의미를 형상화 시키는 것이기 때문이

다. 이러한 부류에 해당하는 작품으로「民村」(≪朝鮮之光≫50,1925.12),
「농부정도룡」(≪개벽≫65-66, 1926.1-2.),「아사」(≪朝鮮之光≫64, 1927.
2.),「원보」(≪朝鮮之光≫79, 1928.5.),「홍수」(≪조선일보≫ 1930. 8.21
-9.3. 연재) 등을 꼽을 수 있다. 이 시기의 작품들은 이념의 모색과 농촌 현실
을 진지하게 묘파한다는 점에서, 그리고 多岐한 인물형을 수립해 나간다는
점에서 '이념적 상승기'라 말할 수 있다.

그러나 이념의 확립과 그것의 실천적 차원이 세계의 전망을 보여주는 하나
의 積層的 樣相을 띠고 있는 작품은「故鄉」이다. 말하자면「故鄉」에서는
지식인의 현실적인 역할이 강화되고 있는 것이다. 그리고 지식인은 농민을 각
성시키는 위로부터의 계몽이 아니라, 계급적 차원의 전위적 행위를 효과적으
로 재현하는 가운데, 농민이라는 집단이 차츰 각성된 세력으로 변모해 나간다.
그러한 점에서「故鄉」은 이념 구현의 한 전형이자 사회적 전망을 제시해 준
다고 할 수 있다. 요컨대 이 작품을 통해, 李箕永은 이념적 인물의 창조와
사회에 대한 전망 제시를 시도하고 있는 것이다. 그러나 김희준이라는 지식인
에만 포커스를 맞춘다면 '지식인에 의한 농민의 각성과 공동체의 건설'이라는
측면이 너무 강조될 우려가 있다. 곧, 이러한 관점에서는 지식인에 의한 공동
체 사회의 건설이라는 李箕永의 관념적 측면이 부각되고 있다.

바꾸어 말하자면「故鄉」을 연구 대상으로 삼을 때는 '김희준'이라는 지식
인의 역할, '안갑숙'이라는 조력, '김인동' '김원칠' '김선달' 등의 주도적 소작
농의 자발성이 모두 등가적이며, 통합적인 관계에서 위력을 발휘한다는 점을
놓쳐서는 안된다. 왜냐하면, 이들 인물들의 집단적 대응으로 인해 노동쟁의와
소작쟁의가 돌파구를 마련하고 있기 때문이다. 따라서 이러한 해결 과정은 그
자체로써 하나의 문학적 상징이 李箕永 자신의 作家的 전망이 되는 셈이다.
그러나 이 작품에서 보여주는 그 서사적 구조는 李箕永이 추구해 온 사회주
의 리얼리즘의 측면에서 볼 때 퇴보된 면도 없지 않다. 즉,「故鄉」은 이전까
지의 모티프가 반복적으로 재현되면서 통합되는 '積層的' 성격을 노정하고

있으나, 사건의 해결방식이 전망의 제시를 위해, 의도적이고 비정상적인 방법을 사용하고 있다는 점이다. 그것은 이를테면, 사회 모순에 대처하는 집요한 분석과 방책이 다소 미흡한 점에서 기인하는 것으로 보인다.

그러나 카프의 해산과 함께 계급주의는 결정적으로 타격을 입게 된다. 이미 1931년 신간회 해체에서부터 발단된 일제의 정치적 억압과 사상적 통제는 사회운동 모두가 탄압 받는 상황으로 바뀌는 것이다. 이러한 상황하에서 作家는 자신의 생존과 결부된 폭력적 통제기제에 부딪치게 된다. 따라서 作家의 사상적 전향이 비록 일본 제국주의의 위력에 대한 굴복을 듯 한다고 볼 수도 있겠으나, 다른 한편으로는 사회 제도로서의 억압에 대처할 만한 作家적 용기가 당대에 존재 했겠는가 라는 문제도 동시에 해명 되어야 한다. '식민지는 하나의 제도'라는 사르트르의 명제처럼 (사르트르, 『상황 V』, 박정자 역, 사계절, 1983. pp.33-59.참조), '좋은 식민통치자와 나쁜 식민통치자의 논리는 있을 수 없는 것이며, 그것은 다만 극복되어야 할 대상일 뿐'이다. 그러나 생존과 결부된 상황을 고려해 볼 때, 전향에 대한 실증적 검토는 생략될 수 없는 것이다.

어쨌든 사상적 전향 혹은 체제로의 흡수를 강요하는, 회피할 수 없는 전시체제의 억압적 현실에서 李箕永은 파행적 면모를 드러내기에 이른다. 이러한 점은 李箕永 개인 뿐만 아니라 당대 사회에 속했던 모든 作家들에게 해당되는 문제이다. 그들에게 현실과의 타협 - 곧 사상적 동조 - 은 두 가지의 의미를 갖는다. 그 하나는 체제와의 협조를 통한 생활의 보장과 체제 내의 안주이며, 또 다른 하나는 항거를 유보하고 내적인 모색을 시도하는 것이다. 그러나 이러한 타협의 유형조차도 정신적 고결성을 보존할 수 있는 수단으로는 미흡했다. 이들 作家들에게는 철저한 협조가 아니면 생계의 보장없는 은거만이 양자택일적 조건으로 제시될 뿐이다. 그러한 사회적 정세는 곧, 사회주의 문학의 포기를 뜻하는 것이었다. 그는 이후 풍자문학에 대해서 그 가치를 고려하는 우회적 대응방식을 취하기 시작한다.

풍자문학은 문학의 상도로 보다 정면공격이 아니라 측면공격에 비할 수 있다. 作家는 풍자 속에 몰입해서 그것을 문학정신으로 다시 끌고 나오자면 풍자에 져서는 안된다. 풍자소설이 범속적 속화로 빠지면 실패한다. 골계는 최고의 엄숙한 기분과 심각미가 있어야 한다.(李箕永, 「창작의 이론과 실제-모델과 풍자소설」, ≪동아일보≫, 1938.10.2)

이러한 그의 주장 이면에는, 이미 사상의 실천을 통한 이데올로기적 문제 해결 방식이 허용되지 않는 사회정세를 감안하고 있다는 점을 놓쳐서는 안된다. 그가 말하고 있는 '文學의 常道'란 식민지 사회 속에서 허용되었던 제한된 창작과 실천의 폭까지도 함유한 차원이다. 그러한 차원에서, 문학이 지향했던 이념을 통한 정치적 실천이 정면공격이라면, 이미 측면공격이라는 말을 담긴 간명한 의미는 일제의 탄압적 억압에 대처하는 우회적 문학기법을 가리키는 셈이다. 李箕永이 찾은 그 기법의 모색이 풍자라고 한다면, 자신이 설정한 문학 정신의 보루는 풍자에서 빚어지는 삶의 비극적 상황에 대한 희화화와 통속성 사이에 속하고자 한 것이었다. 그러나 그러한 의도와는 달리 李箕永은 그리 뛰어난 성과를 거두지는 못한다. 그는 요컨대 식민지 말기의 혹독한 탄압 속에서 作家의 양심과 신념의 차원을 고집하면서 골계가 수단의 영역으로 남아야 하며, 그리하여 풍자는 '범속함(통속성이라는 부정적인 의미를 가진 용어로 대치할 수도 있는)'에 이르지 않도록 그것을 제어하여 보다 궁극적으로는 문학정신 혹은 作家의 세계관을 드러내는 데에까지 이르러야 한다고 본다.

그러나 李箕永의 경우, 자신의 설정한 양심과 신념의 보루가 서서히 탈각되면서, 이념의 치열한 실천에서 나타나던 건강한 공동체적 힘의 제시와 희망이 더 이상 지속적으로 전개되지 않았다. 이러한 점을 백철에 의해 제시되고 있다. 그는 다음과 같이 李箕永과 당대 카프 作家들의 풍모에 대해 언급하고 있다.

이 시대의 암흑한 현실에 봉착하여 먼저 혼란을 일으키지 않을 수 없는 것은 경향파에 속했던 作家들이다. 우선 '카프'의 해체로써 프로문학은 지금까지 그 행동문학의 특징이던 전체와 조직체를 따라서 가두로 나온 격이었으나 하늘은 어둡고 주위에는 냉혹한 바람이 불어왔다.거기엔 벌써 시대에 대한 그 신념이 동반 될 수 없고 前期의 그 정열이 있을 수 없었다. 그리고 프로문학은 하나의 사상의 문학이요, 창작방법도 그 사상적인 세계관을 토대로 한 것이었으나, 이 시기에 와서 두 가지를 동시에 상실하고 전혀 별개의 조건 위에 문학은 재출발이 요구되는 것이었다. 이러한 상태 위에서 프로문학자에겐 피할 수 없는 혼란이 오게 된 것이다. 혹은 新傾向을 그대로 지켜 보려는 정세의 문학, 좀더 현명한 문학자는 新傾向의 일면을 살리면서도 그것을 극복하고 전진을 위한 별개의 세력면을 보였다.

(백철, 『조선신문학사조사』, 백양당, 1948, pp.261-262.)

백철의 이 같은 발언은 물론, 카프의 해체에 따른 作家집단의 구심점이 상실된 후의 문단적 상황을 피력하는 것이나, 좀더 그 이면을 살펴보면 프로문학의 이념을 창작과 일치시킬 수 없다는 실정을 뚜렷하게 보여준다. 사회적 정세의 냉혹한 억압은 적어도 조직의 붕괴와 함께, 이것이 이제는 개인의 문제로 대두된다. 사회주의 사상과 세계관이 더 이상 통용되지 않는 사회적 현실 속에서 作家가 취할 수 있는 길이, 백철의 언급대로, 作家정신의 혼란을 보이는 경우와 정세의 문학을 통해 프로문학의 경향을 유지하는 수밖에 없었다. 그리고 作家의 문학적 재출발은 당연히 사상적 전향으로 가는 전조에 해당하는 것이다. 프로문학자들이 피할 수 없는 정세 속에서 혼란된 作家의 내면풍경를 가르켜 최재서는 '後日譚 文學'이라고 말했다. 이는 프로문학의 퇴조 후 그 전성시대에 대한 회고적 정서에 바탕을 둔 문학적 경향을 지칭한다. 가령 임화는 이 같은 정세를 "作家가 주장하려는 바를 표현하려면, 묘사되는 세계를 충실하게 살리려면, 作家의 생각이 그것과 일치할 수 없는 상태"(임화, 「세태소설론」, 동아일보, 1938.4.2.)로 요약해서 설명하고 있었다. 임화가 표현하고 있는, 말하려는 것과 그리려는 것의 분열은 창작심리의 분열이자 예술적 조화의 상실인 것이다. 이러한 사회적 정황은 카프 해체 이후의 李箕永의 작품에서도 예외가 아니다. 임화의 지적대로라면, 이 같은 예술성의 부조화와 창작심리의 분열은 "시대의 이상과 현실이 너무나도 큰 거리로 떨어져 있는 현실 자체의 분열상의 반영"일 뿐이다.

李箕永의 경우, 백철과 최재서, 임화 등이 지적하고 있는 문학적 파행상은 「십년후」(≪삼천리≫ 72, 1936.6.), 「적막」(《조광》 9. 1936.7.), 「추도회」(≪조선문학≫ 속간, 7, 1937.1.), 「돈」(≪조광≫24, 1937.10.), 「설」(≪조광≫31, 1938.5.) 등에서 발견되고 있다. 李箕永은 프로문학의 선동성과 대중성을 지향하지 못하는 사회적 여건 속에서 사회고발과 지식인의 궁핍상에 집중시켜 나간다.

그러나 여기에는 우선 프로문학의 전개가 허용되지 않는 사회적 정세에 대한 염세적 경향에서부터 사상적 전향의 조짐이 발견되는 것으로 보인다. 바로 여기에서부터 李箕永은 일제의 체제에 대한 순응의 형태를 보이기 시작한다. 그는 「인간수업」(≪조선중앙일보≫1936.1.1 - 7.23.연재)과 같은 풍자소설을 필두로 「대지의 아들」(≪조선일보≫1939.10.12 - 1940.6.1.연재), 「처녀지」(단행본, 삼중당, 1944발행) 등 이른바, '만주개척소설'을 발표하여 당시 일제의 만주경략과 미곡수확의 정책에 암묵적으로 동조하게 된다. 그와 같은 작품세계의 변질은 특히 국내상황으로부터 만주를 발견한 것이었음에도 불구하고 그의 그러한 도피가 식민지 메카니즘 속에 놓이는 한계를 피력하는 것이다. 달리 말해 이것은 정세에 대한 우회적 회피였던 셈이다. 결국 그러한 작품상의 경향적 변화는 「동천홍」(≪춘추≫13-26, 1942.2.연재),「광산촌」(≪매일신보≫1943.9.23-1943.11.2.연재) 등과 같은 친일문학작품을 발표하기에 이른다.

이상으로 논의한 바에 따라 李箕永의 작품세계에서 알 수 있는 변모양상은 다음 몇 가지로 결론지어 볼 수 있겠다.

첫째로 그러한 변모양상에서 李箕永의 작품군은 대략 세 개의 범주로 나누어 볼 수 있는데, 배경에 따라 도시사회소설과 농촌사회소설, 그리고 적은 양이기는 하나 노동자의 삶과 그들의 투쟁양상을 그려내고 있는 작품군을 노동자소설로 분류해 보았다.

둘째로 이를 토대로 변모과정에서 드러나는 특성은, 李箕永의 초기소설에서는 지속적으로 사회적 빈궁이라는 소재를 통해 도시빈민의 삶에 나타나는 비극성에 초점을 맞추고 있다. 요컨대 그것은 그의 이념적 토대의 모색단계에서 처음 착목한 사회인식의 결과라고 추론해 볼 수 있다.

셋째로 이같은 가난의 형상화를 통해 관념적인 형태의 사회주의적 세계관을 배면에 깔고 있다. 그러나 이러한 국면은 노동자소설의 작품군에 이르게 되면, 계급투쟁의 실천적 양상을 보인다.

넷째로 이러한 작품군과 병행하여 농촌사회소설의 전개가 두드러지게 나타나는데, 그 완결점이자 적층적인 도달점이 되는 작품이 「故鄕」이다. 그러므로 「故鄕」에 이르는 과정은 「故鄕」이전의 세계로 분류가 가능하다.

다섯째로 「故鄕」 이후 그의 작품세계는 하나의 파행적인 양상을 보인다고 해도 좋을 만큼, 풍자적 기법의 시도와 그것의 실패, 통속성의 노출, 내적 파탄과 회고적인 노동운동가의 내면세계의 제시 등의 과정을 거치면서 완만하게나마 일제의 식민지체제를 용인하게 되는 양상을 보여준다. 그러므로, 李箕永의 작품세계는 카프라는 문학운동의 구심점이 일제의 탄압으로 동공화(洞空化)되면서 그 사상적 흔들림이 자신의 작품세계에도 영향을 미쳐, 친일적 모습 혹은 그 체제에 동조하는 내적 파탄의 경로를 보인다고 할 수 있다.

衝擊을 위한 裝置考

- 民村 李箕永의 단편소설 「민며느리」,「해후」,「숙제」를 중심으로 -

목 차

---

1. 서 론

民村 李箕永의 작품 「민며느리」,「해후」,「숙제」는 각각 1927. 6, 1927. 11, 1928. 4에 <조선지광>에 발표된 작품이다. 그리고 이들 작품이 발표된 시기는 한국 프로 문학의 발전기에 해당되며, 또한 프로문학 작품들이 <개벽> 과 <조선지광>을 통해서 주로 발표되었던 시기다. 특히 1927년은 자연생장 기에서 목적의식기로 그 방향이 전환된 시기인데,[41] 이 시기의 이들 작품들은 많은 覆字, 削除의 세례를 받을 만큼 심하게 당국으로부터 검열에 난도질 당한 시기다. 그 중에서 民村과 포석의 작품은 더욱 심했다.[42] 그 예는 「민며느

---

41) <개벽> 64 권. 1927. 2p. 45,
　　조남현:「1920년대 한국 경향소설 연구」1974년 서울대 석사 논문 p.30
42) 조남현:「1920년대 한국 경향소설 연구」상기서 p.89

리」와 「해후」 등에 잘 나타나고 있다. 그것은 당시 급진적 사회주의와 민족주의를 허용치 않았던 식민지로서의 특수한 상황도 있었겠지만, 특히 일본 자체에서도, 그런 이데올로기는 그들의 국체와는 동화 될 수 없었던 상황이었던 것도 하나의 이유가 될 수 있겠다. 民村은 팔봉이나 회월과는 달리, 어렸을 때 한문을 수학하고, 천원군 고원을 거쳐, 호서은행 천안지점 행원으로 근무하다가, 1924년 「오빠의 비밀편지」가 <개벽> 현상문예에 3등으로 당선되면서 문단에 등단했다.43) 民村은 문단에 등단하자마자 곧 프로문학 作家로서 활동했는데, 그것은 그가 등단한 잡지인 <개벽>의 성격과 회월의 영향도 있었겠지만,44) 그 당시 사회주의에 傾度된 지식 청년들의 시대적 풍조하고도 무관하지는 않을 것이다.

본고에서는 프로문학 작품이 대체로 갖고 있는, 충격을 위한 "장치" 중에서 民村의 작품인 「민며느리」와 「해후」를 중심으로, 그 장치가 작품에 어떻게 설정되었으며 어떤 효과를 얻었는가를 고찰해 보고자 한다.

2. 충격이 필요했던 장치의 설정

프로문학은, 개념적인 테마, 무성격의 캐릭터, 플롯의 미비가 필연적으로 드러난 문학적 저급성 등은, 프로문학이 갖는 위약성을 최대한도로 노출시키고 있지만,45) 소설 미학적 측면에서 볼 때, 民村의 작품은, 프로문학의 일반

---

43) 조연현:「한국 현대 문학사」성문각 1969. p.415
44) 박영희:「개벽시대 회고」<조광> 4권 6호, 김윤식:「한국근대 문학연구」일지사. 1973. p.247 에서, 방정환의 도움으로 1924년 현철 다음차례로 회월은 <개벽>지의 문예부 책임자가 되었다. 또한 김윤식:「한국근대문예비평사연구」일지사, 1976, p.189에서, <개벽>은 .... 1923년부터 회월이 문예부장이 됨과 함께 프로초기 프로문학의 온상이 되었다.
45) 정한숙:「현대소설」한국 현대 문화사 대계 Ⅰ. 문학 예술사편. 고려 대학교 민족문화 연구소 1979. p.81

52   1부

적 특성이 가장 약화된 작품이, 프로문학 作家의 대표작이 되었다는[46] 아이러니가 그의 작품 「서화」와 「故鄕」에 나타나고 있거니와, 이런 예는 民村의 작품을 다시 재고해 보는데 의의가 있을 것이다.

본고에서 「민며느리」와 「해후」두 작품만 분석한다는 것은, 民村의 작품을 전체적으로 고찰해볼 때, 극히 지엽적이기는 하지만, 필자 나름대로 의의를 두자면 이 두 작품이 갖고 있는 장치의 공통점을 찾아 보는데 있다. 본고에서 처음에 「민며느리」, 「해후」, 「숙제」등 세 작품을 선정했지만, 「숙제」는 단편소설이라기보다는, 분량면으로 봐서 掌篇小說에 해당되며, 프로문학에서 그 목적만을 의도적으로 나타내려고 하는 단순성만을 갖고 있는 극히 짧은 작품으로, 물론 「민며느리」, 「해후」에도 그런 면이 전혀 없지는 않지만, 본고에서 충격을 위한 장치의 일면을 고찰해 보고자 할 때, 부득이 제외시킬 수 밖에 없었다. 왜냐하면 본고의 의도에 「숙제」는 적당한 작품이 아니기 때문이다.

「숙제」는 친구인 <P>가 프로作家인 <K>의 작품을, <K>가 유물론자가 못되어서 프로문학을 못쓴다고 신랄하게 비판함으로 해서 <K>로 하여금, 스스로 앞으로 작품을 발표할 때 프로문학에 더욱 정진하겠다고 다짐하는 극히 단순한 내용의 작품으로, 그것이 바로 숙제 (방점·필자)인 것이다.

"진정한 프로 예술을 창작하기 위하여서는 프로 속에 들어가지 않고서는 프로 작품을 쓰지 못할 것이란 말일세" <「숙제」<조선지광>1928. 4, p.108>란 <P>의 말에, <K>는 한참 고개를 숙이고 착잡하게 <P>의 이야기를 듣고 있다가, 고개를 번쩍 쳐들고 감격한 목소리로, " … 나보고 만일 진실한 고백을 하라면 나의 마음속 깊이에도 그런 숙제를 가진지 오래였네…"<「숙제」상기서 p.108> 하면서, 지금까지의 프로作家로서의 나태성을 깊이 반성한다는 단순한 내용이다. 이 작품에서 굳이 프로문학 (방점·필자)이란 단어가 아니라, 그 말이 들어올 자리에 다른 말을 집어 넣어도 이 작품은 그대로 성립이 가능하도록 구성이 단순한데, 거기에 굳이 프로문학이란 말을 집어넣

---

46) 조연현:「한국 현대 문학사」,상기서 p.418

어서, 프로문학 작품으로서의 성격을 표출했다는 것은 작품 전개에 있어서 필연성이 결여된 작품으로 봐야할 것이다. 물론 앞에서도 언급한 대로 이 작품은, 충격을 위한 결정적인 장치도 없고, 반전의 효과를 반드시 갖추어야 하는 꽁뜨로서의 성격도 결여되어 있기 때문에, 꽁뜨라기보다는 그 분량면으로 봐서, 掌編小說의 범주로 간주해서 본고에서 제외시킨 것이 그 이유다.

그러면 「민며느리」와 「해후」에서, 충격을 위한 장치를 살펴보면서 그 공통점을 찾아보자.

「민며느리」에서, 금순이의 모친은 그녀가 세 살 때 죽었고, 그녀의 아버지인 장공원이 등짐장사를 하면서 어린 금순이를 지게에 지고, 이리저리 돌아다니다가, 이곳 K촌에 뿌리를 내리고, 금순이를 차첨지집에 6살에 민며느리 (방점·필자)로 내준다. 금순이 남편 원득이는 금순이보다 나이가 21살이나 더 많아서 금순이가 13살 되던 해 가을에 34살의 신랑과 결혼을 올리고, 보기에도 강인한 쪽을 찌고 <「민며느리」<조선지광> 1927.6, p.27>, 19살에 윗말 김주사집에 행낭살이 - 종살이 - 를 하다가, 마침 과부인 김부인집 윗방을 하나 얻어서 살림을 난다. 여기서 금순이는 김부인의 작은 아들이며, 학생이고 양반이며 동경 유학생이며 미혼인 총각 - 19살 - 이고 남의 집 귀공자인 <「민며느리」상기서 p.33> 복남이를 사모하게 되지만, 김부인이 이사하는 날 금순이가 복남이에게 정표로 준 주머니를, 복남이는 발기발기 찢으며 이야기 한다.

"예, 에-, 여학생도 발길에 툭툭채이는데 네까짓 것을".[47]

이 말은 금순이가 신분의 변화 - 상승 - 를 일으키게하는 장치가 된다. 民村은 사회운동 - 무산계급운동·필자 - 은 무식하면 할 수 없다는 장치를 설정해 놓고 그 충격을 준비하고 있다. 그 뒤 금순이는 시집에서 많은 고통-육체적 화형 LYNCH-을 당하고, K촌을 떠나 걸식, 방물장수, 쌀고르기 노릇, 빈대떡을 붙여 팔다가 <「민며느리」상기서 p.30> 서울로 와서 S제사공장에 여

---

47) 李箕永:「민며느리」<조선지광> 1927. 6. p.29

공이 되어서, 낮에는 12~13시간 노동하고 밤에는 돌아오면 공부를 하였다. <「민며느리」상기서 p.31> 즉, 이렇게 해서 금순이의 의식은 3년만에 눈이 떠진다.

지금 금순이에게는 그보다 - 복남이와의 관계·필자 - 더 큰일이 눈앞에 가로 놓였다. 사람의 생활이란 연애뿐만이 아니라, 아니 그가 겪은 인생의 비극, 그 원인을 캐어보면 모두 가난하기 때문이다. 그런데 그것이 자기 하나만 그렇다면 운수라고 하지만, 이 세상에는 많은 가난한 사람이 있다. 그들은 모두 자기와 같은, 아니 그보다도 더한 비극을 가졌다.[48] (방점·필자)

그래서 금순이는, 오직 부지런히 공부하여서 무산계급전선의 한 투사가 되기로[49] 결심을 하는 것이다. 이 작품에 가장 중요한 장치는 복남이가 금순이에게 했던 충격적인 말이다. 作家는 이러한 장치를 설정해 놓고, 무지한 금순이를 사회운동가로 변신시킨다.

다음 「해후」에서, S는 보통학교를 다니다가, 전화교환수로 있다가, 그녀의 아버지가 죽자, 이제는 살 수가 없으니 어서 시집을 가라고 - 어느 순사 다니는 부자한테로 재취 시집을 가라고 할 때 - 어머니가 조를 때인 3년전에, ××농장 소작 쟁의로 한참 요란하든 그 사건의 진상을 <「해후」상기서 p.119> 조사하려고 ××(폭로·필자) 연설을 한 B를 처음 만나게 된다. <「해후」상기서 p.118> 이때 그녀는 B에게 러브레터를 써 보냈다가,

…마치 전장에 나가는 무사처럼 집을 뛰어 나오든지, 그렇지 않으면 제단에 오른 양같이 어머니 말을 쫓아,[50]

순사에게 재취로 시집을 가라는 모욕적인 답장을 받고 충격을 받는다. 바로 이러한 내용의 답장은 S가 신분의 변화를 일으키게 하는 원인이 된다. 이런 모욕적인 B의 답장을 받고, S는 서울로 올라와서, 그녀는 시골서 여태동안 전

---

48) 李箕永:「민며느리」상기서 p.34
49) 李箕永:「민며느리」상기서 p.35
50) 李箕永:「해후」<조선지광> 1927. 11, p.120

화교환수를 다닌 까닭에 일본말도 능란하고, 또 그들은 강제로 일본 옷을 입혔기 때문에 <「해후」 상기서 p.121> 화복도 입을 줄 알아서 호시 카페의 여급으로 채용된다. 카페 주인은 기뻤으나, S는 다시 그들의 종이 됨을 슬퍼하였다. (방점·필자, 「해후」 상기서 p.12)

그러나 이 세상에 많은 무산자들 중에는 자기보다 더한 고통을 당하고 사는 사람이 많이 있는 줄 아는 까닭으로, 아니 그렇다느니보다도 그의 눈앞에 멀리 ×××(혁명의·필자, 방점·필자) 바다가 내다보였으므로[51] 그녀는 고통을 꾹 참고 일을 하였다.

월급이라고는 몇 푼 되지 않았다마는, 손(님)들이 던져주는 「뽀찌」(? 팁·필자)의 수입이 적지 않아서, <「해후」 상기서 p.122> 그것을 저금하여 1년만에 그 돈으로 모친에게는 하숙을 치게하고, 한편으로는 그것 (하숙·필자)을 도우면서, 한편으로는 청년회의 전력을 다하고 그리고 열심히 공부한다. <「해후」 상기서 p.122> 그리고 올 봄에 열린 대회에서 일약 중앙집행위원회 상무위원이란 여자 청년회의 우이를 잡게 되었는데,<「해후」 상기서 p.122> 바로 S가 지금 이렇게 되기까지는 3년전 B가 그녀를 무시한 편지를 보냈기 때문으로, 民村은 장치를 설정한다.

이와 같이 「민며느리」에서는 무지한 금순이가 신분이 변화·상승하고, 사회주의 운동가가 되는 결정적인 장치로, 복남이가 금순이를 무시하는 말로 설정했고, 또 「해후」에서는 전혀 무지하지는 않지만, 시골여자인 S가 모던 걸이 되고 <「해후」 상기서 p.117> 사회주의운동가가 되는 결정적인 장치로, S의 러브레터를, B가 무시하는 답장을 보낸 것으로 설정했다는 것을 알 수 있다.

여기서 「민며느리」(<조선지광> 1927. 6)와 「해후」(<조선지광> 1927. 11)의 작품발표시기는 불과 5개월의 차이가 나는데 그 구성으로 봐서 이 두 작품은 동일선상에서 파악이 가능하다.

즉, 「민며느리」와 「해후」에서, 금순이와 S, 복남이와 B, 또한 이들 작품에

---

51) 李箕永: 「해후」 상기서 p.121

서 중요한 동기가 되는 복남이의 「말」과 B의 「편지」 등의 장치, 그리고 무지하거나, 시골여자가 상경하여서 갖은 고생을 다 하면서 악착같이 공부하여, 물론 공부 뿐만 아니라 사회의 밑바닥까지 체험하게 하여서, 사회주의의 운동을 하게 하는 신분의 변화-상승-등은 하나의 동일선상에서 파악이 가능하다. 또한 이 글의 인용문에서 보이듯이 가난의 문제를 개인적인 차원을 벗어나, 대중이나 집단으로 作家가 의도적으로 확산시키고 있는 것도 프로문학 작품의 성격과 무관하지 않다. 이 점은 필자가 방점을 찍어서 이미 주의를 환기시켰다.

3. 결 론

앞에서도 이야기한 대로 이들 작품들이 발표된 시기(1927년)는 프로문학의 방향전환이 대두되고 발전하는 시기이고, 또한 <개벽>이나 <조선지광>이 다같이 프로문학에 깊이 관여한 잡지다. 그리고 사회주의 운동을 선봉적으로 담당해온 <개벽>지,[52] 보다는, M·L당 기관지 역할을 했던[53] <조선지광>은 覆字와 削除를 더 심하게 남기고 있다. <조선지광>에 실려있는 작품은 거의가 다 복자와 삭제의 세례를 받은 것이다.[54] 이 당시, 삭제를 당한 作家는 오히려 문단내에서 주목을 받게되어 삭제는 作家로서의 성패 그 척도가 되기까지 한[55] 점으로 보아 民村은 상당히 주목받은 作家임을 부인할 수 없다. 또 그것은 1925년 <개벽>이 폐간된 후, 신경향파 작품은 주로 <조선지광>을

---

52) 조연현:「한국 현대 문학사」상기서 p.307
53) 홍정선:「신경향파 비평에 나타난 생활문학의 변천과정」1981. 서울대 석사논문 p.34
54) 조남현:「1920년대 한국 경향소설 연구」상기서 p.98
   그 예로 「민며느리」<조선지광> 1927. 6, p.25, p.34, p.35 문장자체 삭제
   「해후」<조선지광> 1927. 11 p.125, p.127 삭제
55) 조남현:「1920년대 한국 경향소설 연구」상기서 p.89

무대로 발표된 것으로 봐서도 어쩜 당연한 것인지도 모르겠다.[56] 물론 「민며느리」, 「해후」, 「숙제」 등이 작품에 나타난 소설미학상의 결함을 생각해 볼 때, 논리의 비약이나, 묘사의 껄끄러움이 없는 것은 아니지만,[57] 그러나 그는 특히 해학적인 필치로 그의 특유한 재능을 나타냈었다. 그는 농촌에서 나온 作家로 농민생활에 풍부한 식견을 가지고 있었다.[58] 따라서 그는 프로문학이 불가능해지자 농촌 소설作家로 일관하게[59] 된다.

그의 문학적 우위성이란, 프로문학의 문학적 특성인 공식적, 기계적인 경향이 「서화」에서는 리얼리티의 강도에 의하여 어느 정도 가시어 지고, 「故鄕」에서는 그의 다른 작품에서 전혀 볼 수 없었던 서정적인 요소에 의하여 감퇴된[60] 점으로 보아 그의 작품들은 다시 재고를 요하게 된다.

56) 홍정선: 「신경향파 비평에 나타난 생활문학의 변천과정」 상기서 p.34에서 <조선지광>은 1926년부터 자금지원을 받았다. (Dae-Sook, Suh, op. cit., p.79)

57) 李箕永: 「민며느리」 상기서 p.32에서, 마치 주린 승냥이 떼같은 사내들이-우선 공장안에 있는 남자들부터 그(녀)를 욕심내어 걸떡걸떡(방점 · 필자)하는 판이었다.
  · 李箕永: 「해후」 상기서 p. 121에서, 독자제군!(방점 · 필자) 고통을 다같은 고통이라 하지마라! 다같은 고통이라도 희망을 가진 고통과, 절망을 가진 고통과는 판연히 다른 것이다. …등의 지문속에, 독자를 의식하여 주의를 환기 시키는 수법 등.

58) 박영희 「한국 현대 문학사」 <사상계> 66권. 1959. 1, p.378

59) 조연현: 「한국 현대 문학사」 상기서 p.415

60) 조연현: 「한국 현대 문학사」 상기서 p.418

※ 참고문헌 ※

김윤식「한국근대 문학연구」일지사. 1973.

김윤식「한국근대문예비평사연구」일지사, 1976,

박영희「한국 현대 문학사」<사상계> 66권. 1959.1.

박영희「개벽시대 회고」<조광> 4권 6호

이기영「민며느리」<조선지광> 1927.6.

이기영 「해후」<조선지광> 1927.11.

정한숙「현대소설」한국 현대 문화사 대계 Ⅰ. 고려 대학교 민족문화 연구소 1979.

조남현「1920년대 한국 경향소설 연구」1974년 서울대 석사 논문

조연현「한국 현대 문학사」성문각 1969.

홍정선「신경향파 비평에 나타난 생활문학의 변천과정」1981. 서울대 석사논문

民村 李箕永의 都市 貧民 小說 研究

1. 序論

일제하 계급문학운동의 전개과정에서 볼 때, 民村 李箕永은 중요한 作家의 한 사람으로 평가된다. 그 이유는 다음 네 가지로 요약될 수 있을 것 같다. 첫째, 그는 카프결성에 가담한 주요 멤버 중의 한 사람이란 점,[61] 둘째, 투철한 계급의식을 가지고 카프해산까지 꾸준히 활동했다는 점,[62] 셋째, 이 시기

---

61) 김시태, ≪한국프로문학 비평연구≫(아세아문화사, 1978), p. 21 참조.
   카프의 발기인-김기진, 박영희, 김복진, 안석영 등 주로 파스큐라 계열.
   카프에 합세한 초창기 맹원-李箕永, 한설야, 박세영, 윤기정, 유진오 등.
62) 카프는 1925. 8. 24에 결성되고 1935. 5. 21에 해산되었다.
   李箕永 연보에 의하면, 民村은 1924년 ≪개벽≫지에 <오빠의 비밀편지>가 3 석으로 입선되어 문단에 등단했고, 이듬해에 조포석의 알선으로 ≪조선지광≫에 입사하게 된다. 또한 그 해에 카프에도 가입하게 되는데, 가입 당시 아무런 사상

프로소설의 대표작으로 널리 알려진 ≪故鄕≫63)의 作家라는 점, 넷째, 해방
직후 越北한64) 이후에도 그곳 북한문단에서 계속 역량을 발휘했을 뿐아니라,
사회주의 리얼리즘 측면에 입각하여 ≪땅≫65)과 ≪두만강≫66)과 같은 뛰어

적 주저도 없었다고 한다. 民村은 카프에 가입후 출판의 책임도 맡아 보았다.(李
箕永, 풀빛 출판사, 1989. p.364, 李箕永 연보 참조). 그런데, ≪조선지광≫은 일
종의 프로문학의 구심점적인 성격도 띠고 있어서, 처음에는 傾向作家들이 ≪개
벽≫지를 중심으로 작품을 발표했다가, 1926년 이후는 ≪조선지광≫을 빌어서
작품을 발표했다.
　김윤식·정호웅, ≪한국 근대 리얼리즘 作家연구≫(문학과 지성사, 1989), p.61.
　조남현, <1920년대 한국 경향소설 연구> (서울대석사, 1974), p.42 참조
　民村은 1924년부터 1935년까지 50여 편의 작품을 발표했는데 그 중 ≪조선지
광≫에 발표한 작품도 10여 편 정도가 된다.
63) 임 화, <소설 문학의 20년> (동아일보, 1940. 4.20) 참조
　임화는 윗 글에서, 李箕永의 ≪故鄕≫을 경향소설의 제일 큰 모뉴멘트라고 평
했다.
64) 이기봉, ≪북의 문학과 예술인≫ (시사연, 1986), p.167 참조
　상기서에 의하면 "그 두 사람 (한설야, 李箕永 : 필자 삽입)은 이미 12월 초에
(1945년 : 필자 삽입) 평양에 들어온 즉시, 김일성을 찾아가 인사를 드리고, 남한의
문화, 예술계의 동향과 자신들의 越北 동기를 자세히 보고한 바 있다."고 기록되
어 있다.
65) 李箕永의 ≪땅≫은, <개간편>(1948), <수확편>(1949)으로 구성 되었는데, "이 작
품은 해방 이후 북한의 토지 개혁을 주제로 쓴 것으로, 지주의 가혹한 수탈행위를
고발하였으며, 머슴인 곽바우가 땅의 주인이 되면서 정치, 사상적으로 성장해 가
는 과정을 작품화 시킨 것으로, 이 소설은 해방후 제반 민주주의적 개혁 과정을
취급한 첫 장편소설의 새로운 발전 면모를 보여주었다.
　류만, ≪조선문학개관Ⅱ≫(북한:사회과학출판사, 1986.북한) : (서울: 도서출판
인동, 1988), pp.126-129 참조
66) 李箕永의 ≪두만강≫은 대하소설인데 전 3 부작으로, 1부(29장)는 1954년, 2부
(37장)는 1957년, 3부(36장)는 1961년에 발표되었다. 民村은 ≪두만강≫1,2부로
1960년 인민상을 받았으며, "이 작품은 역사적 주제를 현대성의 원칙에서 옳게 해
결한 해방 이후 역사물 주체의 성과작"이라고 했다. (박종원·류만·전게서,
pp.215-219 참조)
　"이미 1950년대 말에, 민족해방투쟁의 첫 단계를 그 복잡한 면모로 생동하게 비
쳐 준 거울, 산 역사교재"등의 찬사를 얻었고, (≪조선문학통사≫ 하, 과학원 언어
연구소 문학연구실, 1959. p.338. 재인용), 그후 1980 연대까지도 '사회주의적 사실

난 소설을 남겼다는 점 등이다.

民村 李箕永이 그동안 꾸준히 거론된 것은, 그가 일제치하에서 조선 농민들의 궁핍상을 리얼하게 드러내어서 당시 조선 민족의 시대적 고통을 제시해 준 그의 문학적 업적 때문이기도 하지만, 해방직후 자진 越北하여 북쪽에서 꾸준히 창작에 몰두하여 투철한 作家意識과 계급주의에 대한 긍정적인 세계관을 보여준 그의 문학관이 80년대 이후 남쪽 문학 연구자들의 관심을 불러 일으킨 계기에 부합되었기 때문일 것이다.

본고에서는 民村 李箕永의 작품들 중에서 도시빈민소설들을 분석하여, 그가 추구했던 계급주의 문학이 식민지시대에 어떤 양상을 드러냈는가를 살펴보는 데 목적이 있다.

民村의 계급주의 작품은 대체로 농민소설에서 성공를 거두고 있지만, 도시빈민 소설이라고 해서 그냥 간과해 버릴 수는 없다. 그의 계급주의 작품은 도시 빈민 소설에서 출발했으며, 또한 도시 빈민 소설의 바탕에서 <民村>, <서화>, <농부정도룡>, <故鄕> 같은 뛰어난 농민 소설이 창작되었기 때문이다.

民村의 도시빈민 소설은 크게 두 가지로 구분이 가능하다. 하나는 지식인의 빈궁양상이며, 다른 하나는 단순 노동자들의 빈궁양상이다. 지식인들은 일제치하에서 그들의 생존권을 위협하는 제도에 대해서 아무 힘도 발휘하지 못하고 개인적인 체념과 패배의식에 머무르고 만다. 그들의 생존권을 위협하는 대상은 강력한 제도적 보호 아래서 무산대중을 착취하는 부르주아들의 인습적인 행패와 일제의 강력한 수탈 정책이었다. 따라서 지식인들은 이런 모순을 제거하는 데 아무런 기여도 못했다. 도시빈민소설에서 지식인의 빈궁양상을 드러낸 작품으로는 <가난한 사람들>(개벽. 1925. 5), <오매를 둔 아버지>(개벽, 1926. 4), <돈>(조광. 1937. 10) 등을 들 수 있다.

또 다른 하나는 도시의 단순 노동자들이 등장하는 작품이다. 단순 노동자는

주의의 모델'로 평가받고 있다.
　(권영민편, 《북한의 문학》을유문화사, 1989, pp.199-205 참조)

도시에서 그들이 왜 항상 생존권의 위협을 받고 있는지 그 원인도 알지 못한 채, 비참하게 지내고 있지만, 부르주아에 대한 투쟁의식이나 모순된 제도에 대한 개혁의지가 드러나지 않는다. 그들은 빈궁의 원인을 그릇된 부르주아의 수탈이나 제도적 모순에서 찾아서 그 대타의식과 개혁의지를 보이려고 하기 보다는, 가난을 개인적인 체념이나 숙명으로 받아들이는 데서 빈궁소설의 한 특징을 지적할 수 있으며, 가난을 제재로 한 경향소설의 흐름을 파악할 수 있 다. 이 계열의 작품으로는 <실진>(동과. 1926. 1)과 <산모>(조광. 1937. 6) 등을 들 수 있다.

본고에서는 위에 예시한 작품들을 중심으로, 도시빈민들이 형성된 배경을 살펴 보겠다. 그리고 도시빈민들이 궁핍하게 된 원인과 이런 빈궁상황에 그들 이 어떻게 대처했는지 고찰해 보겠다. 이런 작업은 도시 빈민들의 고통을 섬 세하게 파악하게 해 줄 것이며, 한 민족이 異民族에게 짓밟힌 역사적 과오를 작품을 통하여 재확인시켜 줄 것이다.

民村의 소설에 대해서는 최근에 많은 연구가 있었지만,67) 대체로 계급주

---

67) 그동안 民村 李箕永에 관한 연구를 편의상, 해방 이전과 이후로 시기적으로 구분 해 볼 때, 우선 해방 이전의 작품론은, <民村>(조선지광, 1925. 12), <서화>(조선 인보, 1933. 5. 30 - 7. 1. 연재), 《故鄉》(조선일보, 1933. 11. 15-1934,9. 21. 연재) 등 주로 농민 소설에 국한되어 있음을 알 수 있다. 예를 들면, 윤기정, <李箕永씨 의 창작집 《民村》을 읽고> (조선일보, 1928. 3. 20-13). 김기진, <문단 1년>(동 광, 1927. 11)
   안함광, <농민 문학 문제 1 고찰>(조선일보, 1931. 8. 12-13)
   임화, <농민 문학 문제 1 고찰>(조선일보, 1931. 7. 18).
   민병휘, <춘원의 《흙》과 민춘의 《故鄕》>(조선문단, 1935. 5)
   김남천, <지식계급 전형의 창조와 《故鄕》의 주인공에 대한 김상>(조선중앙일 보, 1935. 6. 28-7. 4)
   박영희, <民村의 역작 《故鄕》을 읽고>(조선일보, 1936. 12. 1).
   민병휘, <民村의 故鄕론>(백광, 1937. 3-6)
   이무영, <소설가 아닌 소설가民村의<서화>를 읽고>(동아일보, 1937. 8. 3).
   이원조, < 《서화》 신간평>(조선일보, 1937. 8. 17).
   박영희, <民村 李箕永론《故鄕》을 중심으로 한 제작>(동아일보, 1938. 2.

의 농민소설연구에 국한되어 왔다. 여기에는 民村의 도시빈민소설이 그의 세계관 이해에 별로 도움이 되지 않으리라는 선입견이 작용했기 때문인 듯 하다. 이런 이유 때문인지 그의 도시빈민소설은 북쪽의 문학사에 약간 언급되어질 정도이다.68)

民村 李箕永이 계급주의 농민 作家라는 점은 사실이다. 그러나 民村이 계급주의에 투철한 作家이기 이전에 농민 作家로서 확고한 지위를 획득하기까지, 공장노동자소설도 계급주의를 드러 내려는69) 시도적 의도로 남겼으며,

---

19-20)
  안함광, <로만 론의의 제 문제와 《故郷》의 현대적 의의-장편소설 검토2>(인문평론, 1940. 11) 등이 있으며 해방 이후의 작품연구로는,
  오양호, <농민 소설 연구>(영남대 석사, 1971)
  신춘호, <한국 빈궁 문학의두 양상>(고대 석사, 1973)
  이주형, <1930년대 한국 장편 소설 연구>(서울대 박사, 1983)
  이완주, <한국 농민 소설의 인간상 연구>(조선대 석사, 1985)
  이주성, <한국 농민 소설 연구>(세종대 석사, 1986)
  서경석, <1920-30년대 한국 경향 소설 연구>(서울대 석사, 1987)
  조남철, <일제하 한국 농민 소설 연구>(연대박사, 1986)
  간복균, <1930년대 한국 농민 소설 연구>(단대 박사, 1986)
  정미원, <李箕永 《故郷》의 작중 인물 연구>(외대석사, 1988)등이 있는데, 개별 고찰은 본고의 의도와는 다르게, 농민 소설 연구에 국한되어 있으므로 제외하며, 다만 民村을 "그는 주로 농민들의 생활을 그린 소설 작품들을 창작한 것으로 하여 농민作家, 농촌作家로 사랑을 받았다"는 평으로 대신하겠다. (박종원·류만, 전게서, P.74 참조)
68) 다음 民村의 도시 빈민 소설에 관한 연구는 거의 언급이 없는데, 다만 <가난한 사람들>(개벽, 1925. 5)에 대해서는, "신경향파 문학, 즉 초기무산 계급 문학의 일반적 특징 등을 보여주는 작품"(박충록, 《한국민중문학사》연변교육출판사의 조선문학간사. 1987, 도서출판 열사람, 서울. 1988. p.273 재인). 이라는 평과 "일제 식민지 통치 밑에서 조선인민의 비참한 생활 처지와 새 사회에 대한 지향을 반영"(박종원·류만, 전게서, p.71)하였다는 평이 나타나며, <오매를 둔 아버지>(개벽, 1926. 4)에 대해서는, "괴기적인 작품"(김윤식·정호웅편, 전게서에 수록, p.96 참조)이라고 아주 간단하게 소개가 되고 있다.
69) 民村의 공장 노동자 소설은 두 편 정도가 있는데, 이들 작품은, <호외>(현대평론, 1927. 3), <조희 뜨는 사람들>(대조, 1930. 4)등으로, "노동 계급을 역사의 창조자

그 일환의 하나로 도시빈민소설도 창작되었기 때문이다. 본고에서 民村 李箕永의 도시빈민소설을 연구대상으로 선택한 것은 바로 이런 이유 때문이다. 또한 民村의 도시빈민소설연구는, 이후 공장노동자소설이나 농민소설 등 民村의 작품 全般을 연구하는데 있어서, 거쳐야만 하는 하나의 시도로서 그 의의를 지닐 수 있을 것이다.

2. 都市 貧民 小說의 樣相

民村의 도시 빈민 소설에서 그 중심 제재가 될 수 있는 것은 바로 가난이다. 그리고 그 가난은 우리 민중이 조선시대부터 이어져 내려온 토착적 가난도 원인이 되겠지만, 보다 근본적인 원인을 지적하자면, 바로 일제치하라는 점이다. 한 민족이 다른 異民族을 지배하기 위하여서는 통치권, 외교권의 박탈이 우선 되겠지만, 그러나 민중의 생존권과 직결되는 것은 경제 침탈이다. 한국과 일본의 관계를 논할 때, 일본의 경제 침탈을 除論하고는 민중의 삶을 파악 할 수 없을 것이다.

일본의 경제 침탈 중, 민중의 삶을 빈궁의 극한 상황으로 몰아 넣은 경제 침탈 분야는 바로, 토지와 농지를 강점했으며 농산물을 약탈한 농업 방면의 수탈이다. 농업 방면이 수탈이 왜 그렇게 조선 민중을 빈궁의 극한 상황으로 몰아 넣었는가를 살펴 볼 때, 당시 조선 민중의 85% 이상이 농민[70]이란 사실과는 결코 무관하지 않은 것이다. 일제는 농업 경제를 착취하기 위한 방법의 하나로 토지조사령(1912)을 반포하였고, 미등기, 미신고 토지를 강제로 빼앗았는데, 1930년의 통계에 의하면, 조선 총독부의 전답 및 임야는 전 국토의

로 형상하였으며 노동동맹의 사상을 보여준 작품"(박충록, 전게서, p.273) 또는, "계급적 각성과 투쟁을 반영한 작품"(박종원 · 류만, 전게서, p.72) 등으로 평가되고 있다.

70) 김준호, <일제하 인구 구조에 관한 연구> (고대경제석사, 1981), p.23.

40%에 해당하는 888만 町步71)나 된다. 時勢에 밝아서 재빨리 개화를 했거나 친일에 철저했던 일부 지주들을 제외하고는 거의 대부분의 농민들은 이런 총독부 정책 때문에 자작에서 소작으로 떨어지거나 이농을 하게 되었다.

이들은 본래 생업인 농사를 더 이상 지을 수 없어, 조상 대대로 살아온 故鄕을 떠난 사람들로 故鄕을 떠나 도시로 흘러 들어 갔거나 만주, 시베리아, 하와이, 일본으로 들어가서 하층 노동에 종사하거나 流離乞食을 하게 되었다. 물론 이들 가운데 상업이나 공업분야로 전업한 사람들도 극소수 있으나 대부분 단순 노동자나 일용 노동자로 떨어졌으며72), 도시빈민을 형성한 계층이 바로 이들이다. 그러니까 도시 빈민은 본래 농촌에서 농사를 짓고 살다가 그 생활의 근거를 잃고 도시로 흘러 들어왔다고 할 수 있는데, 그들은 도시로 들어온 그 순간부터 이미 극에 달한 절망적인 가난을 안고 들어 왔다고 하겠다.

그런데 도시 빈민들 중에서 지식인들의 삶과 단순 노동자들의 삶은 빈궁이라는 공통점을 안고는 있었지만, 가난을 인식하는 면에서는 차이가 드러나며, 생활의 수단이나 방법면에서도 차이가 드러난다. 본고에서는 도시 빈민들 중에서 지식인들과 단순 노동자들의 빈궁의 양상을 살펴 보고 그 차이점을 찾아 보겠다.

(1) 知識人의 貧窮樣相

원래 지식인들이란, 많은 교육을 받고, 그 지식을 다시 사회에 환원시키려 하며, 그 대가로 신분 상승을 꾀하는 사람들을 지칭할 수 있다. 그런데, 당시 지식인들에게는 그들의 욕구를 충족시켜 줄 만한 기회가 주어지지 않았다. 그

---

71) 이기백, ≪한국사 신론≫(일조각, 1981), p.376 참조.
72) 김준호, 전게논문, p.34. 농민의 이농상황(1924-1925) 도표 참조. 이 도표에 의하면 47.4%에 해당하는 7만여 명이 노동자로 전락했다.

이유는 일제치하에서, 사회가 그들을 수용할 수 없었던 데 기인한다. 당시 교육기회나 고용기회는 일인들이나 친일적 인사들에게 편중되어서, 한국인들은 그런 기회를 얻기가 어려웠다. 또한, 어렵게 교육을 받은 사람들은 농촌에 남은 종래의 한국인의 전통적 사고에 교육의 공리성을 너무 중시한 나머지, 농업을 천시한 것이 그 이유가 될 것이다. 그러나 도시로 몰려든 지식인들은 고용기회도 적었을 뿐만 아니라 직업의 분업화, 전문화도 채 이루어지지 못한 상태였으므로 물질적인 면에서나 정신적인 면에서 다 같이 불만을 갖게 되었고 소외 의식의 골이 깊어 졌다."실제로 이들은 계층이동에 있어서 하향이동을 했다"73)고 볼 수 있다.

당시 지식인들은 조선에서의 교육기회가 드물었던 만치 일본으로 건너가서 공부를 할 수 밖에 없었는데, "당시 일본은 많은 교사와 학생이 공산주의 운동에 참가했으며, 폭동과 데모가 일어났고 위험사상 - 무정부주의, 사회주의, 공산주의 - 이 만연되어"74) 유학생들도 그 영향을 받았으며 이런 계급주의 사상은 문학에서도 자연발생적으로 등장하게 되었다. 그 예는 1920년대에 발표된 경향소설이라고 할 수 있겠다. 당시 경향소설을 발표한 作家로는 최학송, 박영희, 김기진, 李箕永 등 20여 명을 들 수 있는데,75) 대체로 카프에 가입한 作家들로 주축을 이룬다. 당시의 경향소설을 조남현은, 제재면에서 인테리겐치아와 하층계급으로 二分化 시켰으며, 또, 궁핍과 경향성이란 문제로 二元化 시켰으며,76) 그리고 경향소설의 작중인물은 자화상과 매우 밀착되었다77)

73) 조남현, <한국 현대소설에 나타난 지식인상 연구> -1920, 1930년대를 중심으로 - (서울대 박사, 1982), p.98 참조
74) 리차드 H. 미첼. (김윤식 역), ≪일제의 사상통제≫ - 사상전향과 법체계 - (일지사, 1982), p.16 참조.
75) 경향소설의 作家와 작품은, 조남현의 <1920년대 한국 경향소설 연구> 논문의 작품 목록에 열거되어 있다. 조남현, <1920년대 한국 경향소설 연구> (서울대 석사, 1974), pp.58-67, 작품 목록 참조.
76) 조남현, 전게석사논문, pp.74-76 참조.
77) 조남현, 전게석사논문, p.68.

고 규정하고 있다. 이 말은 作家 자신의 체험이 작품의 제재에 크게 영향을 미쳤다는 뜻일 것이다.

그것은 李箕永에 있어서도 예외가 아니었다. 民村은, "아무리 뛰어난 상상력을 가진 사람이라도 경험이 없으면 작품이 안된다"[78]고 作家 체험이 중요성을 강조했다. 그는 농민 소설은 물론 도시 빈민 소설에서도 그의 체험을 작품에 반영시켰다. 民村이 농민출신이기 때문에 농민 作家로서의 명성을 획득한 것도 그 사실을 잘 반영한 예라고 하겠다. 또한 民村이 1924년 문단에 등단한 이루 ≪조선지광≫에 입사하면서, 서울에서만 생활했다는 사실이[79] 도시 빈민 소설 중 지식인 소설에서 드러난 예라고 하겠다.

당시 지식인 소설 중 文人을 등장시킨 소설도 있었는데, 지식인 소설중에 문인을 그린 작품으로는 현진건의 <빈처>(개벽. 7호, 1921. 1)와 함께 30년대에는, 정비석의 <궁심>(조선문단.1935. 11), 이무영의 <어떤 안해>(문장. 1939.12), 김영수의 <해면>(문장. 1940. 5) 등이다. 그것은 대체로 文人이나 作家志望生의 궁핍한 생활이나 소외의식을 드러낸 소설이다. 지식인 소설에 나오는 지식인들의 직업은 이와 같이 문인들이거나, 또는 신문, 잡지사 기자, 편집인쇄 교정원[80] 등으로 극히 제한적으로 나타나며, 자서전적 소설의 형식을 취하는 것이 그 특징이라고 하겠다.

民村도 문인이며, ≪조선지광≫편집기자로 입사했음을 상기해 볼 때, 예외가 아닐 것이다. 民村의 지식인 소설은 <가난한 사람들>, <오매를 둔 아버지>, <돈> 등이다. 문인을 등장시킨 작품은 <오매를 둔 아버지>(아버지), <돈>(경구)이며, <가난한 사람들>은 문인은 아니지만 "일본에 공부하러 들어 갔다가 공부를 다 끝내지 못하고 작년 9월 동경대진재 이후 귀국하여,"[81]

---

78) 李箕永, <창작의 이론과 실제 2>(동아일보, 1938. 9. 30).
79) 民村은 <노변야화>에서, "소위 서울살림을 시작한지도 이럭저럭 근 10년이 된다"고 했는데, 이 글을 발표한 해가 1934년이며, 民村은 그 이후에도 서울에서만 생활했다.
80) 조남현, 전게박사논문, p.104 참조

허송세월을 보내는, 성호라는 인물이 등장하는데, 그도 당시의 정황에서 살펴볼 때 지식인의 범주에 들 수 있다. "전문적 학자의 수가 타국에 비해 훨씬 떨어진 당시 한국의 특수성을 감안하여, 중등 학교 졸업생 이상부터 일단 전부 지식층의 카테고리에 넣어야 되지 않겠느냐,"[82)]는 박영희의 示唆대로, 지식인 범주 속에는 학교 수학 정도를 중등 교육 이상을 받은 사람으로 그리고, 급진주의 이론을 수용할 수 있는 사람 정도면 일단 지식인 범주에 들 수 있었기 때문이다.[83)]

> 그러라 함은 다름아니라 자기의 하고자 하는 학문이었다. 자기는 몇
> 번째 해외유학을 뜻하였었지마는 번번히 실패를 하고 지금 집에 와서
> 이렇게 있는 것도 지진통에 간신히 목숨만 살아가지고 뛰어나온 까닭
> 이다. 거기서는 물론 고학을 하였다.
>
> (<가난한 사람들> pp.75-76.)

이와 같이 성호는 동경유학을 가서 고학을 하며 공부했지만, 지진 통에 공부를 중단하고 귀국하게 된다. 여기서는 성호의 학력이 구체적으로 드러나 있지는 않지만 그는 학문에 대하여 유학까지 강행할 정동의 열의를 갖고 있다.

> 있는 자는 없는 자의 적이다. 일가니 친척이니 그게 다 무어냐? 오직
> 유무가 서로 싸워서 지던지 이기던지 승부를 다룰 것이다. 그렇다! 계
> 급투쟁이다.(中略) 대혁명이 일어나서 신인생의 세례를 받지 않고는 인
> 간에는 결코 행복이 없을 것을 그는 직각적으로 깨달았다.
>
> (<가난한 사람들> p.80)

또한, 이처럼 계급의식 - 진보적 의식 - 을 갖고 있다는 점을 전제로 할 때,

---

81) 李箕永, <가난한 사람들>, 전게서, p.69 참조.
82) 박영희, <조선 지식계급의 고민과 其向方> ≪개벽≫, 1935. p.3 참조.
83) 조남현, 전게박사논문, PP. 11-12 참조.
    여기서, 급진주의 이론이란 바로 사회주의를 지칭하고 있다.

성호라는 인물은 당시의 지식인 소설에 부합되는 인물로 볼 수 있겠다.[84]

　이상에서 <가난한 사람들>의 성호, <오매를 둔 아버지>의 '그'-아버지-, <돈>의 경구는 모두 지식인의 범주에 들 수 있는데, 그들은 모두 한 가정의 생계를 책임져야 하는 가장이면서도 그 상황을 극복하지 못하고 있다.

　그럼, 가난의 원인부터 살펴 보자.

　<가난한 사람들>의 성호는, 작년 9월 동경에서 나온 이후, 되지도 않는 일을 해 볼려고 공연히 서울 가서 두류한 까닭에 집안 형편을 도무지 몰랐다. (p.59) 집에는 삼촌네 집과 아우네 집도 다 같이 사는데, 아우는 농사를 짓지마는, 삼촌과 자기는 건달이다. (p.69)

　　　작년에 일본에서 나온 이후로, 이렇게 어정잡이가 되어서……
　　　　　　　　　　　　　　　　　　　(<가난한 사람들> p.69.)

　이와 같이 가장으로서 책임을 회피하고 서울 가서 아무런 하는 일도 없이 지냈으므로, 집안은 가난에서 벗어날 수가 없었다. 또한 아우는 농사를 짓는다고 했지만, 극도의 궁핍상황으로 미루어 볼 때, 소규모의 소작농인 것을 짐

---

84) 여기서, 지식인 소설은 作家의 체험을 작품에 많이 반영시킨다고 일단 전제를 하고, 民村의 실제 생애와 비교해 보면, 民村도 천안상리학교를 졸업하고, 논산 영화학교 교원, 호서은행 근무를 거쳐 일본 동경으로 건너가서 정칙영어학교를 고학으로 다니다가 동경대지진으로 많은 조선인들이 학살당하자 학문을 중단하고, 일인들의 만행에 비애를 느끼고 귀국하여 그 이듬해, 문단에 등단하기까지, 가정생활을 전혀 돌보지 않고, 서울서 빈둥거리며 룸펜으로 생활을 했었다. 이러한 民村의 생애와 성호의 생활이 정확히 일치한다.
　李箕永, <노변야화> (조선일보, 1934. 1934. 1. 14-27).
　───, <인상깊은 가을의 몇가지> ≪사해공론≫, 1936. 9.
　───, <소년시절의 그리운 정서> ≪풍림≫, 1936. 9.
　───, <나의 수업시대-作家의 올챙이 때 이야기>(동아일보, 1937. 8. 5).
　───, <초하수필>≪조선문단≫, 1937. 8.
　───, <탁류에 배를 타고 내려 올 때>≪사해공론≫, 1938. 8.
　───, <나의 문학 동기> ≪문장≫, 1940. 2 등 참조

작할 수 있다. 다음 <오매를 둔 아버지>의 '그'-아버지-를 보면, 이 인물 또한 <가난한 사람들>의 성호처럼 동경으로 공부하러 가서 중도에서 실패하고 돌아 온다.

> 그전에 그가 은행에 다닐 때에는 한달 월급이 근 40원씩이나 되어서 월급타는 돈으로 소작을 치는 까닭에-농사 짓는 것은 고시란히 남아서 그대로 양식을 함으로- 남의 빚 한푼 안지고 오히려 돈량이나 밀리더니……
> 그런데 그런 판에 그는 그 월급자리를 내던지고 별안간 일본으로 공부한다고 하루 아침에 달아났다. (中略)
> 그때 그의 아우 생각에는 일본으로 유학을 갔으니 공부하고 돌아오는 날이면 원님노릇을 하던지 도장관 노릇을 하던지 무슨 수가 있을 줄만 알고 꼭 믿고 기다렸더니 급기야 삼년만에 나온다는 것은 지진통에 죽을 것을 살아왔다고 가지고 들어간 이부자리는 몽땅 태워 버리고 벌거벗은 알몸둥이만 튀어 나왔다.
>
> (<오매를 둔 아버지> p.28.)

이처럼 그는 아우의 기대를 무참히 꺾고, 동경에서 지진을 만나, 하던 공부를 집어 치우고 귀국한다. 그러나 그는 "기위 그렇게 나왔으면 무슨 월급 자리나 다시 붙들어서 그전같이 지내지는 않고, 오라는 직장마다 다 싫다고 하고 겨우내 집안에서 무엇을 써 가지고 서울로 올라가 버렸다."(p.28) 그가 겨우내 쓴 것은 소설인데,[85] 동전 한푼 생기는 일이 아니었다.

> 내 참 형님도 딱하시어, 동네 사람들이 모다 비웃는데 남 부끄러워서

---

85) 실제 民村은, 동경에서 귀국 즉시, 한 겨우네 오륙백 매 정도의, 그의 최초의 장편인 <死의 影에 飛하는 白鷺群>이라는 작품을 써서, 1924년 초 봄에 조선일보(당시 편집장 洪愼憙), 동아일보 (당시 편집장 洪命憙)를 찾아갔으나 다 거절당했고, 그 뒤 서울서 전전하다가 그해 7월에 비로소 <오빠의 비밀편지>로 문단에 등단했는데 民村이 문단에 등단하기까지의 과정이 <가난한 사람들>이나 <오매를 둔 아버지>와 일치한다.

세상에 사람이 살 수가 있어야지. 이야기 잘 하는 이는 궁하다는 옛말
　　이 맞지 무얼!

(<오매를 둔 아버지> p.29.)

　이처럼 그는 오라는 직장도 마다하고 돈도 안 생기는 소설만 쓴다고, 가정을 아우에게 내 맡기고 서울에서만 지냈던 것이다.
　다음 <돈>은 위의 두 작품과는 차이가 나타나기는 하지만 역시 가난한 文士의 서울 생활이 비참하게 드러나고 있다. 위의 두 작품은 가난의 원인이 다같이 동경에 공부하러 갔다가 동경대진재 때문에 실패하고 돌아와서도 살림을 돌보지 않는 데 있었다. 즉, 개인적 욕망 때문에 서울로 올라가서 돈도 안 생기는, 되지도 않는 일(소설 쓰는 일 : 필자)에 매달려서 가족들을 극도의 기아상태로 내버려 둔 데 있다. 그러나 <돈>에서는 가난의 원인이 예술적 양심으로 소설을 쓸려고 한 데 있다.

　　나는 적어도 예술적 양심으로 쓰는 소설이다. 나는 돈을 벌기 위해서
　　만 소설을 쓸 수는 없다.

(<돈> p.168.)

　이상에서 가난의 원인을 살펴 보았다. 물론 지식인[86]들이라고 다 가난했던 것은 아니지만, 民村의 작품에서 다루는 지식이란 대부분 가난과 궁핍한 생활에 쫓기는 사람들인데, 그것은 지식인의 설 자리가 극도로 제한되어 있었던 당시의 현실하고도 무관하지 않을 것이다.
　다음은 이들의 궁핍상황을 살펴보자.

---

86) 조남현, 전게박사논문, p.13 참조
　　지식인의 7가지 유형중에는 반동적 지식인, 부르주아적 지식인, 중간적 지식인, 소부르주아적 지식인 등도 있는 반면, 비판적 지식인, 허무적 지식인, 무산계급적 지식인 등도 있다.

양식이 떨어지기는 벌써 석 달 전인데 이제껏 어떻게 살아 왔는지!
가난한 사람은 허리띠가 양식인 모양이라.

(<가난한 사람들> p.59.)

<가난한 사람들>의 성호는, 이미 석 달 전에 양식이 떨어졌지만 어디 가서 돈이나 쌀을 빌어 올 융통성도 없었다. (p.59) "어제 저녁에 조죽을 먹은 것이 생목이 오르고, 그걸 음식이라고 먹은 자기의 주둥이를 짓찢고 싶을 만큼,"(p.59) 극도의 기아상태인데, 아내는 여덟 달 된 배를 내밀고, (p.70) 빈손으로 들어온 성호를 쳐다본다. 제수도 만삭이 된 배를 안고 굶주린 채, 나무하러 갔다가 빈 지게로 들어온 동생을 바라보고 있고, (p.83) 안방에서는 작은 아버지의 가족들이 또 굶고 앉아 있다.

안방에서는 사촌아이가 칭얼칭얼 하다가 또 그의 어머니에게 얻어 맞는 모양이다. 그 바람에 젖먹어 어린애가 놀래어서 볼에 단 것 같이 기겁을 하며 때그르르 운다. 주린 송아지의 힘없이 우는 소리같은 큰애의 우는 소리! 악 패듯 간난 애의 악찬 울음소리! 그리고 숙모님의 저주 소리! 이는 도모지 사람의 집이 아니라 鬼谷!魔窟이다.

(<가난한 사람들> p.82.)

"아! 그래도 못 그쳐? 응! 그래도"
하고 안해는 아이들을 주장질 하며,
"울지말고 어서 뽕 다듬어! 복 못탄 놈은 일이나 부지런히 해야지 내 일부터는 나무나 해라! 그까짓 학교에 다니면 위선 밥이 입으로 드러간다디? 아! 그래도 못 다물어! 일하기 싫거든 나가 뒤어져라! 죽으면 밥 안먹어도 될 터이니!"
하니 도끼눈에 주먹질을 하는 독살이 눈에 보이는 듯 하다.

(<가난한 사람들> p.81.)

삼촌네가 동생네나 제집이나 배고파 우는 아이를 때리는 아낙들의 패악 소리, 아이들 우는 소리에 집안은 귀곡의 마굴 같은 참상이 일어나고 있다.그리

민촌 이기영의 작가세계 73

고 이런 참상은 <오매를 둔 아버지>에서도 그대로 드러난다. 가족들을 돌보지 않고 3년만에 원고료 십 원만 보내고 이내 빈둥거리면서 서울서 지내는 아버지의 참상이나 가족을 돌보던 아우가 제 가족들만 데리고 저의 양외가로 이사를 가버리자, (p.26) 당장 굶게 된 가족들의 참상이 可矜하다.

> 무서운 대낮은 또 닥쳐 왔다. 그는 대낮이 무서웠다.
> (대낮은 : 필자) 모든 가난한 사람들을 홀두르려 깨워서 아귀들이 들끓는 저자거리로 내몰았다. (中略)
> 밤이 돌아오면 고뇌의 피난처인 잠자리에서 안식의 행복을 느낀다.
> (밥은 : 필자) 내일 아침까지는 먹을 걱정을 안해도 관계치 않다는 것만이라도 그에게 위안을 줄 수가 있었다.
>
> <오매를 둔 아버지> p.24.)

가족을 돌보지 않고 혼자 서울에서 지내는 아버지도, 먹을 걱정 때문에 낮이 두려운 것이다. 밤과 낮의 이 대립은 단순히 굶주림의 공포에서 나온 것이다. "어제 저녁을 굶고 잤으며, 한 겨울인데도 방구들은 어름장같이 차고 대낮에도 컴컴한, 문이라고는 단 한 개밖에 없는 구랑신 같은 이 방에 시커먼 옷을 입고 드러누워 있던"(p.32) 아버지가, 아우(득칠이)가 그의 가족을 버리고 달아나서 가족들이 굶어죽게 되었다는 삼촌의 편지를 받자 가족들 모두 죽이겠다고 집으로 내려 온다. 서울서 내려온 남편에게 그의 아내가 주장질을 치는 말에서 시골집의 정황이 잘 드러난다.

> "내가 무슨 죄가 있어서 여태 알뜰히도 고생을 시키다가 이제와서 또 죽이겠다고? 시집온 지, 근 20년 되니 옷 한가지를 하여 주었나? 잘 먹이기를 하였나! 자식을 다섯이나 나앗으니! 그것들 하나 키워 주었나? 그것들 제 신세 좋게 잘 죽었지! 세년들 그저 다 살앗서 보아! 자식 둘 남은 것도 주체를 못하여서 못가르치고 못먹이다가 나중에는 그것들까지 죽이겠다고"
>
> <오매를 둔 아버지> p.42.)

아버지가 가족을 죽이겠다고 내려왔을 때, 아내의 악지다. 여기서 죽은 세 딸은 모두들 가난 때문에 제 때에 약을 못쓰고 태독이나 홍역으로 죽은 딸들인데, (p.33) 아버지가 공동묘지를 지날 때, 세 딸 귀신들이 아버지의 등을 타고 집에까지 와서 본 집안의 정황을 귀신의 입으로 나타내고 있다.

> "참말로 우리 무덤 속보다도 더 흉악하구만! 이러구서 어떻게 산다 우! 그런데 먹을 것도 없으니 고만 어머니를 데려 가십시다. 아버지가 그런 생각(가족들을 죽이겠다는 생각 : 필자)을 할 만도 하지"
>
> (<오매를 둔 아버지> p.41.)

이와 같이 죽은 딸의 입을 통하여서도 극도의 궁핍생활을 제시해 주고 있지만, 그 가난은 <돈>의 경우에도 잘 드러난다. <돈>의 경구는 소설가다. 그는 실직한지도 1년이 되는데 (p.172) 수입이라고는 지극히 불안전하여서 옷가지를 전당 잡히거나 아끼는 책을 古本屋에 내어다 팔아서 근근히 연명한다.

> 경구가 돈을 만드는 방법은 세가지 밖에 없었다. 처음에는 있는대로 전당질을 하다가 그것이 떨어진 뒤로는 동무들의 주머니를 헐어서 푼돈을 얻어오고 그렇지 않으면 안해가 궁상맞다는 소설을 써서 십년 일득으로 원고료를 맛보는 것이었다.
>
> (<돈> p.172)

이렇게 어려운 처지인데 친구들도 고작 신문기자요, 그렇지 않으면 사립학교 선생들로, "몇푼 안되는 월급을 타갖고 제각기 살림을 하느라고 허덕이므로,"(p.172) 사실 손 벌리기가 난처하다.<돈>의 비참한 상황에는 자식들의 병이 덧치는 것도 큰 이유가 된다. 둘째 아들인 순철이는 눈병을, 갓 태어난 아기는 丹毒을 번갈아 가면서 앓았다. 그것은 "마치 어린애들이 봇쌈하는 형국으로, 이쪽을 모래로 막으면 저쪽이 터지고 저쪽을 막으면 이쪽이 터지는 형세로"(P.172) 나타난다. 결국 갓난 아기를 놓치고, 그 아기의 장례를 치를 돈을 마련하기 위하여, 아기의 시체 옆에서 작품을 쓰는, (P.178) 상황에 다다른다. 이와 같이 지식인 소설에 드러난 상황은 극단적인 기아와 절망의 상황이지만, 그러나 그 상황을 극복하려는 의지가 전혀 나타나지 않고 있다. 당시의 현실을 감안해 볼 때, 이런 위기상황을 극복하려고 노력해도 그 상황을 극복할 수 없었겠지만, 그러나 작품상으로는 시대적 고통과 계급적 모순을 제시해 주기 보다는 지식인의 자의식을 강하게 드러내어서, 그 가난을 고집스럽게 堅持하려는 의지가 나타나고 있다.

> 그야 전 목적이 이뿐이라면(단순한 월급자리 : 필자) 어떻게든지 가족을 연명케 할 수 있을 터이요, 그 돈도 갚을 수 있겠지만 그러면 그것으로 자기의 생명이 족할까?
>
> (<가난한 사람들> p.83)

> 내가 내려가면 무얼 하나! 내가 내려 간다고 별안간 먹을 것이 생길 이치는 없지 않은가? 그러면 그전같이 종질을 해서 벌어 먹으란 말인가? 월급 몇푼에다 내 목을 매란 말인가? 죽으면 죽었지 생명의 거지노릇은 할 수 없다!
>
> (<오매를 둔 아버지> p.26.)

> 물론 내가 쓰는 소설이 돈이 안 생기는 줄은 나도 잘 안다. 그러나 나는 적어도 예술적 양심으로 쓰는 소설이다! 나는 돈을 벌기 위해서만 소설을 쓸 수는 없다! 그럴 것 같으면 애여 소설을 집어 치우고 다른 무슨 돈벌이 할 길을 뚫어 갔지 여태 있겠니……
>
> (<돈> p.168.)

위의 인용문에서 보듯이 자기의 학문이나 문학에 대한 의욕과 정열을 조금만 희생시키고 가장으로서 책임을 다했다면 이런 극한적인 궁핍상태로까지는 떨어지지는 않았으리라는 암시가 묻어 나온다. <가난한 사람들> 의 성호처럼,

자기의 생명에 만족을 못 느끼더라도 가족들을 위하여 일거리를 찾아야 했고, <오매를 둔 아버지>의 아버지처럼, 생명의 거지노릇을 하더라도 월급자리를 찾아야 했으며, <돈>의 경우처럼, 예술적 양심을 희생시켜서라도 가족들을 돌보았다면, 이런 궁핍은 모면할 수도 있었을 것이다.

물론 이것은 자신이 바라는 상승욕구-학문을 계속하거나, 계급의식이 투철한 作家가 되려는-의 정신적 갈등, 혹은 "예술을 한다는 것에 지나치게 집착하여 예술만이 능사라는 착각속에 빠져 있거나, 혹은 실제의 삶의 문제를 예술 절대론에서 빚어진 이상심리로서 대응해 보려는"[87] 당시 지식인의 속성을 드러내 주고 있다.

그리고 이처럼 民村이 도시 빈민 소설에서 지식인의 궁핍 양상을 드러낸 것은, 계급의식을 드러내기 위하여서는 극한적인 궁핍 상황을 설정해야만 했던 다분히 의도적인 목적의식 때문이기도 하다.

다음 등장인물에 대해서 살펴보자.

<가난한 사람들>의 성호나 <오매를 둔 아버지>의 아버지, <돈>의 경구는 학문, 예술에 집착한 나머지, 그들이 부양을 책임져야 하는 가족들을 돌보지 않았기 때문에, 자연히 가난할 수 밖에 없었다. 그들이 집착하는 학문, 예술에 대해서 그들의 아내들은 부정적인 시각을 갖고 있다. 부녀자들은 신지식이나 문학을 전혀 이해하지 못하는 무지한 여성들로 설정되어 있다. 그녀들은 본래 전통적인 부덕을 갖추고 부모가 정해준 어린 남편들과 별다른 갈등 없이 결혼을 했었겠지만, 극도로 궁핍한 생활고와 남편의 인격적 폄하와 몰이해로 인하여 부덕을 포기하고 남편에게 포탈도 부릴 줄 알게 되었다. 따라서 그녀들과 남편들은 대립관계에 놓이게 된다. 그리고 남편의 입장에서 보면 그들은 모두 자기의 의사와는 관계없이 부모님이 맺어 준 대로 강제로 결혼할 수밖에 없었던 희생자로 자각하게 된다. 따라서 그들의 대립관계는 절대로 화합될 수 없는 극단적인 갈등양상으로 드러난다.

---

87) 조남현, 전게박사논문, pp.26-27.

안해와 자기가 결혼하기는 열네살 되던 해의 이른 봄이었다.그 해는 할머니의 환갑이 되는 경사로운 해이므로 손부 보는 경사를 아울러 보시게 하자는 부친의 효성으로 그렇게 하였다 한다. 이를테면 자기는 받치는 어린 양으로 할머니의 수연에 희생이 된 모양이다.(中略)

지금은 더구나 아내가 나이 많고 얼굴 곱지 않고 무식하고 왜 밀기름내 나는 구식여자라는 증오는, 자기의, 차차, 지식이 늘어가고 안목이 높아 갈수록 그가 밉게만 보였다.

(<가난한 사람들> p.73.)

<가난한 사람들>의 성호처럼, <오매를 둔 아버지>에서도, 죽은 딸의 망령의 입을 빌어, "아버지는 그때 철 모르는 열 네 살 먹던 해 봄에 장가들 때는 더구나 아주 어린애 같았단다. 그때에 어머니는 열 여섯 살 먹었는데 퍽 숙성하여서, 그때는 어머니가 속상하고 지금은 아버지가 속상하시단다."(p.41)라는 말로, 조혼의 폐습과 애정없이 결혼한 두 부부의 갈등을 지적해 준다. 그리고 이 부부의 갈등은 신학문을 배운 지식인과 무지한 부녀자의 갈등으로 심화되고 있다. <돈>의 경구는, 시체를 옆에 뉘고 소설을 쓰면서, "자기는, 부모가 무엇인지도 모르고 남의 부모가 되었는데, 만일 남의 부모가 되지 않았다면 이런 참경은 보지 않았으리라"(p.171)고 생각하자 조혼을 시킨 부모가 원망스러웠던 것이다. 이처럼 지식인과 무지한 아내와의 갈등의 원인이 조혼의 폐습 때문인 것으로 나타나는데,[88] 결혼 이후에도 그들은 오랫동안 헤어져서 지냈으며 남편은 자기의 성취 욕구와 욕망 때문에 가정을 돌보지 않고 동경이나 서울 등 객지로만 돌아다니며 신학문, 신사조 그리고 급진적인 사상에 물들다 보니 아내와의 관계는 소원해 졌다.

民村이 바라는 여인상은, 부인의 <문학적 지위>에서,

편견을 벗어나기 위하여서는 여자도 스스로 노력이 필요하다. 남녀

---

88) 民村의 경우에 있어서 조혼과 결혼 이후의 갈등, 그리고 문단에 등단 이후 가족을 돌보지 않고 서울에서 생활한 내력은 상기 작품의 경우와 일치한다.

양성을 대등으로 취급한 문학이 진실된 문학이라 할 것이요 그것은 당
연히 프로문학이 되지 않으면 안 되는 것과 같이, 완전한 문학도 계급
성을 揚棄기하지 않으면 안되는 것과 같이 완전한 문학도 계급성을 揚
棄하지 않으면 안된다.[89]

라고 말한 것처럼, 편견을 버리고 스스로 노력하는 여성상이었지만, 지식인
소설에 나오는 여성들은 무지한 구식여성들로서 民村이 바라는 여성들과는
거리가 멀었다.
　그럼 남편과 아내의 대립양상과 지식인의 의식에 대해서 살펴보자.
　남편은 아내에게 이혼을 강요하지만, 아내는, 내외싸움 칼로 물베기라면서,
이혼을 거부한다.[90] 또한, 남편의 소설 쓰는 일을 아내는 전혀 이해를 하려고
하지 않는다.

　　"여보! 당신도 그따위 고런 짓은 고만 좀 두어요 비렁방이 턱을 차
　먹지 글세 이야기 책을 꾸며서 푼 돈을 구걸해 먹고 살면 뭘하우?"
　　"아니 무엇이 어째? 이녁은 누구를 여태까지 이야기꾼으로 알았던
　가?"

(<돈> p.166.)

　"여자가 친정을 떠나서 시집 갈 적에는 벌써 그 남편에게 의탁하는 것이
당연하고, 처자를 부양할 힘이 없는 남편은 가정을 이룰 자격이 없다"(p.166)
고 생각하는 아내는, 단간방을 쓰면서 엄동설한에 소설을 쓴다고 식구를 밖으
로 몰아내는, ("p.168) 남편을 이해할 수가 없었다. 남편의 벌이는 행랑아범의
벌이만큼도 못한 것이므로, 많이 배운 남편이 그런 짓을 하느라고 돈도 못 벌
어서 가난하게 사는 것을 이해할 수 없었던 것이다. 남편과 아내의 이런 갈등
은 도저히 화해될 수 없는 갈등이므로 결혼 이후 평생을 따라 다니는 갈등의

---

89) 李箕永, <부인의 문학적 지위> (근우, 1929.5.)
90) 李箕永, <가난한 사람들>, 전게서, p.74 참조

요인이 된다. 그것은 언제나 해결나지 않는 칼로 물 치는91) 지속적인 갈등으로 남게 되는 것이다.

이와 같은 부부간의 갈등의 요인 중에는 지식인인 남편의 의식문제도 관련이 되는 것이다. 신학문을 배우고 일본 유학까지 갔다온 당시의 지식인들은 새로운 경향의 계급주의를 받아 들였다. 이들은 좌경 인텔리겐치아들이라고 할 수 있는데, 당시 이들의 생각은 일본 제국주의와 투쟁하지 않고서는 자유를 쟁취할 수 없다는 생각이었다.

> 3·1운동의 좌절 이후 국내에 신흥민족주의 운동을 일으킨 것은 일본 유학생 출신의 젊은 사상가들이었다. 이들은 독립만세의 함성만으로는 독립은 얻어지지 않는다고 생각하게 되었으므로, 사회주의적 신흥사상으로 계몽훈련하고 조직하여 투쟁을 하지 않으면 안된다고 생각하게 되었다. 일본사회의 급진적 시대사조에 감염된 이들은 국내에 들어와 소위 신사상이라는 이름의 사회주의 사상을 전파하게 되었으니……92)

당시 일본에 유학한 많은 지식인들은 이 사회주의를 항일과 민족독립의 한 방법으로 받아들였는데, 지식인에 속하는 문인들도 예외일 수는 없었다. 그리고 民村의 경우도, 그가 처음 계급주의를 접한 것은 28살 때 일본에서 였다. 그는 일본에서 뚜르게네프, 톨스토이 같은 作家들의 작품과 접했으며 특히, 고리끼에 대해서는 깊은 관심을 나타내었다.93) 또한 일본은 1차 세계대전 후 러시아혁명의 영향을 받아서 사회주의 운동이 크게 고무되어 노동계급은 내각교체, 군대 출동 등을 초래할 정도로 최대의 폭동이었던 쌀 소동(1918)의

---

91) 李箕永, <돈>, 전게서, p.168.
92) 김창순, ≪한국공산주의운동사≫, 한국현대문화사대계 5. (고려대민족문화연구소, 1980), p.88.
93) 李箕永, <나의 수업시대> (동아일보, 1937.8.8).
    ----, <노변야화> (조선일보, 1934.1.24).
    ----, <막심 고리끼에 대한 作家적 인상초> (조선중앙일보, 1936.6.22) 참조.

영향을 받아 계급적으로 단결함으로써 노동쟁의와 노동운동이 비약적으로 증가하였다.[94] 그런데 이러한 시대적 흐름을 일본에서 경험한 民村은 노동자들의 계급운동에 관심이 깊었다. 民村은 일본에서 이런 사회적 모순을 경험하였고 무산자 계급이 인간적인 생존권을 되찾기 위하여서는 그들을 지배하는 모든 부르주아 계급들과의 투쟁에 의해서만이 가능하리라는 사실을 깨닫게 되었다. 귀국하여 그는 카프에 가입하였는데, 이것은 民村의 창작생활과 세계관 발전에 중요한 전환점이 되었다[95]고 할 수 있겠다.

작품상에 드러난 지식인의 의식을 살펴보면, <가난한 사람들>의 성호는 사유재산관념이 희박하다. 성호는 일본에서 귀국했을 때, 친척중에 잘사는 6촌 형의 도움을 받기는 했지만 그는 그것을 별로 은혜로 생각하지 않는다.

> 무슨 사회주의 입내를 맡으랴 함은 아니다마는, 원래, 내 것, 남의 것 하는 소유의 관념에는 자기는 그런 중대한 가치를 인정하지 않는다.(中略)
> 자기의 생명이 사회에 해독을 끼치지 않고 자타에 유익한 일을 한다 하면 자기는 누구의 은혜를 입던지 자기의 생명권은 그를 받을만한 양심이 있을 뿐 아니라, 또한 그를 청구할 권리도 있다. 더구나 큰집 재산은 그 형님(6촌형 : 필자)이 번 것이 아니요. 그 할아버지도 정직하게 번 것이 아니라 수령으로 다니며 백성의 피를 긁은 돈이다.
> (<가난한 사람들> p.59.)

성호는 사유재산 관념이 희박하며, 더구나 6촌형의 재산은 그 조부 때 부정한 방법으로 모은 재산이므로 자기처럼 가난한 사람들과 같이 쓰는 것이 당연하다고 생각하고 있다. 이런 계급의식은 <오매를 둔 아버지>에서도, 자기 가족을 아우에게 맡겼으면서도 아우를 무식하다고 경멸을 했다가 아우가 정작 제 가족만 데리고 이사를 가자, 그 아우에게 미안해하는 독백에 의해서도 잘

---

94) 임규찬, ≪일본프로문학과 한국문학≫ (연구사, 1987), p.12.
95) 李箕永, ≪봄≫(도서출판 풀빛. 1989), p.364. 作家 연보 참조.

나타난다.

> 나는 대체 그를 무식하다고 할 수 있을까? 세상 사람들은 또한 그를
> 무식하다고 흉 볼 수 있을까. 그것은 마치 불한당들이 노동자들의 피와
> 땀을 빨아 먹고 뻔뻔하게 놀면서, 자기네들을 먹여 살리기에 겨를이 없
> 어서 배우지 못하고 살아 온 그네들을 무식하다고 욕을 하는 것과 같이
> 모순이다.
>
> <오매를 둔 아버지> p.34.)

자기는 무식한 노동자의 피를 빨아먹은 죄인으로 후회를 하면서도 그러나
그가 가족들을 돌보지 않고 돌아다닌 것은, 결코 내 한 몸만 편하자고 그런
소이는 아니라고,(p.30) 자기를 합리화 시키고 있으며, 병적사상(계급주의 :
필자)에 물들었다고 자기를 평하는 6촌형에게 섭섭함을 느낀다. 그리고 부르
주아의 횡포를 죽은 딸의 혼백의 입을 통해서도 고발을 하고 있다.

> 그래, 입으로는 인도주의를 노래하는 자(부르주아 : 필자)가 빈민굴
> 을 내려다 보며 저 혼자만 잘 먹고 앉았고 즘승보다 낫다는 인간이 즘
> 승보다 못한 아귀인간을 보고도 오히려 그 피를 빨아먹으러 드니……
>
> <오매를 둔 아버지> p.34.)

이와 같이 이 작품은 가난한 현실을 배경으로 그 "가난 때문에 일찍 죽어
버린 3남매의 혼백의 입을 통하여 제도적 모순을 지적해 주고, 살아 있는 가
족의 참혹한 궁핍상을 그린 반우화적인 작품"96)으로 이처럼 이들 작품은 부
르주아를 지적해 주고 있다. 그러나 계급의식을 표출하는 데 있어서는 부르주
아에 대한 대타의식과 투쟁성이 미흡하다. 그 원인은 비교적 이들 작품이 계
급주의 초기에 해당되는 작품이기 때문일 것이다.97) 또한 이보다 10년 뒤에

---

96) 김윤식 외, ≪한국리얼리즘 소설연구≫, (문학과 비평사, 1989에 수록), p.126.
97) 상기 작품의 발표 연대는 <가난한 사람들>은 1925.12, <오매를 둔 아버지>는

발표된 <돈>(조광. 1937. 2)의 경우도 뚜렷한 계급주의 의식을 드러내기보다는 文士의 빈궁상황만 제시해 주고 있다.[98]

그런데 이들 작품에서, <가난한 사람들>과 <오매를 둔 아버지>는 그들을 빈궁으로 몰아넣은 부르주아 계급과 제도에 대하여 흥분 속에서 격렬한 증오심을 드러내 주고 있다.

<가난한 사람들>에서 있는 집은 더욱 인색하여, 성호의 아내가 6촌형의 집에 외상으로 쌀 한 말을 빌리러 갔다가 그냥 돌아오자, "궁한 도적은 쫓지 않는다는 말이 있지 않은가, 死에 쫓기는 생명은 원수라도 용서한다는데,"(p.79) 라고 하면서 인색한 6촌형의 처사를 보고, "인간의 행복을 위해서는, 일가니 친척이니 그게 다 무어냐, 오직 有無가 서로 싸워서 지든지 이기든지 계급투쟁을 해야 하고 대혁명을 일어나야 한다."(p.80)라고 생각한다. 그는 정신이 혼미한 가운데 복마전 같은 세상을 저주하고 악마 이상의 악마(부르주아 계급 필자)-를 쳐죽이고, 아귀같은 처자식을 쳐죽이는 환상에 사로잡혀서[99] 부르짖는다.

> 그렇다! 퍼부어라! 폭풍우다! 벼락쳐라! 죽여라! 죽여라!
> 웨치고는 狂者와 같이 펄펄 뛰며 암흑을 뚫고 나간다.
> 폭풍우! 암흑! 뇌성벽력! 우! 와! 우르르! 뻔쩍!
>
> (<가난한 사람들> p.85.)

이처럼 작품 말미가 激하게 끝나는 것은, 당시 초기 계급문학의 한 특징인 듯[100] 살인, 방화, 자살 등 격렬한 행동이, 흥분된 상태에서, 의식속에서나 또는 직접 행동으로 나타나는 例의 하나이다. 民村의 경우는 죽음의 결말이 그

1926. 4에 ≪개벽≫지에 발표되었다.
98) 또한 <돈>의 경우는 이미 카프가 해산(1934.5)된 뒤이므로 계급주의를 드러낼 수 없는 시대적 制裁 때문에 상황제시로만 그쳤을 것이다.
99) 李箕永, <가난한 사람들>, 전게서, pp.84-85 참조
100) 김기진, <문단 최근의 一傾向>, 개벽, 1925.7 참조.

리 흔한 것은 아니지만, 이와 같이 그들을 빈궁으로 몰아넣은 부르주아계급에 대하여 흥분속에서 증오심을 드러낸 작품은 그의 초기 작품에 많이 나타난다. 그것은 아직 계급주의가 미성숙의 시기이므로, 의도적으로 계급의식을 강조시키려고 했기 때문일 것이다. <오매를 둔 아버지>에서도 흥분 상태에서 가족들을 쳐죽이려고 하는 결심이 나타난다.

> 그렇다. 도무지 이렇게 살 것이 아니다! 사람으로 못 살 바에는 차라리 죽는 편이 나을 것이다!.... 그들을 죽이자! 그리고 나도 죽자! 드러운 목숨들을 끊자! 아귀들을 죽이자!
>
> (<오매를 둔 아버지> p.27.)

이처럼 격렬한 흥분상태에서 제도와 부르주아 계급에 맹목적으로 증오심을 드러내며 극한적인 살인과 자살을 생각하는 위의 두 작품에 비하여 <돈>에서는 빈궁의 상황을 침착하게 그려주고 있다. 그 이유는 民村이 작품활동을 계속하면서 作家의 역량이 그만큼 성숙된 것을 의미하기도 하겠지만, 근본적인 이유는 초기 계급주의 성격이 20년대에서 30년대로 바뀌면서, 산 사람을, "죽어가는 과정에서 살아가는 과정으로 환기시키기까지" 15년 걸린[101] 작품경향의 변화 때문일 것이다.

이상에서 民村의 도시 빈민 소설 중 지식인의 전형을 살펴 보았다. 지식인들은 자기가 추구하는 예술에 대한 이상과 동경 때문에 가족을 비참한 빈궁의 상황으로 몰아 넣고, 현실적 삶을 거부하면서 부르주아 계급에 대하여 맹목적인 증오심을 드러낸다. 그러나, 그 빈궁에 대하여 강력히 대응하려는 의지가 결여된 채 살인이나 자살이라는 극단적이고 단순한 방법에 의지하려는 나약성을 드러내고 있다.

---

101) 이유식, <20년대작품과 죽음의 결말고> (현대문학, 1981.6), p.276.

(27) 單純勞動者들의 貧窮樣相

民村의 작품에서 단순 노동자들을 그린 작품으로는 <실진>과 <산모>를 들 수 있다. 도시에서 일정한 직업 없이 하루하루 날품팔이를 하면서 연명하는 사람들의 삶도 지식인들의 삶이나 마찬가지로 비참했다.

<실진>의 경식이나 <산모>의 남편도 본래는 농촌 출신이었다. 이들이 도시 빈민이 된 원인은, 농촌에서 살 수 없었던 절박한 이유 때문이었다. 그런데 이농을 하게 된 경우를 보면, 일제의 제도적 토지 수탈과, 일본으로 저렴한 가격의 糧穀移出, 그리고 가혹한 소작료, 지주와 舍音의 횡포, 각종 제세와 공과금 및 농약 대금 연체 등 여러 가지 요인이 있겠지만, 또한 冠婚喪祭에 대한 因襲的인 허례허식도 농촌을 피폐하게 하는 큰 요인이 되었다.

(농촌을 피폐하게 하는 뺄 수 없는 요인으로 : 필자) 冠婚喪祭, 기타의 옛날 관습도 있으니 허례를 지키기 위하여 신분에 어울리지 않는 가정의 큰 일을 치르기 위하여 빚을 얻어 쓰고, 이 鬼債에 고민하다가 조상전래로 물려받은 작은 토지나 집을 뺏기는 경우도 적지 않는데, 시골은 도시와 달리, 본래 농촌의 아는 사람이 많아서 비록 가난하더라도 조상의 관계상 체면을 유하려고 무리하게 허례를 부리는 집이 많다.102)

藤井忠治郎은 ≪조선 무산자계급 연구≫에서 농촌 피폐 현상의 하나로 관혼상제를 치르는데 있어서의 체면치례에 의한 허례허식의 낭비를 지적하면서, 이런 한 가정의 大小事는 간략하게 치루어져야 한다고 주장했다. <실진>과 <산모>의 이농 원인도, 작품상에 드러난 원인은 喪事에도 있었다.

---

102) 藤井忠治郎, ≪朝鮮無産者階級研究≫(東京:帝國地方行政學會, 1926), pp.43-44.

어느듯! 시골서 올라온 지도 벌써 한 여름이 났다. 농사짓던 백성이 논 떨어지고 아버지마저 돌아가서 살 수 없이 이렇게 승야도주한 놈이 다시 볼 것이 무엇이랴만……(下略)

(<실진> p.21.)

그가 시골에서 살 때, 부모가 생존했을 무렵에는 비록 남의 땅을 붙일망정 형제가 농사를 어서 그대로 연명을 해 나갈 수 있었다. 그랬던 것이 근래의 불경기와 아울러 엉겹결에 친상을 당한 데다가 동생마저 중병이 들어서 여러 달을 앓는 동안에 이래저래 집안형편이 말 못되게 되었다.103)

(<산모> p.176.)

위의 인용에서 소작이 떨어지고 親喪마저 당하고, 거기다 병까지 덧치게 되어 더 이상 故鄕에서 버틸 수 없어서 이농하게 된 사실을 알 수 있다.

당시 도시빈민들이 일용이나 단순노동으로 담당했던 직종을 천태만상이었는데, 남자들은 담차군(지게차 화물 운바부), 교군, 마부, 소제부, 인력거군, 분뇨 수거 인부, 소사 등등의 각종 날품팔이와 행상으로, 그들의 하루 일당을 일정하지 않으나, 대체로 숙련이 1원이내이며 보통 50전 내외였다. 그들은 또한 5인 이상의 가족을 거느리고 행량채의 단칸방이나 토막에서 월세로 사는 것이 보통이었다.104) 도시 빈민들의 실생활이 이와 같은 비참한 상황에 처해 있었지만, "그 가난을 극복할 방법은 아무데도 없었으며, 한번 기울기 시작한 살림은 아무리 해도 다시 일으켜 세울 수가 없으며, 하층 사회에서는 아무리

---

103) 李箕永, <산모> 조광, 1937. 6. 발표.
　　본고의 텍스트는 ≪서화≫(李箕永 창작집, 동광당 서관, 1946 刊)에 수록된 <산모>를 택했으며, 이하는 이 ≪서화≫에서 페이지 수를 인용 하겠음.
104) 藤井忠治郎, 전게서, pp.110-117 참조.
　　당시 쌀 한 말의 가격이 1. 50 원인데 일용직의 한 달 노동일수는 25일 정도이며 한달 수입은 10원 미만인 남자가 56.4%를 차지하고 있다.

일을 해도 이런 최저변에 빠진 자는 가난에서 탈출할 수가 없을 뿐만 아니라 가면 갈수록 만년 빈민이 되고 만다."[105]는 말처럼 가난을 피할 수 없었다. 이런 상황이 작품에서도 그대로 드러난다.

> 하기는 여름 한 철에는 돌뜨기나마 그래도 날 품 팔 데도 있더니만 이맘즉은 도무지 일거리하고 아무 것도 없었다. 집세는 넉달치나 밀리 었다. 노모의 단벌 옷까지 들어 갔다. 오늘 식전에도 집주인은 나가라고 야단을 쳤다.
>
> (<실진> p.21.)

> 날마다 입에 풀 칠 하기도 겨를이 없는데 어느 해가에 석달치나 밀 린 집세를 치를 수 가 있다는가? 그런데 엎친데 덮친다구 있는 자식도 먹여 살릴 수가 없어서 할 수만 있으면 남을 주고 싶은 형편인데 자식 새끼를 또 베개 해서 만삭이 되어오는 배는 내일, 모레를 다투고
>
> (<산모> p.176.)

<실진>의 경식이나 <산모>의 남편은 다 같은 날품팔이꾼으로 경식이는 지게꾼이며 남편은 장작을 잘라 주거나 패 주고 일당을 받아 살아 가는 나무꾼이다. 위의 인용에서 알 수 있듯이, <실진>에서는 집세는 넉 달치나 밀려 있고, 경식이는 벌써 사흘이나 아무 벌이도 없이 빈지게로 돌아다닌 때문에, 여동생과 노모 등 가족은 사흘을 굶었다. 또한 <산모>에서도 올 겨울은 여러 날 철 늦은 비까지 와서 더구나 벌이가 없는데,(p.178) 아내의 해산은 당일로 닥쳐오고 한달에 3원 50전 하는 집세가 석 달치나 밀려서 쫓겨나게 되는 절박한 상황까지 벌어지게 된다. 따라서, <실진>의 경식이는 오늘은 세상 없어도 빈 손으로 들어갈 수 없었으며,(p.19) <산모>의 남편도, 아내는 오늘 내일 해산이 닥쳐왔는데 엄동설한에 문간채 방이나마 안 쫓겨나기 위하여서는 밀린 집세의 일부라도 벌어 와야 하는, 막다른 처지에 놓여지게 된다.

---

105) 藤井忠治郎, 전게서, p.34.

도시 빈민의 이런 궁핍화 현상은 일반적이라고 할 수 있는데 거기에다가 궁핍의 도를 더하는 것은 다들 양식이 떨어졌다는 점이다. 또한 그들이 더욱 고통을 받게된 데는 세상 인심이 각박해진 데도 있지만, 막 노동꾼들이 많아서 노임 자체에 대한 임금 하락현상도 그 요인이 된다. <실진>의 경식이는, 사흘을 굶었으면서도 식전부터 나와서 용산, 남대문 정거장, 진고개, 구리개, 종로 네거리 등 넓으나 넓은 서울을 온 종일 다 헤매 보았으나, 한 놈도 짐을 지려는 사람이 없었다.(p.19) 그리고, 남대문 정거장(전차 정거장 : 필자)에서 동관 앞까지, 30전의 노임을 10전으로 깍는 손님마저 놓치자 그의 증오는 대사회적 증오로 확산된다.

> "일 할 거리는 없고 밥은 안주고 그러면 어떻게 살란 말이냐1? 이놈
> 의 세상이!"
>
> (<실진> p.20.)

<산모>에서도, 그나마 벌이라고 장작을 사는 사람들보다도 장작을 패러 다니는 노동꾼이 더 많이 따라 다니고 보니, 거기에 서로 경쟁이 붙어서 그야말로 비렁이끼리 자주 찢는 추태를 나타내고 있어서, (p.178) 살기는 더욱 극악해져만 가는 현실 속에서 절망을 느낄 수 밖에 없었던 것이다.

그런데, 이런 극한상황에 대처하는 방법에 있어서 이 두 작품은 차이를 드러내 준다.

<실진>의 경식이는, 누에 번데기같이 늙은 어머니를 굶겨 죽이고, 봄싹같은 어린 누이를 남과 같이 가르치지는 못할망정, 하루에 두 끼 밥을 못 먹여서,(p.21) 굶겨 죽일 생각을 하니, 그는 순간적으로 참담한 생각이 났다. 오늘은 세상 없어도 빈 손으로는 안 들어가겠다고 스스로 다짐을 하면서, 그는 순간적인 충동으로 살인을 떠 올린다.

> "어떤 놈이고 한 놈을 쳐 죽이고……"
>
> (<실진> p.22.)

그는 마침내 살인을 저지르고 체포되는데, 그가 죽인 사람은 부르주아가 아니라, 어린 두 남매를 키우는 가난한 여자이며, 경식이가 한 번도 만나 본 적도 없고, 미워해 본 적도 없는 전혀 낯선 사람이다. 결국 경식이의 이런 충동적인 행위는 그 증오의 대상이 구체적으로 나타나 있지 않으며 따라서 그 피해자도 不特定 多數의 一人이 되는 것이다. 그리고 경식이의 이런 살인 행위는 계급주의 초기 작품에 나타나는 무산자들의 격한 반응의 한 형태라고 하겠다.

다음 <산모>의 경우를 살펴보면, 남편이 벌이를 나간 사이에 집주인은 한 집에서 둘이 해산할 수 없다는 이유를 들어, 그 아내를 쫓아낸다. 주인집 며느리도 그 달이 산달이라고 억지를 부리지만, 기실은 석 달치 방세를 포기하는 대신 다른 사람을 들이려는 속셈에서였다. 할 수 없이 추운 겨울날 사직공원에서 해산을 해야 하는 절대절명의 상황에 이르게 된다.

> 거지와 같이 길바닥에서 쫓겨난 일을 생각하면 다시 더 살아서는 무엇하랴 하는 모진마음이 새록새록 들다가도 지금 자기의 뱃속에서 죄 없는 자식이 태어나서 나오려고 하지 않는가! 자기 목숨보다도 애매한 자식까지 죽일 생각을 하니 그녀는 차마 그 짓을 못하겠다. 죽어도 자식이나 나 놓고 죽고 싶다.
>
> (<산모> p.187.)

결국 아내가 사직공원 노상에서 해산했을 때, 근처 사람들은 밖에서 산모에게 국밥을 지어다 먹이고 장작불을 피워서 산모를 따스하게 해주는 등 인심을 썼다.(p.194)

> 남편은 그들의 인정이 고마웠다. 그는 그래도 사람 살 곳은 골골마다 있는가 싶었다.
>
> (<산모> p.194.)

그날 따라 나무벌이가 좋아서 1원 30전을 벌어서, 늦게 온 남편의 말이다. 이 작품은 民村의 작품으로서는 드물게 세상을 따스하게 보고 있는 데서 <실진>과는 다른 시각 차이를 느낄 수가 있다. 남편은 이런 위기에 처하자, "이 래 죽으나, 저래 죽으나 죽기는 일반이 아닌가"(p.195)하면서, 쫓겨난 그 집으로 다시 뛰어 들어 간다. 그것은 위기를 모면하려는 본능일 수도 있겠지만 집 주인으로 드러나는, 있는 자부르주아에 대한 정면도전을 상징하는 것으로, 그 증오의 대상이 구체적으로 드러난 것이라고 볼 수 있겠다.

이상의 두 작품도 그 발표연대가 10년 차이가 난다. <실진>에서는 문학의 한 특성인 격렬한 흥분과 살인 등으로 자기 파멸을 드러내고 사회의 막연한 대상이나 불특정 다수에 대하여 적개심을 드러내 보이지만, <산모>에서는 휴머니티와 함께 세상을 긍정적으로 보는 면도 나타나며, 증오의 대상이 구체적으로 나타나고 자기파멸이 아니라 정면도전의 양상을 보여 준다.

이상에서 단순 노동자들의 전형을 살펴볼 수 있다. 그들은 농촌에서부터 생활에 실패한 채 막연한 기대감을 갖고 도시에 올라 온다. 그러나 도시도 그들을 위해서 일자리를 마련해 주지는 않았다. 따라서 그들은 항상 집세를 못 내서 거리로 쫓겨나는 공포와 굶주림의 공포에서 헤어나지 못한 채, 하루하루를 일거리를 찾아 헤맨다. 또한 그들은 無知하기 때문에 왜 가난하게 살 수 밖에 없는지, 그 이유를 이해하지 못하고 단순히 可視的인 현실만을 받아들일 뿐이다. 그리고 그들은 계급의식도 결여되어 있고, 가난에서 벗어나려는 의지도 부족하므로 가난의 굴레에서 벗어 날 수 없었다.

3. 結 論

이상으로 民村의 도시 빈민 소설을 살펴 보았다.

民村은 농민 作家라는 선입견 때문에 그의 여타의 작품은 사실상 외면 받아 온 것을 사실이다. 또한 그가 作家的 명성을 획득한 것도 대부분 농민 소설에 국한된다. 그것은 그만큼 民村이 농촌 출신 作家이기 때문에, 농민들의 실상을 자연스럽게 구사해 낼 수 있었던 성장기의 체험의 영향이었을 것이다.

나의 경험에 의한 생활체험이 작품에 미치는 영향이 크다고 본다.106)

이와 같이 民村은 作家的 체험을 중시한 作家라는 것을 알 수 있는데, 이런 맥락에서 도시 빈민 소설의 확인도 가능하다. 왜냐하면 民村은 1924년 문단에 등단하고 25년 ≪조선지광≫에 입사하면서 줄곧 서울에서 생활했던 때문이다. 이런 오랫동안의 서울 체험이 도시 빈민 소설의 창작을 가능케 했을 것이다.

그리고 民村이 카프에 가입한 사실도 도시 빈민 소설을 창작하는데 영향이 컸었다. 民村의 도시 빈민 소설 중 1920년대 후반기에 발표된 것들은, 당시 카프가 1차, 2차 방향전환을 맞이하면서 소장파 볼셰비키의 주도하에, 작품의 형식이나 기교보다는 문학의 목적성에 열을 올렸던 저간의 사정으로 볼 때, 民村의 창작 의도를 미루어 짐작할 수 있다.

일제가 조선을 지배할 때, 그 주요 목적이 경제적인 침탈이었으므로, 농촌이 황폐화되었고, 농민들의 이농 현상의 여파는 도시로 밀려 들어온다. 도시 빈민의 대부분을 형성하는 계층이 바로 이들 뿌리 뽑힌 사람들이었다. 그들의 궁핍은 자연 있는 자에 대한 증오나 제도적 모순에 對한 비판으로 나타나면서 계급주의가 대두된다.

民村의 도시 빈민 소설은 두 가지의 양상으로 나타나는데 하나는 지식인 소설이며, 또 다른 하나는 단순 노동자 소설이다.

본고에서 선택한 작품으로, 지식인 소설로는 <가난한 사람들>, <오매를 둔 아버지>, <돈> 등이며, 단순 노동자 소설로는 <실진>과 <산모> 등이다. 이들 작품의 분석 결과 몇 가지 특성을 발견할 수 있었다. 이 특성은 궁핍의 문

---

106) 李箕永, <창작의 이론과 실제. 1> (동아일보, 1938.8.29).

제와 중요하게 관련을 맺고 있다. 이처럼 도시 빈민 소설의 중심 제재는 가난의 문제였는데, 이 궁핍에 대해서 그 원인과 상황과 대처 방법 등을 살펴 보았고, 이를 중심으로 등장인물의 전형도 살펴 보았다.

우선 지식인 소설은 다음과 같이 요약될 수 있다.

1. 가난의 원인은, 지식인들이 학문과 예술-소설창작-에 대한 자기의 이기적이고 개인적인 욕망 때문에 가족들의 부양 책임을 회피하고, 도시로 도피한 때문이기도 하지만, 당시 지식인들의 설 자리가 극도로 제한되어 있었던 사회적 이유 때문이기도 했다.

2. 그 상황을 보면, 그들은 소설을 쓰는 것만으로는 수입이 불안정한데다가 가족들은 많고 아이들의 병치레도 잦아서 늘 굶주림의 극한 상황에 처해 있었다.

3. 이런 상황에 대해서 그들이 좀 더 현실적으로 대처했더라면 극복할 수도 있었을텐데, 그들은 실제의 삶의 문제보다는 예술 절대론이나 이상에 더 큰 비중을 둔 관계로 그런 궁핍 상황에서 벗어날 수 없었다.

4. 지식인의 아내들은 무지한 구식 여자들이기 때문에 남편의 소설 쓰는 행위를 도저히 이해할 수 없었고, 또한 남편들은 타의에 의하여 조혼을 했던 관계로 항상 자기 자신을 피해자로 의식했으며, 따라서 부부 관계는 늘 대립과 갈등의 관계로 남아 있게 되었다.

5. 지식인의 의식은 진보적이며 계급의식을 표방하고, 부르주아에 대한 증오심과 제도의 모순 등을 제시해 주기는 하지만, 계급투쟁에 대한 구체적인 투쟁성이 부족하였다.

6. 이상에서 지식인의 전형을 살펴 보자면, 그들은 자기가 추구하는 예술에 대한 이상과 동경 때문에 가족들을 빈궁 상황으로 몰아 넣고 현실적 삶을 거부하며 부르주아에 대하여 맹목적인 증오심을 갖고 있었다. 그러나 빈궁에 대하여 적극적으로 극복하려는 의지가 결여된 채, 살인이나 자살이라는 극단적이고 단순한 방법에 의지하려는 나약성을 드러내 주고 있는 것이다.

다음 단순 노동자 소설도 아래와 같이 요약될 수 있겠다.

1. 가난의 원인은, 농촌에서 이농한 사람들이 도시로 몰려 들었지만 일정한 직업을 구할 수 없었으며, 그래서 그들은 단순 노동일을 택하게 되었는데, 그나마 매일매일의 일거리마저 구할 수가 없었던 것이 그 이유다.

2. 따라서, 그 상황을 보면, 그들은 항상 집세가 서너 달치씩 밀리므로 언제 쫓겨날지 모르는 불안한 상황이다. 거기다가 양식마저 떨어져서 늘 굶주리고 지내지 않으면 안 되었다.

3. 이런 극한 상황에서, 그들은 그 상황을 구체적이고 실질적으로 극복하지 못하고 살인을 저지르기도 하는데 이처럼 그 대응 방법이 충동적이고, 즉흥적이어서 조직적이고 계획된 집단적 힘을 얻지 못하고 개인의 문제에 머무르고 만다.

4. 이상에서 단순 노동자들의 전형을 살펴 보자면, 그들은 농촌에서 생활에 실패하여 도시로 들어오지만, 도시에서도 일거리를 구할 수가 없었으므로, 언제나 불안한 상황에서 단순 노동일을 선택할 수 밖에 없다. 그나마 그런 일거리도 매일같이 구할 수 있는 것이 아니므로, 항상 집세 문제와 굶주림의 공포 속에서 헤어나지 못한다. 그리고 그들은 무지하기 때문에 가난의 원인에 대하여 이해할 능력이 없으므로 계급의식도 결여되어 있고, 가난에서 벗어나려는 의지도 부족하므로 가난의 굴레에서 벗어날 수가 없는 것이다.

지금까지 民村의 도시 빈민 소설을 살펴 보았지만, 이 소설들은 뚜렷한 제도적 모순이나 계급적 모순을 제거하고 계급투쟁에 의한 강력한 비전을 제시해 주기보다는, 비교적 초기 경향소설에서 갖추고 있는, 비참한 현실에 대한 상황 제시에 그치고 말았다. 또한 그 대응양상도 조직적이고 집단적인 응전의 태도를 보여주기 보다는, 개인적 차원에 의한 개별화의 반응에 머물러서, 조직적이고 집단적인 힘을 필요로 하는 계급주의 문학에서 볼 때는, 다소 약체성을 드러내 주는 작품들이라서 아쉬움이 남는다.

그러나 民村의 도시 빈민 소설은 공장 노동자 소설이나 농민 소설과 함께, 民村의 작품 전반을 연구하는데 있어서 반드시 거쳐야 할 작품으로서 그 의의를 찾을 수 있다.

※ 參考文獻 ※

고려대 민족문화 연구소, ≪한국현대문화사대계 V≫ 1980.

권영민, ≪북한의 문학≫ (을유문화사, 1989).

김시태, ≪한국프로문학 비평연구≫ (아세아문화사, 1978).

김윤식 외, ≪한국 근대 리얼리즘 소설연구≫ (문학과지성사. 1989).

박종원 외, ≪조선문학개관. II≫ (사회과학출판사, 1986. 평양).

박충록, ≪朝鮮文學歷史≫ (연변교육출판사, 1987) 연변.

이기백, ≪한국사신론≫ (일조각, 1881).

이기봉, ≪북의 문학과 예술인≫ (시사연, 1986).

李箕永, ≪봄≫ (도서출판 풀빛, 1989).

-----, ≪서화≫ (동광당서관, 1946).

임규찬, ≪일본 프로문학과 한국문학≫ (연구사, 1987).

김준호, <일제하 인구구조에 관한 연구> (고대경제석사, 1981).

이유식, <20년대 작품과 죽음의 결말고> ≪현대문학≫ 1981. 6.

조남현, <1920년대 한국 경향소설 연구> (서울대석사, 1974).

-----, <한국 현대소설에 나타난 지식인상 연구> (서울대박사, 1982)

리차드 H. 미첼(김윤식 역), ≪일제하 사상통제≫ (일지사, 1982).

藤井忠治郎, ≪朝鮮無產者階級研究≫(帝國地方行政學會, 1926) 東京.

李箕永 文學의 積層性과 그 限界

- 그의 代表作「故鄕」을 중심으로 -

1. 서 론

우리나라 문학사에서 가장 뛰어난 농민 作家로 손꼽히는 民村 李箕永은 초기작품「民村」이나「邂逅」,「洪水」등을 통하여 꾸준히 자신의 사회주의 리얼리즘의 세계관을 구축해 왔다.

이들 초기작품들을 계급적 세계관을 표출하고 있으나 대체로 그것은 매우 관념적이거나 이상적으로 나타난다. 즉 계급주의를 지나치게 부각시킴으로써 내적구조의 현실성을 떨어뜨리기도 했다. 예를 들면 이들 작품 속에 나타나는 인물들의 사회주의에의 傾度는, 계급투쟁을 어떻게 전개시켜 나가야 하는가 라는 당위성이라기보다는, 맹목적으로 계급투쟁의 대열에 참가하는 단순성을 내포하고 있다.

그러나 이러한 계급투쟁에의 맹목적인 경도는 民村의 대표적인 장편소설 「故鄕」을 통하여 비로소 극복된다. 이 작품은 1933년 11월 15일부터 1934년 9월 21일까지 조선일보에 연재되어 1936년에 상·하 두 권으로 출간된 작품으로 출간 당시부터 문제작으로 평가되었다. 식민지시대의 빈농의 실상과 식민지 현실을 이처럼 첨예하게 드러낸 예는 「故鄕」 이전에도 그 이후에도 없었다. 이 작품의 배경이 되고 있는 1920년대는 일제 식민지 치하에서 일본의 토지수탈정책의 일환으로 '토지조사사업'이 전개되었고 '산미증산계획'의 여파까지 겹쳐 소지주와 자작농이 몰락하고 소작농이 급증하는 등 급격한 계층분해의 양상을 보이던 시기였다. 곡가는 폭락하고 혹독한 고리대금업, 가혹한 소작료 등은 농민들을 극심한 기아와 죽음으로 내몬다. 「故鄕」은 이러한 극도로 궁핍한 농민들의 생활을 리얼하게 형상화해 내고 있다.

　계급투쟁 양상 또한 새로운 양상을 띄게 되어 이전 소설에서 나타난 것보다 더 조직적인 저항을 할 수 있게 되었으며, 등장인물 역시 단순히 관념적 지향성을 가진 인물이 아니라 내적 갈등과 어려움에 좌절하기도 하는 새로운 인물유형을 설정함으로써 보다 현실적인 인간의 면모를 보여준다.

　「故鄕」에 나타난 혁명의 주동적 인물은 김희준인데, 그는 동경 유학생이라는 점에서는 일반적인 계급문학의 지식인 상을 답습하고 있긴 하지만, 이전 농촌 소설의 계몽적 지식인 상이나 여타 프로 소설들의 관념적 지식인 상에서 많이 벗어나 있다. 그러나 「故鄕」이 이룩한 이 같은 성과는 李箕永의 초기 작품들이 없었던들 불가능한 것이었다. 즉 초기 작품들이 이룩한 성과를 集積시키고 深化시켜 만든 작품이 바로 이 작품이라고 할 수 있다.

　이처럼 이 작품의 積層性은 소시알 리얼리즘 계열의 작품에서 볼 때 프롤레타리아 소설의 완결된 형태를 보여주고 있다. 프로 문학의 시기를 통하여 「故鄕」이 이룩한 성과를 재현해 낸 작품은 없었다. 그러나 이런 측면은 아울러 「故鄕」이 주는 어떤 한계성도 내포하고 있는 것이다. 그것은 여타의 프롤레타리아 소설이 안고 있는 한계이기도 하지만 동일한 모티프의 반복과 비록 발전되고 심화된다고는 해도 비슷한 인물의 등장이라는 점에서 그러하다.

이에 대해서 본고에서는「故鄕」나타나 있는 李箕永 소설의 積層性과 그 限界를 李箕永의 초기소설과 비교하여 보다 구체적으로 고찰해보기로 한다.

2. 증폭되는 지식인상

「故鄕」의 세계는 李箕永의 문학적 모색이 다다른 하나의 積層이라고 말할 수 있다. 이와 같은 점은「故鄕」이 그의 첫 번째 장편소설일 뿐만 아니라 이 작품 안에서 지금까지의 소설에서 구현된 인물형이 자신의 이념적 실천 방향과 더불어 프로소설의 대표적 위상을 구축하기 때문이다. 주로 궁핍한 시대 상을 반영해 온 그의 문학적 흐름은「故鄕」이전까지만 해도 전망을 암시적으로 드러내는데 불과했다면 그러한 소극성에서 탈피하는 것은「故鄕」에 와서 이다. 그러나 이 같은 소극성을 벗어나 적극적인 인물의 형상화와 세계에 대한 전망을 가능하게 해준 것은 이른바, 집단적인 힘의 발견에 의한 것이었다.

집단성은 농촌사회의 현실적 국면에서 지식인에 의한 계몽성의 전파가 더 이상 전개되기 어려운 한계에 부딪치면서,「서화」에서 보여준 '돌쇠'형의 인물이 갖는 부정적 성격이 제거되고 '정광조'와 같은 지식인이 보다 구체화된 데서 비롯된 하나의 결과였다.

李箕永은 식민지 체제의 계급적 상황을 부르조아(곧, 일제와 매판적 지주)와 무산대중(도시빈민과 빈농을 포함한 대다수의 민중)으로 설정해 놓고 있었 다.107) 그는 계급주의를 통한 사회인식을 주장하고 있는데, 그것이야말로 실 천적 행위의 출발점이다.

---

107) 李箕永,「집단의식을 강조한 문학」, 《조선지광》 1928.1.
　　"조선사람-무산대중-이 요구하는 문학은 프로문학 즉 계급문학이다. 지식인은 무산대중의 지도자로서 운동전선에 참가하여야 한다."
　　이 말에서 무산대중을 지도해야 하는 지식인의 역할을 강조하고 있다.

계급주의는 현하 조선사회에서의 특수한 사정을 고찰하여야 하는데 현재의 조선은 특수한 환경으로 조직적인 탄압과 압제에 의해서 피해를 당하므로 부르조아 계급에 대항하지 않으면 안 된다. 그러나 조선은 후진국으로 아직 모든 것이 초창기인 만큼 흩어져 있는 모든 대중을 현 단계에서 단결하고 조직하여야 한다. 우선 집단의식이 필요한 때이다.108)

그는 조직적인 대항을 위해 집단의식의 필요성을 강조하고 있다. 이 같은 집단 의식은 「故鄕」에서 설득력 있는 세계로 형상화 된다. 물론 「호외」와 같은 작품에서도 이 집단의식은 발견되고 있으나, 서사구조의 측면에서는 객관성을 확보했다고 보기는 어렵다. 「호외」에서는 집단의식의 표현이 동조파업이라는 형태로 제시되지만, 그것은 다만 '과시적 현상'일 뿐이다. 더욱이 그 동조파업은 '일어났을 뿐이지' 어떠한 요구의 쟁취는 드러나지 않는다. 이념의 실천이 식민지적 예속의 굴레가 거두어지는, 요컨대 사회적 모순의 해결에 가장 궁극적인 목표가 있다면 그러한 목표의 성취는 당대의 식민지 상황 안에서는 가장 초기적인 혹은 관념적인 수준에 머물러 있었던 것이다.

「故鄕」의 積層的 성격은 그 작품 안에 배치된 모티프의 반복에서 확인되고 있다. 이를테면, 「故鄕」에서의 모티프는 이미 「民村」, 「洪水」와 같은 작품에서도 꾸준하게 그 양상이 구현된다. 이러한 적층문학으로서의 성격은 적어도 李箕永의 소설에서는 하나의 중요한 특질로 자리잡고 있는 것으로 보인다. 이러한 점은 「故鄕」을 중심으로 한 그의 작품세계의 추이를 파악할 수 있는 단서로 작용한다. 또 하나의 중요한 의의는 이 같은 모티프의 반복이 계급주의와 그의 사회인식과 맞물리면서 작품상의 특성과 한계를 함께 드러낸다는 사실이다. 물론 이러한 것들은 「故鄕」에도 그대로 적용될 수 있다는 점이다.

따라서 이 작품이 갖는 의미는 지금껏 다양한 그의 모색이 하나의 세계로

---

108) 李箕永, 위의글.

집중된다는 점이다. 이는 지금까지 다양하게 전개된 '시대상황과 관련된 이념적 각성'이라는 차원에서의 논의가 보여준 작품의 장점들은 과대평가 되었을 지도 모른다는 것이다.109) 그 같은 추론은, 이 작품에서 제시하고 있는 사회적 상황과 전형적 서사구조, 인물의 유형 등은 이미 그의 이전 소설에서 그 전모를 예시하고 있다는 점 때문이다.

作家의 경험이 자신의 작품 안에서 형상화된다는 점은 루카치가 말하고 있는 '구체적 보편성 concrete universal'110)에 다름이 아니다. 作家의 체험은 곧 작품의 구체적이고도 생동감 있는 실체적인 인간의 상황을 창조한다. 「民村」이 지닌 호소력 역시 이 같은 관점에서 파악될 수 있다. 농촌에서 일어나고 있는 빈궁상황과 인물묘사가 이전의 다른 作家들에게서 취급되지 않은 것은 아니나,111) 그러한 묘사가 李箕永의 경우처럼 뚜렷한 서사적 의도-사회주의적 세계에 입각한-를 갖는 경우는 확인하기 어렵다.

「民村」은 빈농의 가난과 심리적 갈등, 지주의 횡포를 대립적으로 형상화하고 있다. '향교말'은 대대로 상민들만 사는 농촌의 전형적인 마을로서 이곳

---

109) 예컨대 이재선의 「반항의 시학과 상상력의 제한-李箕永의 '故鄕'론」(《세계의 문학》 1988. 겨울.)에서 긍정적인 인물이 제시되고 있다고 본 점, 그리고 노동자와 농민의 연대성, 대립적 세계관의 첨예화라는 측면에서 「故鄕」을 살피고 있는 점이다. 그리고 정호웅은 「리얼리즘 정신과 농민문학의 새로운 형식」(『한국근대 리얼리즘作家연구』, 문학과지성사, 1988.)에서 루카치의 '문제적 인물'이라는 개념을 빌어 인물 창조와 농민문학의 새로운 형식으로서 李箕永의 작품을 분석하고 있다. 또한 김재용은 「일제하 농촌의 황폐화와 농민의 주체성 자각-'故鄕'론」(『민족문학운동의 역사와 이론』, 한길사, 1990.)에서 「故鄕」을 노동동맹과, 농민의 변혁적 상황-곧 봉건제 하의 농민과 식민지 자본주의에 걸쳐 있는-과 생산관계를 반영하고 있다고 본 점을 지적해 둔다.
110) 게오르그 비스츠레이, 『마르크스주의 리얼리즘 모델』, 편집실 역, 인간사, 1985, p.72.
111) 이러한 경우는 김유정의 소설에서 잘 나타나는 점이다. 그의 소설에 묘사되고 있는 농촌현실의 빈궁문제는 그러나 희화화 된 슬픔을 보여준다. 「소나기」, 「봄봄」, 「뽕」 등은 빈궁상황에 대한 소재의 취급이 사상적 요소의 유무에 따라 얼마나 많은 편차를 갖게 하는가의 예를 보여준다.

의 지주는 옛날의 교양을 갖춘 사대부로서의 양반이 아니라 속화된 약탈자로 등장한다. 그는 수탈과 억압의 상징인 것이다.

이들은 착취와 지배세력의 구심점을 이루는 사회적 계급으로 시쳇 양반인 박주사의 아들은 "잇속이 어찌나 밝은 지 종의 턱찌끼까지 핥아먹는 다라운 양반"(「民村」p.308.)이다. 적어도 이 같은 진술에서는 양반지주에 대한 더 이상의 사회적 존경이나 명망을 허용하지 않는 적대감이 개입되고 있다. 더구나 '박주사의 아들'뿐만 아니라 지주는 옛날의 봉건적 양반이 아니라 새로운 사회 정세에 적응하여 살아남아 온갖 정당하지 못한 수단과 방법으로 재물을 획득한 인물의 형상이다. '박주사의 아들은' 자본제적 지주이자 동척회사 마름, 면협의원, 금융조합의 평의원으로 욱일 승천하는 세력자의 표상이지만 윤리적으로는 파탄한 세력의 전형인 것이다. 그는 적대적 위상을 구비한 채, 프롤레타리아인 농민과의 대립을 준비한다.

동네사람들의 빈정거림은 바로 이 같은 계급적 갈등의 예비적인 단계인 셈이다.

"박주사 양반 같은 것은 양반 탕반 개 팔아 두 냥 반만도 못한 것이 무슨 양반이라구?"
"예전처럼 양반은 돈을 알면 못쓴댔는데 지금 양반은 돈을 잘 알아야만 되나부데. 그이도 돈으로 양반이지 만일 돈이 없어 보게. 누가 그리 대단히 알겠나. 그러니까 그에게 돈이 떨어지는 날에는 양반도 떨어지는 날이란 말일세 그러니까 돈을 제 할아비 신주보다 더 위할 밖에. 우리네 가난한 사람의 통갑데기를 벗겨서라도 돈을 더 모으자는 것은 좀 더 양반 노릇을 힘있게 하자는 수작이지."

(「民村」, pp.306-307.)

이러한 빈농 아낙네들에 의한 예비적 인물 판정은 착취자의 대상과 그에 대한 적의가 교묘하게 감싸여진 구조가 아니라 노출되어 첨예한 대립의 양상을 보인다는 점을 말해준다. '돈'에 대한 윤리적 태도의 소멸은 그러니까 화폐의 위력에 굴복함을 뜻하는 것으로, 사회적 권력을 수단으로 지향하는 자에게 가해지는 비난이다. 달리 말해서 '돈'이 없는 자에게는 생존과 결부된 긴요한 것이지만 지주의 아들에게는 계급의 타락을 드러내는 사회적인 차원을 보여준다. 그러므로 이 최소한의 공동 대화가 갖는 의미는 다만 사회적 계급상황을 그려내는 복선의 역할을 충분히 하고 있는 셈이다. 아낙들의 빨래터에서의 대화에서 얻어지는 그 일상성으로부터 계급적 상황으로의 진전은 그러므로 구체적 보편성을 획득하는 용례로 제시되고 있는 것이다.

특히 '박주사의 아들'의 엽색행각은 빈농 집안 '김첨지'의 딸인 16살 난 처녀 '점순'이를 대상으로 삼는다. 박주사의 아들은 이른바 그의 호색적 기질을 고리대금의 미끼를 통해 시도한다. 즉, 그는 장릿벼의 지불능력을 상실한 대가로서 자신의 색탐을 위해 '점순'이를 요구한다. 이 같은 사건의 전개는 계급적 수탈의 극한적 대립을 보여준다. 이와 같은 구조는, 장릿벼 때문에 딸을 팔아야 하는 「아사」(《조선지광》 64, 1927.2.)와 동일하다. 이와 같은 모티프의 유사성은 李箕永의 농촌소설의 기본축임을 암시한다. 이와 같은 상황에서 빈농의 반응은 정신이상으로 나타난다. 또한, '점순'이를 사랑하는 지식인 청년 '서울댁'의 반응도 분노와 비탄 이상의 문제의 해결 능력이 없는 인물이라는 점에서 주목할 필요가 있다.

> 그러나 그들의 모든 힘은 벼 두 섬 값만도 못하였다! 부친의 실성과 모친의 기절과 오빠의 울음과 또한 '서울댁'의 무서운 눈도 벼 두 섬의 힘만은 못하였다! 부모의 사랑과, 형제의 우애와, '서울댁'의 순결한 사랑의 힘도 벼 두 섬의 힘만은 못하였다! 벼 두 섬은 부친을 미치게 하고 딸의 가슴에 못을 박고 모친을-오빠를- 영원히 슬프게 하고도 남았다. 그리하여 지금까지 귀엽게 길러온 따뜻한 우애도 또한 인간의 행복아! 어서 오너라하고 동경하고 바라던 처녀의 꽃다운 희망도! 이 벼 두 섬 앞에는 아무 힘이 없이 물거품 같이 사라지고 말았다.
>
> (「民村」, p117.)

연민과 감상이 깃들어 있는 이 같은 묘사는 감정절제의 결핍이라는 결함이 나타나지만, 농촌의 빈궁에서 오는 비극성은 인간의 희망과 미래를 말살하고 있는 점을 고려할 때, 지주와 빈농의 첨예한 대립과 갈등을 보여주는 것이라 말할 수 있다. '벼 두 섬'으로 집중된 인간의 무능력한 모습은 결국 식민지 사회의 농촌현실을 나타낸다.

삶의 방식에 있어서의 계급적 대비-박주사 아들에게서 나타나는 삶의 쾌락 지향과 빈민에게서 나타나는 삶의 희생과 절망-는 그러므로 사회 역사적 상황의 재현인 것이다. 그러한 비난의 감상적 피력과 적대의식의 발현이 비록 소박한 차원에서 표출된 것이라 할지라도 그것은 전망의 부재에서 오는 현상이라는 점을 감안해야 한다. '점순'의 희생, 그녀 부모의 실성과 기절, '서울댁'과 '오빠'의 한탄은 바로 그 같은 좌절의 또 다른 표현이다.

이 같은 한탄은 결국 극한적 궁핍과 지주의 수탈에서 비롯된 것임을 말해준다. 지주의 존재는 빈농의 착취에서만 가능하다는 인식이 고정관념으로 작용하고 도식화 된다. 따라서 지주들의 이러한 악행은 개별적인 것이 아니라 사회적 현실의 추악한 비유적 양상으로 보인다.112)

또한 이 작품에서 지식인 청년 '서울댁'의 역할은 문제제시 정도의 의미만을 드러낸다. 따라서 농촌 계몽의 지도자 역할을 담당하는 지식인이 작품 전면에 나타나기까지는 다음 단계가 예비되고 있는 것이다.

「故鄕」의 예비적 모티프의 반복은 「民村」이외에도 「洪水」113)에서 발견된다. 이 작품에서는 소작쟁의에서의 집단적 힘의 결속과 지식인의 역할이 부

---

112) 이러한 축약과 비유가 보다 분명한 모습으로 드러나는 작품은 「원보」(《조선지광》 78. 1928. 5.)다. '원보'라는 인물에게는 삶 자체가 감당할 수 없는 불행이다. 그는 농촌에서 지겟꾼, 막벌이 노동, 도로부역 등 노동을 닥치는 대로 하면서도 가난을 탈피하지 못한다. 그는 신작로를 닦다가 자동차에 치여 치료차 상경하지만 치료비를 감당할 수 없어서 노상에서 죽어간다. 결국 '원보'라는 인물상은, 개인의 극한적 상황이 식민지 현실에서는 극복할 수 없는 비긍성을 드러내 주는 인물상인 것이다.
113) 李箕永,「홍수」《조선일보》, 1930. 8.21.- 9. 3. 연재.

각되어 있다. 이러한 쟁의의 양상이 「故鄕」과 다른 점이 있다면, 분쟁의 해결 방식의 유무이다. 가령 「조희뜨는 사람들」에서의 '샌님'에 의한 쟁의 주도는 「홍수」에서 다시 '박건성'의 주도로 반복되고 있는데, 적어도 그러한 서사유형은 「故鄕」에서 '홍수'라는 천재지변에 의해 다시 되풀이되고 있다.

「홍수」의 '박건성'은 농민의 힘을 규합하여 농민들 앞에서 소작쟁의를 지도하는 등 이념의 실천을 행동으로 드러낸다. 이 작품은 농민들의 집단적 대결 양상과 지식 계급의 전위적 역할을 제시해 주는 작품으로 특히 지식인의 선도적 역할에 큰 의미가 부여되고 있다. 가령 '두레'와 농민조합의 지도자인 '박건성'의 개인적 역량은 그가 중심적인 인물로서 손색이 없다는 점을 반증해 주는 것이 된다. 그러나 '박건성'은 한편으로 지식인 계급적 범주 안에서 그의 역할이 고정되어 있다는 점이다.

소작쟁의는, 제도적 모순에 대한 항거와 궁핍한 상황의 극복 및 생존권의 확보라는 의미를 지닌다. K강의 범람으로 농민들의 공동대처의 모습을 사실적으로 그려주고 있는 이 작품은 홍수로 인한 농작물 피해를 감안하지 않고 소작료를 그대로 받으려는 지주와의 갈등을 보여준다. 더욱이 '박건성'의 귀향동기에는 농민들의 의식함양이라는 비교적 뚜렷한 목적이 드러나고 있다. 그는 노름판만 벌어질 뿐 아무 변화가 없는 故鄕에 7년만에 돌아와 농민들을 깨우쳐야겠다는 사명감에서 신문독회를 열고, 이를 농촌야학운동으로 발전시켜 나간다. 또한 홍수가 일어나자 농민들의 힘을 규합하여 그들 자신의 힘으로 대처하도록 지도한다. 즉, 모든 사람들이 공동생활을 하고, 각각 역할을 분담하여 홍수피해의 수습책을 수립하여 단합된 힘을 과시한다.

그때 지주와의 대립구조가 나타난다. 지주는 홍수피해에도 불구하고, 그들의 소작료를 경감해 주지 않는다. 더구나 추수를 강행하려는 지주의 시도에 맞서 농민들은 집단적 결속을 보여주려 하나, 지주들은 자신들의 기득권을 보존하기 위해 지주조합으로 맞선다. 그들은 소작쟁의에 공동으로 대처하기로 하고, 소작계약의 공동해제, 양곡대여의 중단협약 등의 위협수단을 강구한다.

'박건성'은 이러한 갈등 상황에서 농민들의 힘을 규합하여 빈농조합을 결성하고, 그들의 집단적인 힘을 독려하는 주동적 역할을 담당한다.

그 집단적인 힘이야말로, 빈농들을 착취하는 제도적 모순과 대결할 수 있는 근원적 힘이 된다. 「홍수」에서는 공동체적 삶의 양상을 '풍물놀이'를 통해 제시하고 있다. '풍물놀이'는 다음과 같이 묘사된다.

> "풍물소리와 함께 기폭을 펄펄 날리고 나가는 광경은 마치 원시 부
> 락민족이 전쟁에 나가는 것 같은 긴장된 기분을 느끼게 하였다."
> (「홍수」《조선일보》1930. 8.25. 연재 5회분.)

이것은 단결된 힘의 과시이자 계급적 모순과의 대결을 우회적으로 드러낸다. 결국 '풍물놀이'는 단순한 놀이나 연희의 기능만을 제시하는데 그치는 것이 아니라, 공동체임을 확인하도록 해주는 집단적 祭儀의 성격을 띤다고 볼 수 있다. 따라서 계급적 투쟁의 소도구인 이 풍물놀이는 배경적 역할을 하면서, 상황에 대한 긴장과 밀도를 암시해 준다.

'박건성'은 李箕永이 지금까지 보여준 관념적 지식인 상 -예컨대 「가난한 사람들」의 '성호'나 「民村」의 '서울양반(창순)'과 같은 인물이 보여주는 관념적 계급주의-이 아니다. 그는 「서화」의 '정광조'와 같은, 계몽적인 사고를 하지만 그 행동에 있어서는 소극적인 양상을 극복하고 있다는 점이 눈에 띈다. 그는 보통학교를 졸업하고 모친의 병을 고치기 위하여 일본의 방직공장에서 일하다가 계급주의 사상을 통해 사회모순을 인식하고 사회운동에 참여하게 되는 인물로서, 매우 현실감 있는 사회주의자로 나타난다.

'박건성'의 실천적 모습은 집단적 힘을 주도해 나가는 개인의 능력을 너무 부각시켰다는 점으로 드러난다. 곧, 그의 역할은 '민중계몽'이며, 영웅적 개인114)과 흡사하다. 소작쟁의 과정에서 '박건성'은 지주들의 고발로 인해 체

---

114) 이 영웅적 개인의 모습은, 그 실천과정에서, 비범함을 '제시(보여주기-showing)' 하기만 한다는 점에서, 고전소설의 양상과는 차이가 난다. 또한 그는 사회적 전망

포된다. 「홍수」에서 드러나는 빈농들의 의식의 각성화는 다음과 같이 나타난다.

> 이런 판에 건성이가 검속이 되었으니, 그러나 원식이 치백이 준필이
> 장접장 등....이 꾸준히 잘 싸우고 있었다. 그러나 그들이 아주 처음 경
> 험이니 만치 혹시 실패할런지도 모른다마는 그것이 실패만은 아니었다.
> ....이미 뿌리심고 든든히 선 조합은 그로 말미암아 흔들리지 않았다. 그
> 들에게는 홍수 같은 힘이 점점 한데로 뭉쳐 흐를 뿐이었다.
>
> (「홍수」, 《조선일보》, 1930. 9.3. 연재 12회분)

'홍수'는 결국 자연적 재해인 동시에 농민들에게는 사회적 모순을 인식하도록 해주는 소설적 장치로 활용되고 있다. 그리고 더 나아가서는 그것이 농민의 단결된 힘과 계급 투쟁의 분노를 나타내는, 다시 말해 알레고리적인 의미를 구비하게 된다. 또한 이러한 역할을 충실히 수행한 인물로 지식인 청년 '박건성'이란 인물이 전면에 나타나며 미래의 낙관성을 제시해 준다. 그러나 이러한 '낙관성'은 그의 이념적 지향에 따른 사회적 전망을 너무 교훈적인 어조로 노출시키고 있다는 점에서 작품의 미적 구조에 기여하지 못하는 걸림돌이 되고 있다.

作家에게 있어서 이념의 실천이란 사회의 모순에 대해 예리한 분석과 객관적 토대를 마련하고, 그것을 기반으로 하여 전형적인 인물을 창조하고 미래의 세계에 대한 전망을 제시해 주는 작업이다. 임화가 「故鄕」을 "현실과 관념을 집대성한 작품"[115]이라고 본 것도 동일한 맥락인 것이다. 결국 李箕永은 그 이념적 실천작업을 부단히 심화시켜 온 것이다. 그리고 이를 '이념과 실천'의 결합된 양상으로 본다고 할 때, 비로소 그의 세계관이 보다 분명한

만을 제시하는 것이며, 그것만을 중심적인 역할로 부여받고 있다는 점에서, 「故鄕」의 '김희준'과 다르다. 조세프 캠벨, 『세계의 영웅신화』이윤기 역, 대원정사, 1988.

115) 임화, 「소설문학 20년」, 《동아일보》, 1940.4.12-20.

경지에 이르게 되는 것은「故鄕」에 와서인 것이다.

「故鄕」은 다소 색다른 점이 있다. 그의 이념적 모색과 함께 전개되어 온 일관된 소재는 두 가지 정도로 압축시켜 구분할 수 있다. 그 하나는 노동쟁의에 대한 천착이며, 다른 하나는 농촌에 대한 묘사다. 그러나 이 두 소재는「故鄕」에 와서 하나로 통합된다. 곧,「故鄕」은 소재 면으로 '積層的'인 성격을 구비하고 있는 것이다.116)

박영희는「故鄕」의 이러한 적층문학적 성격을 가리켜, "民村의 과거 십년간의 문학적 창작생활이 이「故鄕」을 창작하기 위한 준비작업"117)이라고 말하고 있다. 사실 李箕永의「故鄕」은 이미 1930년대 프로소설이 확보한 가장 높은 수준을 점유한다. 그러한 근거로는, 지식인이 전면에 나서서 사회주의적 계몽성을 전파하면서 몸소 실천하는 행위를 드러낸 작품118) 중에서「故鄕」만한 수준을 확보한 예가 없다는 점 때문이다.

「故鄕」에서 보여주는 李箕永의 이념적 실천은 '집단적 힘'을 통한 전망의 제시라는 주제로 요약해 볼 수 있다. 앞서 살핀 바와 같이 이 '집단적 힘을 통한 전망의 제시'는 판페로프의「빈농조합」에서 사사 받았다는 추론이 가능하다.119) 그는 이념적 방향을 사회주의의 수립과 건설이라는 지향점으로 확

---

116)「故鄕」이후의 농촌제재 작품들은「원치서」(《동아일보》,1935. 3.-7)와「맥추」(《조광》, 1937.1.-2.) 정도로 불과 몇 편에 지나지 않는다. 물론「신개지」(《동아일보》, 1938. 1.19.- 9. 8.),「봄」(《동아일보》 1940. 6.11.- 8.11. 연재중단, 이후 《인문평론》 1940.10.-1941. 2. 연재) 같은 장편소설도 이 범주 안에 포함시킬 수 있겠으나, 이념적 실천이라는 문제를 중심으로「故鄕」이후의 작품들을 검토해 본다면, 사회주의적 이념이 퇴색되어 있으며, 무대가 만주로 옮아 간다는 점을 발견 할 수 있다.「대지의 아들」(《조선일보》, 1939.10.12.-1940. 6. 1.),「처녀지」(심중당, 1944.) 등의 작품이 그 예가 되겠는데 이들 작품은 무대가 만주이며, 공통적으로 이념의 변질이 드러난다.

117) 박영희,「民村의 역작 '故鄕'을 읽고서」《조선일보》, 1936.12. 1.

118) 지식인이 전면에 나서서 무산대중을 지도하며 그들의 의식을 일깨운 작품으로는 노동자 소설에서는「조희 띄는 사람들」이 있으며, 농민소설에서는「홍수」등을 예로 들 수 있다.

119) 李箕永,「내 심금의 현을 울린 작품-판페로프작 '빈농조합'」《조선일보》, 1933.

정한 이후, '作家는 현실을 외면해서는 안된다'는 교훈적인 발언에서도 엿볼 수 있듯이, '계몽적 엄숙주의'를 견지한다.[120] 그의 발언은 作家의 형상화 작업이 현실의 참상-곧, 농촌의 몰락적 현실과 도시빈민의 문제 등에 대한 건실한 내용으로 채워진 문학이 필요하다는 점으로 이해할 수 있다.

이상에서 「民村」을 거쳐 「洪水」에 이어서 「故鄕」으로 의미가 확대되는 것을 확인할 수 있으며, 또한 지식인의 이념적 실천행위도 '서울댁'-「民村」, '박건성'-「洪水」, '김희준'-「故鄕」등을 거쳐 심화되는 것을 알 수 있다.[121] 박승국의 표현대로라면, 李箕永은 진정한 의미에서 마르크스주의자는 아니다. 그는 李箕永을 들어 "마르크스주의자라고 하기는 어렵다. 마르크스주의를 신봉한 일 학도였으며 사회주의를 통절히 느끼는 양식적인 作家"[122]라고 했다. 이런 이유로, 李箕永의 작품은 자신이 설정한 사회주의적 이상에 상대적으로 관념적인 부분이 드러났던 것으로 보인다. 그러나 관념성이 어느 정도는 사회적 전망을 제시하는 선으로 발전하고, 보다 현실성 있고 객관적인 상황으로 구성된다는 점에서 「故鄕」이 보여주는 세계는 보다 진전을 보여준다.

1.27.(앞의글)
　이 작품을 통해 李箕永은 작품방향에 대한 전망의 모색과 전범을 시사 받았음을 알 수 있다.
120) 李箕永, 「문예적 시감 수제」《조선일보》 1933.10.25.-29.
　그러한 예는 「故鄕」의 결미부분에서, '안갑숙'과 '김희준'의 관계가 '애정의 심리적 갈등'속에서 '동지적 감정'으로 승화된다는 점에서 드러난다.
121) 즉, 「故鄕」의 예시구조는 「民村」의 확장자(擴張尺)로 「홍수」가 드러나며, 「홍수」의 확장자(擴張尺)로 「故鄕」을 드러내 주고 있으므로, 「民村」<「홍수」<「故鄕」의 도식이 가능하다.
122) 박승국, 「李箕永검토1.」《풍림》 1937. 5.

3. 인물의 전형화와 대립의 의미

사회주의적 리얼리즘의 관점에서 작품의 내용은 윤리적 성격과 作家의 세계관을 좌우하는 것으로 전개된다. 作家의 사고 역시 하나의 모델이라고 본다면, 그리고 그 모델이 이념을 구비한다면 실천적인 인물의 창조로 나타나는 것은 필연적인 것이다. 비판적 리얼리즘과 사회주의적 리얼리즘의 근본적인 차이도 여기에 있다. 비판적 리얼리즘이 고전적인 기법에 기댄 문학양식의 하나라고 할 때, 사회주의적 리얼리즘은 세계에 대한 전망, 곧 미래에 대한 진지한 실천적인 관점을 제시하는 이념적 차원에 더 많은 비중을 차지한다.123)

고리끼는 사회주의 리얼리즘의 특성124)을 다음과 같이 설명한 바 있다. 그것은 첫째로 전략적이며125) 메시지의 전달이 강조되는 경향문학이다. 그러므로 이 문학은 무엇인가를 주장하는 서사전략을 구비한다. 그리고 집단주의 collectivism에 바탕을 두고 인간의 특성을 규정한다. 따라서 '사회주의적 개인성은 오직 집단적 노동조건 속에서만 발전된다'126)는 고리끼의 명제가 성립되는 것이다. 셋째로 사회주의적 리얼리즘 문학은 낙관적 인생관이 피력된다. 삶은 위대한 행복을 누리는 지상적 삶을 궁극적인 목적으로 하는 행동이자 창조인 것이다. 마지막으로 그것은 사회주의적 개인성을 고양시키는 것을 목적으로 한 교훈성의 개입을 적극 독려한다.

李箕永의 대표작 「故鄕」은 사회주의적 모델에 입각한 논리에는 미흡하지만, 그러나 이러한 점을 단순 비교하기에는 역사적 상황이 판이하게 다르다는 점을 염두에 둔다면, 자신이 수립한 이념의 실현을 제시하고자 하는 의도

---

123) 게오르그 비스츠레이, 앞의책, pp.62.-63.
124) 게오르그 비스츠레이, 앞의책, p.64.
125) 게오르그 비스츠레이, 앞의책, p.64.
   여기에서 '전략 strategy'이라는 말은 사회주의 건설의 프로그램을 지니고 있는 강령, 계획 등의 의미로도 바꾸어 사용할 수 있다.
126) 비스츠레이, 위의책, p.62. 재인용.

가 두드러지게 나타난다고 할 수 있다. 물론 이 같은 자발적 행위와 신념의 조화는 작품 안에서 구현되는 세계와 인물의 특성을 고려할 때 성립되는 문제이긴 하겠으나, 도식적인 인간유형과 사건의 반복적인 양상을 보다 積層하는 원동력이 된다.

그는 완전한 사회주의자라기 보다는 '이념'이라는 이상적 세계에 대한 신념을 하나의 진리이자 원리로 소유하게 되면서, 지식인의 '실천'에 많은 비중을 부여한다. 그것은 곧, 이념의 실현을 위한 李箕永 자신의 모색이자 구체적인 행동방향이었던 것이다. 식민지 체제라는 거대한 권력의 극복을 위한 문학적 방식은 李箕永의 경우, 신념의 가시화 혹은 그것이 구현되리라는 낙관적 의지에 문제에 핵심이 있다. 결국 李箕永의 「故鄕」이전의 소설들이 갖는 어느 정도 일관된 방향성은, 그 요체가 이념의 실천으로서의 문학이라는 점을 말해준다.

「故鄕」(《조선일보》, 1933.11.15.-1934..9.21.)[127]은 「홍수」의 모티프를 차용하면서도 양식상의 그리고 구성상의 변별점이 추출된다. 가령 양식상의 차이를 거론하자면, 「홍수」는 중편으로서 구조적 밀도가 「故鄕」보다는 앞서고 있으나, 「故鄕」은 장편소설이라는 서사적 의미에서 「홍수」와 다르다. 그리고 구성상 「故鄕」의 다양한 삽화의 나열은 「홍수」의 세계와는 성질을 달리한다.

또한 「故鄕」에서 형상화 된 인물들은 李箕永의 기존의 작품에 등장하는 인물과 비교해 볼 때, 관념적 실천이 보다 현실감 있는 형태로 통합되면서, 한편으로 실천성의 보강에 주력한다. 그리고 여성운동가의 인물유형은 관념적인 면 -달리 보면 원형적 이미지에 가까운 모성애의 발현자라는 의미에서- 을 지니고 있다고 생각된다. 이 두 대립을 임화는 "현실과 관념의 집대성"[128]

---

127) 본고에서는 《조선일보》 연재를 인용하지 않고, 『故鄕(상), (하)』, 한성도서, 1939년 판을 텍스트로 하였다.
128) 임화, 앞의 글.

이라고 지칭했거니와,「故鄕」에서의 인물구도는 그의 작품세계의 이념적 완결점이자, 문학적 적층의 도달점이라 부를 만한 것이다.

「故鄕」에서의 '김희준'은「서화」의 '정광조'처럼 사건에 개입하여 사건의 선악을 판정하는 판관적 성질을 두루 포괄하면서도 보다 구체화된 모습을 지닌다. 이를테면 그는 세계와의 대결을 감행하는 지도적 인물이면서도, 자신이 '갑숙'이와의 관계 때문에 내면적 갈등을 겪고 있다는 점에서 보다 현실적인 면을 구비하고 있는 것이다.[129]

그러나 이러한 연애의 플롯은 '김희준'의 早婚으로 인한 피해를 부각시키는 선에서 정지된다. 그리고 그들의 애정은 사회주의적 세계의 건설을 위한 동지적 관계로 승화된다. 이렇게 볼 때, '김희준'이라는 인물은 관념적 이상과 현실과의 갈등을 겪는 부조화를 보여주는데 비해, '갑숙'의 애정은 계급적 단합을 위한 그녀의 헌신적인 노력에 의해 사건의 해결을 가능하게 해주는 螺旋形式의 사건추이를 보여주는 것이다.

'안갑숙'은 이를테면, '김희준'에 버금가는 '여성운동가'로 드러나지만, 그녀의 특성은 李箕永 자신의 진술에 의해 보다 뚜렷하게 확인된다. 그는 "내 소설에는 언제나 이상적 여주인공의 모델이 있다"[130]고 말하면서 '모성애적' 특성을 지닌[131] 이상적인 인물을 그리려고 했다고 고백하고 있다. '안갑숙' 역시

---

129) 김희준의 내면적 갈등은, 자신에게 주어진 참담한 궁핍상과 원만하지 못한 결혼생활·집안 일에 등한시하는 남편상-, 그리고 갑숙의 적극적인 구애 등이 그 이유가 되는데, 이는 김희준이 早婚으로 인한 인습의 피해자임을 드러내 준다.(상권-'달밤' 참조할 것.)

그리고 그의 이러한 형상은 특히 지식인의 신구윤리적 갈등이라고 할 수 있는데, '수신적 측면'과 동등하게 취급되던 '사회적 위상의 균형'이 께어진 인간형으로 '김희준'을 제시하고 있다. 이것은 '김희준' 에 와서야 李箕永이 창조한 실제적인 지식인상으로, 그의 이념과 조화된 '현실성 있는 인물'로 수립되었음을 뜻한다.「故鄕」의 주인공인 '김희준'의 모델은 李箕永의 친구인 '변상권'이라는 설이 있다. (박충록,『조선문학간사』, 연변교육출판사; 연변, 1987-열사람, 1988. p.275.)

130) 李箕永,「동경하는 여주인공」《조광》 42, 1939.4.

131) 갑숙의 모성애적 경향은 '경호'와의 애정관계에서 두드러진다.

예외가 아니어서, 정략결혼을 거부하고 가출하는 그녀가 이후에는 노동자로 변신하고 있다. 이러한 과정에는 물론 그녀의 진보적인 가치관이 보다 많이 작용하는 것이지만. 그녀가 '김희준'의 조력자로 등장한다는 사실에서 본다면, '김희준을 돕는 여성상의 이상형'으로 관념화되어 있다는 판단이 가능하다.132)

그리고 '김인동'의 애인인 '방개'의 경우도 동일하다. 「민며느리」의 '금순'이나, 「해후」의 'S', 「채색무지개」의 '옥숙', 「자기희생」의 '영순', 「시대의 진보」의 '혜숙'등과 여성운동가로서는 동일형이다. 이들은 대부분 인습적 상태에서 과감히 탈출하여 몇 년간의 고난과 고학이라는 자기수련을 거쳐 사회운동가로 변신하는데 성공한다는 모티프를 공유하고 있다.

이와 같이 '김희준'과 '안갑숙'의 단선적인 혹은 평면적인 형상화에 대하여, 김남천은 "作家는 자기와 근접한 연관을 가진 지식계급의 전형을, 적극적인 방향에서 모색하고자 할 때, 흔히 작중인물에 대하여 溺愛와 관념적인 이상화에 빠질 위험성이 있다"133)고 지적하고 있다. 이러한 김남천의 주장은 지식계급인 作家가 갖고 있는 일반적인 경향으로서, 인물의 전형화를 시도할 때 적극적이고 원심적인 방향에서 형상화 한다면, 작중인물은 관념화의 위험성 -이것은 갑숙의 경우에 해당한다-에 빠지게 되고, "소극적이고 구심적인 방향으로 치중할 때, 심리적인 자기생활이 형이상학적으로 추구"134)하게 되는 위험성을 경고한 것이다.

또한 「서화」의 '돌쇠'와 「농부 정도룡」의 '정도룡'과 같은 '악한적' 성향을 지닌 인물 유형은 「故鄕」의 '김인동' 등과 같은 적극적 행위자로 나타나고

---

132) 이와 같은 지적은, 임화의 「소설문학 20년」(《동아일보》 1940.4.12.-20.)과 안함광의 「로만논의의 제문제와 '故鄕'의 현대적 의의」(《인문평론》 1940.11.)에서 동일하게 발견되고 있다.
133) 김남천, 「지식인계급전형의 창조화와 '故鄕' 주인공에 대한 감상」《조선중앙일보》, 1935.6.30.
134) 김남천, 같은글, 《조선중앙일보》, 1935.6.29.

있는데 '돌쇠'의 윤리적 부정성[135])은 사회주의적 공동체를 지향하는 과정 속에서 적극적인 역할로 변모한다. 이들 부류는 논리와 체계를 갖춘 인물이라기보다는 현실적인 주체로 자리잡는다. 하지만 '정도룡'의 폭력적 대응이 농민들의 모순해결 욕구와 자기파괴적 성향이 만들어 낸 이상화된 사건추이라고 한다면 거기에는 현실성이 박약하며, 과격한 관념적 소산이라는 비판을 받을 수 있다. 따라서 '정도룡'의 인물적 특성은 적어도 모순의 타파라는 욕망의 분출과 폐쇄된 사회의 회로를 파기시켜 버리는 역할을 담당하는 모델인 것이다. 따라서 이 같은 인물의 적극적 기질은 '김인동' '김원칠' '김선달' 등으로 통합되면서 지식인의 역할과는 변별된, 농민들의 각성된 모습으로 제시된다.

이들 인물들이 제도권의 수탈과 억압에 희생되는 인물들이라면, 이들과는 달리 제도권의 보호아래 그들의 기득권을 유지하며, 제도권의 수탈정책에 적극 참여하는 집단으로 지주계급과 부재지주의 권익을 대행하는 '마름'을 들 수 있다. 「故鄕」에서 이들 집단의 전형으로 등장하는 인물이 '안승학'이다. 부재지주 민판서의 마름인 '안승학'은 계급적 위악을 행사하는 대표적인 역할을 수행한다. 그는, 프롤레타리아의 계급적 각성 이전의 윤리적 척도에도 미치지 못하는 행동으로 인간성의 결함을 드러내고 농민들의 원성의 대상이 된다. 곧 이런 인물들은 제도권의 보호 아래에서만 그들의 기득권이 유지될 수 있으므로 해서, 자연 식민지 체제에 동화되게 된다. 작품에서, 이런 인물들은 기득권 유지의 철저함과 향락 추구적인 생활, 그리고 축첩과 같은 비정상적인 측면을 더욱 부각시킴으로써 농민들과는 대립적 축에 서게 된다. 이것은 달리 말해 도구적 역할을 수행하는 인물의 모습인 것이다. 그의 인간적 측면이 어설프게 드러나는 부분은 결말부분에 나타나듯이, '김희준'을 비롯한 농민들의

---

135) 그는 「서화」에서 '도박'을 통해 자신의 생계를 꾸려 나갈 뿐만 아니라, '이쁜이'와의 불륜관계도 맺고 있다. 요컨대 그의 이 같은 행위는 '정형조'의 발언에 의해 그 개인의 문제가 아닌 사회전체의 모순상황에 기인한 것으로 결론 지워지고 있다. 따라서 '돌쇠'의 윤리적 죄악은 '돌쇠' 개인에게만 한정되는 것이 아니라는 뜻에서 '사회적 부정성'으로 확대된다.

요구에 굴복하면서 보여지는 나약한 혹은 부정적인 면 -딸의 비행이 소문으로 번질까 두려워하는-에서 드러난다.

이상에서 살펴본 바와 같이, 「故鄕」에 등장하는 인물들은 「故鄕」이전의 李箕永 작품에 등장하는 인물들과 통합되어 나타나며, 또한 제각기 자신이 속한 집단의 전형성을 드러내 보이는 것을 알 수 있다. 그러면서 빈농계급과 지주계급의 사이에서 첨예한 대립양상을 보여주고 있는 것도 확인 할 수 있다. 즉, 지식인이며 이념의 실천적 농촌지도자로 농민들을 지도, 계몽시키는 '김희준'과 같은 인물은 '서울양반-창순'-「民村」, '박건성'-「홍수」, '박승호'-「박승호」, '정광조'-「서화」등의 인물에서 나타나며, 또, 노동쟁의의 전망을 제시하며 여성 사회주의자로 계급투쟁의 선봉에 나섰던 '안갑숙'과 같은 인물은 '금순이'-「민며느리」, 'S'-「해후」, '옥숙이'-「채색무지개」, '혜숙이'-「시대의 진보」등의 인물에서 나타난다.

또한, 지식인 농촌지도자 '김희준'을 도와 소작쟁의 과정에서 의식과 행동이 뚜렷하여 작품에서 중요한 역할을 맡은 인물인 '김인동', '김원칠', '김선달' 등과 '정도룡'-「농부 정도룡」, '원치서'-「원치서」, '돌쇠'-「서화」등의 인물들과는 동일선상에서 파악이 가능하다.

그리고 인색하고 냉정하고 권모술수에 능하며 제도권의 보호아래 그들의 富를 축적할 수 있었던 지주(또는 부재지주), 마름 등 브르조아의 전형을 나타내는 '안승학'과 같은 인물을 '박주사'-「民村」, '김주사'-「농부 정도룡」, '정고령'-「홍수」, '김원준'-「서화」, '이명구'-「가을」, '조만용'-「원치서」등의 인물에서 나타난다.

이처럼 「故鄕」은 도식적 인간 유형이 드러나고, 사회주의 이념을 실천하기 위한 뚜렷한 목적 아래 모든 등장인물들은 단순화되고 전형화 된다. 그리고 이런 등장인물의 전형화는 民村의 이념의 관념화에서 나타난 고착화 된 인물로 발전적 인물이 될 수 없는 어떤 한계성을 내포하고 있다.

4. 총체적 세계인식과 이념의 발전양상

서사구조적 측면에서 볼 때, 「故鄕」은 다양한 농촌의 궁핍상이 제시되고 있다. 그러한 궁핍상의 묘사는 자연과 농촌의 정경을 통해 상징적으로 드러난다.

> 마을 사람들은 오늘도 논으로 밭으로 헤어졌다. 오후의 태양은 오히려 불비를 퍼붓는 듯이 뜨거운데 이따금 바람이 솔솔 분대야 그것은 화염을 부채질하는 것 뿐이었다. 숨이 콱! 콱! 막힌다. 논꼬에 고인 물이 부글부글 끓어 오른다. 텀벙! 뛰어드는 개구리는 두 다리를 쭉! 뻗고 뻐드린다. 그놈은 비시감치 자빠지면서 입을 딱-딱- 벌리었다.
> (「故鄕(상)」-'농촌점경', p.1.)

이 농촌의 點景은 적어도 궁핍상을 예견하도록 해 준다는 점에서는 서사구조에 대한 암울한 상황을 전제로 한다. '여름 태양'으로 암시되는 상황적 의미는 농민의 힘겨운 생활을 단적으로 드러낸다. '불비'와 '화염'의 이미지는 부정적이며, 삶의 고단함을 나타낸다. 거기에다, "숨이 콱! 콱! 막힌다, 논꼬에 고인 물이 부글부글 끓어오른다"는 묘사는 여름과 더위에서 비롯한 삶의 절망적인 모습을 연상시킨다. 농촌의 절망적인 궁핍상은 '춘궁'에서도 잘 드러나고 있다.

> "그게 무에야? 웬 술지게미를 받아온대여?"
> 갑숙이는 업동이네가 머리에 이는 광주리 속을 들여다 보다가,
> "아니 웬 술 지게미들만...돼지먹이를 받아가나?"
> 박성녀와 업동이네는 별안간 면구한 생각이 나서 얼굴을 붉히고 허굽흔 웃음만 마주 보고 웃고 있다.
> "돼지죽이 아니라 사람죽이라우"
> 지금까지 혼자 서서 손장난만 하고 있던 갑성이는 누이에게로고개를

돌이키며 그들의 대화 속으로 뛰어들었다.

"하하하 정말 사람 죽이지."

"사람이 그걸 어떻게 먹어?"

(「故鄕(상)」-'춘궁', p.91.)

안승학의 딸 갑숙과 아들 갑성이가 서울에서 故鄕으로 돌아오는 길에,읍내 양조장 앞에서 술지게미를 사오는 마을 사람들과 만났을 때 나누는 대화장면 이다. 양조장에서 가축사료로 쓰이는 술지게미를 사먹더라도 춘궁기를 넘겨 야 하는 극한적 상황이다. 그러나 갑숙이와 갑성이는 이러한 점에 대해 무지 하다. 결국 이것은 가진 자와 못 가진 자의 대립적인 양상을 드러내주는 장면 이다.

'김희준'의 귀향을 그리고 있는 '돌아온 아들'의 대목에서는 이 자연정경의 묘사가 농촌사회의 변모라는 보다 구체적인 상황설정으로 전환되고 있다.

오년동안에 故鄕은 놀랠만치 변하였다. 정거장 뒤로는 읍내로 연하 여서 큰 시가지를 이루었다. 전등 전화가 가설되었다. C 私鐵은 원터 앞들을 가로 뚫고 나갔다. 전선이 거미줄처럼 서로 얽히고 그 좌우로는 기와집들이 즐비하게 늘어섰다. 읍내 앞 큰 내에는 굉장하게 제방을 쌓 았다. 上里안골에서 내리질르는 물과 봉화재 골짜기에서 흐르는 물이 정거장을 휘돌아서 원터 앞들을 뚫고 흐르다가 읍내 앞-정남쪽으로 와 서는 한데 합쳐서 큰 내를 이루었다. 세 갈래가 진 물목은 웅뎅이 처럼 넓게 패었다. 이 물목은 가물의 어구와 같이 여울이 졌다. 그래서 홍수 가 질 때에는 물목이 벅차서 부근의 전답은 물론이요, 읍내앞 장거리까 지 침수가 되었다. 그런데 거기를 굉장하게 방축을 싸올리고 양쪽으로 는 신작로의 가로수와 같이 '사구라'와 버드나무를 심었다. 그리고 정자 를 새로 지었다. 그러나 그동안 변한 것은 그 뿐만이 아니었다. 상리로 올라가는 넓은 뽕나무 밭-개울 옆으로는 난데 없는 제사공장이 높은 담 을 두르고 굉장히 선 것이었다. 양회 굴뚝에서는 검은 연기가 밤낮으로 쏟아져 나왔다.

(「故鄕(상)」- '돌아온 아들', pp.20-21.)

이러한 배경의 묘사에서 특히 주목할 만한 것은 식민지 제도의 경제적 이식과정을 보여준다는 점이다. 근대문명의 강제적 이식과 강요는 결국 수탈경제에 그 본 뜻이 있다. 이로 미루어 본다면, 전등과 전화의 가설, 철도의 건설 등은 가난한 농촌과는 그다지 관련이 있어 보이지 않는 것일 수도 있다. 그러나 '원터'는 근대문명이 수요되는 중소도시에 인접한 곳이라는 점에서, 또 제방의 건설이라는 장치를 통해서, 앞으로의 작품에서 전개되는 서사구조를 예시해 준다. '원터'가 지닌 상황적 의의는 그것이 '식민지 농촌'의 한 전형적인 의미를 함유한다.

물론 作家가 형상화하는 모든 작업들이 전형적이라는 의미를 갖지만 그것이 객관성을 확보하고 있는가에 따라 작품의 이념적 완성도는 매우 다른 편차로 나타난다. 이 같은 관점에서 보면 '원터'는 근대화 된 읍내와 근접한 곳이며, 대다수가 근대문명의 혜택을 받지 못하는 전근대적 상황에 처해있다는 설정과 함께 현실적인 의미망을 구비하고 있다.

위의 인용은 '김희준'의 귀향과정에서 관찰된 현실풍경이다. 따라서 주인공의 시선에 드러난 사회현실의 인식은 제사공장과 밤낮으로 검은 연기를 뿜고 있는 데서부터 시작되는 셈이다. 그 굉장한 위력과 풍모를 지닌 근대 산업에 대면한 그의 시선은 결국 자신의 귀향에 대한 목적을 어느 정도는 계몽적인 측면으로 해석할 여지를 남긴다.

김희준은 이와 같은 격세지감의 사회변화를 결코 비판적이고 부정적인 견지에서 바라보지 않는다. 그는 낙관성에 바탕을 두고 이 상황을 관찰하고 있다. 이를테면 이것은 「故鄕」안에서의 핵심적인 정황의 예시구조인 셈이다. 곧, 김희준을 통해 확대되는 주체적인 각성과 그것의 실천이라는 이념적 계몽성은 이 작품 안의 주된 서사골격이 되고 있다.

다음 인용문에 보면, 김희준의 귀향은 동경유학 후 어떤 의도를 안고 결행된 것이라는 점을 알 수 있다.

거의 왼 동리사람이 옹기옹기 나와서 동구 앞을 내다보았다. 젊은 각
시들은 울 밑과 삽작 문 옆에 붙어서고 졸망구니들은 달음박질을 해서
골목길거리로 뛰어 나왔다. 이 바람에 닭이 풍기고 송아지가 뛰고 돼지
가 꿀꿀거린 것이다. 그런데 웬일이냐? 그들은 희준의 행장이 너무나
초라한데 고만 놀래였다. 그들의 생각에는 그도 좋은 양복에 금테 안경
을 쓰고 금시계 줄을 늘이고 그리고 짐군에게는 부담을 잔뜩 지워가지
고 호기 있게 들어올 줄 알았다. 그것은 그들 뿐 아니라 희준의 모친과
그의 아내까지도. 한데 그는 시커먼 학생양복에 테두리가 오골쪼골한
모자를 쓰고 행장이라고는 모서리가 해여진 손가방 한 개를 들었을 뿐
이다. 그는 일본으로 건너간지 오륙년만에 나오지 않는가. 서울 가서 중
학을 마치고 다시 일본까지 건너가서 유학을 하고 나올 적에는 그는 무
엇이든지 장한 일을 하고 온 줄 알았다. (그들의 장한 일이라는 것은 돈
을 많이 벌었거나 무슨 월급자리를 얻었거나 그런 것인데 그는 아무것
도 못한 것 같기 때문에---)
    "공연히 미친년같이 뛰어 나왔지. 난 무슨 행차나 들어온다구 허허
허 참! 우리 아들(역부)이 서울 갔다 오는 길도 이보다는 낫겠구먼!"
    (중략)

    그러나 희준이는 이런 것에는 도무지 상관도 없는 사람처럼 유쾌한
기분으로 마을에 들어왔다. 모친과 동리사람들은 그의 이런 기분을 이
상히 여겼다. 혹시 그는 일부러 어린손을 치느라고 이런 기분을 강작함
이나 아닐까? 그들은 희준의 심정을 참으로 알 수 없었다. 사실 그 때
희준이는 진심으로 유쾌하였다. 그것은 故鄕에 돌아오는 기쁨보다도
그 동안의 변천은 어쩐지 형용하지 못할 그런 쾌감을 자아냈다.
                                        (「故鄕」-'돌아온 아들', pp.23-24.)

    '김희준'의 귀향동기는 그 설명만으로는 드러나지 않는다. 다만 그의 귀향
이 금의환향과는 거리가 먼 초라한 것이다. 미루어 짐작한다면, 희준의 일본
으로의 유학이 근대학문의 습득과 계급적 세계관의 모색과 수립을 반영하는
수련과정이며, 그러한 점은 출세입신의 도구적 관점과는 다른 것이다. 변덕쟁
이 '김소사'의 빈정거림이란 매우 세속적인 가치관에서 연유하는 것이지만,

보다 본질적으로는 사회모순과 그에 대한 구체적인 전망을 구비하지 못한 인물에 대한 빈정거림이다. 왜냐하면 그들의 눈에는 지식이 곧, 권력을 창출한다는 계몽주의의 일반적인 사고에 대한 선망이 자리잡고 있기 때문이다.

그러나 김희준은 그에 대한 반응을 보이지 않는다는 점에서 그의 이념과 가치관이 세속적인 것과는 다른 면을 암시해 주며, 그런 인물의 형상화가 이미 전제되고 있는 것이다. 이를테면 이들 농민의 사고는 아직 각성되지 못한 물질 선호의 상태와 신분상승으로서의 유학이라는 척도로 희준을 바라보고 있는 셈이다. 그러므로 '김희준'이 보여주는 일련의 맥락은 바로 '원터의 계몽과 근대화에 대한 낙관적 희망'으로 요약된다. 예컨대 '장성해 가는 것들'에 대한 묘사136) 역시 그러한 낙관성의 확인이다.

「故鄕」에서 드러나고 있는 사건의 특성은 그것이 이념적 실천이라는 차원과는 다소 거리를 둔 채 전개되고 있다는 점으로 요약된다. 그것은 통속적인 부분이 많은 양을 차지하고 있다.137) 가령 경호와 갑숙과의 불륜적인 애정 관계, '막동이', '인동이', '방개' 간의 삼각관계, 쇠득이 모친과 백룡 집안간의 싸움138) 등은 중심적 플롯과는 무관한 삽화적 구성으로서 구조의 유기적 결합에는 기여하지 못한다. 이것은 농촌의 정황에 대한 點景임에도 거기에는 호소력 있는 사건의 심층구조가 존재하지 않는다는 점에서 형상화의 수준으로

---

136) 「故鄕」에서는 이 같은 이미지가 빈번하게 등장하고 있다. 가령, '돌아온 아들'에서 보면 다음과 같은 구절이 눈에 띈다. "그것은 다만 묵은 것을 조상하는 것은 아니었다. 묵은 둥치에서 새싹이 엄돋는 것과 같다 할까? 늙은이는 더 늙고 죽어갔으나 젊은이들은 여름풀과 같이 씩씩하게 자라났다. 어린 아이들은 몰라보도록 장성하지 않았는가?"(상권. p.25) 이러한 김희준의 시선은 요컨대 낙관적인 미래관이자 역사의 진보를 기반으로 한 관점이다.

137) 서경석, 앞의책, pp.67-78.

138) 이들 사건은 모두가 애정문제와 연관되어 있으며, 자유연애풍조를 형상화했거나 성풍조의 문란과 계급적 의식의 未覺醒 상태를 드러내 주고 있어서, 이들 인물들의 사건은 「故鄕」의 중심사건과는 효율적인 연관을 맺지 못하고 있다. 따라서 굳이 이러한 사건들에 의미를 부여하자면, 당시 농촌의 이념적으로 각성하지 못한 상태를 나타낸 것으로 풀이할 수 있다.

는 미흡한 에피소드일 뿐이다.

「故鄕」에서 가장 중요한 서사단락은 '안갑숙'(후에는 제사공장 노동자 '나옥희'로 등장)이 주도하는 제사공장의 노동쟁의와, '김희준'과 농민들이 전개하는 소작쟁의이다. 안갑숙은 가출 후 김희준의 도움으로 제사공장에 여공으로 들어가 노동쟁의를 주도한다. 그러나 이 같은 안갑숙의 공장파업은 다소추상적인 데에 머물러 있다. 보다 구체적인 상황설정이나 파업의 배경 등은 제시되지 않는다. 그것은 그러므로 소작농들의 쟁의를 부각시키고, 그에 대한 조력자로서의 역할을 하는 안갑숙의 등장으로만 이 결점이 상쇄된다.

그녀의 주도적 활약은 두 가지이다. 하나는 노동쟁의 중에 동료 여공들의 희생을 최소화시키는 것이며, 또 하나는 '원터'의 소작쟁의에 물심양면으로 지원해 주는 것이다. 그러나 어느 것도 구체화된 제시를 보여주지는 못한다. 가령 안갑숙, 노동쟁의 중 주모자로 체포된 '고두머리 외 그중 머리 큰애'(하권. p.279.)를 구출하기 위해 공장감독과 비밀협상을 추진하기도 한다.(하권, p.313.) 그러므로 「故鄕」에서 드러난 안갑숙이란 인물은, 李箕永의 말대로[139] '이상적 여성상'을 그리려고 하다가 실패한 인물로 볼 수 있다.

'원터'의 홍수피해는 농촌의 모순 상황을 예각화하는 하나의 도구로 활용된다. '홍수'라는 도구적 사건은 특히 사회구조의 모순에 기인한 무산계급의 피해로 작용한다. 즉, '홍수'는 '농민들의 단합된 힘'에 의해 극복되는 고난의 계기이자 도도히 흐르는 역사적 물결의 범람인 것이다. 따라서 이는 농민들의 각성된 힘의 통합이 장차 도래할 지주와의 대결로 이어지게 하는 각성과 행동화를 위한 전환적인 사건이다.

김희준은 그가 자신의 힘으로 농사를 지으면서 신분상의 제약을 극복하고자 한다. 그를 통해 그는 농촌의 실상을 좀더 구체적으로 깨달아 간다. 그의 이 같은 생활은 결국 농민들에게 필요한 것이 무엇인가를 알게 해준다. 그래서 그는 청년회를 조직하고, 야학을 개설하여 농민을 지도하고 계몽시킨다.

---

139) 李箕永,「동경하는 여주인공」, 앞의글.

그의 강한 의지가 계몽운동의 형태로 드러나는 것도 바로 이 대목이다.

> "무엇 때문에 사는가? 놈들은 모두 조그만 사욕에 사로잡혀서 제 한 몸 생각하기에 여념이 없지 않은가? 그래서 말로나 글로는 장한 소리를 하지만 뱃속은 돼지 같이 꿀꿀거리는 동물이야! 그것들과 같이 일을 해보겠다는 나 자신부터 같은 위인이 아닐까?"
> 그러다가도 어떤 박자로 열을 올려서 다시 일에 열중할 때에는 금시로 어떤 희망에 날뛰어서 낙관을 하게 했다.
> "그렇다! 그들도 사람이 아닌가! 잘 지도하면 된다!"
>
> (故鄕(상)」-'달밤', p.203.)

이 같은 김희준의 독백은 농민들의 각성을 지도하는 자신의 과업에 대한 회의와 갈등, 그리고 그로부터 반전되는 심리적인 낙관을 잘 묘사해 준다. 농민들의 각성되지 못한 차원을 한 단계 끌어올리려는 목적과 그 계몽적 노력이 하나의 특성으로 나타난다. 농민들을 결정적으로 결속시키는 계기는 '두레'이다. 이때까지도 안승학은 김희준에 대해 매우 호의적이다. 그는 속으로는 경계를 하면서도, 김희준의 일에 수동적으로 따르는 면을 보인다.

「故鄕」 전반부와 중반부에 이르기까지 본격적인 갈등-소작쟁의-은 전개되지 않는다. 다만 김희준의 농촌계몽에 대한 노력이 부각되어 있다는 점에서 실제적인 농촌의 문제해결 방식을 묘사해 나가는 것이라 할 수 있다. 그 가운데 에피소드의 삽입이 눈에 부자연스럽게 개입되기도 하나[140], 다양한 농촌 현실의 부면들이 드러나기도 한다.

> 희준이도 잡이 손 속에서 징을 치며 돌아다녔다. 이 바람에 김선달도 신명이 나서 '부쇠' 앞에 마주 돌아서서 발을 굴러가며 자진가락을 넘

---

[140] 경호와의 애정행각 뒤에 경호를 의식화 시키려는 점이나, 경호와의 애정문제 때문에 가출하였다가, 갑자기 '나옥희'로 변성명하고, 故鄕의 제사공장 여공으로 취직하여 노동쟁의를 지휘하는 점 등을 예로 들 수 있다.

기었다. 이튿날 아침에 집집마다 한 명씩 나선 두레꾼들은 농기를 앞세
우고 안승학의 구레 논부터 김을 매었다.

"깽무갱갱, 깽무갱갱, 깽무갱갱, 깽무갱갱…"

아침해가 뺘주름이 솟을 무렵에 이슬은 함함하게 풀 끝에 맺히고 시
원한 바람이 산들산들 내 건너 저편으로 불어온다. 깃발이 펄펄 날린다
- 장잎을 내 뽑은 벼 포기 위로는 일면으로 퍼렇게 푸른 물결이 굼실거
린다.

그들은 머리에 수건을 질끈 동이고 꽁무니에는 일제히 호미를 찼다.
쇠코 잠방이 위에 등거리만 걸치고 허벅다리까지 드러난 장단지가 개
구리를 잡아먹은 뱀의 배처럼 불쑥 나온 다리로, 슬 엉긴 논두렁 사이
로 일렬로 늘어서서 걸어간다. 그 중에는 희준이의 하얀 다리도 섞여서
따라간다.

두레가 난 뒤로는 마을사람들의 기분은 통일되었다. 백룡이 모친과
쇠득이 모친도, 두레바람에 화해를 하게 되었다. 인동이와 막동이 사이
도 옹매듭을 풀었다.

(「故鄕(상)」-'두레' pp.366.-367.)

농민들의 공동체적 삶의 회복 가능성은 '두레'에서 인용한 위의 글에서 잘
드러난다. 지금까지 그 동안 마음속에서 옹맺혔던 개인들 간의 오해와 대립
이 풀리는 순간인 것이다. "두레가 난 뒤로는 마을 사람들의 기분은 통일되었
다"는 지문은 바로, 김희준의 실천적 의지로, 얼마간의 과정을 거치기는 했지
만, 농민들의 의식을 공동체적 의식으로 전환시키는데 성공적이었음을 말해
주고 있다. 백룡이 모친과 쇠득이 모친간의 또는 인동과 막동간의 갈등은 이
두레의 협력적 분위기로 인해 혈연적 관계로 재생되는 것이다. 이 연대감의
회복은 결국 「故鄕」이 가진 이상적 계몽형태의 값진 수확으로 보인다. 왜냐
하면, 이것이 어떤 점에서는 '낭만적 계몽소설'[141)에 해당하는 내용을 구비하

---

141) 이러한 견해는, 한승옥, 『한국현대장편소설연구』(민음사, 1989. pp.121-124)를 참
조할 수 있다.
위의 연구는 이광수의 「흙」과 비교하여 그 특징적인 면을 밝히고 있다. 곧, 「흙
」에 비해 「故鄕」은 분명한 귀향동기가 드러나 있지 않다는 의미에서 '세속적인

고 있기 때문이다.

소작쟁의는 안갑숙의 노동쟁의와 거의 동시적으로 전개되고 있다. 그러나 홍수에 의한 것이 그 직접적인 원인이지만, 거기에 매판성을 드러내는 인물은 '안승학'이다. 그는 자신의 기득권과 권위를 내세워 소작료의 경감요구를 거부한다. 이러한 가운데서도 김희준에 의한 힘의 단결은 어느 정도 해결의 가능성을 유지해 나간다. 그러나 그 근본적인 조력자는 '안갑숙'이다. 그녀는 김희준의 능력을 극대화하는데 결정적으로 기여할 뿐만 아니라[142], 그녀 때문에 김희준은 소작쟁의를 하는 농민들로부터 신뢰를 다지게 된다. 뿐만 아니라 그녀는 김희준에게 자신의 아버지인 안승학의 인간적 약점을 이용하도록 권고하고, 그들에게는 고육책일 수 밖에 없는, 이를 통해 소작쟁의의 해결을 보게 되는 것이다.

그러나 사건의 해결방식이, 상대의 개인적인 또는 집안의 어떤 약점을 이용한다는 점에서는 방법상의 한계가 드러난다. 그것은 달리 말해 목적과 수단의 정당성이 병행되는 것이 아니라, 그 두 요소가 제한된다는 사회적 상황의 한계를 보여주며, 그로 인한 문제해결 혹은 그들의 쟁취가 일시적이거나 타협적이라는 의미로 해석될 수 있다. 결국 「故鄕」의 결말 역시, 소작농들의 단결과 이념적인 완전한 승리에는 유보적인 의미를 지니고 있다고 하겠다.

미래에 대한 낙관적인 전망제시가 보여주는 의미는 계급적 사회에 대한

성취욕망이 없는 귀향으로 결론짓고, '농촌사업에 대한 열망'과 '이상향 복구의 의도'가 있다고 봤다. 그러나 「흙」의 '허숭'은 사회적 지향에 대한 굴복의 결과 일어난 파탄과 도피의 성격을 지닌다(p.123.)고 보고 있다.

'김희준'은 세계에 대한 낙관적 전망을 구비하고 있으며, 「故鄕」의 전반부는 '계몽적 행위'가 작품구조의 중심 축으로 드러난다. 그리고 후반부에서는 '이념적 실천'이 강조되는 점으로 볼 때, 이 작품의 특성은 낙관성에 바탕을 둔 계몽성이 중심구조라고 보여진다. 따라서 「故鄕」은, 굳이 이데올로기적 차원을 고려하지 않더라도, '낭만적 계몽소설'에 포함시킬 수 있다.

142) 그녀는, 소작쟁의를 전개하다가 아사지경에 이르게 된 농민들을 위하여 두 번에 걸쳐 원조금을 김희준에게 전달한다. (「故鄕(하)」, pp.393-394., pp.413-415. 참조)

'유보'의 형태-아직까지도 그러한 사회가 도래하기에는 먼 미래의 이야기라는 암시를 준다는 점으로 볼 때-를 보일 뿐이며, 오히려 그 계급의식이 계몽성의 부각을 통해 '馴致'되는 양상을 보이는 것이다. '김희준'과 '안갑숙' 사이의 戀慕관계가 동지적 관계로 결속되는 것이 보여주는 암시가 이를 증명한다. 그들의 연모가 고루한 교훈주의적 엄숙성을 변용시켜 동지애로 승화시키고 있는 점은 또 하나의 관념적인 정신적 결합인 것이다. 그것은 또한 계급주의 의 전파와 동일한 의미를 갖는다고 할 수 있다.

마지막 장인 '먼동이 틀 때'는 사상적 감화를 통한 낙관적인 신념의 제시 혹은 개인적 감정에서 동지애로 결속되는 '승화'가 가장 소박한 형태로 드러 난다.

> 하늘은 한빛으로 검은데 서쪽 만리재 고개에 걸쳐 쪼각달은 구름에 가리웠는지 보이지 않고 웅장한 연봉의 산 날맹이가 어둠 가운데 희미 하게 윤곽이 나타나면서 동쪽 하늘빛이 희꾸무레하게 걷히기 시작한다. 검은 장막이 한 꺼풀 벗기어지고 희미한 회색 구름이 하늘 한 구석에서 점점 커지면서 장차 다가오는 광명을 예고하는 것 같다.
>
> (「故鄕(하)」-'먼동이 틀 때', p.450.)

이처럼 자연에 의지한 간접적인 제시방식은 "동쪽하늘 빛이 희꾸무레하게 걷히기 시작하는" 상황의 전달을 통해 "광명을 예고"하는 희망적인 것으로 암시된다. 이것은 作家가, 시대적 모순을 감내하면서 공동체적 삶의 회복을 통해 가능성과 이상적 국면을 보여주고자 한 것으로 추측된다.

이러한 점 때문에 「故鄕」에서 해결되는 노동쟁의와 소작쟁의는 임시적 해 결이라는 공통성을 지닌다. 따라서 「故鄕」에서 보여주고 있는 소작쟁의의 해 결 역시 그것은 하나의 작은 출발일 뿐 완전한 승리는 아닌 것으로 그 당시의 시대적 한계를 드러내 준다고 할 수 있다.

지금까지의 논고에서, 「故鄕」이 지닌 의미는 그것조차 전망의 제시와 실천력의 결집을 피력하는 데에 그치는 유보적인 성격에서 벗어나지 않는다. 앞에서도 논의했듯이 이것은 결말구조의 상투성과 그 반복성이 「故鄕」에서도 그대로 재현되는 양상을 보인다는 점을 말해준다. 무엇보다도 「故鄕」의 특성은 그것의 이념적 적층성에 의한 계몽성의 발현, 다양한 인간군상의 전형화를 시도하고 있다는 점이다.

그러나 이 작품은 분명히 프로소설이 보여줄 수 있는 사회적 이상과 거기에 대한 실천적 모색의 차원을 제시해 주고 있음에도 불구하고, 구조와 문체상의 결함을 안고 있다. 김남천이 언급했듯이 「故鄕」은, "쓸데없는 반복의 되풀이와 군더덕이과 잔소리가 어지간히 많이 들어있는 것이 사실"이라고 지적하고 있다.143) 이러한 점은 매우 신빙성 있는 주장으로, 한문투어가 가진 생경한 서술양식은 그것이 작품의 묘사와 인물의 사실성에 많은 장애적 요소로 작용한다는 점을 부인할 수 없다.

또한 플롯의 전개상 성립하지 않는 불일치도 간혹 눈에 띈다. 대부분 이같은 점은 시퀀스 (논리적 연속성)을 훼손시키며 흥미를 반감시키는 결과를 낳는다. 또한 그의 진술방식에서 발견되는 불필요한 요설은 사건의 박력있는 전개를 무디게 하여 극적 효과를 반감시키는 요소로 나타난다. 바꾸어 말해 이는 그의 문학이 가진 한계로 보인다. 곧, 이러한 점은 작품의 완성도에서는 사회주의 리얼리즘의 모델에는 근접하고 있으나, 관념적이고 구성의 긴밀도가 다소 약한 결함을 공유하고 있음을 시사한다.

지금까지 사회주의 리얼리즘의 이론적 모델을 논의하면서 그의 첫 장편소설 「故鄕」이 지닌 의미를 살펴보았다. 그리고 「홍수」를 통해 「故鄕」의 전조를 확인 할 수 있었으며, 「故鄕」이 지닌 특성을 알아보았다.

사회주의 리얼리즘의 문학적 원리에 의거해서 李箕永의 소설을 일별한다면, 그 도달점에 이르는 상승국면에는 「故鄕」이라고 하는 통합된 세계에 마

---

143) 김남천, 「李箕永 검토-그의 인간 사상과 작품·문장에 대하여」《풍림》 6.
1937.5.

주서게 되는데, 이것은 「故鄕」이 그 이전의 작품 속에서 이미 모티프의 반복성을 지니고 있었기 때문이다. 이로 미루어 볼 때, 「故鄕」은 하나의 '積層的' 세계를 이루고 있는 것이다. 李箕永은 「故鄕」에서도 이념의 예단화를 통한 현실과 관념의 배합을 너무 대입적으로만 시도한 결과, 상투적인 결말구조에서 탈피하지 못하였다.

「故鄕」은 그의 이념적 도달점이자 통합적 세계인 것이며, 반복적인 모티프로 이어지고 있음을 지적할 수 있는데, 이 점이야말로, 「故鄕」이 갖는 장점이자 한계이다. 요컨대, 「故鄕」의 김희준은 「조희뜨는 사람들」의 '샌님'과 「홍수」의 '박건성'과 동형이고 그것의 확대 심화를 이룬 인물로 손색이 없으며 안승학 역시 윤리적인 파탄과 물신화를 겪고 있는 적대자로 제시된다.

그러나 李箕永이 이 작품에서 농민들의 각성과 공통적 결속을 주도하는 적극성을 보이면서 농민 개개인을 집단적 주인공으로 내세우는 특이함을 창출하고 있다. 이러한 점은 그가 이전까지의 작품에서 보여주었던 세계에 대한 진전으로 평가할 수 있는 부분이다. '김희준'의 경우에 한정시킬 때, 그는 '早婚'이라는 인습의 피해자이며, 자신의 신분과 지식을 과시하는 인물이 아니라 행동을 통해 농민들을 깨우치는 긍정적이며 외향적인 성향을 지니고 있는 인물이다. 또한 그는 전능한 능력을 발휘하는 것이 아니라 '안갑숙'이라는 조력자 그리고 집단적 주인공들과 통합된 힘을 발휘하면서 갈등과 대립을 해결한다. 이것은 매우 복합적인 구성으로써, 이전의 사건 해결적인 의도의 성급한 노출을 극복한 발전 양상이다.

하지만 김남천의 지적대로, 여전히 한문적인 투어의 사용이 배제되지 않고 평면적인 서술방식을 극복하지 못한다는 점은 여전히 결함으로 남는다. 이렇게 볼 때, 李箕永의 「故鄕」은 그의 이념과 실천력의 결집이 어떠한 방식으로 이루어지고 전개되어야 할 것인가를 가장 극명하게 보여주는 작품이라고 할 수는 있으나, 「故鄕」이후 이 같은 작품상의 발전은 더 지속되지 못한다는 측면에서는 이 작품은 하나의 도달점이자통합적인 '積層的 世界'를 드러내

주었지만 아울러 그 限界性도 제시해 주고 있다고 볼 수 있다.

5. 결 론

　본고에서는 「故鄕」이 가진 계급문학의 적층성의 성과와 그 한계에 대해
고찰해 보았다.
　「故鄕」이 가진 한계는 다음과 같다.
　첫째, 그것은 계몽주의적 이념에 수반되는 작위성이다. 이 작위성은 이념의
경직성을 드러내어 보다 세련된 묘사 수준에 이르지 못했음을 시사한다. 둘째,
그의 작품에서 발견되는 소재적 특성들이 계급주의를 위해서만 존재하는가에
대한 의문이 든다. 말하자면 빈궁한 삶의 배경에는 오로지 계급적 모순만이
자리잡고 있었는가 하는 것이다. 셋째, 적대적 계급이라 할 수 있는 마름이나
지주 등의 비인간적인 설정이 지나치게 일관되게 묘사된 것은 지나친 단순논
리가 아닌가 하는 의구심을 낳기도 한다. 즉 이런 적대적 인물의 형상화는 지
식인의 계몽과 실천 행위, 그리고 각성된 농민의 집단적 힘의 결속과는 상대
적으로 미약한 또는 의도적인 인물상을 보여준다.
　그러나 이러한 몇 가지의 한계점에도 불구하고 「故鄕」은 당시의 일제 식
민지치하에서 계급주의 소설적 측면에서 본다면 조명희의 「낙동강」을 능가하
는 뛰어난 작품이다. 조명희의 「낙동강」이 계급성을 낭만적 센티멘탈리즘으
로 호도하여 이념적 전의를 약화시킨데 반해, 民村의 「故鄕」은 이미 전술한
대로 몇가지 限界를 안고 있음에도 불구하고 이념의 실천의지와 전망을 제시
해 주고 있기 때문이다.
　또한 여타의 프로 소설들이 농민생활을 리얼하게 취급하지 못하고 선동구
호와 이념의 고착화로 그 작품성이 떨어지는데 비하여 「故鄕」에서는 농민들
의 집단적 소작쟁의가 설득력있게 제시되어 있다는 점이다.

李箕永의 작품은, 소위 프로 문학의 전기 단계라 할 수 있는 신경향파 소설의 추상적 전망이나 광기를 극복하고 불행한 인간, 혹은 일반사회가 돌아보지 않는 인간들에 대한 동정과 신뢰와 인간적 가치의 확인과 창조력에 대한 희망을 제시해 주는 데 있음을 알 수 있다. 임화의 말대로 '그의 문학이 사회적 모순에 희생되는 인간 집단 곧, 도시빈민, 지식인, 노동자, 농민 등을 이념적 관점에서 파악함으로써, 프로 문학의 수준을 한 단계 올려놓았다는 의미로 해석'144)이 된다. 더구나 프로문학이 생경한 관념의 나열과 작품 내의 현실성 구현에서 타협 지점을 찾지 못하고 갈등하고 있을 때, 「故鄕」이 이룩한 성과는 프로소설의 모든 경향적 정신을 집대성하고 그 이래의 모든 노력이 합쳐진 성과라는 평가를 받는다. 요컨대 그가 당대의 문학사적 검토 작업에서 주목받을 수 있었던 배경은 지식인의 이상주의적 완결미에 역점을 두기보다는, 이념적 토대를 구축한 가운데 현실적인 인물 설정과 사건 전개에 주력했다는 점 때문이다. 바꾸어 말하여 「故鄕」은 농촌이 지니고 있는 여러 가지 국면, - 지식인의 계몽, 전근대적인 현실에서의 진일보하고자 하는 의지의 피력, 각성하지 못한 자의 삶에서 각성한 자로서의 삶, 공동체적 삶의 가능성, 그리고 미래에 대한 낙관성과 계층간의 연대의식 등등을 검토해 볼 때 한국프로 소설의 중요한 성과임을 부정할 수 없는 것이다. 해방 이전 까지 그만한 현실 인식과 이념적 전망을 함께 구비한 작품이 카프진영과 민족주의 진영 모두에서 발견되지 않고 있기 때문이다. 이것 또한 李箕永 자신의 문학적 성과로도 절정과 완성에 이룬 작품이라 할 수 있다.

李箕永의 소설 세계는 초기 작품으로부터 「故鄕」까지 꾸준한 지속성을 지니면서 현실에 대한 묘사와 미래에 대한 전망을 제시해 주었지만, 그러나 그러한 흐름은 후기 작품에 가서는 사실상 전면적인 해체와 붕괴과정을 겪는다. 이처럼 民村의 이념적 적층성은 「故鄕」이 발표되는 1930년대 중반까지 지속적으로 유지되지만 그러나 그 이후부터는 왜곡, 변질, 퇴화의 수순을 밟는

---

144) 임화, 앞의 글

다. 그것은 李箕永이 「故鄕」에서 바랐던 식민지적 현실을 극복하지 못하고 위압적인 일제의 힘에 동화되어 버린 것을 의미함으로서 프로문학 전체에 대해 정신사적 상처를 남기게 된다.

※ 참고문헌 ※

김남천, 「지식인계급전형의 창조화와 '故鄕' 주인공에 대한 감상」《조선중앙일보》, 1935.6.30.

김남천, 「李箕永 검토-그의 인간 사상과 작품·문장에 대하여」《풍림》6. 1937.5.

김윤식 외, 「한국리얼리즘 소설연구」,문학과비평사.1987.

김재용, 「일제하 농촌의 황폐화와 농민의 주체성 자각-'故鄕'론」(『민족문학운동의 역사와 이론』, 한길사, 1990.)

박승국, 「李箕永검토1.」《풍림》1937. 5.

박영희, 「民村의 역작 '故鄕'을 읽고서」《조선일보》,1936.12. 1.

박충록, 『조선문학간사』, 연변교육출판사: 연변, 1987-열사람, 1988.

서경석, 「리얼리즘 소설의 형성」, 문학과비평사. 1987

안함광, 「로만논의의 제문제와 '故鄕'의 현대적 의의」(《인문평론》13. 1940.11.)

李箕永, 「내 심금의 현을 울린 작품- 판꿰로프작 '빈농조합'」《조선일보》, 1933.1.27.

李箕永, 「문예적 시감 수제」《조선일보》1933.10.25.-29.

李箕永, 「집단의식을 강조한 문학」, 《조선지광》1928.1.

李箕永,「동경하는 여주인공」《조광》42, 1939.4.

이재선,「반항의 시학과 상상력의 제한-李箕永의 '故鄕'론」(《세계의 문학》1988. 겨울.)

임화, 「소설문학 20년」《동아일보》, 1940. 4.12-20.

정호웅,「리얼리즘 정신과 농민문학의 새로운 형식」(『한국근대리얼리즘作家연구』, 문학과 지성사, 1988.)

한승옥,『한국현대장편소설연구』,민음사,1989.

게오르그 비스츠레이, 『마르크스주의의 리얼리즘 모델』, 편집실 역, 인간사, 1985, p.72.
조세프 캠벨, 『세계의 영웅신화』이윤기 역, 대원정사, 1988.

民村 李箕永의 親日作品 研究

1. 서 론

李箕永은 1920-30년대 階級主義 문학운동을 주도한 대표적인 作家중의 한 사람이다. 특히 그의 소설 「故鄕」은 이 시기 階級主義 문학운동이 거둔 가장 소중한 성과에 값하는 것으로 높이 지적되어 오기도 했다. 또 사실 李箕永을 평가하는 데 있어서 「故鄕」이 거둔 階級主義的 성과 때문에 「故鄕」 이후의 작품에 대해서는 어떻게 보면 가려진 듯한 인상을 주기도 한다.

식민지시대 동시대의 作家들이 대부분 그랬듯이 李箕永도 개화기에 태어나서 성장했으며, 소년기에는 啓蒙主義 문학에 큰 영향을 받았다. 그리고 1920년대에는 식민지 시대 지식인 청년들이 선택한 마르크시즘 이데올로기에 감염되어 프로作家로 등단한다. 그 이후 그는 프로문학 운동의 핵심인물로서 이 사상운동을 작품으로 실천하는 데 주력했으며, 「故鄕」을 위시한 다양한 프로소설을 발표함으로써 프로作家로서의 기반을 확실히 다지게 된다.

그러나 그는 日帝의 制度下에서는 도저히 용인이 될 수 없는, 카프문학의 이념이 해체되는 과정을 겪으면서, 카프 해산이후 급속도로 이념의 탈각화와 親日文學으로 傾倒되는 취약점을 드러낸다. 한 作家의 작품이 그 시대를 반영한다는 의미로 파악이 될 때, 이 作家의 脫理念化의 道程까지도 우리 문학사에 수용이 필요할 것이며, 그런 의미에서 이 作家의 親日行脚까지도 포함해서 특정시기, 한 사회의 정신사가 부딪쳤던 그 가능성과 한계를 검토해 볼 필요가 있는 것이다.

본고는 이런 의미에서 카프해산 이후의 작품에 포커스를 맞추어서, 民村이 理念의 退潮와 함께 어떻게 그의 작품이 親日文學 쪽으로 기울어지게 되었는가 하는 점을 考察하고자 한다. 李箕永의 소설적 전망이 좌절을 보이고 이념적 축을 상실하게 되는 데에는, 일제 식민지정책의 군국주의로의 선회와 국내정세의 악화가 주된 계기로 작용한다. 더구나 한 개인의 문제 이전에 사회 전체에 해당된 이 좌절의 요건에는 또한 사회주의적 이념의 포기를 강요하는 抑壓技制의 대두가 포함된다. 유감스럽게도 李箕永의 작품에 관한 논의가 대부분 「故郷」에 집중됨으로써, 보다 전체적으로 조망하지 못한 것도 또한 사실이다. 따라서 카프해산 이후의 작품세계를 통시적으로, 또 한편으로는 공시적으로 살펴봄으로써 어느 정도 논의의 객관성을 유지할려고 한다.

카프해산 이후의 작품세계는 계급적 관점이 허용되지 않는 사회적 여건속에서 회고수법을 동원하기도 하며, 풍자소설의 수법을 도입하기도 하지만 실패하고 만다. 또한 그런 갈등은 결국 일제의 제도속으로 흡인되어 '滿洲開拓小說'로 나타나기도 한다. 그러나 만주에서의 유민들의 삶은 일제 제도권의 보호아래에 포커스를 맞추어 긍정적으로 그리고 있다. 결국 이런 作家정신의 퇴조는 일제 전시 체제하에서 친일문학으로 떨어지고 그의 작품은 일제의 선전, 선동문학으로까지 훼절의 양상을 노정 시키기까지 한다.

民村의 카프 해산 이후의 작품세계를 살펴보면 다음과 같이 정리된다.

첫째로 카프해산 이후의 작품세계는 이념적 토대가 慣性을 이루면서 그 여력을 보여주는 흐름이 있다. 이들 작품은 階級主義 운동에 따른 모순의 해부라는 톤을 유지한다. 또한 이 작품군에서는 빈궁의 문제와 농촌문제가 되풀이되고 있으며, 계급적 관점이 허용되지 않는 사회적 여건 속에서 주로 회고적 수법을 동원하기도 하며, 혹은 풍자수법을 통해 지식인의 이상주의를 희화화시켜 나타내기도 한다.

둘째로 만주로 이주하는 유민들의 삶에 천착하는 경향이다. 그는 이와 같은 경향의 작품을 '만주개척소설'에서 드러내고 있다. '만주개척소설'에서는 유민의 삶을 제도권의 관점의 범주내에서 표출한다.

세째로 그는 급격하게 作家정신의 퇴조를 드러내면서, 제도적 순응의 경향을 보인다. 李箕永은 일제말기-좀 더 정확히 말해 1938년 경부터-에는 현저하게 친일적 양상을 드러낸다. 결국 이와 같은 카프해체 이후의 작품의 흐름은 전망의 모색 가능성조차 폐쇄되는 사회적, 문화적 상황들 때문으로 판단된다. 그리고 이같은 그의 좌절은 이념적 기반의 퇴색과 함께 점차 현실세계에 대한 순응의 형태를 나타냄을 의미한다.

2. 理念의 退潮와 失敗한 諷刺小說 -「人間修業」

우리문학에서 '1930년대 성(性)'이라는 말이 가능하다면, 이 시기는 다음과 같은 점으로 요약해 볼 수 있다. 이 시기가 주는 시대적 의미는, 식민지체제의 정착과 함께 일제의 본격적인 대동아공영권 수립의 의지가 드러나면서 제2차 세계대전의 한계상황 밑에 놓여지게 된다는 점이다. 또한, 비록 강제적이기는 하지만, 이 시기에 오면 비약적인 생산력의 증대와 초기 자본주의의 토대가 확립되면서 전통적인 것의 해체와 근대서구문명이 이식되는 점을 들 수 있다. 그러나 이러한 사회현실의 변화는 역설적으로 그 풍성한 근대문명의

유입 속에서도, 절대빈곤은 치유되지 못하고 오히려 심화되는 모습을 보여준
다. 이것은 요컨대 "서구의 최신문화가 노예시대적인 사상통제 아래서 꽃피
게 되는"145) 역설적인 상황인 것이다.

　그러나 이러한 상황이 하나의 전환을 겪게 되는 시기는 대략 1930년대 중
반기이다. 이 기간 곧, 1935년에서 1937년에 이르는 시기는 李箕永의 문학
에 커다란 영향을 미친다고 생각해 볼 수 있다. 즉, 1935년 카프의 해산과 더
불어 신사참배가 시작되고, 1937년에는 중일전쟁의 발발과 함께, 국내상황은
전시체제로 전환되고 있기 때문이다.146) 카프의 해체는 作家집단의 문화적
대응과 이들 간의 교호를 통해 구축한 문화운동의 전선이 붕괴되는 것을 뜻한
다. 이로 인해 作家는 이제 개인으로서 역사의 격랑을 헤쳐 나가야 하는 사회
적 부담을 안게 된다.

　이러한 사회적 맥락과 관련지워 볼 때, 李箕永의 이념적 실천과 그것의 작
품을 통한 모색은 이미 「故鄕」에서 통합의 극점을 이룬다는 전제가 가능하
다. 그 이후 그는 사상적 慣性에 의해 자신의 작품세계를 지속시켜 나간다.
즉 그는 이념의 실천적 측면에서 「故鄕」의 세계를 「맥추」(《조광》 15.16호,
1937.1.2.) 에서 다시 한번 보여준다. 또한 도시에서 좌절하는 지식인의 빈궁
한 삶의 양상을 「돈」(《조광》 24,1937.10)」, 「생명선」(《家庭の友》
1941.3-8.)147) 등에서 나타내고 있다. 또한「산모」(《조광》 20.1937.6.)148),

---

145) 최유찬,「1930년대 한국문학 개관」, 이선영편, 『1930년대 민족문학의 인식』,한길
　　사, 1990. p.9. 수록
146) 조연현은 『한국현대문학사』(성문각, 1969, pp.585-595.)에서 일제말기를 다음과
　　같이 정의하고 있다. 그는 일제말기를 1937년을 전후한 시기로부터 해방 이전까지
　　로 보았으며, 이를 다시 나누어, 1937년 전후에서 1941년 전후를 전기로 그 이후를
　　후기로 보고 있다. 일제말기의 전기에는 전시체제의 완비가 특징적이며, 그 후기
　　에는 종전의 전시체제를 한층 강화하여 계엄적 상황으로 접어 들었다고 본다.
147) 본고의 텍스트는, 李箕永,「생명선」(李箕永,『광산촌』, 성문당, 1944판에 수록)
　　을 택한다.
148) 본고의 텍스트는, 李箕永, 「산모」(李箕永 창작집, 『서화』, 동광당 서관, 1946년
　　판에 수록)을 택한다.

「노루」(《삼천리문학》 1, 1938.1.), 「나뭇꾼」(《삼천리》 81,1937.1.) 등에서
는 식민지 말기적 빈궁양상을 무지한 빈민들의 삶을 통해서 그려내고 있다.

그러나 李箕永의 階級主義적 세계관이 약화된 양상을 보이는 것은 「십
년후」(《삼천리》 74,1936.6.), 「적막」(《조광》 9. 1936.7.) 등의 작품에서이
다. 「십년후」와 「적막」은 階級主義 운동이 사회적 정세 안에서 더 이상 허
용될 수 있는 상황으로 설정되고 있다. 이런 상황에서 作家는 새로운 기법
찾기를 모색할 수 밖에 없겠는데, 그것은 바로 지식인의 내면화된 자의식의
세계를 우회적인 경로를 통해 드러낸 그의 두번째 장편인 「인간수업」(《조선
중앙일보》 1936.1.1-7.23)이다.

먼저 사상적 慣性을 드러낸 작품부터 검토해 보기로 하자.

「故鄕」의 맥락을 계승하고 있는 주요한 작품은 「맥추」다. 이 작품은 소작
쟁의를 통한 저항이 제도권에서 합법화되는 양상을 드러내고 있다. 여기에서
도 악덕지주의 전형인 '유영호'가 등장하고 있는데, 그는 축첩과 고리대금업
을 겸하면서 수탈을 일삼는 인물이다.

> 그런 때 (채무자에게 지불명령을 내리는 때-필자 주)는 의례히 그 집
> 처녀가 새로 익은 앵도같아서 손을 대도 좋을 만한 때였다. 그때 그는
> 돈 대신사람을 새로 요구한다. 처녀는 할 수 없이 그의 손으로 넘어간
> 다. 그러나그는 몇 달을 살지 않고 그 여자를 내버린다. 왜? 다음으로
> 또 다른 여자가 그렇게 달려 올 차례가 되기 때문에..... 참으로 얼마나
> 많은 여자가 그의 독아에 이렇게 걸려들 것인가?
>
> (「맥추」, p.223.)

이 같은 유영호의 삶의 방식은 탐욕의 추구와 인간성의 결여를 드러내 준
다. 그는 수탈자로서 고정된 이미지를 지닌, 악덕지주의 전형에 변화를 보이
지 않는 인물이다. 이 작품에서도 여성의 문제는 지주의 축첩에 의해서 희생
되는 개인의 문제이나, 그 희생의 여파가 소작인들 사이에 두루 미치게 됨으
로 문제의 핵심을 제시해 준다. 또한 농번기 때는 강제부역으로 소작인들 모

두에게 노동력의 희생을 강요한다. 따라서 소작인들의 공동투쟁이 가능해지는 것은 농민들에게 이와 같은 공동의 희생을 요구하기 때문이다.

여기에 항거하는 대립적인 인물은 '점돌'이다. 그는 유영호와 보통학교 동창이면서도, 유영호의 부당한 처사에 대해, 그의 약점을 잡아 보리타작의 부역을 거부하는 것이다. 그의 이와 같은 우회적 항거는, 이념의 확고한 신념이 전제되지 못하는 상황에서 나타나게 된 하나의 임시적 방편으로 여겨진다. 이 작품은, 유영호가 소작인 '수천이'의 처를 강제로 겁간하려는 순간을 목격하고, 이를 제지하려는 '점돌'이에게, "사내가 외입을 하기로 예사지 뭐 그렇게....?"(「맥추」, p.224.) 라는 말에서, 당시 수탈자의 인격적 결함과 위악적 권위를 함축해서 제시해 주며, 또한 사회적 모순에 대한 문제를 제기시켜 준다.

「맥추」에서 보여주고 있는 것처럼, 지주의 비윤리성과 부당한 처사에 소작인들이 단결하여 항거할 수 있는 힘조차, '朝鮮小作調停令(1936.2.12. 공포)'에 의한 제도적 보호 아래에서만 가능함을 시사하고 있다. 이처럼 이 작품에서 드러난 지주와 소작인의 대립은 이념성을 강조하기 보다는, 지주의 비윤리성을 내세워 소작인들의 증오를 드러내 보인 것으로 당시의 사회적 상황을 우회적으로 표출한 것으로 보여진다. 이와 같이 철저한 증오의식에서 드러난 소작인들의 집단항거는 「故鄕」의 연장선상에서 파악이 가능할 수도 있다. 그러나 소작인들의 집단적인 힘의 과시가 이념의 토대 위에서 드러난 것이 아니라, 제도권의 보호 아래에서 드러난 사실은 그 의미를 감소시키는 것이다.

이는 이제까지 李箕永이 농촌의 모순상황을 묘출해 내는 데에 반복적으로 사용했던 소작쟁의가, 이념적 갈등과 대립의 의미가 아니라 사회적 위악의 폭로와 그에 대한 대립양상으로 제도권 안에서 그려지고 있다는 사실로 풀이할 수 있다. 그것은 곧 저항의 한계가 식민지 제도에 용인되는 범위내에서만 가능함을 보여주는 것으로 탈이념화의 조짐을 드러내는 것으로 보인다.

이와 같이 「맥추」는 「故鄕」의 연장선상에서 파악이 가능한 작품이면서도,

탈이념화의 조짐을 보여주는 작품이다. 그리고 李箕永은 이전부터 지속적으로 추구해 왔던 문학적 소재-예컨대 도시빈민과 지식인의 궁핍상, 농촌의 빈궁상-를 그려내고 있다. 이러한 점은 모두가 그의 이념적 지속성에 기인한 '慣性的 世界'로 볼 수 있다.

「돈」과 「생명선」은 도시에서 좌절하는 지식인의 빈궁한 삶을 보여주고 있다. 「돈」은 자식의 장례비를 벌기 위해 어린 주검을 방안에 그대로 두고 소설을 쓰는 作家의 빈궁을 묘사한 작품으로, 도시빈민의 한계상황을 다룬 작품이다. 「돈」의 '경구'는 소설가다. 그는 실직한지도 1년이 되는데 (「돈」 p.172.)수입이라고는 지극히 불안전하여서 옷가지를 전당잡히거나 아끼는 책을 古本屋에 내어다 팔아서 근근히 연명한다.

> 경구가 돈을 만드는 방법은 세가지 밖에 없었다. 처음에는 있는대로 전당질을 하다가 그것이 떨어진 뒤로는 동무들의 주머니를 헐어서 푼돈을 얻어오고 그렇지 않으면 안해가 궁상맞다는 소설을 써서 십년 일득으로 원고료를 맛보는 것이었다.
>
> (「돈」, p.172.)

이렇게 어려운 처지인데 친구들도 고작 신문기자요 사립학교 선생들로, "몇 푼 안되는 월급을 타갔고 제각기 살림을 하느라고 허덕이므로"(「돈」 p.172.) 사실 손 벌리기가 난처하다. 「돈」의 비참한 상황에는 자식들의 병이 연달아 덧치는 것도 큰 이유가 된다. 둘째 아들 '순철'이는 눈병을, 갓 태어난 아기는 丹毒을 번갈아 가면서 앓는다. 그것은 "마치 어린애들의 봇쌈하는 형국으로, 이쪽을 모래로 막으면 저쪽이 터지고 저쪽을 막으면 이쪽이 터지는 형세로"(「돈」 p.174.) 나타난다. 결국 갓난 아기를 놓치고, 그 아기의 장례비를 마련하기 위하여, 아기의 시체 옆에서 작품을 쓰는,(「돈」 p.178.) 상황에 다다른다. 이와 같이 「돈」에서 드러난 상황은 극단적인 기아와 절망의 상황이지만, 그러나 여기에는 상황을 극복하려는 의지가 전혀 드러나지 않는다. 또한 이 작품은 시대적 고통과 계급적 모순을 제시해 주기 보다는 지식인의 자의식을 강하게 드러 내어서, 그 가난을 고집스레 堅持하려는 의지가 나타나고 있다.

> 물론 내가 쓰는 소설이 돈이 안 생기는 줄은 나도 잘 안다. 그러나 나는 적어도 예술적 양심으로 쓰는 소설이다! 나는 돈을 벌기 위해서만 소설을 쓸 수는 없다. 그럴 것 같으면 애여 소설을 집어 치우고 다른 무슨 돈벌이 할 길을 뚫어 갔지 여태 있겠니.....
>
> (「돈」, p.168.)

이처럼 '경규'는 가족을 위해서 자기의 예술적 양심을 희생시킬 수는 없다는 의지를 강하게 드러낸다. 물론 이것은 "예술을 한다는 것에 지나치게 집착하여 예술만이 능사라는 착각속에 빠져 있거나, 혹은 실제적 삶의 문제를 예술 절대론에서 빚어진 이상심리로 대응해 보려는"[149] 당시 지식인의 속성을 드러내 주고 있다. 그리고 李箕永이 이처럼 지식인의 궁핍양상을 「故鄕」이후의 작품에서도 드러낸 것은 그동안 꾸준히 지속시켰던 세계관을 견지하려는 다분히 의도적인 목적의식 때문이라고 볼 수 있다.[150] 이처럼 「돈」은 극한 상황을 극복하려는 아무런 대안도 제시하지 않은 채, 막연한 상황제시로 끝난다. 여기서 자식의 죽음은 '作家적 전망의 소멸'로 그 의미를 대체시킬 수 있다.

「생명선」은 도시의 삶에 실패한 지식인의 번민과 좌절과 낙향을 그리고 있다. "남과 같이 생리에 영악하지 못하고, 남에게 아첨할 줄 모르고, 여자에게 상냥히 굴 줄 모르는 어디까지나 고린 선비"(「생명선」, p.172.)이며, 인쇄소 교정공 '권형태'와 "덩치가 큼직하고 하마같이 큰 입을 벌리며 늘 헤, 헤 웃

---

149) 조남현,「한국현대소설에 나타난 지식인상 연구」, 서울대 박사논문, 1982, pp.26-27.
150) 拙稿,「民村 李箕永의 도시빈민소설연구」,《한양어문연구》 8, 1990.p.42.

는 것이 바보 같으나 윗사람을 떠받치는 데나 남의 비위를 맞추는 데는 마치 개같이 충성되고 생쥐처럼 약은"(「생명선」 p.156.)이 회사 외판원 '죠상'[趙 様]을 대비하여 인간의 진정한 삶의 문제를 제기하고 있다. '권형태'는 중학 을 졸업하고, 문학공부도 하고 돈도 벌려고 서울로 올라온다. 그는 일당 1원 50전에 하루 10시간 이상 야근까지 하면서 일하지만, 부엌이 없는 단간방에 서 어렵게 살아간다. 거기에 엎친 데 덮친 격으로, 아기가 폐렴에 걸려서 빚까 지 100여원 가까이 지게 된다. 또한 아내마저 도시생활 10년만에 '너무 세속 적'으로 변하였다.(「생명선」 p.175.)

　　　안해의 천박한 물질주의가, 그보다도 거기서 오는 무시로 당하는 푸
　　넘은 정말 피로한 노동에 지치는 괴로움보다도 더한 지옥이었다.
　　　　　　　　　　　　　　　　　　　　　　　　　　　(「생명선」, p.168.)

　　결국 '권형태'는 돈 잘 버는 외판원 '죠상'을 찾아가서 외판하는 방법을 배울려고 하나 그것은, 허풍을 잘 쳐야 하고(「생명선」 p.179.), 뱃심이 좋아야 하고(「생명선」 p.180.), 남한테 진대기 붙을 줄도 알아야 한다(「생명선」 p.183.) 는 말을 듣고 외판원도 쉽지 않음을 알게 된다. 그는 자식의 병원 빚 에 치어서 도시에서 더 이상 버틸 수 없음을 알고, 체면도 벗어 붙이고 농사를 짓기 위하여 故鄕으로 내려간다. 여기서 제목 '생명선'이 상징하는 이미지는 인간이 옳게 살아가는 삶의 도리 정도로 풀이가 가능하다. 그 이유는, 결혼 10년만에 도시 생활에서 물질의 노예가 된 아내의 의식이나, 비인간적인 행동 을 서슴없이 하면서 살아가는 '죠상'의 삶의 방식은 인간의 옳은 삶의 도리 가 아님을 암시하기 때문이다.
　　이처럼 「돈」과 「생명선」이 시사해 주는 공통점은 다 같이 무기력한 지식 인의 좌절된 삶의 양상을 보여준다는 점이다. 그러나「돈」(1937년 발표)의 경 우는 비참한 삶의 양상을 제시해 준다는 데서 프로문학의 慣性을 찾을 수 있 지만, 「생명선」(1941년 발표)의 경우는 '권형태'가 "농촌에서 성장한 사람이

턱없이 도회인이 되겠다고 허영에 들떠서 목적없이 헤매던 것"(「생명선」 p.218.) 을 반성하며, 진정한 농군이 되겠다(「생명선」 p.232.)고 결심하는 데서, 李箕永의 세계관은 일제 말기의 제도권에 접근하지 않으면 안 될 만큼 상황이 급박하게 변하고 있음을 감지할 수 있다.

식민지 시대 36년 간 일제는 이 땅에서 철저히 경제적 수탈만을 강요했는데, 당시의 빈궁상황은 도시나 농촌, 또는 지식인이나 노동자 농민 등 모두에게 예외가 없이 드러난다. 식민지 말기의 빈궁상황을 무지한 빈민들의 삶을 통해서 그려 낸 작품은 「산모」, 「노루」, 「나뭇군」 등이다. 이들 작품도 李箕永이 이전부터 지속적으로 추구해 왔던 문학적 소재. 이러한 점은 모두가 그의 이념적 지속성에 기인한 '慣性的 世界'라고 볼 수 있다.

「산모」와 같은 작품은 도시빈민의 삶을 통해 빈궁한 삶의 비극성을 그려 나가고 있다. 일용근로자 부부의 빈궁은 해산을 앞둔 산모를 엄동설한 속에 내쫓기는 상황을 낳는다. 장작을 패주고 일당을 받아 살아가는 일용근로자 부부는 해산을 앞두고 집세가 석달치나 밀리게 되어 엄동설한에서 내쫓기게 된다. 이농한 이들 부부는 도시생활에서 특별한 생계수단을 마련하지 못해, 이같은 처지에 놓이게 된 것이다.

> 거지와 같이 길바닥에서 쫓겨난 일을 생각하면 다시 더 살아서는 무엇하랴 하는 모진 마음이 새록새록 들다가도 지금 자기의 뱃속에서 죄 없는 자식이 태어 나올라고 하지 않는가! 자기 목숨보다도 애매한 자식까지 죽일 생각을 하니 그녀는 차마 그 짓은 못하겠다. 죽어도 자식이나 낳아 놓고 죽고 싶다.
>
> (「산모」, p.187.)

남편은 벌이를 나가 아직 들어오지 않고, 산모는 집주인에게 내쫓기어 사직공원에서 해산을 하는 절박한 상황이 제시되고 있다. 그녀는 자포자기한 상태에서 거리에서 해산을 하며 남들의 도움을 받지만, 그들 부부는 그들을 쫓아

낸 집주인에게 되돌아가 항의한다는 내용이다. 이 작품에도 그 저변에는 유산계급에 대한 적의를 지니고 있다.

「나뭇꾼」은 산감에게 몸을 허락하고 나무를 해다 파는 여자의 이야기다. 이 작품은 李箕永의 작품에서 드물게, '性의 物象化'[151]가 드러나는 작품이다. 여자의 경우, 양식은 떨어져 몇끼를 굶고, 방까지 춥고 보니 아이들과 살 수가 없는 데다가, 남편은 앓아 누워서 다급한 김에 산에 나무를 하러 갔다가 산감에게 들킨다.(「나뭇꾼」 p.488.)산감에게 몸을 허락하고 그 이후로는 마음대로 나무를 해다가 팔 수가 있었다. 그녀는 그 뒤로 성의 교환가치를 의식하게 되고 성을 생활의 방편으로 삼아 연명해 간다.

> "그래 집으로 와서 가만히 생각해 보니 미련한 년이 갈등은 맛다구.... 고만 아귀등한 생각이 납되다 그려. 예라 기위 그렇게 된 몸이니 한번 당하나 두번 당하나 일반 아니냐...... 그래 그 뒤로는 무에 다를게냐구 막우 터놓고 나무나 싫컷 하자구, 않 그랬겠어?........"
>
> (「나뭇꾼」, p.488.)

> "그래도 그 나무를 팔아서 어린 자식들하고 배불리 먹는 것을 보면 ....그들은 나무를 어떻게 해오는 줄도 모르고 아주 날가다 나무 잘 해 온다고 좋아 하겠지! 그것은 어린것들뿐 아니라 애어룬(그녀의 남편, 필자 주)까지도........."
>
> (「나뭇꾼」, p.489.)

위의 인용은 극한 상황에 놓인 젊은 여자와 '명구'와의 대화다. '명구'는 산에 나무하러 갔다가 산감에게 들켜서 나무하는 데 실패를 했는데, 젊은 여자가 수월하게 나무를 해오는 것을 보고, 그녀의 뒤를 쫓아가서 산감과 그녀의 관계를 알아 낸다. '명구'가 '이제는 그런 나쁜 짓을 그만 하라'고 말리자, 그녀는 "천만에 그나마 그만 두면 어떻게 살라구... 더구나 이 추운 겨울

---

151) 현길언, 『현진건 소설연구』, 이우출판사, 1988. p.83.

동안을!"(「나뭇꾼」 p.488.) 하면서, "사람은 그때그때의 처지대로 사는겐가
봐"(「나뭇꾼」 p.489.)라고 체념한다. 이 작품에서 젊은 여자의 생활방편은 不
貞한 짓이지만,152)(그녀의 남편 몰래 행하는 짓이므로, 필자 주) 만약 무능한
남편이 그녀의 不貞을 알았다고 해도, 그들은 생활의 이 유일한 방편을 포기
하지는 못했을 것이다. 그런 측면에서 여자의 "사람은 그때그때의 처지대로
사는겐가 봐"라는 자기 합리화는 설득력을 가지며, 극한 상황에 처한 빈민들
의 상황논리를 잘 드러내 준다.

다음, 「노루」를 살펴 보면, 심심소일거리로 노루사냥을 하던 지주 '학호'
가 실수로 사람을 잘못 쏘아 다리병신을 만든다. 피해자 '김원백'은 지주에게
보상금 50원을 받아서,(「노루」 p.73.)그 돈으로 약은 안 쓰고 밭을 사서 그
뒤로는 어느 정도 생활의 여유가 생겼다.

> 원백이는 오십원이란 말에 정신이 펄쩍 났다. 오백량! (1원=10량, 필
> 자 주)이것은 참으로 얼마나 큰 돈인가? 그는 자기의 죽기생전 이만치
> 큰 목돈은 쥐여보지 못할 것이다. 그는 그야말로 전화위복인가 싶었다.
> (「노루」, p.74.)

비록 한 다리는 사고로 절을망정, 이 사건은 '원백'이 주위 농민들도 다
부러워 할 만큼 재산을 모았다는 내용이다. 결국 당시의 한계상황을 매우 자
조적인 수법으로 드러낸 것이라고 할 수 있다.

이처럼 이들 작품들은 모두 階級主義 시각이 유지되고 있으며 사회적 빈
궁을 극한적으로 제시해 주는 것이기는 하나, 이념의 투쟁적 면모가 희석된
측면을 보여준다.

李箕永의 階級主義적 세계관이 약화된 양상을 보이는 것은 「십년후」,
「적막」 등의 작품에서이다. 「십년후」와 「적막」은 우선 암시적이나마 階級主
義 운동이 사회적 정세 안에서 더 이상 허용될 수 없는 상황이 배경으로 설정

---

152) 현길언, 위의책, p.82.

되고 있다. '경수'(「십년후」)나 '박명호'(「적막」)는 자신들이 과거에 지니고 있었던 이상주의적 정열의 소진을 보여준다. 그들은 현실생활 속에 안주하는 것을 논리화시켜 나간다.

> 그렇다! 자기의 지금 생활은, 그 앞에서는 오직 가련한 존재로 나타날뿐이다. 마치 매소부(賣笑婦)의 본색을 드러내 뵈는 것과 같다 할까? 잡지기자! 통속적 취미잡지의 삼문기자!(삼류기자 ?,필자 주)그것은 참으로 인류사회에 얼마마한 유익을 끼칠 수 있는 것인가?만일 정당한 의미에서 자기의생활을 찾을 수 있다면, 자기는 그와 같은 빙공영상의 타락한 잡지는 응당 박멸해야 될 것이다. 이런 생각은경수로 하여금, 제절로 얼굴이 붉어지게 하였다.
>
> (「십년후」, p.267.)

> "참 자네도 요즈음의 분위기를 느낄런지 모르네마는 시대는 퍽 달라진 줄 아네. .... 이런 시대에서 무엇을 하겠나? 생활이 바작바작 말라가는 사회에서 이러니 저러니 해야 다 소용없는 짓인줄 아네..... 그래서 나는 무엇보다도 시급한 것은 경제적으로 실력을 양성할 필요가 있다고 생각하네...... 사람이란 대관절 먹어야만 사는 노릇이니까..... 먹고나서 볼일이니까..... 그만큼 환경이 달라진 줄 아네........"
>
> 실력양성! 명호는 새삼스레 창규의 입에서 이런 말들을 줄은 실로 천만 의외였다. 그만큼 그는 실망하고 비소망이 평일의 감이 없지 않다. 그는 삼년 전의 창규의 생활을 눈 앞에 떠올렸다.그리고 그때 창규는 지금의 자기와 같은 처지와 바뀌어졌을 때 그는자기에게 무엇이라고 말하였던가?.....그것은 과연 격세지감이 없지 않았다.
>
> (「적막」, p.242.)

이같은 논리는 이미 운동과 이념에 의한 관점에서 벗어난다. 이들 작품은 현실생활에 모순을 느끼는 지식인의 강한 자의식과 갈등이 내밀하게 묘사되고 있지만, 그것이 투쟁적 차원으로 전개되지는 않는다. 이것은 이미 절망을 바탕에 드리우는 내면적인 황폐함을 보여준다. 또한 그것은 사상적 투쟁의 좌절과 현실적 삶에 안주하려는 욕구로 나타나기도 한다. 이러한 회의와 전망의 부재는, 백철의 지적과도 같이 "主潮를 상실한"[153] 지식인의 내면세계이기도 하다. 이것은 또한 회고적 세계와 현실의 억압에 순응해 나가는 전조였던 셈이다.

李箕永의 두번째 장편인 「인간수업」 (《조선중앙일보》, 1936.1.1-7.23)은 지식인의 이러한 내면화된 자의식의 세계를 우회적인 경로를 통해 드러내준다. 임화의 표현과 같이 그 세계는 "헤어날 길 없는 內省 속을 방황"[154] 하면서 발견한 하나의 방법론이다. 현실의 압제 속에서 이념의 재현이 가능하지 못하므로 해서, 그의 作家의식은 풍자적 원리 곧, 아이러니적 양식을 통해 이상화된 세계로의 실천을 꿈꾼다. 의식의 이념적 실천의 회로가 폐쇄된 사회적 현실의 부조화 속에서 드러난 우회적 전망인 셈이다. 따라서 그의 풍자적 세계는 과장되어 나타난다.

XX대학 철학과를 나온 '현호'는 "사람은 무엇하러 사는 것인가?"(「인간수업」, 《조선중앙일보》, 1936.1.5.)라는 명제에 대해 고민하다가 염세주의에 빠져서 입원하여 치료를 받은 경력을 가지고 있다. 그는 고민 끝에 "사람은 생각하는 것이 목적이 아니라 사는 것이 목적"임을 깨닫는다. 그는 '人間修業'을 하러 출가를 결행한다.

그의 출가동기는, 물질적으로 풍족해서 기생동물처럼 남의 힘으로만 살아온 자신의 잘못을 깨달은 데서부터이다. 이러한 점에는 지식인에 대한 자학과 야유적인 면이 내포되어 있다. 또한 그의 자력갱생의 의지는 《自己創造》라는 잡지의 창간과 知行合一의 생활화 원리를 주창하면서 노동의 가치를 몸소 익히려 한다. 그러한 생활의 신조는 단적으로 그가 발표한 '知(학술).情(예술).意(기술)의 三術主義'에서 확인된다.[155] 이러한 점은 '현호'의 철학

---

153) 백철,『신문학사조사』, 신구문화사, 1989, p.254.
154) 임화,「사실주의의 재인식」,『문학의 논리』, 학예사, 1940, pp.130-131.
155) 「인간수업」에 나타난 '三術主義'란 다음과 같다. (《조선중앙일보》, 1936. 3.16.)

적 원리의 현실에의 적응이자, 이상화된 관념성향이다. 이를테면 李箕永의 관념성향을 예시적으로 드러내는 대목인 것이다.

"(전략)나는 이 주일 동안 노동의 세계에 투신해 봄으로써 비로소 인생의 진리를 발견하였네....나는 그 전에는 다만 막연히 인간수업을 한다고 떠돌며 사모관대를 하고 돌아다닌 것이 지금 생각하면 부끄럽기 마지 않네. 그런 짓을 한 것은 참으로 어린애 장난이 아니면 어릿광대같은 짓으로 엄숙한 현실을 철없이 모독한 것이 후회되네. 따라서 나는 종래와 같이 일시기분적으로 지금도 위선을 하려는 것은 아닐세. 나는 이제야 비로소 현실을 똑바로 보았네. 그리고 나의 갈 길을 찾았네.... (중략) 나는 비로소 자주독립한 인간이 되고싶단 말일세. 착한 현실은 인류의 노동과 창조에서 축적된 문화적 현실이 아닌가? ....(중략).... 이 한 일을 보더라도 나는 모든 진리가 노동에 있는 줄 아네. 배우고 쉬고 노는 것도 결국은 노동의 재생산을 위함인줄 아네. 왜 그러냐 하면 인생의 참된 행복을 가져 오는 것이 노동에 있고 또한 악한 현실을 착하게 만들 수 있는 것이 노동에 있기 때문으로...."(이하 略)
(「인간수업」, 《조선중앙일보》, 1936.7.26-27.)

현호의 발언에서 나타나는 특성은, 그가 대타적 인식을 전개하고 있음에도 불구하고 그의 관념적 사고는 비약적이며, 이상추구적인 것임을 알 수 있다. 이것은 노동의 체험, 곧 현실의 값진 영역으로 상정되는 인간행위의 신성함과 결부되지만 공상적인 수준에 머문다. 이는 달리 말하면, '의식의 과잉현상'156)을 드러내 보이고 있다는 의미다. 이같은 현실성의 박약함과 의식의 논리비약은 현실과 의식의 괴리에서 빚어지는 부조화에 연유한 것임은 짐작

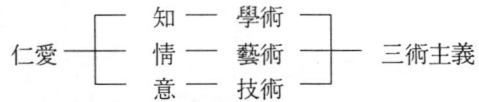

156) 권일경, 「'동키호테'적 지식인상에 드러난 주체정립의 문제」, 『李箕永 선집-2, 인간수업』 풀빛, 1989, p.349.

할 수는 있으나, 그것의 표출형식이 지식인의 '무지한 이상주의' 곧, 객관성이 결여된 조악함으로 드러난다는 데에 문제가 있다. 이러한 '현호'의 치기와 의식의 유아성은 지식인의 인식의 과잉과 한계를 간접적으로 드러내는 것이다.

이러한 과잉적 의식현상에 대해 김남천은 「'인간수업' 독후감」에서, "세르반테스의 「돈 키호테」에 비견시키려는 위대한 계획으로 창작되었으나, '현호'의 행동이 會話와 教說에 치우침으로써 리얼리즘의 효과를 감쇄시켰다"[157]고 지적했다. 김남천의 이같은 지적은 「인간수업」이 어떠한 점에서 실패하고 있는가라는 문제를 간명하게 드러낸다. 「인간수업」은 관념의 분출이 현실의 절박함과 그에 대한 예리한 풍자·위트를 구비한 야유와 공격성-로 무장되지 못하고, 지식인의 허위와 그것을 반성하려는 논리의 비약과 실천의 엄숙주의가, 기묘한 배합을 통해 저급한 관념소설로 떨어지고 있다는 사실이다. 그것은 달리 말해 인물의 주체적 인식이 객관적 혹은 희화화된 상황하에서도 마땅히 지녀야 할 함축미가 구비되지 못한 경직된 양상이기도 하다. 이상주의에 대한 치열한 모색과 인식의 과정이 생략된 채, 무성한 원리의 제시와 인물의 공상적 교설은 「인간수업」이 지니고 있는 결정적인 결함으로 부각된다. 그러한 논리에 대한 평가는, 지식인의 이상주의에서 연유한 "위선적 행위"(「인간수업」, 《조선중앙일보》, 1936.4.9.)로 언급된다.

이와 같이 「인간수업」은 풍자적 수법이 갖추어야 할 요건인 핵심적 의미의 전달이 불분명하며, 희화화된 이상주의조차 구체적인 현실과의 관련성을 구현시키지 못한다.[158] 이러한 맥락 속에서 「인간수업」은 이념적 세계관의 지속

---

157) 김남천, 「'인간수업' 독후감」 《조선일보》, 1937.5.25.
158) 李箕永은 이미 「오빠의 비밀편지」에서도 허위와 위선에 가득찬 지식인의 자유연애를 희화화한 바 있으며, 「부흥회」(《개벽》72, 1926.8.), 「외교관과 전도부인」(《조선지광》91, 1929.5.), 「비」(《백광》, 1937.1.) 등에서는 기독교의 비리와 맹신, 위선 등의 문제에 대해 풍자하고 있었다. 또한 그는 「쥐이야기」(《문예부흥》1, 1926.1.), 「묘양자」(《조선일보》1932.1.1-1.31.연재) 등의 작품을 통해서는 계급적 모순을 우화적으로 형상화시켰다. 이외에도 「참패자」(《광업조

을 우회적으로 형상화하려는 의욕적인 시도를 하고자 했으나 실패한 작품이다. '현호'의 인물적 특성은 정상적인 판단과 사고를 수행하는 인물이 아니라는, 점에서 그 안에 암시되고 있는 의미를 간추려 낸다면, 그것은 '주체의 의식분열과 이념의 파탄'으로 귀결된다.

결국 李箕永의 논리가 파행적 면모를 드러내 보이는 것은 「인간수업」에 와서인 셈이다. 그것은 사회적 상황과 그에 따른 주체의 정립이 우회적 방편을 마련하고자 하였음에도 불구하고 실패하게 된 주된 요인이기도 했다. 더 이상의 사상적 전망이 허용되지 않는 사회구조와 자신의 입지는, 「인간수업」에서 드러나는 암시적인 사회배경인 것이다. 발생론적으로 보자면, 「인간수업」에도 이미 친일적 요소가 없지 않은 것은 아니다. 「인간수업」에서 '현호'가 내리고 있는 '노동'의 가치인정은, 지식인의 관념적 모색이 식민지 전시체제 안에서는 용인되지 않는 비생산적이라는 판단에서 연장된 논리이다. 곧, 그에게 있어 '노동의 신성함'이란, 사회제도, 사회현실이라는 식민지 전시체제의 생산독려책에 바탕을 둔, 파시즘적 세계에 대한 원리론의 또 다른 裏面이다. 이렇게 본다면 「인간수업」은 李箕永 자신의 이념적 토대가 붕괴되면서 발생한 파행의 단초를 제시하고 있으며, '관념세계로의 도피'라는 혐의에서 벗어날 수 없다고 할 수 있다. 그러므로 전망의 부재 혹은 이상주의의 희화화라는 우회적 수법의 실패가 이미 예견되고 있었다. 또한 그것은 전망의 파행뿐만 아니라 이념적 탈각이자 변질의 시작이었던 것이다.

이상에서 다음과 같은 점을 확인할 수 있다. 즉, 「맥추」는 階級主義의 慣性을 유지한다는 면에서, 「故鄕」의 연장선 상에서 파악된다. 또한 이러한 세계를 다시 세분해 볼 때, 도시에서 좌절하는 지식인의 빈궁한 삶의 양상을 「돈」, 「생명선」 등의 작품에서 보여주고 있으며, 「산모」, 「나뭇꾼」, 「노루」 등의 작품에서는 식민지 말기적 빈궁양상을 무지한 빈민들의 삶을 통해서 그

선》, 1938.2.), 「금일」(《사해공론》, 1938.7.), 「고물철학」(《문장》, 1939.7.), 「야생화」(《문장》7, 1939.7.) 등의 작품에서는 세태를 풍자하기도 했다.

려내고 있다. 동시에 「십년후」와 「적막」 등에서는 이 階級主義的 세계와의 단절과 이념의 좌절을 보인다. 그리고 「인간수업」에서 李箕永은 자신의 이념적 토대를 관념적 이상주의에 귀속시키면서 자기파탄의 징후를 노정하는 것이다. 이러한 상호모순적인 작품의 경향은 확고한 이념적 통일성이 해체되면서 나타나는 다양한 국면으로의 세계관의 굴절이자 왜곡을 보여주는 것이다.

3. 日帝政策을 包容하는 滿洲開拓小說 – 「大地의 아들」

일제 말기의 뚜렷한 사회현상 중의 하나는 만주사변 발발 이후 농촌의 궁핍화와 더불어 나타나는 流移民化 현상이다.[159] 李箕永의 소설에서 '滿洲'가 지닌 의미는 최서해나 안수길과는 다른 차이를 드러낸다.[160]

'滿洲'는 식민지 이민정책에서 빼놓을 수 없는 질량을 구비하고 있다고 볼 수 있다. 그 역사적 방증으로, 일제는 1938년 일본 국가총동원령의 한반도 적용법령을 발표하며, 그 이듬해인 1939년에는 鮮滿拓植會社에서 滿洲로 조선농민을 이주시키는 정책을 적극적으로 추진하여, 충남도민 약 삼천명을 수송하고 있음을 볼 수 있다. 이어 일제는 1940년에는 강력한 경제통제정책을 추진하여 민족동화정책인 황국 신민화에 박차를 가한다. 이 일련의 사회정세는 이미 민족말살이라는 차원에까지 이르고 있다.[161] 유민의 삶은 일제의 통제경제와 수탈정책으로 인한 병참기지화에 기인한 것이라면, 이들에게 남겨진 마지막 피난처는 '滿洲'였던 셈이다.

---

159) 윤영천, 「이용악론-민족시의 전진과 좌절」, 김윤식·정호웅 편, 『한국근대리얼리즘作家연구』, 문학과 지성사, 1988.

160) 오양호는 「이민문학론」(《영남어문학》 3집, 1976.)에서, 이 문제를 안수길의 작품을 통해 고찰하고 있다. 그는 특히 최서해의 소설과 안수길의 소설이 가진 배경공간인 '만주'에 대해 주목하고 있는데, 그에 의하면 '만주'는 "체험적 민족궁핍화를 고발한다"는 점에서 지속적인 소재의 측면을 보인다.

161) 『개항100년년표.자료집』, 《신동아》 별책부록, 1976.1. pp.183-194.참조.

그러나 李箕永의 만주에 대한 시대적 인식은 이미 그 바탕에, 친일적 요소를 강하게 피력하고 있었다는 것을 기록에서 확인할 수 있다. 그는 「만주와 농민문학」(《인문평론》 2,1939.11.)에서, 새로운 농민문학의 성격을, '생생한 소재와 웅장한 스케일과 위대한 창조성을 장래할 농민문학'으로 긍정적으로 바라보며 '대지의 문학'으로 규정짓고 있다. 이는 일제의 수탈정책에 희생되는 빈농의 삶을 드러낸 이전의 농민문학과는 다른 시각차이를 보여주는 것이다. 李箕永은 만주의 농촌을 조선의 농촌과는 다르게 경이의 눈으로 바라본다. 그는, 이주동포들이 간도에 조선농촌을 이룩한 것을 예로 들면서, 동남북만주 전역도 水田 개발의 가능성을 제시한다.

> 그렇다면 만일 동남북만주의 일망무제한 광야와 황지를 모다 옥토로 개척하야수전을 풀게 된다면, 그것이 얼마나 장관일 것이냐. 자연계 일대의 변혁이 될 것이다. 물론 그것이 일조일석에 될 일이 아니나 그들은 개척민으로서의 위대한 창조력을 발휘할 수 있는 동시에 조만간 성취될 사업이며 또한 그것은원시적 대자연 속에 파묻힌 거인의 시를 찾어 낼 수 있게 할 것이다. (중략)
> 이런 대륙적 신흥 기분은 실로 만주가 아니고 볼 수 없는 광경이라 하겠으나 그 중에도 만주의 농촌개발은 장대한 자연과 투쟁 중에서 위대한 창조성(수전개척)을 띠어 있고 그만큼 그것은 장래의 농민문학을 개척함에 있어서도 위대한 소재와 정열을 제공할 줄 안다. 과연 만주에 있어서 신흥 농촌 건설사업은 동시에 농민문학 즉 대지의 문학을 건설할 훌륭한 재료가 될 수 있으리라 생각한다.
> 나는 실제로 그들이 대륙적 풍토와 싸워가면서 농촌을 건설하려는 노력과 고투의 생활을 좀더 구체적으로 써보고 싶다.[162]

이런 만주개척은 일제의 지배이데올르기 안에 수용되는 것을 의미한다. 이미 김윤식이 지적하고 있지만,[163] 만주가 지니고 있는 이역적 토양은 일본

---

162) 李箕永, 「만주와 농민문학」, 《인문평론》 2, 1939.11.
163) 김윤식, 「우리문학과 만주체험」《소설문학》, 1986.6.-7.

의 제국주의 이념의 구현을 의미하는 것이다. 그에 따르면, 만주국 안에서의 한국인의 지위는 일본인과 같은 식민국의 지위를 느끼도록 만들어 주는 인종학적 우위의 상태를 보이고 있다. 곧, 개척이민의 역사에서 일구어 낸 그 창조력마저 근본적으로는 일제의 식량기지화라는 정책적 배려 안에 포함되는 것이다.

李箕永은 이러한 점을 충분히 인식하고 있었으며, 그가 만주 원주민에 대하여 문화적으로 우월감을 느끼고 있는데, 이는 일제의 논리를 그대로 적용하고 있는 것으로 보인다. 그는 또한 한국농촌의 빈궁한 현실은 만주땅에서 개척을 통해 극복될 수 있다고 믿고 있다. 이같은 점은 특히 앞서 논의했듯이 카프해산 이후 이념의 퇴조와 함께 드러난 이념의 파탄증상과 긴밀히 연관 지워진다.

그 이념의 파탄이 현실과 이상의 괴리로 인해 생성된 것임에도 불구하고, 이렇듯 식민지 제도권으로의 급속한 편입과 적응을 보이는 이유는, 이전까지의 사회주의적 리얼리즘문학의 모델을 나름대로 수립해 나가는 가운데서 식민정책의 현실논리와 결합할 수 있는 어떤 요소가 있기 때문일 것이다. 바로 이것은 그의 문학에 이미 제국주의의 논리와 친화작용을 할 가능성과 여건이 구비되어 있었다는 의미와도 통할 수 있다. 그는 두 가지 점에서 이념의 변질을 보일 수 있는 가능성을 내포하고 있었다.

그 하나는, 지식인에 의한 계몽의 양식은 그러한 계층의 적극성이 수반되지 않고서는 성립되지 못한다는 사실이다. 李箕永은 자신의 이념적 모색을, 근대적 자아의 확립과 사회주의적 세계의 건설에 목표를 두고 있었다. 그의 작품은, 이러한 목표에 적합한 인물을 '고안'해 내는 데 있어서, 일관된 지속성을 보여준다. 그러나 그러한 인물의 한계는 계몽적 정열의 유무에 따라 이상을 구비하게 되는 것이다. 이로 미루어 볼 때, 변질되어 가는 인물의 돌파구로서 한국농촌보다도 '만주'는 매력적인, 그리고 동경의 대상으로서 고려됨직하다. 또 하나의 가능성은 그의 문학에 흐르고 있는 집단주의가 쉽게 제국주의 혹은 군국적 파시즘의 국가주의와 친화하여 그들의 상동성에 기인하는 도식성이 서로 일치되어 갔으리라는 가정이다.

만주는 그러한 점에서 두 이념에 기여하는 바가 일치한다. 요컨대 사회주의적 리얼리즘문학이 가지고 있는 미래에 대한 전망과 모색이 집단적 인물의 창출과 관련되는 것이라고 할 때, 李箕永은 노동쟁의와 소작쟁의의 해결방식에 이들 집단적 인물의 창조와 그들의 힘을 집중하는 방식을 통해 비록 일시적이거나 임시적인 승리를 쟁취하는 방식을 보여준다. 그리고 여기에는 계몽을 주도하는 지식인의 역할도 상대적으로 점층비례하고 있다.

이상과 같은 점으로 추론해 보면, 위에서 인용한 「만주와 농민문학」에 나타난 李箕永의 지향은 사회주의적 이념과 결합되었던 한국농촌의 현실적 고려가 만주개척으로 쉽게 전환되는 사상적 변질의 징후가 되는 셈이다. 그는 이 글에서 대륙경략의 주체적 지위를 획득한 한국인의 창조성을 높이 평가하고, 그것이 만주 이주동포의 개척사라는 점에 대해 감격한다. 그러나 그는 한국농민의 농촌건설과 개척의 고투 등이 어떠한 사회적 정치적 맥락을 지니고 있는 것인지에 대해서는 침묵하고 있다. 이 논법은 제국주의의 대륙경략에 정확하게 일치한다는 점에서 이미 李箕永의 전향은 움직일 수 없는 증거인 것이다.

'식민지는 하나의 제도'라는 사르트르의 명제처럼,164) '좋은 식민통치자와 나쁜 식민통치자의 논리는 있을 수 없는 것이며, 그것은 다만 '극복되어야 할 대상일 뿐'이다. 그러나 생존과 결부된 상황을 고려해 볼 때, 轉向에 대한 실증적 검토는 생략될 수 없다. 어쨌든 사상적 전향 혹은 체제로의 흡수를 강요하는, 회피할 수 없는 전시체제의 억압적 현실에서 李箕永은 파행적 면모를 드러낸다. 이러한 점은 李箕永 개인뿐만 아니라 당대사회에 속했던 모든 作家들에게 해당되는 문제이다. 식민지 현실의 수용은 시대상황의 반영으로도 드러낼 수 있다. 최서해 등이 그 예에 해당될 것이다.165) 그와는 달리 李

---

164) 사르트르, 『상황 V』, 박정자 역, 사계절, 1983. pp.33-59.

箕永은「故鄕」에 이르기까지 매우 지속적으로, 계급투쟁의 방법으로 지식인과 각성된 노동자, 농민 등을 통해 의식의 전환을 시도하고, 또 그 안에서 미래에 대한 낙관적인 전망을 피력해 오고 있었다. 이는 요약해서 말하자면 階級主義와 啓蒙主義의 혼합된 양상이기도 하다.

그러나 이러한 전망과 이념적 토대의 변질은「인간수업」에서 살핀 대로, 이념의 空洞化로 인해, 그 내적 불안이 외부세계로 바뀌는 조짐이 예견된다. 결국 그 외부세계로 향한 시선에 와 닿은 곳이 '만주'였던 것이다. 그가 추구하던 이념적 전망이「십년후」와「적막」에서 퇴조를 보인 사실은 이미 살펴 보았지만, 이념의 기반은 다시 '만주'로 눈을 돌림으로써 식민지 제도의 합법성을 수용한 것으로 여겨진다. 이는 유랑민의 거처이기는 하지만 전혀 희망이 보이지 않는 최서해의 '간도땅'과는 다른 의미를 나타낸다.[166]

그는 이 같은 점을「대지의 아들」(《조선일보》 1939.10.12 - 1940.6.1.)에서 분명히 하고 있다.

> 지평선과 하늘이 맞붙은 들 가운데 느릅나무 한 주가 우뚝 섰다. 나무 밑에는 조그맣게 검은 벽돌로 지은 당집이 있다. 넓은 농장 안에는 길찬 벼가 쪽 고르게 들어섰다. 바람이 지나칠 때 마다 벼 이랑이 굼실거린다. 저편 강 기슭 일변으로 푸른 물감을 칠해 놓은 것같은 버들밭이 우거졌다. 거기에연달아서 갈대꽃이 부옇게 피었다. 그것은 마치 유록장 옆에 백포장을 친 것 같아서 이 고장이 아니고는 볼 수 없는 일대 장관을 이루었다. 그 밖에는 붉은 이삭이 팬 고랑밭이 둘러 있다.
> 만국지도와 같은 그 위에 팔월의 태양이 내리 비친다.
> (「대지의 아들」-'初夜'.1)

---

165) 최서해의「탈출기」(《조선문단》 6, 1925.3.)는 간도 유민의 삶을 일제의 수탈정책에 따른 계급적 빈궁으로 파악한 최초의 작품이다.
166) 최서해의 소설「탈출기」,「박돌의 죽음」,「기아와 살육」,「큰물 진 뒤」,「십삼원」 등의 작품을 예로 들어보았을 때, 이들 작품에서 공통적으로 나타나는 '간도'의 이미지는 가난한 유민의 고난과 반항의 땅으로 결론지워진다. 이 점에 대해서는, 백철, 앞의책, pp.62-63.에서도 언급되고 있다.

이곳은 송화강 지류의 '개양둔'으로, 李箕永에게 있어 만주는 최서해의 사회적 궁핍과 항거의 땅이라는 이미지보다 '풍성하고 희망찬 땅'으로 묘사되고 있다. 이곳은 '황건오'에게 "언제 보아도 싫지 않은 희망과 동경을 자아내게"[167] 한다. 그의 이러한 희망과 동경은 적어도, 굼실거리는 벼 이삭과 함께 생존의 가능성이 보장되면서 소생한 것이다. 이러한 의식이 지니고 있는 의미는 당시의 국내상황에 비해 매우 이질적이라는 점을 간과해서는 안된다. 그리고 만주의 개척이 가능한 것은 일제의 만주 곡창화 정책에 의해 조종된 정치적 맥락을 상기해야만 한다. 즉, 식민지 제도 속의 만주는 일제 침략의 확대이자 그 논리가 지배하는 지역인 것이다.

'황건오' 가족의 만주 이민은 국내에서의 절대빈궁 때문이다. 그들은 소작을 짓고 나무장사를 하지만, 연명할 수 없어 이주하게 된 것이다. '황건오'는 「故鄕」의 '김원준'에 상응하지만, 그러나 그에게는 제도의 보호아래에서 이농이 보장된다는 상황의 차이를 보인다. 이를테면 그는 기타 인물들-그의 아들인 '황덕성'이나, '서치달' 등과 같은-과 함께 식민지의 제도적 영향 하에 위치한다. 이러한 이념의 공백은 이미 자신들의 삶에서 사회주의적 세계에 대한 어떤 인식보다도 '만주개척'이라는 삶의 외형적 조건에 대처하는 평면성을 드러낸다고 볼 수 있다. '황건오'는 '개양둔'의 주동적 인물로서 마을 일에 적극 참여한다.

그의 아들인 '황덕성'은 '황건오'의 바람을 충족시켜주는 명민함과 우수한 재능을 지니고 있다. 그는 보통학교를 마치고, 봉천의 농림학교에 입학하여 장차 만주를 개척하는 것이 꿈이다. 이러한 미래에 대한 포부는 이전까지의 소설적 전망의 주된 내용이 되어 온 사회주의 사회의 건설이 아니라 식민지메카니즘-일제의 만주경략이라는-에 종속된 것을 드러낸다. 신학생이자 농사개량을 주장하는 연사인 '서치달'은 농사강습회에서 음력설에 대한 이중과세의 폐해를 주장하면서 만주개척의 의미를 보다 극명하게 제시해 준다.

---

167) 李箕永, 「대지의 아들」, 《조선일보》, 1939.10.12.

만주의 옥토라도 이삼년 경작한 뒤에는 돌피와 밀쑥이 번식하면손을 댈 수 없기 때문에 그들은 개량할 노력을 생각하는 대신 다른 데로이사 할 생각부터 했기 때문에 기성답(旣成畓)은 일방으로 황폐해 가는 반비례로 그들의 생활은 언제까지 안정을 얻지 하였다는 말과, 그러나 지금은신간(新墾)할황무지도그리 없고또한 이러한 유동농민은 '국책상' (강조 표시, 필자 주)으로도 허락되지 않는 바인즉 불가불 정착농민이 누구나 되어야겠는데 그리하자면 무엇보다도 농사개량에 힘쓰지 않으면 아니된다.

(「대지의 아들」-'농사강습회'.2)

따라서 '서치달'의 계몽강연의 요지는, 황무지의 개발이 어느 정도 끝나간다는 뜻과 함께, 유민의 삶에 대한 문제의 접근과 정착농을 요구하는 일제의 정책적인 배려까지도 수용하고 있다. '국책'이 뜻하는 바는 만주경략에 대한 전진기지로서의 농토개간과 정착민의 활용을 통한 식량확보에 본뜻이 있기 때문이다. 작품에서 드러나는 이와 같은 점은, 李箕永의 의식적인 측면과 무의식적인 측면을 다같이 드러내 준다고 볼 수도 있겠는데, 그의 이런 논법은 이념의 원리가 식민정책의 전망으로 대체되는 결과로 간주된다.

이러한 점은 사건의 전개에서도 그대로 드러나고 있다. 강상류 마을과의 동족간의 물길싸움은 관청과 경찰력이라는 제도적 보장과 합법성이라는 테두리 안에서 해결을 보게 된다. 이 물싸움은, 가뭄이 극심하자, 강상류의 鮮農들이 자신들의 水田에만 물을 공급하기 위하여 물길을 막아 수로를 끊은 데서 시작된다. 이 마을의 지도자인 '강주사'와 '황건오' 등은 이러한 사정을 관청에 호소하지만, 관에서는 그 곳이 자신들의 관할이 아니라고 발뺌한다. 그들은 이후, 경찰의 묵인 하에 집단적인 행동을 통해破堡를 시도한다. 이들은 경찰당국과의 교섭을 통해 묵계로 승인 받은 후 破堡에성공하고, "참으로 개선 장군과 같이 활개를 치며"(「대지의 아들」, -'거사전후.1') 돌아온다. 결국 관리의 공평성이나 제도적 합리성을 끌어들인다는 의미는 제도권 속에 作家의 식이 놓여진다는 의미다.

실로 단체적 행동의 체험은 그들로 하여금 전에 맛보지 못하던 쾌락을 주었다. 혼자 즐기는 것이 여럿이 즐기는 것만 못하단 말과 같이 그들은 공동생활의 새로운 흥미를 느끼었다. 그것은 비록 며칠동안이 아니라도 공통된 정신 밑에서 진실한 생활체험을 얻을 수 있었다. 거기에는 아무런 불의가 없었고 욕심이나 심술이 없었다. 왜 그러냐 하면 생활의 정신이 같기 때문에...... 그들은 한 가지 목적을 달하기 위해서 제각기 지혜를 짜내고 힘을 합치고 게으름뱅이를 정리하고 약한 자를 붙들어주고 장상을 공경하고 어린 사람들을 우애할 수 있었기 때문에...... 그들은 조금도 사욕이 없었다. 만일 이 같은 정신으로 집에 돌아와서 왼 동리사람들이 힘을 합칠 것 같으면 참으로 못할 일이 무엇일까.

(「대지의 아들」,-‘거사전후.5’)

인용된 부분에서 볼 수 있듯이, 이들의 집단적 행동에 대한 화자의 논평적 의미부여는 ‘쾌락’의 부분에 집중되고 있다. 이는 곧, 감각적 인식 위에서 전개된 논리의 표출이며, 이념의 공백이 초래한 의미의 굴절인 셈이다. 그러므로 “진실한 생활체험”은 갈등의 해결이 가져다 주는 정태적이고 소극적인 사유영역이라는 점에서 추상성을 내포하는 것으로 보인다. 기실 이 추상성은, 李箕永의 집단적 힘에 의한 이념적 전망이 좌절되면서 보여주는, 지배 이데올로기에 안주하려는 데에 기인하는 것이다. 물길싸움이 끝난 후, 관청의 안도와 관리들의 賞讚에서도, 제도적 합법성과 그들의 집단적 행동에 대한 정당성이 강화되는 부분[168]에서도 이러한 점이 확인된다.

「대지의 아들」은 만주를 배경으로 하는, 일제의 지배 이데올로기에 적극적

---

168) 「대지의 아들-‘탈출.2’」, “현에서 비로소 개양둔 사람들이 직접 행동에 나선 줄을 알 수 있었다. 그러나 그들은 현직 경찰관의 양해를 먼저 얻었다 하고 또한 규율적 행동을 하였을 뿐더러 조그만 불상사도 내지 않고 문제를 원만히 해결하였다는 데는 별로 책망을 할 말이 없었던 것이다......(중략)....그러므로 현에서는 개양둔 사람들이 직접 행동한 사람들을 처벌한다든가 현지 경관이 상부의 허가를 맡지 않고 임의로 그들의 거사를 묵인했다는 책임을 물을 것이 아니라, 그것은 소위 하의가 상달되지 못하고 상의가 하달되지 못한 한 개의 실례로서 좋은 자료를 제공한 듯도 싶었다.”

으로 찬동하는 것은 아니라고는 해도, 그것이 지닌 전망과 의식은 이념의 회석과, 식민지 제도와 환경을 수용한다는 점에서는 분명히 친일적이다. 더욱이 사건의 전개에서 제시되는 동족 간의 대립과 갈등은 그것이 민족에 대한 긍정이라기 보다는 극복되어야 할 부정적 측면으로 부각됨으로써, 소위 臣民으로의 소양을 구비해 나가는 지배이데올로기의 선전문학의 요건을 구비한다. 그럼에도 불구하고 지금까지 줄곧 반복되어 온 인물의 진보성169)은 크게 손상당하지 않고 있다. 이 점이야말로 李箕永이 지닌 사회주의의 이념과 일제의 지배논리가 친화작용을 통해 변질된 전망을 제시하고자 한다는 단서로 활용될 수 있는 증거가 된다.

이상에서 「대지의 아들」이 내포하고 있는 제도적 순응현상을 살펴 보면, 李箕永이 외부로 눈을 돌리면서 보았던 -창조적 가능성을 지닌 동경의 세계였던- 그 '만주'에도 기실 일제의 지배논리가 암묵적으로 관류한다는 사실을 알 수 있다. 곧, '개척'이라는 군국주의의 침략적 이념의 확대가 李箕永에게는 동경과 무한한 가능성의 세계로 비춰진다는 그 역설은 作家의식의 공동화가 빚은 또 다른 하나의 오류였던 셈이다.

4. 親日志向的 啓蒙性 -「東天紅」,「鑛山村」

일제말기 李箕永의 문학적 궤적을 드러내는 정신사적 의미는 사상적 변질의 극단을 보여준다. 그것은 또한 作家의 내면세계의 황폐화와 그것조차 토

---

169) 이 작품에서 '황건오' '황덕성' 부자는 근대교육의 힘을 신봉하는 인물이며, '강주사'는 보통학교의 설립자이자 마을의 정신적 지도자이다. 또한 '황덕성'은 봉천에 있는 농림학교를 졸업하고 나서 만주를 개척하는 것이 이상이다. 그리고 '귀순'은 '덕성'과의 사랑을 성취하기 위해 결혼 전날, 도망쳐 '덕성'과 재회한다는 점에서 볼 때, 李箕永이 그리는 근대적인 의식, 곧 자유연애 사상을 갖춘 진취적인 여성상과 상통한다.

로하지 못하게 하는 일제의 '신체제문학론'170) 의 억압적 현실 속에 적극적으로 참여하고 있다는 사실이다.

물론 이러한 점이 作家의 내면적 황폐화나 창작의 정상적 여건에서 비롯된 것인지, 그리고 그것이 작품의 생산에 얼마나 많은 영향을 미쳤는지 하는 문제에 대해서는 그 실증적인 연구성과가 많지 않기 때문에171) 단정할 수는 없으나, 李箕永의 경우 그의 작품경향이 노골적인 친일문학으로 접어드는 것은 「東天紅」(《춘추》 13-25,1942.2.-1943.3.)172)과 「鑛山村」(《매일신보》 1943. 9. 23 -11. 2.)173)에 이르러서이다. 「대지의 아들」은 지배이데올로기와 疊合되면서 이념의 심한 왜곡과 변질을 겪지만 그것은 이면적 구조로 자리잡은 것이며, 표면적으로는 제도적 순응의 형태로 드러난다. 그러나 보다 적극적이고 자발적으로 일제의 이념에 찬동하는 면이 드러난 작품은 이들 작품이다.

「동천홍」은 일제의 국책을 긍정적으로 받아들여 造型된, '장일훈'이라는 대학 졸업자의 이야기이다. 경도에서 고학을 하면서 대학을 졸업한 '장일훈'은 집을 나와 옥림광산에 취직하게 된다. 그가 광부로 취직한 동기는, "어려

---

170) 최재서, 「작품의 명랑화」,《인문평론》 14, 1941.1.
　　　 이 글에서 당시의 작품에 대하여, '시에 있어서 비애의 색채가 濃厚하다던가, 소설에 있어서 암흑면의 노출이 심하다던가 또는 애욕의 묘사가 너무 노골화' 하다고 지적하고 있다. 일제당국에서는, 이러한 작품경향은 '신체제국민생활'에 적절하지 않다고 하면서, 작품 속에서 보다 명랑한 분위기를 제시하도록 요구하고 있다.
171) 일제 말기, 作家의 전향에 대한 연구로는 다음 논문등이 있다.
　　　 임종국, 『친일문학론』,평화출판사, 1966.
　　　 三枝壽勝,「굴복과 극복의 말-일제 말기 한국문학이 제기하는 문제점」,《문학과 지성》 1977.여름.
　　　 김윤식, 「사상전향과 전향사상」, 『한국근대문학사상사』, 한길사, 1984.
　　　 김동환, 「1930년대 한국 전향소설연구」, 서울대 석사학위논문, 1987.
172) 이 작품의 서지는 연재분과 페이지를 부기하는 것으로 대신한다.
173) 본고에서 인용하고 있는 텍스트는, 李箕永, 『광산촌』(성문당서점, 1944.판)이다. 이하 페이지만 기재.

서부터 고상한 이상을 동경하였으며 제 이상대로 살고 싶었"(연재 4회, p.148.)기 때문이다. 그는 또한 "청년은 누구보다도 국가와 사회를 위하여 제 2세 국민으로서의 자각을 가져야 하는데",(4-p.148.) 모두 이기적인 생각을 가지고 혼자만 잘 살고자 지나친 이윤추구를 하기 때문에 현실이 모순에 차 있다고 생각한다. 그는 도시에서 룸펜으로 생활하다가 집안의 눈치를 피해 자신의 힘으로 생산적인 일을 해 보고자 한다.

결국 장일훈의 가출과 결심이란 지배 이데올로기의 요구에 조응하는 것에 지나지 않는다. 곧, 그는 사회적 의무를 결행하고자 하나 그 사회적 의무의 실행에 개인적 고뇌가 수반되지는 않는다. 요컨대 개인의 필연적 동기가 거세되어 있다. 이는 作家정신의 파탄성에 기인한다기보다 정세에 항거하지 못한 데에 기인한 것이다. "묘사되는 세계에 대한 지배력이 상실되면, 作家는 그가 취택한 장면, 사건, 인물 등으로부터 압도적인 영향을 받게 되며, 나중에는 아주 동화되어 버리기까지 되다"174)는 임화의 지적처럼, 李箕永도, 일제말기라는 사회적 정황에 압도되어 자신의 이상을 사회정세와 맞바꾸어 버린 것으로 볼 수 있다.

장일훈은 광산의 책임을 맡고 있는 친구 '윤걸'을 찾아가서 坑夫로 취직을 부탁한다. 그는 물론 사무원으로 취직을 할 수도 있으나, "단순한 자기일신의 영달보다는 과거의 모순된 생활에서 시대양심을 올바로 붙들고 진실히 살 길을 찾아 몸소 그것을 실천해 보자는 데"(6-p.194.) 있다. 이러한 다짐은 섬약한 지식인이 일제의 시책에 동화되었음을 의미하기도 하지만, 정신의 황폐화를 육체적 적응으로 대체하려는 몸짓이기도 하다.

'과거의 모순된 생활'이란 말하자면 사회주의적 경력을 가진 자의, '체제 속의 참회행위'인 셈이다. '시대양심'이 내포하고 있는 의미는 그러한 측면에서 일단 명확한 의미를 드러낸다고 볼 수 있다. 그러므로 시대양심은 절대적인 군국주의의 체제와 질서가 요구하는, 복종적 인간의 도덕율을 지칭하는

---

174) 임화, 「생산소설론」, 《인문평론》 7, 1940.4.

것이라 볼 수 있다.

그는 그리하여 갱내의 광부로 일하기로 결심한다. 또한 그는, 무지하지만 신실한 '김사문'과 소학교를 졸업한 '정창수'를 감화시켜, 광부들의 낭비와 퇴폐적인 생활과 의식을 개혁시킨다. 이전까지의 광부들의 생활은 장래가 없는 생활이었던 것이다. 이러한 교화적 인물은 신체제적 인간형의 확산을 위해 정신적 가치의 전락을 보여주는 인물이다. 광부들의 생활은 그같은 교화적 측면에서 보면 비생산적이며, 타락한 생활인 것이다.

> 옥림광산에 있는 사람들은 대개가 다 그러하다. 하루 2원 미만의 품삯을 타가지고 모든 비용을 제하게 되면 실상 남는 것은 몇 푼 안된다. 거의 절반은 밥값으로 들어가고 남는 것은 잡용으로 쓰면 알맞다.
> (중략)
>
> 밤저녁의한가로운 시간에는 자연히 울적한 심회를 걷잡지못하여 무엇이나 위안을 요구하게 된다. 그런때에 제일 유혹을 느끼는 것은 술과 계집이다. 이와 같이 본능적 충동이 불현듯 일어날 때는 마치 맹수와 같이 무서운 발작을 일으킨다.
>
> (「동천홍」, 7회, p.106.)

미래가 없는 그들은 매일 밤마다 동료들과의 술다툼과 외상, 싸움 등으로 연명하고 있는 것이다. '일훈'의 교화는 이런 퇴폐와 낭비를 개선시키기 위한 것이다. 이 광부들의 부정적 인간상은 제도적 이데올로기의 단순논리를 증명하는 수단이 되고 있다. 요컨대 광부들의 쾌락적 삶은 또 하나의 시대적 절망의 다른 표현이며, 이에 비해 교화적 인물에 의한 개선의 노력은 선명한 적극성을 내포한다.

어느날 일훈이는 자청하여 광부들에게 술대접을 하면서, 신체제의 이념에 합당한 훈계를 시작한다. 그는 광부들의 낭비와 술 주정을 고치고 무절제한 생활에서 벗어나자고 제안한다. 그러나 그것은 일본인으로 완전히 동화된 자의, 요컨대, 臣民의 가치관에서 도출된 발언이다. 그는, 의식의 개혁과 정신적 수양, 근검절약하는 생활, 저축, 고등강습과 야학 등을 통해 광부들에게 자신처럼 완전한 동화를 이룬 생활을 권유한다. "모다 국어를 해득하면, 첫째는 황민(皇民)으로 벙어리와 귀머거리를 일시에 면하기도 하시겠지만, 생활상의 수입으로 유익이 많으실 줄 압니다. 어느 일판에 가든지 국어를 모르는 분이 품삯이 적다"(8-p.195.)는 실례를 들고 있다. 이러한 그의 훈시와 감화는 광부들의 신뢰를 받는다. 그 후, 옥림광산의 풍기도 순화되어 道內에 모범광산으로 聲價를 드러내고 표창을 받게 된다. 이처럼 「동천홍」의 서사구조는 식민지 지배논리의 교화와 감화라는 구도로 요약할 수 있다. 그러나 이같은 변질된 계몽성은 그 바탕에 시대적 고뇌라기 보다는 현실감이 결여된 체제적 인물을 통해 제시되고 있다는 점이다.

> 그는 동쪽 하늘을 바라 보았다. 훤하게 날이 밝아오며 동천(東天)이 붉으레 해진다. 장엄한 여명이다. 아침 노을이 물들어 가는 동쪽하늘은 점점더 붉은 빛이 더 해 간다. 아니 그것은 노을이 아니다. 욱일(旭日)의 광휘(光輝)가 대지를 밝혀 옴이었다. 이 새봄의 쾌청한 아침해는 만물에게 은총을 베풀기 위하여 또 한날의 등극함이 아니냐.
>
> (「동천홍」, 13회, p.220.)

결말부분을 인용한 위의 대목은 「동천홍」이 일제의 국시를 충실하게 이행하고 있는 선전문학이라는 사실을 분명하게 보여주고 있다. 우선 여기에는 떠오르는 태양의 이미지에서 '일장기'를 연상할 수 있다. 결말부분에서는 특히 李箕永이 지금까지 사회적 전망을 암시해 왔던 점과 대비해 볼 때, 매우 차이가 난다. 우선 이전의 결말부분에서 계급적 연대의식과 사회주의적 세계에 대한 전망을 제시해 주던 전례와는 다르게 아침노을에 표상된 일본의 위세에 감복하는 듯한 자세가 어울러져 있음을 발견할 수 있다. "아침해는 만물에게 은총을 베풀기 위하여"라는 구절은 이광수의 「신시대의 윤리」에서 발견되는 친일적 성향과 본질적으로 동일한 것이다.175) 곧, 이러한 이미지 역시 국가적 문화주의의 간접제시인 셈이다.

따라서 「동천홍」은 인간을 도식화시키고, 파시즘적인 국가주의에로 교화시키고 계도시킨다는 두 개의 단계적 구성방식 외에는 플롯의 필연성을 찾아보기 어렵다고 할 수 있다. 이와 같은 맥락은 李箕永이 해방 이전까지, 마지막으로 발표한 작품인 「광산촌」에서도 반복되고 있다.

「광산촌」은 징용으로 보국대에 징용되어 갱부로 근무하는 '이형규'라는 청년의 이야기라는 점이 차이날 뿐이지만 서사구조는 「동천홍」과 유사하다. '이형규'는 광산을 학교로 생각하는 인물이다. 그는 또한 일터에서 남의 모범이 되도록 일하고 퇴근 후 독서하는 건전한 생활을 통해 무지하고 방종한 습관에 빠진 동료들을 감화시켜 이들의 의식을 변화시킨다.

그러나 그는 대동화 전쟁 자체를 긍정적으로 보는 체제 선전의 대변자이기도 하다. 곧, '이형규'는 광부를 전장의 병사처럼 '산업현장의 戰士'임을 역설한다. 더불어, 그는 전시체제에 알맞는 정신무장을 주장하기도 한다.

전쟁은 파괴인 동시에 건설을 가져온다. 그것은 엄청난 소비인 동시에 거대한 생산력을 갖게 한다. 따라서 전쟁의 규모가 크면 클수록 국력을 집중하게 된다. 금차 대동아 전쟁과 같이 일억 국민이 총동원이다. (중략)오늘날 전시 하에 증산을 목적으로 활동하는 산업전사로서의 영예가크다 하겠지만 그 밖에도 광부의 생활은 긍지를 가질 수 있다.그것은 광부는 한갓 인부가 아니라 국가사회를 위한 훌륭한 생산자라는 점

---

175) 이광수,「신시대의 윤리」《신시대》, 1941.1. pp.36-37.
    "국민은 남녀를 물론하고 총 들고 전선에 설 각오를 가질 것이다. 일거수 일투족이 전혀 국가를 위한 일이요, 나나 내것을 위하는 일이 없다. 이해니 고락이니 하는 것은 염두에 없다. 생사도 염두에 없다. 이 몸이 천황께 바친 몸이거니 사념이 있으랴.(중략) 조선 민족이 충성을 바치고 무슨 댓가를 요구하는 동안 조선 민중은 결코 아무 것도 얻지 못할 것을 각오하여야 한다. 조선 민중이 勤勤孜孜히 배울 것은 천황께 모든 것을 바치는 공부다. 그래서 그것이 완성된 때에 皇民氏가 완성되어서 나라에서 줄 것을 줄 것이다."

이다.

(「광산촌」, pp.97-98.)

이런 투철한 사명감은 결국 일제가 지향하고 있었던 전시동원체제에 적절한 국가주의적 관점에 지나지 않는다. 이 작품도 「동천홍」과 함께 전시체제 국민정신무장과 생산독려의 내용176)을 담고 있는 것이다. 임화와 총독부 문화부장 矢鍋와의 대담177)에서 피력한 바 있듯이, 1930년대 후반 전시체제 속의 당대문학의 위상은 이른바 "銃後의 役割"로 인식되고 있었다. 이 '銃後文學論'은 기실 일제의 戰時 문화지배양식이 문학에 전이되면서 대두한 입론이다. 더욱이 이 '총후문학론'은 일본의 국수주의적 문예운동으로서, 한반도에 순회강연을 통해 소개 전파되면서,178) 전시체제에 적합한 소위 '銃後臣民'179)으로서 가져야 할 군국주의의 덕목과 인간형을 조형화시킨 이론으로 자리잡는 듯하다. 李箕永 역시 이러한 정세와 문학론에 감염된 것은 예외가 아니다.

그는 박영희저 「전선기행」의 독후감에서,180) 박영희의 「전선기행」을 다음과 같이 평가하고 있다. "황군의 전투 노고와 그에 대한 감루, 감사와 일본정신을 실천적으로 파악하려 한 선무공작 등 - 전지의 현실을 북지의 광막한 평야와 황진 만장인 대륙적 자연의 배경에 비치어서 충실히 묘파한 점은 총후의 국민으로서는 누구나 읽어야 할 시국인식의 양서인 동시에 또한 전쟁문학으로서도 훌륭한 수확을 조선문단에 끼친 줄 안다." 이러한 진술은, 이미 그의

---

176) 임화, 앞의글.
177) 「矢鍋 林和 對談」《조광》 65. 1941.3.
178) ___, 「文藝銃後運動 半島各都에서 盛況」,(《문장》 11, 1940.8. pp.98-99.) 을 보면, 당시 일본으로부터 이 '文藝銃後運動'을 확산시키기 위하여 菊池寬, 久米正雄, 小林秀雄, 中野實, 大佛次郎 등 5명이 파견되어 전국적인 순회강연을 했던 것으로 나타난다. 이와 비슷한 시기에 '총후문학론'에 관한 글이 발표되었다. 정인섭,「총후문학과 개척문학」《매일신보》, 1940.7.6.
179) 앞의글.
180) 李箕永,「전선기행을 읽고」,《조선일보》 1939.10.16

이념도 일제의 군사적 위세 밑에서, 일본의 전시체제문화로 흡수되고 동화되었으며, 그동안 지속했던 이데올로기의 해체를 보여준다.

곧, 「동천홍」과 「광산촌」은 '內鮮一體' 혹은 '皇國臣民化'에 대한 거리낌없는 의식적 동화를 피력하고 있는 것이다.

5. 결 론

李箕永 소설의 변모과정과 문학적 특성을 말한다면, 그는 식민지 시대의 상황을 첨예하게 반영시켜 리얼리티를 확보했을 뿐만 아니라, 기존의 프로소설이 지닌 정치 우위론과 이념편향주의를 극복하고, 세계관을 문학적으로 형상화시켜 문학과 이념의 일치를 완성시킨 作家라고 할 수 있다. 그러면서도 그의 작품에서는 이념성과 계몽성을 꾸준히 지속시켜 왔다. 이점은 그의 작품에 드러난 일관된 특성이다. 그러나 일제가 전시체제로 선회하면서 그의 확고한 이념성은 체제하에 순응하는 굴절을 맞게 되어서, 그의 계몽성만 방법론으로 남게 되었다. 그 예는 상술한 대로 「대지의 아들」, 「동천홍」, 「광산촌」에서 잘 드러나고 있다. 결국 이런 굴절의 양상은 친일문학으로 기울어지는 이론적 바탕이 되었던 것이다. 결국 카프 해체 이후 그의 이념적 기반은 상실됐고 파행적 국면을 드러냈다고 볼 수 있다.

카프 해산 이후의 民村의 작품은 다음과 같이 정리될 수 있다.

카프 해산 이후의 파행적 국면은, 첫째로 「맥추」나, 지식인의 빈궁상황을 드러낸 「돈」, 「생명선」 등과, 무지한 빈민들의 빈궁양상을 드러낸 「산모」, 「나뭇꾼」, 「노루」 등의 작품을 통해 階級主義的 세계의 잔영을 유지하지만, 그 세계는 현저하게 약화된 양상을 보인다. 또 하나의 분화된 작품의 경향은 「십년후」와 「적막」과 같은 계급의식의 좌절과 전향의 징후를 보여주는 작품군이 있다. 또한 관념적이고 우회적인 풍자수법을 도입하고자 한 「인간수업」

과 몇 개의 단편들이 또 하나의 작품군을 형성한다. 이들 작품군들은 모두「故鄉」의 이념적 세계가 붕괴되면서 발생한 跛行的 흐름이다.

둘째로「대지의 아들」에 이르면서 李箕永은 作家의식의 도피적 출구를 '만주'를 통해 발견하고자 하나, 그것이 '제도의 순응형태'로 제시되고 마는 결과를 보여준다.

셋째로 더 나아가「동천홍」과「광산촌」은 일제의 전시체제 하의 문학적 위상에 적응하면서 일제의 선전문학으로 변질되고 마는 것이다. 즉,「故鄉」이후의 세계는 사회적 전망의 상실과 식민지체제로 동화된다고 할 수 있다.

그럼에도 불구하고, 식민지 현실 안에서 李箕永이 추구하고 있었던 문학적 지향은, 결국 자신이 살고 있었던 사회와 역사에 대응하기 위한 그 나름대로의 최대의 응전방식이었음을 간과해서는 안 될 것이다.

※ 참고문헌 ※

김윤식, 『한국근대문학사상사』, 한길사, 1984.

김윤식·정호웅 편, 『한국근대리얼리즘作家연구』, 문학과 지성사, 1988.

백철, 『신문학사조사』, 신구문화사, 1989.

이기영, 『광산촌』, 성문당, 1944.

이기영, 『서화』, 동광당 서관, 1946.

이기영, 『李箕永 선집-2, 인간수업』 풀빛, 1989.

이선영, 『1930년대 민족문학의 인식』, 한길사, 1990.

임종국, 『친일문학론』, 평화출판사, 1966.

임화, 『문학의 논리』, 학예사, 1940,

조연현, 『한국현대문학사』, 성문각, 1969.

현길언, 『현진건 소설연구』, 이우출판사, 1988.

권유, 「民村 李箕永의 도시빈민소설연구」, 《한양어문연구》 8, 1990.

권일경, 「'동키호테'적 지식인상에 드러난 주체정립의 문제」

김남천, 「'인간수업' 독후감」《조선일보》, 1937.5.25.

김동환, 「1930년대 한국 전향소설연구」, 서울대 석사학위논문, 1987.

김윤식, 「사상전향과 전향사상」, 『한국근대문학사상사』, 한길사, 1984.

김윤식, 「우리문학과 만주체험」《소설문학》, 1986.6.-7.

오양호, 「이민문학론」(《영남어문학》 3집, 1976.

윤영천, 「이용악론-민족시의 전진과 좌절」, 『한국근대 리얼리즘연구』, 문학과 지성사, 1988

이광수, 「신시대의 윤리」《신시대》, 1941.1.

이기영, 「고물철학」《문장》, 1939.7.

이기영, 「금일」《사해공론》, 1938.7.

이기영, 「묘양자」 《조선일보》 1932.1.1-1.31.

이기영, 「부흥회」 《개벽》 72, 1926.8.

이기영, 「비」 《백광》 1, 1937.1.

이기영, 「산모」 《조광》 20, 1937.6.

이기영, 「야생화」 《문장》 7, 1939.7.

이기영, 「오빠의 비밀편지」 《개벽》 49, 1924.7.

이기영, 「외교관과 전도부인」 《조선지광》 91, 1929.5.

이기영, 「쥐이야기」 《문예부흥》 1, 1926.1.

이기영, 「참패자」 《광업조선》, 1938.2.

이기영, 「생명선」 《家庭の友》, 1941.3-8.

이기영, 「대지의 아들」, 《조선일보》, 1939.10.12.

이기영, 「만주와 농민문학」, 《인문평론》 2,1939.11.

이기영, 「인간수업」 《조선중앙일보》, 1936.3.16.

이기영, 「전선기행을 읽고」, 《조선일보》 1939.10.16

임화, 「사실주의의 재인식」, 『문학의 논리』 학예사, 1940

임화, 「생산소설론」, 《인문평론》 7, 1940.4.

정인섭, 「총후문학과 개척문학」 《매일신보》, 1940.7.6.

조남현, 「한국현대소설에 나타난 지식인상 연구」, 서울대 박사논문, 1982,

최서해의 「탈출기」(《조선문단》 6, 1925.3.

최유찬, 「1930년대 한국문학 개관」, 『1930년대 민족문학의 인식』, 한길사, 1990.

사르트르, 『상황 V』, 박정자 역, 사계절, 1983.

三枝壽勝, 「굴복과 극복의 말」, 《문학과 지성》 1977. 여름.

「矢鍋 林和 對談」 《조광》 65. 1941.3.

____, 「文藝銃後運動 半島各都에서 盛況」, 《문장》 11, 1940.8.

2 부

李箕永 小說研究
- 해방이전의 작품을 중심으로 -

李箕永 小說研究

- 해방이전의 작품을 중심으로 -

Ⅰ. 서 론

1. 연구 목적

李箕永은 1920-1930년대 계급주의 문학운동을 주도한 대표적인 作家중의 한 사람이다. 특히 그의 소설 「故鄕」은 이 시기 계급주의 문학이 거둔 가장 소중한 성과에 값하는 것으로 높이 지적되어 왔다.

본 연구는 이 作家의 문학적 특성과 문학사적 위상을 규명하는 데 목적이 있다. 본고는 1924년 그의 데뷔작인 「오빠의 비밀편지」부터 일제말기까지의 작품을 대상으로 하여, 「故鄕」을 중심으로 작품세계를 세 시기로 구분한 다음 인물 및 주제의 양상이 각시기마다 어떻게 구현되고 있는가를 살피고, 그 변이과정을 통하여 이 作家의 특징을 전체적으로 종합 검토하려 한다.

李箕永은 그의 작품에서 계몽주의와 사회주의의 이념에 입각한 두 개의 흐름을 지속적으로 유지시키고 있다. 그러면서 그의 체험과 이념의 일치를 통한 인물의 대표성(혹은 전형성)을 확보하고자 노력했으며, 강한 주제의식을 작품에 드러냈다.

본고는 이러한 李箕永 작품의 특징을 규명하기 위하여 해방이전까지 발표된 그의 작품을 통하여 인물의 특성과 주제의 양상을 검토하고 그의 작품에 내재된 원리를 고찰하였다. 이러한 작업은 한국 리얼리즘 문학의 위상을 밝히는 작업이 될 것이며, 李箕永이라는 한 作家뿐만 아니라, 그가 속했던 한 시대의 문학적 특징이나 성과를 규명할 수 있으리라 기대된다.

李箕永 소설의 특징은 작품 전체에 대한 분석을 통해 얻어지는 지배적인 인물과 주제의 양상과 관련되어 있다. 그의 소설에 나타나는 인물과 주제의 양상은 두 가지 측면에서 의미를 갖는다.

첫째로 作家가 창조한 인물[1]은 作家 자신의 세계에대한 이해이자 해석이며, 사회적 상징행위라고 할 수 있다.[2] 그러므로 인물을 통한 作家의 문학적 상징행위는 사회적 실천인 것이다. 作家가 현실을 표출해 낼 때, 즉 인물을 통해 상투적이거나 승화된 이미지로 표출해 낼 때, 거기에는 그의 세계관이 개입하게 된다. 李箕永의 소설에서는 인물들이 계급적 대립양상으로 나타난다. 그러나 작품 내에서의 세계상은 점진적인 화해과정이나 미래에 대한 낙관적인 신념을 피력하는 방향으로 집중되는 지향성을 구비하고 있다. 이것이야말로 인물과 주제가 연결되는 부분이다. 말하자면 인물은 사건의 결정체이며 사건은 인물의 예시이며, 그의 행위는 주제와 긴밀하게 결부되는 것이다.

둘째로 프로소설은 주제를 적극성으로 전달하려는 특성을 지닌다.[3] 주제를

---

1) 게오르기 프리들렌제르, 『리얼리즘의 시학』, 이항재 역, 열린책들, 1986. p.91
   사회주의적 리얼리즘의 관점에서는, 소설의 인물은 '作家의 창작방법의 비밀을 가장 쉽게 통찰할 수 있는 길'로 본다. "作家가 묘사하는 인간은 작품의 예술적 메카니즘을 지배하는 모든 맥락들이 결합되는 중심이고 作家의 스타일이 가장 분명하게 규현되는 중심이다. 作家가 묘사하는 원칙들에 있어서 인간은 예술가의 창작방법을 이해하는 열쇠이다."

2) Zéraffa, Michel,Roman et Société,(『소설과 사회』, 이동렬 역, 문학과 지성사, 1977. p.54.), 제라파는, 소설 속의 인물은 '자아와 세계의 대립으로 대치되어 있다'라고 하면서, 또한 인물의 상징성을 밝히고 있다. "소설의 인물은 정확하게 사회현실을 반영하도록 되어 있건, 또는 반대로 사회 현실을 분해시키도록 되어 있건간에 항상 상징의 성격, 분명한 징조의 종합과 이 종합의 이미지(상상적 투사)라는 보충적 의미로서의 상징의 성격을 간직하고 있다."

3) 김시태, 『식민지시대의 비평문학』, 이우출판사, 1982. p.153.
   카프문학의 특징은 주제의 적극성에서 찾을 수 있는데, 이는 작품에 있어서 목적

통한 작품의 평가와 재단은 프로문학에서 정치적 의미와 관련된 문학적 형상화를 가늠하는 열쇠로 작용하고 있었다. 그러나 그것은 '카프'라는 하나의 문학운동단체가 외형상 지향한 표상이라기보다는, 문학을 통해 식민지 시대와 당대의 사회상황에 대한 이념적 타개책이 적용된 결과이다. 주제는 작품의 내용을 드러내는 다양한 국면의 총합이라는 점에서 중요성을 갖는다.4) 곧, 주제는 사건과 인물의 행위가 만들어내는, 이야기의 진행과정에서 발견되는 지향점인 것이다. 그러므로 李箕永 소설에 나타난 주제에 대한검토는 카프의 문학적 이념 안에서 작품의 형상화되는 원리를 파악할 수 있는 단서가 되는 것이다.

인물과 주제의 양상은 李箕永 소설의 경우, 다른 카프 소속 作家와 마찬가지로 프로문학의 변천과정과 상관관계를 맺는 듯하다. 그 근거는, 일제 식민지라는 역사적, 사회적인 외부 여건과 作家의 내면적 모색의 결과 형상화된 인물 창조가 카프의 운동사적 맥락과 떼어놓고 생각하기는 어렵기 때문이다. 그는 당대의 지식인, 도시빈민, 노동자, 농민 등 다양한 집단과 계층 속의 인물들을 그려 나가고 있다. 그러면서도 그는 다른 프로 作家들의 정치우위론과 이념편향주의를 극복하고, 계급주의의 이념을 형상화하는 데 노력하여, 현실과 이념이 객관화된 인물 창조에 성공한 作家였다.

그러한 점에서 인물과 주제는 作家의 사고를 대변한다. 作家는 사회분석을 통해 현실성과 가능성을 함께 지향해 나간다. 그러므로 인물과 주제를 유형화시켜 봄으로써 그 공통된 특질에 대한 규정도 가능할 것이며, 이러한 유형적 인물과 주제가 李箕永 소설에서 어떠한 원리로 작용하는가에 대한 검증이 가능할 것이다.

본고는 해방이전까지의 李箕永 소설을 통해, 그의 초기소설의 작품세계가

의식을 강조하기 위해서이다.

4) Bernard J.Paris,Characters and Implied Authers,(최상규역, 『현대소설의 이해, 대방출판사, 1983. p.304.) 패리스는 "주제가 없는 곳에서는 소설도 없다." 라고 단정을 했지만, 프로문학에도 이 말은 그대로 적용될 수 있다.

어떻게 전개되어「故鄕」으로 '積層', '統合' 되었으며, 또한「故鄕」이후에
와서는 일제말기의 상황 안에서 어떤 '變質', '解體'의 과정을 거치면서 당
대상황을 반영했는가를, 작품에 드러난 인물의 유형과 주제의 양상을 통해 살
펴보고자 한다. 또한 이를 기반으로, 그의 소설에서는 어떠한 원리가 내재되
고 있는가를 검토하게 될 것이다. 나아가 李箕永의 소설에서 중심축을 이루
는 두개의 중요한 모티프인 계몽성과 이념성은 어떻게 작용하는가를 논의해
보겠다. 이 같은 작업은 그의 소설이 문학사에서 어떠한 위상을 차지하고 있
는가를 파악하는 데 도움이 되리라 생각한다.

2. 기존 연구의 검토

李箕永의 소설에 대한 연구는 金台俊[5], 林和[6], 白鐵[7] 등으로부터 시작
되었다. 金台俊은 유물론적 방법론에 입각하여 한국소설을 史的으로 검토하
였으며, 李箕永을 신경향파의 기대되는 作家로 논의한 바 있다. 그의 논의는
작품내용의 소개 정도로 그치고 있다. 林和는 그의 「조선신문학사 서설」[8]을
통해 프로소설의 의의를 평가하면서 李箕永의 소설을 조명희, 한설야, 김남
천 등과 함께 다룬 바 있다. 林和는 그의 소설을 카프시절에 국한해서 다루었
거나, 사조적 변천 안에서 포괄적으로 다루었다는 점에서 선구적인 작업의 의
미를 갖는다.[9] 林和의 관점에서 더 구체화된 것은 白鐵의 『조선신문학사조

5) 김태준, 『조선소설사』, 청진서관, 1933.
_____, 『증보조선소설사』, 학예사, 1939. pp.265-271.
위의 책은 한국소설을 유물론적 세계관에 입각하여 史的으로 개관한 최초의 한
국소설사로서 그 意義를 찾을 수 있다. 특히 마지막 절에서는 신경향파문학의 발
흥에 관하여 비교적 상세하게 소개하고 있다.
6) 임화, 「소설문학 20년」, 《동아일보》, 1940.4.12-20.
7) 白鐵, 『朝鮮新文學思潮史』, 백양당, 1949.
8) 임화, 「조선신문학사 서설」, 《조선중앙일보》, 1935.10.9-11.13.(권영민 편, 『한국
근대문학 비평사자료』 Ⅲ, 단대출판부, 1981. p.576.)

사』로서, 思潮的 관점에 입각하여 프로문학 운동의 차원에서 李箕永의 소설을 살피고 있다.

1950년대 이후 李箕永에 관한 연구는 프로문학 일반에 대한 동향과 관련지을 수 있다. 즉, 반공이데올로기의 대두로 인해 문학사연구 내에서 일종의 공백상태를 보였다고 할 수 있다. 이러한 점은 1960년대에도 마찬가지였다. 이에 대해 김용직은, 프로문학사와 시가가 언어구사의 거친 일면과, 일부 논자들의 일반적인 옹호가, 반대론자들의 생리적인 반감과 결합하여 연구의 공

---

9) 李箕永의 소설에 대한 작품론을 해방 이전에 국한해서 살펴보면, 작품집에 대한 감평으로는,
  ① 윤기정, 「李箕永씨의 '民村'을 읽고」(《朝鮮日報》 1928.3.20-23),
  ② 이원조, 「'鼠火' 신간평」(《조선일보》,1937.8.17),
  ③ 엄흥섭, 「李箕永 저 '李箕永단편집'」(《文章》,1939.11) 등이 있다.
  또한, 대중화론과 농민문학의 측면에서 그의 소설을 언급한 것은,
  ① 김기진, 「문단 1년」(《東光》,1927.11),
  ② 안함광, 「농민문학문제 일고찰」(《조선일보》, 1931.8.12-13) 등이다.그리고, 가벼운 작품감상은,
  ① 이무영, 「소설가 아닌 소설가 民村의 '鼠火'를 읽고」(《東亞日報》, 1937.8.3.),
  ② 채만식,「소재와 구성-民村의 '苗木'과 南天의 '綠星堂'」(《동아일보》, 1939.3.9.),
  ③ 안함광, 「'苗木'의 매력」(《조선일보》 1939.4.11.) 등이다.
  또한, 당대 評者들의 작품평에는,
  ① 민병휘, 「春園의 '흙'과 民村의 '故鄉'」(《朝鮮文壇》, 1935.5),
  ② 김남천, 「지식계급 전형의 창조와 '故鄉'의 주인공에 대한 감상」(《朝鮮中央日報》,1935. 6.28-7.4.),
  ③ 박영희, 「民村의 역작 '故鄉'을 읽고」(《조선일보》, 1936.12.1),
  ④ 민병휘, 「民村의 '故鄉'론」(《백광》, 1937. 3-6.),
  ⑤ 박영희, 「民村 李箕永론-'故鄉'을 중심으로 한 제작품」(《동아일보》, 1938.2.19-20),
  ⑥ 안함광, 「로만 논의의 제문제와 '故鄉'의 현대적 의의-장편소설의 검토,2」(《人文評論》, 1940.11) 등으로, 李箕永은 당대에 이미 지대한 관심을 받았음을 알 수 있다.
  그러나 이와 같은 평들은 인상비평의 수준을 벗어나지 못하고 있다.

백이 일어났다[10]고 본다.

1970년대에 들어와서는 주로 농민소설의 개념을 중심으로 사적 흐름 속에서 조명되고 있다.[11]그 중 조남현은 李箕永의 소설을 최초로카프의 문학적 특성과 연관 지워 논의한 바 있다. 李在銑은 그의 『한국현대소설사』에서 식민지 시대의 궁핍화 상황과 현실인식, 이데올로기에 의한 세계관의 획득과정을 검토하였다. 이후 이재선은 「故鄕」에 대해 논의하면서 프로문학 안에서의 작품의 위상을 검토하고, 농민의 계급적 각성과정이 그려진 것으로 파악한다. 그는 또한 「故鄕」의 특정인물을 프로소설에서 창조한 긍정적인 인물상의 한 전형으로 보고 있으며, 이 작품의 특성은 대립적 세계관이 첨예하게 부각된 데 있다고 결론짓고 있다. 그의 「故鄕」에 대한 면밀한 분석은 연구의 깊이를 더 하는 것이지만 작품 하나를 통해 李箕永의 문학사적 공과를 논의한 것이 보완되어야 할 점으로 보인다.

申春浩는 「한국농민소설연구」[12]에서 농민소설을 '이념적 농민소설'과 '사실적 농민소설'로 나누고 이를 또다시 '프로문학적 농민소설'과 '민족주의적 농민소설', '방관적 농민소설'과 '실천적 농민소설'로 각각 분류하여, 李箕永의 「故鄕」을 '프로문학적 농민소설'로서 '이념형'에 포함시켜 설명한 바 있다. 이 글도 농민소설의 범주에서 다룬 것 같다.

간복균은 「1930년대 한국농민소설 연구-사상사적 배경을 중심으로-」[13]에서,이광수의 「흙」과 李箕永의 「故鄕」, 심훈의 「상록수」를 텍스트로 하여,

---

10) 김용직, 『한국근대 시사』, 학연사, 1986. pp.31-35.
11) ①오양호, 『농민소설론』, 형설출판사, 1984.
　　② 윤홍로, 「1920년대 한국소설 연구」, 서울대 박사학위논문, 1979.
　　③ 이재선, 『한국현대소설사』, 홍성사 1979.(제2장-현실에의 지각과 이데올로기적 세계관.참조)
　　④ 역사문제연구소 문학사연구모임, 『카프문학 운동연구』, 역사비평사, 1989.
　　⑤ 조남현, 「1920년대 한국 경향소설의 연구」, 서울대 석사학위논문, 1974.
12) 신춘호, 「한국농민소설연구」, 고려대 박사학위논문, 1980.
13) 간복균, 「1930년대 한국농민소설연구」, 단국대 박사학위논문, 1986.

이들 作家의 사상사적 맥락과 동시대적 상관관계와 作家의 현실인식 등을 논의하였다. 그는 특히 李箕永의 「故鄕」을 1930년대 농민소설이라는 관점에서 파악한 결과, 현실인식과 리얼리티가 뛰어난 작품임에도 불구하고 계급이론의 과다한 노출로 작품상의 미적 훼손의 결과를 초래했다고 지적했다.14)

김윤식, 정호웅 편의 『한국 리얼리즘 소설연구』15)는 그러한 점에서 보면 처음으로 李箕永의 소설을 다양한 각도에서 검토한 성과라고 할 수 있다. 이 연구는 종래까지의 李箕永 소설에 대한 단편적인 시각을 극복하고자 했다. 즉, 정호웅은 '문제적 인물'이라는 관점에서 경향소설의 변모과정을 다루었고, 박대호는 「농부 정도룡」의 구조분석을 시도했으며, 한형구는 농민소설의 발전양상으로서 李箕永의 소설을 논의했다. 그리고, 서경석은 리얼리즘 소설의 형성을, 李箕永의 작품에서 그 예를 구했으며, 차형원은 李箕永의 작품에서 발견되는 인물 유형을 검토하기도 했다.

이상으로 볼 때, 李箕永의 소설이 안고 있는 작품 특유의 원리를 종합적으

---

14) 이와 같이 제한적인 방법으로 결론을 얻고자 하는 연구논문은 아래와 같다.
① 임영환,「1930년대 한국농촌사회소설연구」,서울대 박사학위논문,1986.
② 정호웅,「리얼리즘 정신과 새로운 형식」, 김윤식 외 편저,『한국 근대리얼리즘 作家연구』,문학과 지성사,1988.
③ 한형구,「'故鄕'의 문학사적 의미망」, 권영민 편,『越北문인연구』, 문학사상사, 1989.
④ 김재용,「일제하 농촌의 황폐화와 농민의 주체성 각성-'故鄕'론」,『민족문학운동의 역사와 이론』, 한길사, 1990.
⑤ 이재선,「반항의 시학과 상상력의 제한-李箕永 '故鄕'론」, 《세계의 문학》, 1988.6.
15) 김윤식·정호웅 편,『한국리얼리즘 소설연구』, 문학과 비평사, 1987.
① 김윤식,「문제적 인물의 설정과 그 매개적 의미」,
② 정호웅,「경향소설의 변모과정」,
③ 박대호,「'농부 정도룡'의 구조분석」,
④ 한형구,「농민소설의 발전과정」,
⑤ 서경석,「리얼리즘 소설의 형성」,
⑥ 차형원,「경향소설에 나타난 인물유형」등의 논문수록.

로 분석, 해명하는 작업은 아직 진행 중에 있다. 그러한 근거는 우선 그의 작품론이 「故鄕」을 비롯한 몇몇 장편과 단편소설들에 대해서만 집중적으로 논의되고 있다는 사실에서 확인된다.

3. 연구의 대상

본고는 李箕永 소설에 대한 기존연구의 검토를 통하여 드러난 제한적 논의를 극복하고 그의 소설사적 위상을 재정립하기 위하여 李箕永 문학을 통시적으로 파악하고 이를 유형화시켜 살펴보는 데에 중점을 두고자 한다. 이러한 작업은 李箕永 문학에 대한 선입견을 지양하기 위해서이다. 또한 이것은 작품에 내재하는 구조적 특성과 전형적으로 형상화시킨 세계관의 모델이 어떤 양상을 띠고 있으며, 그것이 어떠한 변모를 보이고 있는가를 검토하기에 용이하다고 생각된다.

이를 효과적으로 논의하기 위해서 필자는 논의의 범위를 李箕永소설 중에서도 해방 이전의 작품에 한정시키고자 한다. 그리하여 식민지시대의 그의 소설이 지닌 원리와 양상이 어떠한 것인가를 살펴보게 될 것이다. 李箕永의 소설을 연구하는데 있어서는 그의 문학적 지향이 계급주의를 작품에 어떤 방식으로 형상화시켜 식민지시대에 대응했는가 하는 문제에 주목하지 않을 수 없다. 李箕永의 해방 이전의 작품들에서는, 식민지라는 현실모순의 맥락과 프로소설에서 추구하고 있었던 문학의 이념적 형상화가 어떠한 것인가, 그리고 그의 소설에 나타나는 문학적 원리는 어떤 것인가를 감지할 수 있을 것이다. 본고는 이러한 목적을 달성하기 위하여 기본적으로는 사회주의 리얼리즘문학이 갖는 이념과 실천의 문제에 착안하여 李箕永 소설의 특성을 고찰하고자 한다.

본고에서는 李箕永 소설의 연구대상을, 1924년 《開闢》지 현상문예에 입선한 「오빠의 비밀편지」(《개벽》, 1924,7.)에서부터 1945년 해방 이전까지 발표된 작품까지로 논의의 범위를 한정한다. 그 이유는, 李箕永의 越北 이후의 행적에 관해서는 자료를 확보하기가 어렵기 때문이기도 하지만, 식민지 시대의 그의 문학에 대한 총체적인 검토가 지금껏 유보되어 왔다고 생각되었기 때문이다. 따라서 필자는 李箕永의 해방 이전의 소설에 내재되어 있는 원리와 그 문학사적 의의에 대해 논의하게 될 것이다.

본고는 이러한 점에 유의하여, 먼저 2장에서는 그의 개인사와 지적 토대를 점검하고 아울러 그의 문학관을 살피고자 한다. 가세의 몰락과 빈궁, 어머니의 죽음과 조혼, 농민의 피폐상과 같은 요인들이 李箕永의 정신사적 변화에 어떻게 작용했으며, 그의 방랑과 등단, 그리고 카프의 가입이 그의 작품의 변화과정을 결정짓는 데 어떤 요인으로 작용했는지 확인하게 될 것이다.

그리고 3장에서는 초기소설의 세계를 살펴보기로 한다. 李箕永은 문단등단과 거의 동시에 카프에 가입하였다. 따라서 그의 작품경향은 초기에는 빈민들의 삶에 촛점을 맞추고 있었다. 그러나 계급적 대립에 대한 목적의식이 선행한 면이 드러나기도 한다. 본 장에서는 李箕永이 그의 초기소설에서 드러난 이념적 도식성을 어떤 과정을 통하여 극복하고 있는가 살피고자 한다.

4장에서는 「故鄕」의 작품세계를 집중적으로 검토하게 될 것이다. 李箕永의 소설은 이 작품에 이르러서 또 하나의 새로운 전환점을 마련하게 된다. 식민지 시대의 빈농상황을 「故鄕」만큼 첨예하게 드러낸 작품은 드물다. 또한 식민지 시대의 프로소설에 있어서 비교적 우수한 작품으로, 프로소설의 실천적 모델을 제시한 작품으로 볼 수도 있다. 본고에서는 「故鄕」 이전의 초기소설들이 어떻게 「故鄕」에서 積層되고 統合을 이루었는가를 검토하고자 한다. 그리고 李箕永 작품의 중심축을 이루는 이념성과 계몽성이 「故鄕」에서 어떻게 제시되고 있는가를 살펴 보기로 한다.

5장에서는 「故鄕」 이후의 작품에 대하여 살펴 보기로 한다. 李箕永은 「故鄕」 이후의 작품에서도 지식인의 역할에 대해 지속적인 관심을 보이고는 있었지만, 초기 작품에서 보여 주었던 이념성에 대하여서는 屈節 내지 變

質의 과정을 보여주고 있다. 본장에서는 그동안 李箕永이 지속적인 관심을 보여 온 이데올로기의 문제가 어떤 과정을 거쳐 변질되고 붕괴되는가를 점검해 보고자 한다.

6장에서는 李箕永이 식민지 시대를 어떻게 파악하고 있는가를, 작품을 통하여 총체적으로, 그 변모과정과 함께 파악해보고, 문학사적 위상을 검토해 볼 것이다. 해방이전까지의 李箕永의 작품은 지식인의 역할을 근간으로 계몽성에 바탕을 두고 꾸준히 이념성을 지속시켜 왔지만, 일제 말기의 작품에서는 그가 지속적으로 추구해 왔던 세계관이 파행적인 모습으로 드러난다. 본장에서는 식민지 시대를 겪어온 한 지식인의 정신적 고뇌가 작품에 어떻게 투영되었으며 변화되었는가를 문학사적 위상과 함께 검토하게 될 것이다.

이와 같은 작업을 통해, 지금까지 제한적 범위 내에서 파악되었던 李箕永의 작품세계에 대한 전체적인 파악이 가능할 것이다. 그리하여 식민지 시대에 대처했던 한 지식인 -소설가 의 응전방식과 그의 문학사적 功過를 가늠할 수 있을 것이다. 또한 일제시대 카프문학이 현대문학에 끼친 위상을 재정립할 수 있을 것이라고 기대된다.

II. 생애와 문학관

1. 생 애

"문학상의 이데올로기와 테마는 사회적 환경에 어느 정도 의존한다"[16]라는 전제는 作家의 생애를 고찰하는 하나의 이유가 될 수 있다. 作家의 세계관형성은 作家의 체험, 즉 시대적 배경과 사회 문화적 조건들에서 기인된다는 의미다.

1890년대 중반에서부터 1910년대 중반까지의 약 20년간은 李箕永의 성장기간에 해당된다. 이 시기의 사회적 환경은 대충 두 가지의 특징으로 요약된다. 하나는 자주적인 근대국가로의 이행을 위한 사회개혁의 노력이 실패로 돌아간 점이고, 또 하나는 식민지 사회로 편제된 제도적 변동 때문에 민중의 생활이 극도로 궁핍해진 점이다.

民村 李箕永은 1895년 5월 29일 忠淸南道 牙山郡 排芳面 回龍里에서 출생하였다.[17] 李箕永의 집안은 德水 李氏 忠武公派로서, 그의 아버지

---

16) Wellek, René& Austin Warren, Theory of Literature, Penguin Book, Middlesex, England, 1966. p.109.

17) 李箕永의 출생연도는, 호적에는 1893년 5월 6일로 기재되어 있으며, 족보에는 1896년 5월 6일로 나타나 있다. 또한 유족들의 증언으로는, 1893년인지 1895년인지 가늠하기 어렵다고 했다. (李箕永, 『봄』, 풀빛, 1989. 「연보」와 「유족의 말」) 그러나 최근의 자료에는, 1895년 5월 29일 충남 아산군 배방면 회룡리에서 출생한 것으로 되어 있다.(안동일,「북한기행-越北作家 李箕永 家를 찾아서」, 《다리》, 26, 1989.12. p.137., 박종원, 류만, 『조선문학개관』, II, 사회과학출판사, 북한, 1986. p.71. 인동, 1988., 박충록, 『朝鮮文學簡史』, 연변교육출판사, 연변, 1987. p.271. 『한국민중문사』, 열사람, 1988.)

그의 가정환경이나 소년시절, 그리고 성장과정에 대해서는 발표된 몇 편의 수필이나, 산문에 의거하여 재구성해 볼 수밖에 없는데, 이에 대한 기본자료는 다음과 같다.
① 「노변야화」, 《조선일보》, 1934.1.14 - 27.

李敏彰은 20세에 무과에 급제하여 서울에 거주하고 있었다. 그러나 그는 가정을 그다지 돌보지 않고 신학문과 신교육에 관심을 쏟았던 개화양반이었다.18) 그와 같은 사회적 열망은 李箕永의 집안에도 영향을 미친 것으로 보인다. 李箕永 선대 이후의 궁핍은 부친의 기질로 인한 것도 있었겠으나, 그보다는 시대적 상황의 격변기에 희생된 피해자의 모습과 결부되어 나타나기도 한다.19)

이와 같은 예는 그의 자전적 소설인 「봄」에 잘 드러난다. 기실 1900년대는 역사적으로, 한국사회의 변혁적 힘이 제도적 개혁으로 이어지지 못한 채 식민지로 전락한 시대이며, 개인이라는 국가의 주체가 피해자의 모습으로 드러나는 시대다. 「가난한 사람들」, 「오매를 둔 아버지」, 「돈」 등의 작품은 지식인, 소설가의 궁핍상을 그린 작품으로 당시 지식인들의 절망적 한계상황을 보여준다.

李箕永의 독서체험에 대하여 살펴보면, 그가 책을 가까이 하기 시작한 것은, 10여 세 때 모친이 장질부사로 죽자, 내성적이며 감수성이 예민한 성격으로 바뀌어 갔고 그때부터 이야기책을 탐독하게 된다. 그는 후일의 회고에서, "내가 만일 모친상을 일즉 당하지 않았던들 이야기책을 탐독하지 않았을 것이며, 따라서 문학의 인연과는 멀어졌을지도 모른다"20)라고 할 만큼 모친의

---

② 「인상깊은 가을의 몇 가지」, 《사해공론》 17, 1936.9.
③ 「소년시절의 그리운 정서」, 《풍림》 5호, 1937.4.
④ 「나의 수업시대-作家의 올챙이때 이야기」, 《동아일보》, 1937.8.5.-8.
⑤ 「초하수필」, 《조선문학》 14, 1937.8.
⑥ 「탁류에 배를 타고 내려 올 때」, 《사해공론》 40, 1938.8.
⑦ 「문학을 하게 된 동기」, 《문장》 13, 1940.2.
18) 李箕永, 「나의 수업시대」, 《동아일보》, 1937.8.5-7.
 부친은 일찍이 무관학교를 다녔던 신학문의 체험자였고, 천안에 寧進學校를 창립하기도 했다. 그는 아내가 죽자 낙향했는데 낙향 후 가세가 기울어졌다.
19) 李箕永은, 앞의 그의 회고에서, 일본을 비롯한 열강들의 압력과 사회적 신분, 질서의 해체 등에 대해 언급하고 있다.
20) 李箕永, 「문학을 하게 된 동기」, 《문장》 13, 1940.2.

죽음과 그의 문학과는 밀접한 관계를 갖는다. 그는,「조웅전」,「사씨남정기」 등의 고대소설을 거지반 다 거친 뒤에,「추월색」,「牧丹花」,「치악산」,「두 견화」 등과 같은 신소설을 읽고 더욱 감심하였으며, 李光洙의「무정」,「개척 자」 등을 읽어보고 나서 비로소 신문학에 대한 동경은 절정에 달하게 되었으 며,《청춘》,《학지광》 등을 주문해 읽을 만큼[21]문학의 열성이 대단했는데 이때 나이는 20세 전후다.

이처럼 그는 어린 시절부터 이미 문학적 분위기에 친숙해 있었다. 李箕永 의 독서체험을 검토해 보면, 고전소설에서 신소설, 이광수로 이어지는 변천의 과정을 보여주고 있는데, 특히 李箕永의 성장기에 많은 영향을 미친 사상은 이광수의 계몽주의 문학임을 추찰 할 수 있다. 그 이유는, '문학의 사회적 효 용성'[22]을 주장한 이광수의 문학관과 李箕永의 문학관은, '인류사회를 導 率'[23]한다는 점에서 일맥상통하며, 李箕永이 지향한 작품세계도 계몽주의 가 강하게 드러나고 있기 때문이다.

李箕永의 독서체험은 자아의 성숙과정과 일치하고 있는 것으로 풀이된다. 결국 1900-1910년대의 문학적 흐름이 李箕永의 독서체험 안에서 사회적 추 세와 함께 변화해 나간다는 점을 발견할 수 있다. 이 시기는 한국사회가 경제 적 정치적으로 전근대적 상태를 면치 못했다고 할 수 있다. 신소설은 당대의 정세와 사회상황에 관심을 보이는 문학적 특성을 보여준다.[24]

다음 그의 학력을 살펴보면, 그는 한문수학을 하다가, 12세 전후에 아버지 가 설립한 사립학교에 다닌다. 그 후 그는 한 동안 방랑생활을 하다가,[25] 잠시

---

21) 李箕永, 위의글.
22) 이광수,「조선문사와 수양」,《창조》 8, 1921.1.
23) 이광수, 위의글.
24) 이재선,『개화기소설연구』, 일조각, 1991.
25) 그의 내적 지향은 방랑이라는 삶의 유랑형식을 통해 점차 구체화되다가 渡日의 결행을 시도하는 것으로 보인다. 여행편력은 그의 소설에서 다양한 소설상의 체험 적 공간을 형성하는 토대였던 셈이다. (李箕永,「나의 문학수업시대」,《동아일 보》, 1937.8.8.)

기독교에도 귀의하면서 종교적인 체험을 쌓기도 한다.26) 또한, 그는 故鄕에서 호서은행의 직원으로 근무하기도 한다. 그 뒤 1922년 4월 도일하여 일본 동경에서 고학으로 正則英語學校를 다니다가 1923년 9월 동경대지진으로 귀국한다.

李箕永의 삶에서 특이한 체험은 '早婚' 경험이다.27) 그는 근대적 사회의 격동기 속에서 개인적 궁핍과 조혼이라는 인습의 피해를 체험하였기 때문에, 신학문과 문학을 접하면서부터는 진취적인 생활을 동경하여 자신을 적응시키는데 있어서는 매우 적극적이었던 것으로 보인다. 이러한 점은 그가 일본으로 건너가 고학하는 열정에서도 확인되는 바인데, 스스로 고백한 바와 같이, 내성적이며 고독한 성격을 지닌 그의 성장기의 성격과 우울한 시대의 환경을 진보적인 행동으로 극복해 나간 것으로 보인다.

다음은 李箕永의 문학적 立志인데, 李箕永이 문학을 하겠다고 마음먹은 것은 20살 때이다. 그의 자전적 고백에 따르면, 근대 문학 작품으로 이광수의 「무정」과 아르쯔이바셰프의 「싸닌」을 접하게 되면서부터라고 한다.28) 그는 러시아 作家인 아르쯔이바셰프의 1903년 작인 「싸닌」을 읽게 되고 장차 문학에 전념하려는 결심을 세운다.29) 그는 이 때부터, 자신이 인습 즉 조혼이라

---

26) 李箕永, 「나의 수업시대-作家의 '올챙이 때' 이야기」, 《동아일보》 1937. 8.5-8.8. 이같은 체험으로 인해, 「부흥회」(《개벽》,1926.1.-2.)와 같은 소설에서는 기독교에 대해서 매우 비판적인 주제의식을 보여준다. 李箕永은 '조선지광사'에 입사하기 전까지 논산에서 기독교 계통의 사립학교인 영화학교의 고원으로, 그리고 개신교의 전도사로 활동한 바 있다.

27) 李箕永은 14세 때인 1909년에 2살 연상인 趙炳箕와 결혼하였다. 그는 집안의 강요로 결혼하였으나, 결혼생활에서 단란하지 못했던 것으로 보인다. 이같은 점은 「봄」,「故鄕」,「소부」 등에 반복적인 모티프로 나타나고 있는 점에서 추론이 가능하다. 李箕永은 문단에 등단한 뒤 서울로 올라와 洪乙順과 재혼을 서두른 것으로 보인다. 그의 재혼은 1924년 전후로 추측되는데, 그 이유는 李箕永의 북한에 살고 있는 유족 가운데 장남인 李種赫이 1924년 생으로 족보에 기재되어 있기 때문이다.

28) A 기자, 「李箕永과의 잡담집」, 《신인문학》, 1936.8.

29) 李箕永, 「나의 수업시대」(《동아일보》, 1937.8.8.)와 「노변야화」(《조선일보》,

는 구습의 피해자였다는 의식과 친화작용을 일으켜 문학적 열정을 보다 구체화 시키게 된 것 같다. 그 이후「싸닌」 이외에도, 뚜르게네프, 톨스토이 등의 작품들을 섭렵한다.

따라서 그가 청년 시절에 접한 문학적 세계는, 사회주의적인 세계라기보다는, 자신의 조혼체험과 「싸닌」을 통해 접하게 된 자유연애, 혹은 인습으로부터 벗어나게 되는 돌파구로서 자신의 성장과정과 관련된 세계에 속해 있었던 것으로 파악된다.

李箕永의 본격적인 문단활동은 抱石 趙明熙와의 만남에서부터 시작된다.[30]

이 시기는, 동경에서 고학으로 正則英語學校를 다니다가 1923년 9월 동

1934.1.24.) 참조. 그가 문학을 하겠다고 결심하게 된 동기는, 「싸닌」이라는 작품의 특성과 연관지워 살펴 볼 필요가 있다.

미르스끼, 『러시아문학사』,(이항재 역, 화다, 1988. pp.151-153.)에 의하면, 「싸닌」은 러시아문학사에서도 사회적 반향을 크게 불러 일으킨 작품으로 유명하다. 러시아에서 이른바 '싸닌 신드롬'이라고 할 만한 사회적 현상은, 당시 비평가들에게 러시아 멘셰비키혁명의 실패 이후 인텔리겐차의 허무주의가 민중적 이상의 반대 급부로 자리잡으면서 나타난 귀결로 해석된다. 이를테면 아르쯔이바셰프의 이 소설은 윤리에서 해방된 개인적 도락과 병적인 성적 방종을 보여주는, 인간적 인습과 문화의 경멸을 담고 있다. 이것은 요컨대, "원시적 리얼리티를 제외한 모든 것에 대한 부정"이기도 했다.

추론하자면, 이 「싸닌」의 영향은 일본으로 전파되고, 이광수를 비롯한 계몽주의적 문학과 김동인의 탐미적 소설에도 수용되어 나타나는 것으로 보인다. 곧, 「싸닌」의 세계가 불러 일으킨 결과로써, '계몽과 자유연애'(이광수) 그리고 '자유연애와 탐미적 예술성의 지향'(김동인)이라는 계몽주의적 세계와 미적 세계의 추구를 낳게 하여, 전통적 유교질서에 대한 무조건적인 공격성으로 전이된 것은 아닐까 추측된다.

30) 李箕永, 「실패한 처녀장편」, 《조광》 50, 1939.12.

그는 귀국 후 자신이 거주하고 있었던 용두동에서부터 인사동에 있는 도서관을 다니면서 도스토예프스키의 작품을 탐독하였고, 뚜르게니예프, 고리끼를 접한다. 그러면서 그는 자유연애와 관동대지진이라는 식민지 유학생의 특이한 체험을 결합시켜, 지식인의 허위의식을 누이의 눈으로 폭로하는 「오빠의 비밀편지」라는 작품을 쓴 것으로 생각된다.

경대지진으로 인해 학업을 중단하고 귀국한 이듬해다. 당시의 젊은 지식층이 일반적으로 그러했듯이, 본의 아니게 학업을 중단하게 된 李箕永도 도서관을 전전하면서 습작생활을 계속한다.[31] 그러면서 그는 여기에서 최승일과 조명희를 만나게 되는데 이들과의 만남은 새로운 계기를 마련하게 된다. 이 시기의 조명희는 1920년대 초반의 지적 방황을 딛고 사회주의를 통해 자신의 진로를 모색하고 있었다. 조명희가 신경향파문학으로 진입하기 위한 사상적 탐색을 시도하고 있었던 때다.

李箕永은 문단에 등단한 이후 해방되기까지 대부분을 서울에서 생활했다. 그는, 서울을 벗어난 적이 두어 번 있었는데, 그것은 1933년 여름 「故鄕」을 집필하기 위하여 천안의 성불사에 가 있던 시기와, 일제의 패색이 짙어가던 1944년 봄 강원도 금강산 초입인 내금강 병이무지리에 화전을 일구러 들어갔던 시기이다. 따라서 그는 해방이전 대부분의 작품을 서울에서 집필했다고 할 수 있는데, 서울은 문화활동과 모든 정보의 중심지였기 때문에 작품활동을 위해서는 서울을 벗어날 수가 없었던 것으로 추정된다.

李箕永은 1924년 《開闢》지를 통하여 문단에 등단하고,[32] 이듬해 조명

---

31) 李箕永은, 귀국하는 1923년 10월 이후부터 「오빠의 비밀편지」를 발표하기 이전 까지의 시기 동안,그의 문학적 시발점에서 비교적 긴 중편소설을 창작하는 열정을 보인다. 그는 이 때 中西伊之助의 소설 「赫土に芽ぐるもの」를 읽고 그의 소설을 모방하여「死의 影에 飛하는 白鷺群」이라는 제목으로 500-600매 분량의 '장편소설'을 쓴 바 있다. 그러나 이 작품은 《조선일보》, 《동아일보》에 연재를 부탁했으나, 모두 거절당했다고 한다. 그 후 이 작품은 李箕永 자신의 회고에 의하면, 분실하였다고 말하고 있다. 그는 이 작품의 내용을 다음과 같이 회고하고 있다.
"나는 이 장편에서 '鮮姬'라는 여주인공을 통하여, 東京 유학생과의 연애, 갈등을 취급하는 一方, 신구의 사상충돌과 내가 체험한 東京과震災 등의 신화(삽화,필자 주)를 넣어가며 불행한 주인공의 운명을 그려 보자는 것이었다."(李箕永, 「실패한 處女長篇」, 위의글.)
이로 미루어 볼 때, 이 작품은 「싸닌」에서 추구하고 있는 자유연애와 그로 인한 갈등이 주된 제재로여겨진다.
32) 그의 문단 데뷔작인 「오빠의 비밀편지」(《개벽》49,1924.7)는 사실상 습작기의 작

회의 알선으로 '朝鮮之光社'에 입사하게 되는데, 당시 이 잡지는 《批判》, 《新生活》 등과 더불어 진보적 계몽주의를 표방하고 있었다. 이 잡지사에서 일을 보게 된 그는 1925년 결성된 KAPF의 사상적 분위기에 자연스럽게 동화되어 간다. 韓雪野의 회고에 의하면,33) 李箕永과 포석, 그리고 한설야 자신은 친분이 깊었던 것으로 보인다.34) 뿐만 아니라 이들은 '새로운 문학' - 혜성과 같이 돌연한 그러한 허황한 문학이 아니라 의 필요성을 절감하고 있었다. 그들은 곧, 감상의 流露35)를 주로 하는 낭만주의적인 문학에 대한 거부의식을 피력하고 있으며, "역사적 귀결로서 시대를 계승하고자 하는 필연성"36)을 희구하고 있었다.

李箕永은 이 시기에 「民村」「가난한 사람들」을 발표하여 조명희의 「땅 속으로」「저기압」「낙동강」과 유사한 세계를 제시하고 있다. 이는 뒤에 「홍

품수준으로 구성, 인물의 성격 창조 등에 있어서 취약점을 드러내고 있었다. 이 작품은 봉건잔재의 남존여비사상에서 드러난 남성들의 위선과 종교의 불신 등을 戱畵으로 그리고 있다.

이 작품은 作家의 이데올로기적 전망의 제시가 전혀 드러나고 있지 않다. 이 점은 적어도 이 당시까지는 李箕永의 사상적 입지점이 프로문학쪽으로 기울어져 있지는 않았음을 말해준다. 심사를 맡은 염상섭이 이 작품을 3석으로 뽑은 것도 素材 선택의 재치 때문으로 보인다.

심사결과, 1등은 없었고 2등은 최석주의 「파멸」이 입선됐다.

33) 韓雪野, 「포석과 民村과 나」, 《中央》 28, 1936.2.

34) 김성수,「李箕永의 초기소설과 사회주의 리얼리즘문학의 형성」,(김학성. 임형택외 공저, 『한국 근대문학사의 쟁점』, 창작과 비평사, 1990.참조)

위의 글에서 李箕永의 회고담을 인용하여, 조명희, 李箕永, 한설야 등은 카프문학의 발기 이전부터 독서토론회를 통해 사회주의사상을 습득하며, 작품의 내용과 주제에 대해 논의해 나갔다고 한다. 그러나 필자의 견해는, 1920년대 중반 李箕永의 사회주의적 사상의 습득은 조명희를 매개로 이루어지기는 했으나, 그것이 구체적이고 높은 수준의 문학세계를 구축했다고는 생각되지 않는다. 따라서, '독서토론회를 통해 사회주의 사상을 습득했으며, 작품과 주제에 대해 논의해 나갔다'는 한설야와 李箕永의 회고담은 그 신빙성에 있어 재고를 요한다.

35) 박인기, 『한국현대시의 모더니즘연구』, 단대출판부, 1988. pp.69-70.

36) 한설야, 앞의글.

수」나 「故鄕」 등과 같이 자신의 방식으로 바라보는 실천과 전망의 기반이
된다. 李箕永이 스스로 KAPF에 가입하는 데 아무런 사상적 주저가 없었다
는 점으로 미루어 볼 때, 조명희와의 친분관계나 '조선지광사'에 입사한 사실
도 작은 영향은 아니겠지만, 또한 방랑을 통한 현실체험의 질량, 사회에 대한
폭넓은 체험과 일본에서의 고학경험 등으로 시대적 성격에 관한 이해와 인식
이 이미 마련되었던 것으로 보인다.

李箕永은 조명희, 한설야 등과 함께 신경향파 문학의 조류에 동참하면서
한설야의 회고처럼 "시대적 계승자로 등장할 필연성"[37]을 모색하고 있었던
것이다. 이러한 점은 물론 소설창작에 국한된 내면적 결의이기는 하나 그의
작품세계에서는 보다 분명하게 드러나고 있다.[38]

카프를 통한 문학운동은 식민지 사회에 내재한 모순을 사회주의적 모색과
연대세력의 결집, 그리고 실천이라는 차원에 집중하게 된다. 이러한 문학운동
의 파장은 현실에 대한 방법론의 점검을 요구하는 결과를 낳아 문학사적 측면
에서는 문학이론과 창작방법론의 수립이라는 논리적 측면의 성과를 거둔다.
당시 카프의 발기인에는 김기진, 박영희, 이활, 김영팔, 이익상, 박용대, 이적
효, 이상화, 김온, 김복진, 안석영, 송영 등으로 《백조》, 《폐허》의 감상주
의적 문학을 극복하고 신경향파 문학으로 대체하려는 움직임을 보이고 있었
다. 그러나 여기에는 李箕永, 한설야, 박세영, 윤기정, 유진오, 박팔양, 이량,
홍효민, 조중곤, 김대준, 김창술 등이 가세함으로써 시대인식에서 비롯되는 강
한 사회성을 담아내기에 이른다.

요컨대 李箕永은 이 시기에, 시 분야의 김형원, 박팔양, 이상화 등이 지닌
경향문학적 풍모와는 다른, 사회주의적 경향을 드러내고 있었다.[39] 이 시기에
발표된 작품은 이미 일본을 통한 사회주의의 세례를 받고[40] 가급적 각성을

---

37) 한설야, 앞의글.
38) 본고의 '초기 소설의 세계' 참조
39) 이 점에 대해서도,1927년과 1928년에 발표되는 작품을 논의하는 '초기 소설의 세
계' 참조

통해 사회운동에 전력하는 인물을 묘사하고 있었다. 이들 카프 作家들은 일본을 통한 마르크스주의의 수용을 통해 과학적으로 세계를 인식하는 하나의 진로를 발견한 셈이다. 당시 한국사회는 다양한 사회주의 단체들의 결성과 함께 조선공산당의 조직을 이룬 상황에 있었고, 그 외곽조직으로써 카프의 결성이 진행되고 있었다.

李箕永도 이같은 사회적 흐름과 영향권 내에서 벗어나지 않는다. 그는 1925년 당시 가장 진보적인 성격을 지닌 M.L노선의 대표적 기관지였던 '조선지광사'에 근무하고 있었기 때문이다. 그는 훗날 카프 내의 최연장자로서 중앙위원회 중앙위원, 출판부의 책임자로 활약한 바 있으며, 1931년 제 1차검거와 1934년 제2차 검거로 투옥 당한다.

안막의 「조선 프롤레타리아 예술운동약사」41)에 의하면, 李箕永은 제 1차 방향전환기(1925-27)에는 그다지 주목받는 作家는 아니었으며, 사상적으로도 무장된 면을 보이지는 않았다. 그는 제2차 방향전환기(1927-30)에 이르러서야 송영, 한설야, 김기진, 조중곤, 엄흥섭 등과 함께 주목받기 시작했으며, 차츰 볼세비키화되는 제 3차 방향전환기(1930.4.이후)에 와서 「조희뜨는 사람들」(1930), 「홍수」(1930), 「가을」(1934) 등을 발표하면서 리얼리즘 소설의 사회주의적 경향을 더욱 분명하게 드러낸다. 그중 「조희뜨는 사람들」은 이 시기의 문제작으로 주목받은 바 있다.42)

---

40) 최웅권, 「조선무산계급문학과 20-30년대의 일본무산계급문학 운동」, 《조선어언 문학론문집》,연변대학출판사,연길,1988.PP.244-245.
　　위의책에서, 당시 카프 作家들이 탐독하고 있었던 책들은 日文으로 된 책들인데, 루나찰스키의 『마르크스주의 예술론』, 『현대 예술의 경향』, 플레하노프의 『마르크스주의 비평론』, 『예술론』, 『예술의 기원 및 발달』, 『예술의 사회적 기초』, 부하린의 『사적 예술론』, 靑野季吉의 『마르크스주의 문학론』, 藏原惟人의 『형식과 내용』 등으로 밝히고 있다.
41) 안막,「조선 프롤레타리아예술운동 약사」, 《사상월보》, 1932.1.(김재용편, 『카프비평의 이해』, 풀빛, 1989. pp.625-630.)
42) 안막, 위의글. p.630.

프로문학운동사의 맥락에서 보면 李箕永은 자신의 작품활동을 그 이념의 실천에 일치시켜 놓고 있었다. 그는 「가난한 사람들」(1925), 「民村」(1925), 「농부 정도룡」(1926), 「쥐이야기」(1926), 「오매를 둔 아버지」(1926), 「실진」(1927), 「아사」(1927) 등을 발표해 나간다. 그의 작품은 지식인, 노동자, 농민 등을 등장시켜 당시의 도시적 빈궁이나 농촌의 궁핍과 몰락 등을 제재로 식민지현실의 왜곡된 사회적 구조 안에서 형상화한 인물을 통해 이념의 실천을 보여주는 작품세계를 지니고 있었다. 이러한 작품세계를 지속적으로 그리던 李箕永은 마침내 식민지 시대 프로문학의 대표작인 「故鄕」을 발표하게 된다.

李箕永은 카프해산 직전에 해당하는 1931-35년간에 있어서 검거와 투옥이라는 일제의 탄압을 거듭 받는다. 이 기간에는 그의 사회주의적 리얼리즘에 입각한 전망과 성찰이 확고하기는 하나 차츰 일제에 의한 제도적 한계를 절감한 듯하다. 사회적으로 1931-2년 사이에는 일본의 군국주의가 대두하게 됨에 따라 이미 한국 문단은 그 정세에 대한 불안의식을 노정하고 있었다.[43] 이러한 가운데, 세계 경제의 공황으로 인한 제국주의적 정세의 흐름은 세계대전으로 치닫게 된다. 결국 이 같은 시대적 상황과 맞물린 것이 카프 및 여타 사회단체들에 대한 일제의 탄압이었다.[44]

1933년, 李箕永은 이광수, 주요한 등과 함께 지상토론에서 위기상황에 대한 불안의식을 피력하고 있다. 즉 "조선의 순수문학은 멸망되는가?"라는 위기인식에 대체로 의견이 일치하고 있었다. 이러한 시대적 위기를 감지한 진술은 유진오에 의해 보다 뚜렷하게 나타난다. 그는 "암담한 현실에 대한 맹목적 절망, 이것이 10월 창작의 밑을 흐르는 주류이었다. 이 절망으로부터 나오는 것은 혹은 애수요 혹은 우울이요 혹은 찰나의 말초적 환락추구였다."[45]라고 했는데, 이 말에서 시대적 위기의식에 처한 당시의 작품경향의 변화가 드러난

---

43) 김기림, 「인텔리의 장래-그 위기와 분화과정에 대한 연구」 《조선일보》. 1931. 5.17-24.
44) 백철, 『조선신문학사조사』, 백양당, 1949. p,192.
45) 유진오, 「10월창작평」, 《조선일보》, 1933.10.14-19.

다. 프로문학측 作家들이 식민지 사회의 제도권에 포섭되는 양상은 이념적 차원이 붕괴되면서 나타나는데, 그 결과 작품 안에서는 나약한 지식인의 파행적인 모습이 부각되는 것이다.[46] 이것은 李箕永의 문단활동이 일제의 식민지적 제도의 틀 안에 놓이게 되는 시대적 추세를 의미하는 것이기도 하다.

1939년 10월 중순경 朝鮮文人協會[47]가 결성되면서 李箕永은 이 단체에 가담하게 된다. 이 단체에서 적극적으로 활동했다는 자료는 없으나,[48] 당시

---

[46] 김윤식, 「사상전향과 전향사상」, (『한국근대문학사상사』, 한길사, 1984.)
  당시 이들 作家들의 모습은, 그들의 검거상황에 대한 회고담에서 볼 수 있듯이, 매우 낭만적이며여린 사회적 자세를 취하고 있었다. 이같은 문제는 다음과 같은 글에서 잘 드러난다.
  박영희, 「최근문예이론의 신전개와 그 경향」, 《동아일보》. 1934.1.10.
  백철, 「출감소감-비애의 성사」, 《동아일보》. 1935.12.22-27.
[47] 임종국, 『친일문학론』, 평화출판사, 1963. p.102-106.
  위의글에 의하면, 이 조선문인협회의 강령은 다음과 같이 나타난다.
  1. 긴박한 시국을 당하여, 반도 지식인에게 강력한 국민의식과 그 실천을 촉구하는 성명서를 팜플렛으로 발행할 것.
  2. 순국영령에 감사하고 무운장구를 기원하기 위하여 회원 전원으로 하여금 호국신사에서 근로 봉사케 할 것.
  3. 역원 전원으로 하여금 총력연맹 문화부가 개최하는 제1회 문화강좌를 청강케 할 것.
  4. 위문문 및 위문품을 모집할 것 등의 강령을 1941년 6월에 채택 발표한다.
  이어서 1942년 9월 기독교청년회관에서 상임간사회를 소집하여, 그 실천요강으로 다음과 같은 사실을 채택 발표한다.
  1. 문단의 국어화촉진
  2. 문인의 일본적 단련
  3. 작품의 국책 협력
  4. 현지의 作家 동원 등.
  그리고, 그 세부사항에는 도의적인 조선의 확립에 대한 의의의 탐구, 증산운동의 독려와 만주개척의 시찰과 같은 것을 규정하고 있었다. 이러한 점은 李箕永의 식민지시대 말기 소설에서 빈번하게 드러나는 소설적 제재이다.
[48] 李箕永은 1943년 4월 조직된 '朝鮮文人報國會'의 상담역을 맡기도 한다.(임종국, 위의책, p.153.)

작품활동에서는 일제의 체제논리에 적극적으로 동조하는 경향을 보이기도 한다. 그는 1944년 봄 강원도 내금강 병이무지리에 들어가 화전을 일구며 은둔생활을 하던 끝에 해방을 맞이하게 된다. 그의 식민지 말기 생활은 이렇듯 이념의 투쟁을 포기하고 소극적으로만 문단활동을 했던 것으로 보인다.

이상에서 李箕永이 취하고 있었던 삶의 모습은 다음과 같이 요약해 볼 수 있다. 그는 고전소설을 거쳐 사회적 변화를 전달해 주는 신소설의 세계에 이르게 되었고, 이후 계몽주의적 문학을 접함으로써, 문학적 취향을 나름대로 구비한다. 그리고 그는 구습의 하나인 무혼(無婚)경험을 통해, 인습의 쓰라린 경험을 하나의 문학적 '트라우마'로 간직하고, 방랑에서 근대문화의 풍모를 대면하게 된다.

그는 문단에 등단한 이듬해 카프에 가입하면서 식민지 사회에 내재한 모순을 작품에 담아낸다. 그는 초기에는 그다지 주목받는 작가(作家)는 아니었으나, 카프 내의 중앙위원, 출판부 책임자로 활동하면서 이데올로기의 이념이 승한 프로문학에 이념과 실천의 일치를 보이는 우수한 작품을 지속적으로 발표해 나간다.

그가 농민소설작가(作家)로 지위를 굳힌 작품은 「故鄕」이라고 할 수 있다. 이 작품은 이데올로기적 이념을 실천적으로 드러내어 프로문학의 우수작으로 꼽을만 하다.

그러나 카프의 해산과 두번의 투옥, 그리고 식민지적 위기상황은 작가(作家)로 하여금 이념을 붕괴시키도록 했고 결국 제도권 아래에서 소극적으로 대처해 나가는 파행을 드러냈다.

2. 문학관

作家연구에서 빼어 놓을 수 없는 것은 세계관의 문제이다. 세계관이야말로 作家가 문학생산의 주체로서 세계와 인간의 삶을 관찰하고 해석하는 인식의 기반이기 때문이다.[49] 문학이 세계관의 산물이라고 한다면, 이 경우, 세계관은 곧 作家의 문학적 경향을 결정하는 기본적인 요인이 된다. 이런 점을 감안해 볼 때, 세계관 즉, 이데올로기의 문제는 作家와 시대, 사회, 문화적 조건들을 모두 포괄하는 그 무엇으로써 한마디로 요약하기 어려운 난점을 지니고 있다. 李箕永의 경우도 예외는 아닐 것이다. 본고에서 그가 선택한 마르크시즘의 이데올로기가 그의 문학과 삶의 방식에 어떻게 구현되고 있는지 알아보기로 한다.

李箕永은 문학의 가장 근본적인 표상화를 리얼리즘이라는 원리에 두고 있었다. 더불어 그는 자신의 창작원리를 이데올로기와 세계관의 실현에 기초하는 것으로 보았다. 진실한 문학은 오직 그 시대의 진보적 계급을 대표하는 사상으로서의 인생관과 세계관 위에서 수립되어야 한다고 본다. 그것은 현실의 반영에 비중을 두게 된다.

李箕永은, 여러 논자들에 의해 '농촌현실을 집중적으로 그리는 대표적 作家'[50]라는 평가를 받고 있는데, 이는 그의 문학적 관점과 취향을 암시해 주는 것이다.

> ...作家의 사회적 경험은 -직접적이거나 간접적이거나 그에게 많은 도움이 될 줄 안다. 고리끼의 위대는 실로 그의 광대무변한 체험에서 묘출되는 것은 아닐까? 풍부한 생활은 창작력에서 초래한다. 현실은 문학적저수지요, 생명이요, XX이기 때문이다.

---

49) 로젠타리, 「예술작품에 있어서의 세계관과 창작방법」, (로젠타리 외, 『창작방법론』, 洪冕植역, 문경사, 1949. pp.22-24.)

50) 민병휘,「춘원의 '흙'과 民村의 '故鄕'-농민소설로서의 대조」,《조선문단》 23, 1935.5.
임인식, 「6월중 창작-李箕永씨작 '서화'」,《조선일보》 1933.7.19.
위의글에서, 민병휘는 "民村은 농촌만을 중심으로" 작품을 쓴다는, 소재적 편향성에 대해 언급하고 있으나, 임화는, 농민을 주인공으로 하는 李箕永의 작품에 극히 "부정확한 역사성을 담고 있다"는 점을 지적하고 있다. 그의 비판은 지식인의 행위가 보다 실천적인 면모를 갖추지 못하는 점을 지적하고 있다고 하겠다.

그러므로 나는 作家로서 생활력의 심화와 광대를 바란다. 於是乎
문학적 시야를 넓히는 동시에 한편으로 作家의 수완을 기를 것이다.
나는 가급적 금년에 있어서는 과거의 위대한 작품에서 소위 위대한 문
학적 유산을 많이 섭취하고 싶다. 나는 부르문학이라고 그런 것을 일부
러 등한했다는 것을 스스로 부끄러워 하기를 마지 않는다.[51]

이같은 언급에서 李箕永은 고리끼의 체험적 소설에 많은 영향을 받고 있
는 것으로 보인다. 앞에서 논의한 바 있듯이, 李箕永은 이미 자신의 성장기에
방랑을 통한 체험과 정신적 방황을 경험한 바 있었고 그의 불우한 환경과 인
습의 피해에서 문학적 동기를 찾는다는 사실을 염두에 둔다면 경험적 측면을
중시한다는 점을 일단 생각할 수 있다.

이러한 점은 그의 작품이 현실과 체험에서 그리 벗어나지 않는다는 것을
말해 준다. 또한 그같은 체험과 현실의 친화력은 '문학적 시야'의 심화와 확
대에 기여한다. 따라서 李箕永이 말하고 있는 '생활력'이란 체험과 현실에
바탕을 둔 역사성 바로 그것이다. "풍부한 생활"은 作家에게 허용되는 물질
적 풍요가 아니라 체험과 현실에서 얻어지는 문학적 원천이 된다. 따라서 그
는 이념적 경향을 달리하는 작품이라고 해서 그것을 경원시하지 않으며, 위대
한 문학적 유산이라면, 언제든지 그 문학적 성과를 수용하여 체험화 할 태세
를 갖추는 것이다.

나아가 李箕永은 作家는 경험이 풍부해야 한다고 본다. 그것은 높은 봉우
리에 올라가면, 시야가 넓어지듯이 作家의 생활경험이 풍부해지면 그의 문학
적 시야도 넓어지기 때문이다. 그는 또한 소재선택의 문제에서 특히 作家의
체험적 영역을 중시한다. 생활의 풍성한 경험적 차원이 확보되었을 때, 作家
는 사회적 환경과 시대적 실제상황, 그리고 作家의 지적 수준, 또한 그의 개
인적 재능 등으로 인해 제한 받는 요소가 상존하겠지만, 유년시대의 체험이
작품의 제작에서는 가장 크게 반영된다고 본다.[52]

---

51) 李箕永,「사회적 경험과 수완」,《조선일보》 1934.1.25.

이것은 그가 농촌소설을 쓰게 되는 동기라고 할 수 있다. 그러나 그는 작품을 단순히 경험에만 의지해서 쓰지는 않는다. 가령 농촌소설을 집필하는 데에는 각 지방의 농촌현실과의 비교 검토가 있어야 하며, 농업에 관한 지식을 지녀야 하겠으나, 여행, 자료수집 등의 조사행위를 통해 현실을 감안하여 안출한 객관적이고도 정확한 반영이 필요하다고 생각하고 있었다.53) 李箕永은 인물의 전형적 창조에 대해서도 언급하고 있는데, 그것은 훌륭한 세계관과 창작방법의 결합에서 오는 것으로 본다. 여기에는 무엇보다도 현실을 통찰하는 作家의 능력이 선행되어야 하는 것이다. 즉 그의 소설에 대한 입장은 체험을 중시하고, 현실에 대한 통찰을 통해 만들어지는 인물의 대표성 -또는 전형성-의 가치에 주목하는 것이다.

李箕永이 한국의 식민지 상황과 관련지워 자신의 문학적 목적성을 보다극명하게 드러내는 글은 「집단의식을 강조한 문학」54) 이다. 그는 여기에서 조선사람이 요구하는 문학은 프로문학이라고 주장한다. 이미 1920년대 후반의 사회운동의 흐름과 상통하는 이 같은 그의 발언 속에는 식민지현실이 하나의 사회구성체적 관점, 다시 말해 지배구조와 피지배구조의 갈등양상과 모순적 경제형태에 대한 인식이 있었음을 보여준다.

문학이 정치적 의미를 강력하게 요구받을 때, 사회적 상황은 당대적 과제에 대한 모색과 전망을 필요로 하는 시점에 놓여진다. 문학의 선전성과 계급적 세계관은 식민지시대만을 그 논의의 대상으로 본다면, 매우 설득력이 있다. 이미 1910년대 한국사회는 민족의 자발적인 상황의 극복의지를 3.1운동을 통해 보여준 바 있으나, 그 민족적 거사가 실패로 돌아간 이유에 대해 반성한 결과, 지식인들은 보다 조직적이고 과학적이며 투쟁적인 면모를 구비하지 않으면 안된다는 사실을 깨닫게 된다. 따라서 당시의 사회적 상황은 지식인들로

---

52) 李箕永, 「창작방법 문제에 관하여-문예적 시감」, 《동아일보》, 1934.5.30-6.4
53) 李箕永, 「창작의 이론과 실제」, 《동아일보》 1938.9.30.
54) 李箕永, 「집단의식을 강조한 문학」, 《조선지광》 75. 1928.2.

하여금 사회주의의 대두를 필요로 하게 된다. 李箕永은 이 같은 점을 후진국적 상황으로 결론짓고, 문학을 정치적 조직화를 위한 집단의식의 문제로 환원시킨다.[55]

그는 "현하 조선의 사회현상이 어떠한 특수한 사정에 있는가"라는 문제제기를 통해 "현재 조선은 특수한 환경으로서의 어시호 조직적인 탄압과 압제에 피해를 당하여 부르조아 계급에 대항하지 않으면 안될 것이니 프로문학도 무산대중이 투쟁적으로 전개하고 대항하지 않으면 안될 것"[56]이라는 결론짓는다. 이는 다르게 표현해서 사회적 현안으로 인식되고 있었던 식민지라는 제도적 모순과 구조에 대한 정치적 행위로서의 문학을 상정하는 것으로 보인다.

이러한 그의 관점에는 물론 계급주의적 사고를 바탕으로 하는 것이기는 해도, 한국사회가 지닌 특수한 여건이라는 말에 집약된 의미의 함축성을 되짚어야 한다고 판단된다. 이 함축성은 식민지사회에 대한 구체적인 현실인식의 부면을 드러내는 것이기도 하며, 그의 논리적인 체계이기도 하다. 그에게는 후진국으로서의 현실적 제반 문제들 -요컨대 궁핍과 계급적 몰락으로 인한 절망 - 이 더 긴급한 것임을 자각한 것이다. 李箕永은 자신의 현실적인 대응방식을 현실 내부에서 구했던 것이다.

또 한편으로 李箕永은 자신의 현실적 대응방식을 러시아문학에서 구하고 있다. 그의 문학적 모델은 '집단적 힘을 통한 사회의 건설'에 바탕을 두고 있다. 李箕永은 자신이 문학적 감동을 받은 작품으로 판풰로프의 「빈농조합」을 꼽는다.[57] 이 작품은 주인공이 프롤레타리아 의식을 지니게 되면서 빈농조합 건설투쟁에 전력을 다하면서 빈농의 환경을 극복하는 과정을 묘사한 사회

---

55) 李箕永, 위의글.
56) 李箕永, 위의글.
57) 李箕永,「내 심금의 현을 울린 작품- 판풰로프, '빈농조합'」,《조선일보》, 1933.1.27. 판풰로프의 「빈농조합」은 러시아 농민문학의 대표적인 작품이라고 할 수 있다. 이 작품은 1921년 레닌이 주도한 신경제정책(NEP) 속에서 사회주의 국가를 건설하는 농민을 소재로 한 내용이다.

주의적 리얼리즘계열의 작품이다.

특히 이 작품에서 나타나고 있는 집단적 힘의 위력은 李箕永에게 커다란 인상으로 각인되었다고 볼 수 있다. 鬪魁로 인해 농민들 간에 물싸움이 일어나게 되나, 공동으로 노력하여 운하를 파는데 성공하는 집단노동의 위력, 집단의 화해와 일치된 공동의 목표에서 우러나오는 자발적인 노동의 현장, 이기심을 극복하고 공동선을 위해 진력하는 모습 등은 그의 문학적 대응양식의 한 모델로 작용하게 되는 것이다. 결국 집단성의 인식은 그의 문학적 관심이 당대사회의 문제에 대한 극복과 전망의 노력에서 파생한 것이다.[58]

사회주의적 리얼리즘 문학이 갖는 대표적인 문제는 내용의 우위와 윤리주의적 태도이다. 이 문제는 문학적 가치가 형식보다는 그 내용에 있다는 점을 강조한다. 그에 따라 공동선의 수립이라는 사회윤리가 우선된다. 李箕永의 경우 이같은 태도는 「문단인의 자기고백-나의 문학적 태도」[59]에서 잘 드러난다.

그는 이 글에서 作家의 양심을 강조하고 있다. 그가 양심을 주장하는 의도는 인간의 보편적인 윤리의 원칙이라고 할 수 있는 객관적 진리와 휴머니즘을 강조하기 위해서이다. 생활의 수단으로 전락한 글이나, 무책임한 글은 그러한 점에서 마땅히 배척되어야 할 성질의 것이다. 李箕永은 물론 논리적 토대 위에서 자신의 사회주의적 세계관을 수립한 것은 아니나 作家의 윤리라고 말할 수 있는 양심의 문제를 늘 염두에 두고 있다. 李箕永이 언급하는 통속성[60]이란 소설이 지니고 있는 대중과의 영합적인 측면이 아니다. 그는 "대중을 교육하는 진지한 희생적 정신 밑에서 예술가의 임무"를 자각해야 한다고 믿는다. 그의 통속성이란 교육적 효과를 지닌 사실감과 교훈적 기능을 가리킨다.

---

58) 특히 이같은 집단적 힘의 결집이 뚜렷하게 나타난 작품은 「故鄕」이다. 「故鄕」은 그의 대표작이라고 할 만한데, 이 작품은 사회주의적 세계관의 관점에서 볼 때, 당대 사회 속에서 발견해 낸 훌륭한 성과라고 할 수 있다.
59) 李箕永, 「문단인의 자기고백」, 《동아일보》, 1933.10.10.
60) 李箕永, 「문리, 문장, 수법」, 《조선일보》, 1934.7.6.-11.

그것은 소재의 명증함과 대중에게 쉽게 이해될 수 있는 표현기법인 것이다.

그는 소설의 양식문제에 언급하면서, 作家는 대개 소시민적 인텔리 출신이므로 그들이 제작하는 작품은 필연적으로 인텔리적 취향을 지닐 수밖에 없다는 입장에 선다. 그러나 作家는 부르조아문학이 아닌 프롤레타리아문학이 되어야 하는 목적을 갖는 바, 대중성의 확보야말로 이러한 문학의 소시민적 한계를 극복할 수 있는 유일한 돌파구로 보았다. 이는 실제로 80% 이상의 높은 문맹비율이라는 당대적 상황을 감안하여 통속성을 거부하고, 생활의 실제적 차원이 작품의 현실로 차용되어야 한다는 의미이다.

그러나 李箕永이 지닌 그의 문학적 관점은 카프 내의 창작방법론 논쟁 속에서 보다 확고해 진다. 그의 「창작방법문제에 관하여-문예적 시감」,[61]은 당시 프로문학이 겪고 있었던 오류의 근본적인 문제에 관해 정확하게 인식하고 있었음을 보여준다.

李箕永은 이 글에서 당시 사회주의 리얼리즘 문학의 이데올로기적 측면만을 외치던 카프진영의 내부 풍토에 대해 비판적인 태도를 취하여, 문학을 정치의 수단으로 삼는 편협성에 제동을 건다. 그는 "우선 노동자계급으로 전향한 作家의 손으로 조성된 문학만이 예술적 형상 중에 현실을 그 일체의 진리에서, 그 모순에서, 그 발전방향을 역사적으로 예견할 수 있다"는 킬포친의 말[62]을 지지하면서, 사회주의 리얼리즘이 결코 예술의 전당을 초계급적으로 꾸미자는 것이 아니라, 각각의 특수한 환경에 따라 계급적으로 프로문학을 재건하지 않으면 안된다고 본다.

이러한 그의 발언은 결국 문학이 지닌 특수성에 대한 옹호를 드러내는 것이다. 그는 이어서 프로문학에 대한 비판도 서슴치 않는다. 즉, 李箕永은 종래의 프로문학이 너무 이데올로기에 치우쳐 정치적 가치만을 최우선으로 하였던 바, 작품의 생명을 정치의식에 따라 재단하는 오류를 저질렀다고 비판하

---

61) 李箕永, 「창작방법문제에 관하여」,《동아일보》, 1934.5.30-6.4.
62) 李箕永, 위의 글,《동아일보》, 1934.5.30.

고 있다. 이데올로기 편중의 시각은 문학의 여타 조건들을 무시하는 고착성을 피할 수 없다는 것이다. 그에 따르면, 문학은 어디까지나 문학이어야 하며, 문학적 실천에 있어서도 이데올로기 지상주의의 요구는 극복되어야 한다. 그는 카프 내에서의 정치우위의 경향과 그것에 따른 오류는 작품을 선전문이나 삐라처럼 강령의 해석으로 만들었던 점이라고 본다.

> 목전에 당도하여 위급한 지경에는 칼의 장식이나 外華보다도 칼날
> 이 섬섬하게 잘 들어야 한다. 문학은 언제든지 문학이어야 한다. 그러나
> 그와 동시에 당파성을 잊어서는 안될 줄 안다. 또는 예술은 무기여야
> 할 것이다 마는 그와 동시에 예술은 예술이어야 한다.63)

이러한 견해는 문학과 이념을 일치시키는 作家로서의 입장을 드러내 준다. 임화의 지적과도 같이,64) 문학비평에서 잘 드러나는 프로문학의 특색은 作家와 작품을 심미적인 척도로 고찰하는 것이 아니라 사회적 또는 政論的으로 교섭하였다는 점이다. 곧, 프로문학은 문학의 이론적 혹은 정치적 논의에서 시작하여 경직된 원리에 치중한 결과, 이들 논의가 작품의 양산으로 연결되지 않는 데에 그 취약성을 갖는다고 볼 수 있다.

李箕永은 문학에 대한 기본적 입장에다 이념의 논리를 세움으로써 카프 진영의 취약성을 어느 정도 극복하는 입장에 서게 된다. 당파성이라는 말로 지칭되는 사회주의적 세계관의 특성은 결국 李箕永의 입장에서는 문학에서부터 출발하는 이념의 칼날이자, 중심된 내용을 이루는 셈이다.

그는 세계관과 창작방법, 내용과 형식의 일치를 지향하는 일원론적 관점에 선다. 그는 계급적 예술내용을 담아내는 것이 세계관이며, 창작방법은 예술적 기교로 이해하고 있었다. 왜냐하면 이는 진보적 계급의 전망을 드러낸다는 동일한 목적 아래, 수행되는 생산적 기능이기 때문이다. 따라서 李箕永에게 있

---

63) 李箕永, 위의글, 《동아일보》, 1934.5.31.
64) 임화, 『문학의 논리』, 학예사, 1939, pp.683-684.

어 "개인적 진실과 객관적 진실이 서로 모순되지 않는 진실이라면 오직 그것이 시대적 진리를 포함"[65]하는 것이라고 할 수 있다.

그는 이러한 수준을 확보하기 위해서는 직선적이고 간명하게 써야 한다는 원칙을 세워 놓는다. 이로 미루어 볼 때, 李箕永의 문학적 관점은 체험적 영역과 현실적 차원의 결합을 강조하고 있는 것으로 보인다. 대부분의 프로소설이 지니고 있는 취약성마저 그는 "목적에 조급하기 때문에"[66] 파생되는 것으로 보았다.

지금까지 李箕永의 문학관에 대해 검토해 보았다. 作家는 그 자신의 특수한 사회적 입지, 곧 문학의 역사적 위상을 구현할 수 있는 객관적 인물이다. 동시에 그가 시대정신의 원리에서 바라보면 개별적 표상자로 나타난다. 이 같은 作家의 독특한 사회적 지위는 그가 갖고 있는 세계관에서 볼 때, 사회 전체의 유기적 사고를 대행하는 자이다.

李箕永은 개인적 체험을 포함한 사회적 경험을 중시하였다. 그는 그것을 문학의 원천으로 삼으면서, 자신의 성장체험에서 우러난 소위, 경험과 현실과의 친화력을 토대로 삼는다. 그가 이 같은 상관관계를 강조하는 데에는, 체험의 토대 위에 당대사회의 구조를 인식하는 관점이 중요하기 때문인데, 식민지 사회의 특수한 여건과, 창조된 인물 안에 집약된 의미가 객관성을 확보하기 위해서는 이 같은 논리의 구축이 선행되어야 한다고 본다.

그러나 그는 카프 내의 정치우위론을 거부하였다. 그는 문학과 정치적 이념 중 어느것 하나도 결핍되어서는 안된다는 통일성을 강조하고 있었다. 또, 문학의 가장 진실한 양상을 리얼리즘이라는 원리로 보고, 그것이 근본적으로는 이데올로기와 세계관의 실현으로 나타나야 한다고 생각하였다.

그래서, 그의 소설에서는 성장체험에서 우러난 농촌의 문제에 더 많은 비중을 두고, 나아가서는 사회주의적 공동체의 삶을 구축하는 인물의 창조에 진력

---

65) 李箕永, 앞의글, 《동아일보》 1934.6.1.
66) 李箕永, 위의글, 《동아일보》 1934.6.3.

했다. 특히, 인물의 전형성은 현실의 통찰력과 체험에서 우러나온 것이어야 한다는 관점을 지니고 있었다.

그의 문학관은 그가 이념의 논리를 가졌다고 하더라도 그것은 계몽적 견해일 것이라는 점을 추론해 볼 수 있다. 각성된 자와 각성되어야 하는 자 사이에 발생하는 관계, 곧 지식인에게서 노동자, 농민에게로 전이되면서 개인의 문제에서 집단의 문제로 이념의 확산을 시도하는 사실에서도 확인되는 점이다. 그것은 이를테면, 그의 문학관에서 생성된 하나의 특질이기도 했던 것이다. 그리고 이러한 양상의 근저에는 사회주의 리얼리즘의 이론적 모델 곧, '집단적 힘을 통한 사회의 건설'이라는 명제가 내재하며 그것이 작품으로 구체화되어 갔던 것이다.

III. 초기 소설의 세계

일제의 강점과 그로 인한 식민지적 삶의 현실에서 파생된 비극적 모순은 '빈궁'이라는 문제로 집약된다. '궁핍한 시대'로 상정되는 이 시대의 정신사는 사회주의라는 과학적 세계인식의 원리에 의해 당대사회에 관해 보다 분석적인 안목을 마련하게 된다. 李箕永의 초기 작품에서 빈민들의 생활에 천착하는 모습을 보여주는 것도 이와 같은 의미에서 기인된 것이다. 그의 소설에 나타난 이 '빈궁'이라는 소재의 지속적 측면은 그의 사상적 도구와 자신의 체험이 맞물려 발생한 식민지 사회에 대한 근대적 인식양상이다. 그러나 이러한 점이 처음부터 명확한 모습을 갖추어 나간 것은 아니다. 그의 초기 작품은 계급주의적 세계관을 드러내는데 있어서 다음 세 가지로 분류가 가능하다.

첫째로 李箕永의 초기 소설에서 우선 계급주의 세계관을 관념적으로 드러내는 작품을 들 수 있다. 이들 작품은 계급주의를 강조하려는 목적의식이 드러나며 직업적 혁명가에 의하여 사회적 모순을 극복하려는 이상주의자들의 개별화된 투쟁양상이 나타난다.

둘째로 극한적인 궁핍상황에서 그 상황에 대처하는 빈민들의 삶을 보여주는 작품을 들 수 있다. 이들 작품은 대체로 농촌에서 더 이상 살 수 없어 이농한 지식인이나 도시근로자나 공장노동자들의 빈궁양상을 보여주고 있다. 이들 작품은 우선, 어느 정도 교육을 받았거나 개화된 인물들이 등장하는 작품과, 무지하며 단순일용노동에 종사하는 인물들이 등장하는 작품과, 공장의 노동자들이 등장하는 작품들이다.

셋째로 계급적 모순에 공격적인 반응을 보이며 그들의 행위에 정당한 논리성을 획득하는 인물들이 등장하는 작품을 들 수 있다. 그러나 이들의 행위는 빈농 다수의 공감을 얻으면서도 집단적 결속력을 얻지 못하므로 아직 계급주의의 모색의 단계로 볼 수 있다.

1. 계급적 세계관의 모색

李箕永의 초기작품들은 계급적 세계관을 소유하고 있으나 대체로 단순하게 표출되어 나타난다. 李箕永의 작품중에서 카프의 제1차 방향전환 전후로 발표된 「민며느리」(《조선지광》 68, 1927.6.), 「해후」(《조선지광》 73, 1927.11.) 등의 작품과 「채색무지개」(《조선지광》 75, 1928.1.), 「고난을 뚫고」(《동아일보》 1929.1.15-24.), 「김군과 나와 그의 아내」(《조선일보》 1933.1.2-15.) 등의 작품을 예로 들어 볼 때, 그의 계급주의에 대한 관심은 단순하게 관념적 차원에 머물고 있음을 보게 된다. 이들 작품에 등장하는 인물들은, 그들이 왜 계급투쟁을 해야 하는지의 당위성도 결여된 채, 맹목적인 사회주의자가 되어 계급투쟁 대열에 참가하는 것이다.

李箕永의 초기소설에서 발견되는 계급주의적 인물의 이러한 양상은 김기진, 박영희의 소설[67]에서 나타나는 점이다. 이로 미루어 볼 때, 李箕永의 초기작품의 양상은 초기 카프계열의 다른 作家들에게도 공통적으로 나타나는 현상이라 하겠다. 그리고 이러한 점은 李箕永의 이념적 모색기에 나타난 작품임을 감안할 때, 빈민 대중이 그들의 인습과 빈궁에서 탈출하고 극복하기 위하여 새로운 세계로 뛰어든다는 점으로 해석된다.

「민며느리」와「해후」는 작품의 구성, 인물의 양상, 작품의 의도를 강조하려는 모티프까지 동일하다. 그럼 우선 이들 작품의 전개양상부터 살펴 보기로 한다.

---

67) 김기진의 「붉은 쥐」(《개벽》 53, 1924.11.), 박영희의 「전투」(《개벽》 55, 1925.1.), 「사냥개」(《개벽》 58, 1925.4.), 「지옥순례」(《조선지광》 61. 1926.11.) 등.
  이들 작품에 공통적으로 나타나는 문제는 가난이다. 그리고 이 빈궁상황은 유산계급에 대한 적대의식으로 고정되어 나타난다. 초기 카프계열의 작품에서는 부르조아 계급과 프롤레타리아 계급간의 대립이 관념에 의하여 단순화, 도식화 되어 나타나 작품상의 한계를 드러낸다.

「민며느리」는 '금순이 소전'이라는 부제가 붙은 작품이다. 즉 '금순'이라는 인물이 민며느리에서 노동운동의 대열에 서게 되는 과정을 略傳 형식으로 구성한 작품이다. 6살에 민며느리로 들어간 '금순'이는 3살 때 모친을 여의고, 등짐장수인 아버지의 등에 업혀 이곳저곳을 떠돌아 다니다가 K촌에 정착하게 된다. 아버지는 6살의 그녀를 차첨지집의 총각대방에게 민며느리로 내주고, 13살에 "보기에도 잔인한 쪽을 찌고" 식을 올린다. 이처럼 금순이는 가난과 인습의 희생양인 셈이다.

그녀의 남편인 '원득'이는 그녀보다 21살이나 年上인 게으름뱅이로 윗말 김주사집 행랑살이로 살림을 시작하지만, 이태째 되던 해에 행랑살이를 뛰쳐나와 이웃의 과부인 김부인집 윗방으로 이사를 한다. 여기서 금순이는 김과부집 작은 아들 '복남'이를 만나면서 신분의 차이를 깨닫게 되고 자기 신분에 대한 극복을 시도한다.

그녀는 가난하고 무지한 시골아낙네인데 비하여 복남이는 19살의 동경유학생이다. 금순이는 복남이를 사모하지만, 복남이는 금순이를 무시할뿐만 아니라, 김부인이 이사하던 날, 금순이가 정표로 준 복주머니를 복남이는 발기발기 찢으며, "예 -,에-, 여학생도 발길에 툭툭 채이는데 네까짓 것이"(「민며느리」 p.29.) 하면서 인격적인 모욕을 준다. 복남이에 의한 모욕 때문에 금순이는 시집을 뛰쳐 나와, 걸식, 방물장수, 쌀 고르기, 빈대떡장수 등의 온갖 고생을 이겨내고 서울로 올라온다. 그녀는 서울에 와서 낮에는 제사공장에서 일을 하고 밤에는 열심히 공부하는 가운데 계급의식에 눈을 뜨게 된다.

> 지금 금순이에게는 그보다(복남이와의 관계-필자 주)더 큰 일이 눈앞에 가로 놓였다. 사람의 생활이란 연애뿐만이 아니라, 아니 그가 겪은 인생의 비극, 그 원인을 캐어 보면, 모두 가난하기때문이다. 그런데 그것이 자기 하나만 그렇다면 운수라고 하지만, 이 세상에는 많은 가난한 사람이 있다. 그들은 모두 자기와 같은, 아니 그보다도 더한 비극을 가졌다.
>
> (「민며느리」, p.34.)

이같은 의식의 각성을 통해 그녀는 "무산계급전선의 투사가 되기로"(「민며느리」, p.35.) 결심한다. 이처럼 무지한 시골 여성이 계급투쟁에 투신하는 계기는 매우 추상적이다. 사상적 번민이나 심리적 묘사는 발견되지 않는다. 그리고 박애주의적인 면이 나타나기도 하지만 설득력이 떨어진다. 연애감정에 의해 촉발된 자신의 신분적 자각 때문에 고행적 생활을 감수한다는 단순함은 현실성의 결핍을 보여 준다. 가난의 문제인식 역시 연애의 실패와 연관되면서 개인의 삶의 비극으로 축소되는 경향을 보여준다.

금순이의 복남이에게 향한 사랑의 실패는 근원적으로는 가난에 의한 것이기는 하지만, 그녀의 상황에서는 생활의 궁핍함이 보다 더 중요한 문제이기 때문이다. 이처럼 플롯의 적절함이 훼손된 것은 결국 인습의 피해자인 한 여성이 계급주의자로 입신하기까지의 과정을 의도적으로 설정한 데에 기인된 것이다.

「해후」 역시 시골처녀 'S'가 계급주의 운동가로 성장하는 이야기다. 4년 전, 그녀가 보통학교를 다니다가 전화교환수로 있을 때, 이 마을에 소작쟁의가 벌어졌다. 이때 그녀는 이 소작쟁의의 진상을 조사하러 내려온 'B'라는 무산계급 운동가의 연설에 반하여 그에게 러브레터를 보냈다가 거절당한다. 마침 그녀의 아버지가 죽자, 그녀의 모친은, 생활고 때문에 살 수가 없으니 어느 순사 다니는 부자집에 재취로 시집가라는 성화를 받고, 이러한 상황을 그에게 적어 보낸다. 그러나 'B'는 그녀의 편지에 모욕적인 답장을 보낸다.

> 만일 B에게 그런 답장이 오지 않았어도 자기는 과연 서울로 뛰어 올라올 수가 있었을런지? 그의 편지 답장은 이러했다.
> "마치 전장에 나가는 무사처럼 집을 뛰어 나오든지, 그렇지 않으면 제단에 오른 양같이 어머니의 말을 쫓아 시집을 가던지....."
> 그때 자기는 얼마나 분하였던가.
>
> (「해후」, pp.119-120.)

이런 답장을 받은 그녀는 'B'가 자기를 '연약한 여자라고 넘보고' 하는 수작쯤으로 알고 그 분함을 이기지 못하여 집을 뛰쳐 나오는 것으로 되어 있어서 「민며느리」의 구조를 그대로 반복한다. 그녀가 '제단에 오른 양'이 되기를 거부하고 '전장에 나가는 무사'가 된다는 것은 인습을 거부하고 사회주의 운동가로 변신한다는 복선이다. 이 작품에서 'S'가 카페의 여급으로 일하면서 계급적 인식을 하는 양상은 다음과 같이 나타나고 있다.

> 이 많은 무산자들 중에는 자기보다 더한 고통을 당하고 사는 사람이 많이 있는 줄 아는 까닭으로, 아니 그렇다느니보다도 그의 눈 앞에는 멀리 xxx(혁명의-필자 주) 바다가 내다 보였다. 비록 지금은 답답한 그 속에서 썩은 물을 켜고 살기는 진정 하루가 하루만치 고통이었다마는 그러나 그에게는 xxx 희망이 있었다.
>
> (「해후」, p.121.)

이처럼 'S'가 고통을 감내하는 여급 생활의 묘사는 계급적 세계관의 관념성을 드러내 보인 것이다. 여급의 인식이 무산자에 대한 연민과 연결된다는 것은 현실과는 거리가 있기 때문이다. 이러한 인간적 박애주의는 李箕永의 초기 소설에서 발견되는 주요 항목이 된다. 여기서 주의할 점은, 'S'로 하여금 계급주의 운동을 가능하게 해 준 계기가 된 것이 그녀의 생계문제가 해결된 데에 있다는 것이다. 즉, 그녀는 카페를 그만 두고, 그동안 모은 돈으로, 모친으로 하여금 하숙을 치게 하고, 자신은 청년회 일을 보면서 공부를 열심히 하여 마침내, "중앙위원회 상무위원이란 여자청년회 牛耳를 잡게 되었고"(「해후」, p.122.) 진지한 사회주의 운동가가 된다. 또한 그녀는 사회운동과 연애의 상극관계를 철저히 인식하고 '인사로프'나 '엘레나'가 되기로 결심한다.

이처럼 이 두 작품에서 드러나는 공통점은, 知的으로 또는 사상적으로 무지한 시골 여성이 지식인 청년을 만나자 금방 연정을 느끼고 그 즉시 사랑을 고백하지만, 인격적인 貶下를 당하자 자신의 신분상의 위치를 각성한다는 점이다. 그리고 집을 뛰쳐 나와 고생과 공부를 같이 하여 불과 3년이란 짧은 시간에 철저한 계급주의 운동가로 변신하는 과정이 반복적이고도 도식적으로 단순하게 나타난다.

이와 같은 계급주의적 관념성은 「채색무지개」, 「고난을 뚫고」, 「김군과 나와 그의 아내」 등의 작품에서도 드러난다.

「채색무지개」 또한 지주의 아들인 '정형조'를 소작농의 딸인 '김옥숙'과 대비시키고 있다. 그러나 그 둘의 사랑은 계급에 대한 견해 차이 때문에 실패한다. 그런데 이 작품이 설득력을 잃는 요인은 부르조아에 대한 무조건적인 적의가 미리 전제된다는 데에 있다. 이같은 점은 李箕永이 아직 사회모순의 근원을 정확하게 파악하지 못한 데에 있는 것이다.

동경유학생인 '정형조'는 억지로 계급주의자가 되기를 강요하는 '김옥숙'에게, "나는 xxxxx(계급주의자-필자 주)가못되는게 아니라, 그것이 되고 싶지 않아서 안된다"며, "사람의 사상이란 새옷 갈아 입듯이 할 수 있겠느냐 " (「채색무지개」, pp.21-22)고 반문한다. 여기에서 '옥숙'이의 사상적 권유가 매우 강권적이며, 필연적 논리성이 제시되어 있지 않다.

「고난을 뚫고」의 경우, 계급투쟁을 위해서는 가정도 돌보지 않고, 가족들을 희생시켜서라도 사회주의 운동을 해야 한다는 투쟁의식이 강조된다. 이 작품에서의 주인공 '김종'은 윤리적 구속으로부터 해방된 인물이다. 그는 계급운동에 대한 열망을 보여주는 인물로 형상화 된다. 그러나 그 의지와 현실과의 갈등이 전혀 제시되지 않는다는 점에서 작품의 구조는 설득력을 잃고 있다. 그리고 사회운동을 하는 사람들로, 강렬한 투쟁성과 사상성을 갖춘 직업혁명가 상을 제시하고 있다. 이 직업혁명가에게 있어서 가족이란, 이념을 위해서는 희생되어야만 하는, 거추장스런 존재일 뿐이다.

> 다만 사회운동가로서 가족을 갖게 되었다는 것은 불행한 일일 뿐이다. 너희들을 모다희생하고라도 나는 그 일을 하지 않으면 안 되었다. 그것은 나 하나뿐만 아니라 조선의 청년으로서는 누구나 다소의 생각

이 있는 자라면 모다 나와 같은 길을 밟을 것이 아닌가.

(「고난을 뚫고」, 《동아일보》, 1928.1.17.)

결국 이와 같은 혁명가적 인물상은 선각자로서의 위상에 보다 중점이 놓여
지는 것으로, 계급주의 사상을 전파하는 전위적 존재이다. 그러나 이 작품도
전망을 제시해 주지는 못한다. '김종'은 다만 "나 하나 뿐만 아니라 조선의 청
년으로서는 누구나 다소의 생각이 있는 자라면 모다 나와 같은 길을 밟을 것
이 아닌가" 라는 과업의 인식을 피력하고 있는데, 이것은 논리적 비약이 지나
친 것으로 보인다. 따라서 이러한 독백은 作家의 관념적 사고가 표출된 것으
로 판단된다.68)

「김군과 나와 그의 아내」의 '김백광'도 '김종'과 같은 직업혁명가로 등
장한다. 그도, 계급혁명을 위해서는 가족을 돌보지 않으며, 독립운동, 노동쟁
의 등을 선동하다가 여러번 투옥을 당하면서도 끝까지 투쟁하겠다는, 맹목적
인 투쟁의지만을 드러내 보인다. 이처럼 '김백광'도 '김종'과 동일선상에서
파악이 가능하다.

지금까지 검토해 본 작품들에서, 李箕永의 초기 소설에서 나타나는 계급
주의적 인물은, 관념적 사고에서 파생된 존재들이라는 점을 살펴볼 수 있다.
그들은 대부분 외적 충격과 인격적 모욕을 통해 계급적인 각성과 자기수련을
시도하는 인물들이다. 그리고, 그들을 어떤 구체적인 정황과 사건, 행위에 의
해 사회주의 혁명가가 되는 계기를 마련하지는 못했다. 즉, 등장인물이 만들
어 내는 행위인, 사건을 통해 제시되는 주제의 발현보다는, 목적의식을 토대
로 한 인물의 정황과 계급주의의 각성과정을 전달하는 데 치우친 면을 드러낸

---

68) 李箕永은「'혁명가의 아내'와 이광수」(《신계단》 7.1933.4.) 에서도, 이런 직업
혁명가의 위상에 대하여 언급하고 있다.
    즉 그는 직업혁명가에게는 "가족이란 계급투쟁을 하는데 철책같은 거추장스러운
    존재로서, 계급적 행동을 위해서는 貞操는 고사하고, 물론 생명이라도 받쳐야 할
    만큼 투철한 사명의식을 갖고 있어야 한다"고 말한다.

다. 따라서 이들 인물들은 계급의식만을 강조하기 위하여 도구적으로 사용된 양상을 드러낸다.

그리하여, 이들 작품군은 '인물의 각성'이라는 주제를 부각시키는 특성만을 보인다. 또한, 이들 작품은 당시의 궁핍한 현실상황이 등장인물들과의 필연적인 연관성을 맺지 못하며, 왜 그들이 계급투쟁을 해야만 하는가에 대한 당위성도 결여되어 있다. 이것은 곧 작품구성의 긴밀한 전개과정을 무시하고 목적의식만을 너무 강조한 나머지 作家가 의도한 틀에 끼워 맞추려고 하는데서 기인된다고 하겠다. 이처럼 작품의 자연스런 전개보다 관념성이 드러나는 것은 이념성을 강조하려는 作家의 의도라고 보여 진다. 그러나 이들 작품들은 당시의 사회에서 요구하는 계급의식을 작품을 통해서 보여주었다는 데 그 의의를 찾을 수 있다.

2. 가난의 충격과 대응양상

식민지 시대의 민중의 삶에서 가장 큰 고통을 준 문제는 '가난'이었다. 그 궁핍은 경제적 모순과 연관된 닫힌 상황의 상징이다. 그 상황 속에서 李箕永은 사회적 양상에 대한 이념적 분석을 시도해 나간다.

폐쇄된 상황 속의 인물은 세 가지로 나누어진다. 그 하나의 유형은 신학문을 배웠거나 사회정세를 인식할 능력이 있는 근대화된 인물로서 이들은 새로운 변화를 감지해 나가는 부류이다. 「가난한 사람들」(《개벽》 59, 1925.5.)의 '성호'나 「오매를 둔 아버지」(《개벽》 68, 1926.4)의 '그'-아버지-는 이러한 부류의 인물이다.

또 한 부류는 사회변화에 대체로 둔감하며, 인습적 사고에 젖어 있는 인물로서 이들은 사회변화에 대해 외경의 눈초리를 보내는 사람들이다. 식민지 시대는, 당시의 사회적 변혁이나 경제적 변화에도 불구하고, 이들에게 아무런 혜택을 주지 못한다. 즉, 그들에게는 이러한 변화는 아무런 상관도 없는사회

문화적 현실인 것이다. 「실진」(《동광》 9, 1927.1.)의 '경식'이나 「어머니 마음」(《현대평론》 1, 1927.1.)의 '부부'가 여기에 속한다.

다른 한 부류는 공장의 노동자들이다. 이들은 사회의 계급적 모순을 의식하고 노동쟁의에 가담한다. 이들이 노동쟁의를 일으킬 수 있는 요인은 공장이라는 '조직의 일원'으로서 집단의 힘을 결속시킬 수 있는 상황이 마련될 수 있었기 때문이다. 「호외」(《현대평론》 2, 1927.3.)나 「조희 뜨는 사람들」(《대조》 2, 1930.4.)의 작품에 나오는 노동자들이 여기에 속한다.

이들은 극도의 빈궁한 삶 속에서 그 변화에 무관심하게 대응하거나 물질적으로 소외된 상태에 처한 인물들로서 지식인과 빈민, 노동자들이다. 이들은 대체로 도시빈민의 구성원들로서 식민지 사회의 피해자들이기도 하다.

그럼 이들 작품들을 살펴 보자. 「가난한 사람들」과 「오매를 둔 아버지」의 경우 지식인들이 등장한다. 이들 지식인들이 도시빈민을 형성하게 된 이유는 그들의 신분적 상승욕구를 당시의 사회가 수용할 수 없었기 때문이다.[69] 당시 지식인들은 조선에서의 교육기회가 드물었던만치 일본으로 건너가서 공부할 수 밖에 없었다. 이들에 의한 외래 사상의 유입은 일본을 통한 간접적인 것이기는 하나[70] 계몽사상,[71] 무정부주의, 사회주의 등 한국사회의 변화를 예고하는 것이기도 했다. 지식인들에 의한 문제제기는 한국사회에 대한 암울상을 대변하는 데 그 의의를 지닌다.

「가난한 사람들」의 '성호'는 일본유학 후 학업을 끝내지 못하고 동경대 진재로 인해 귀국하여 직업을 갖지 못한 인텔리이다. 그는 아무 수입도 없이 삼촌집에 기거하며 살아가고 있다. 그러나 그는 사유재산관념이 희박한 인물이다.

---

69) 조남현,「한국 현대소설에 나타난 지식인상 연구」, 서울대박사학위논문, 1982. p.98.
70) 上垣外憲一,『일본유학과 혁명운동』, 김성환 역, 진흥문화사, 1983.
71) 이 사상은 이광수와 최남선을 비롯한 제1차 일본유학생이 수용한 것이다. 일본의 福澤諭吉은 이들에게 가장 큰 영향력을 끼친 사람 가운데 하나이다. 上垣外憲一, 위의책.

자기의 생명이 사회에 해독을 끼치지 않고 자타에 유익한 일을 한다
하면 자기는 누구의 은혜를 입던지 자기의 생명권은 그를 받들 만한 양
심이 있을 뿐아니라 또한 그를 청구할 권리도 있다. 더구나 큰집 재산
은 그 형님 (6촌형-필자 주)이 번 것이 아니요, 그 할버지도 정직히 번
것이 아니라 수령으로 다니며 백성의 피를 긁은 돈이다.

(「가난한 사람들」, p.80.)

'성호'의 소유관은 다분히 사회주의적 의식에 연유하고 있다. 정당하게 벌
은 재산이 아닌 것에 대하여 적대감을 갖는 것은 부르조아 계급에 대한 대립
적 의식이기도 하다. '성호'는 부정한 수탈의 방법으로 재산을 모은 이들 친
척에게서 자신이 돈을 청구할 권리가 있다고 본다. 이같이 부르조아에 대한
맹목적인 공격적 의도는 관념성을 드러낸 것이지만, 그것이 어떤 해결책을 제
시해 주는 것은 아니다.

그의 적대의식은 "복마전같은 세상"을 저주하고 "악마 이상의 악마"(부르
조아계급을 가리킴-필자 주)(「가난한 사람들」, p.85.)를 죽이고 아귀같은 처
자식을 죽이는 환상에 빠져 울부짖는다. 작품의 종결부분은 다음과 같다.

"그렇다. 퍼부어라. 폭풍우다. 벼락쳐라. 地震해라. 죽어라. 죽여라.
웨치고는 광자와 같이 펄펄 뛰며 암흑을 뚫고 나간다. 폭풍우. 암흑. 뇌
성벽력. 우. 와. 우루루. 뻔쩍."

(「가난한 사람들」, p.85.)

이 같은 환상적 종결처리는 등장인물 자신의 미래에 대한 전망부재에서 유
래하는 귀결이다. 즉, 극도의 가난에 의한 '성호'의 성격파탄의 일면을 보여
주는 것이기도 하다.

「오매를 둔 아버지」에서도 이같은 정신적 파탄상황은 되풀이된다.

"그렇다. 도무지 이렇게 살 것이 아니다. 사람으로 못살 바에는 차라

민촌 이기영의 작가세계 211

리 죽는 편이 나을 것이다....그들을 죽이자. 그리고 나도 죽자. 더러운 목숨을 끊자. 아귀들을 죽이자.

(「오매를 둔 아버지」, p.27.)

이 같은 흥분은 자포자기의 심리상태를 드러낸 것이다. 가난한 作家인 '그'는 동경대진재 이후 동경유학을 포기하고 귀국한다. 그는 3년 동안에 겨우 원고료 10원만을 시골의 가족에게 보내고 서울에서 룸펜으로 빈둥거리며 지낸다. 위의 인용은, 가족들이 굶주리게 되었다는 삼촌의 편지를 받고 나서 일으킨 '그'의 반응이다. 그는 극도의 흥분상태에서 아귀들(그의 가족, 필자 주)을 쳐죽이겠다고 시골 집으로 내려 간다. 이 같은 상황은 절대빈곤에 처한 개인적 상황을 극단적으로 드러낸 것으로, 살인으로 치닫는 격한 비약논리가 작품의 주된 구조를 이룬다.

가난과 무지로 인해 '그'의 세 자매는 이미 죽었으며, 나머지 2남매와 아내 마저 '그'의 무직상태로 인해 아사지경에 이른다. 이 작품에서 부르조아 계급에 대한 증오가, 죽은 딸의 혼백을 빌어, "그래 입으로는 인도주의를 노래하는 자가 빈민굴을 내려다 보며 저 혼자만 잘 먹고 앉았고, 짐승보다 낫다는 인간이 짐승보다도 못한 아귀 인간을 보고도 오히려 그 피를 빨아 먹으려드니..."(「오매를 둔 아버지」, p.34.) 라는 말로 나타난다. 이처럼 이 작품은 다분히 우화적 구성에 의하여 부르조아 계급의 이중적 인격을 통박하지만, 환상적 수법에 의존하고 만다. 곧, 이 작품은 가난 때문에 일찍 죽은 어린 3남매의 혼백과 살아 있는 남매, 그리고 부부의 궁핍상을 고발하는 것으로 부르조아 계급에 대한 공격적 증오가 엿보인다.

이들 소설에 나타나는 지식인의 자의식은 격렬한 계급주의적 행동의 가능성을 수반하고는 있으나, 그것이 의식의 차원에만 머물러 있고 구체적 행동으로 형상화시키지 못한 점을 드러내고 있다. 이 같은 점은 아직 사회주의적 의식의 미성숙으로 인해 그것이 이념의 실천과 합리성을 확보하지 못한 결과라고 볼 수 있다. 따라서 앞으로의 작품의 방향은 이와 같은 개별화된 흥분상태에서 벗어나 보다 조직적이고 정치적 의식을 드러내 주는 방향으로 전환되어야 한다는 당위성을 전제해 준다.

李箕永의 작품에서 무지하고 가난한 도시빈민의 삶을 다룬 작품으로는 「실진」과 「어머니 마음」을 예로 들 수 있다. 이들 작품도 「가난한 사람들」이나 「오매를 둔 아버지」처럼 도시빈민의 절박한 삶을 다루었다. 가령 「실진」의 '경식'이와 같은 경우는 막다른 상황에서 벌이를 찾아 헤매다가 충동적으로 살인을 저지르는 것처럼, 감정의 극한상태에서 폭발하는 상황을 보여준다. 물론 「가난한 사람들」의 '성호'나 「오매를 둔 아버지」의 '그'는 「실진」의 '경식'이처럼 살인을 저지른 것은 아니지만, 격렬한 감정을 충동적으로 폭발시켰다는 점에서 「실진」도 상기 두 작품과 동일 선상에 놓을 수 있다. 그리고 이같은 점은 李箕永의 소설에서, 닫힌 삶에 대한 주체의 각성이 아직 이념적으로 확립되지 않았음을 드러내 주는 것이라고 하겠다.

그럼 「실진」과 「어머니의 마음」에서 우선 「실진」부터 그 전개양상을 살펴보자. 「실진」의 '경식'이는 시골에서 농사를 짓다가 폐농을 하고 이농을 하면서 도시빈민으로 전락한 예이다. 그는 날품팔이 지게꾼으로, 사흘을 빈 지게로 돌아다녔다. 집세는 넉달치가 밀려 있고 여동생과 노모는 벌써 사흘을 굶었다. 결국 극한상황에 다다른 '경식'이는 순간적인 충동으로 강도로 돌변하여 살인을 하고 체포된다.72)

「어머니의 마음」은 행랑어멈인 어머니와 일용근로자인 남편이 네 살난 딸을 주인집의 양녀로 들여 보낸 후 그 딸로부터 학대받는 것을 그리고 있다. 이 작품 역시 생활고로 인한 도시빈민의 비극성을 보여준다.

---

72) 이처럼 작품 말미를 흥분된 상태에서 살인, 방화, 자살 등 격렬한 행동으로 끝마무리 짓는 수법은 초기 계급주의 문학의 한 특징이었다. 특히 최서해의 「탈출기」, 「박돌의 죽음」, 「큰 물 진 뒤」, 「기아와 살륙」 등 경향문학 작품에서는 하나의 전형을 낳기도 했다.
　　김기진, 「문단 최근의 一傾向」 《개벽》 61, 1925.7.

그 이튿날 저녁 때이었다. 웬 초라한 이사짐을 실은 구루마가, C동 언덕으로 올라가는데, 백발이 성성한 노인은 앞에서 끌고, 어린 아들은 뒤에서 떠다 민다. 어린애를 업은 여자가, 눈물을 텀벙텀벙 쏟으며,그들 의 뒤를 따른다. 그는 말자 말자 하면서도, "덕네야. 덕네야" 하는 이름 이 불러졌다. 그래 그는 혀를 깨물었다.

(「어머니 마음」, p.208.)

가난한 부부가 주인집에 입양시켜 장성한 딸로부터 下待대를 받고 그 집 을 떠나가는 장면이다. 비극적인 상황 안에서 절제된 울음에 담긴 설움은 결 국 경제적 생활고 때문에 일어난 일이다. 더욱이 이 가난을 극복할 능력이 없 는 이들은 비록 소극적이지만 닫힌 세계 속에서 벗어나고자 하나 어떠한 전망 도 발견하지 못한다.[73]

「실진」처럼 「어머니 마음」의 '부부'도 원래는 농민이었으나, 도시로 남부 여대하고 올라 온 이들이다. 도시빈민으로서의 삶을 살아가는 이들은 농촌의 궁핍 때문에 도시를 택한다. 그러나 도시마저 그들의 꿈을 충족시키는 터전은 아니다. 이농에 의한 절박한 선택은 결국 사회 제도의 모순과 맞물린 문제이 다. 일제에 의한 농지 수탈과 양곡 수매, 높은 소작료는 그들을 도시로 밀어 낸다.

이처럼 단순 근로자의 상황은 미래에 대한 전망조차 허용되지 않는 암울상 을 드러낸다. 요컨대 '가난'으로 집중되어 나타나는 이 같은 생활상의 결핍과 곤궁은 이들에게 정신적 안락이나 여유가 제공될 수 없다. 이들이 처한 절대 적 결핍의 생존 조건은, 절박한 식민지적 사회상을 묘사한 것이다. 이와 같이

---

[73] 「산모」(《조광》20. 1937.6.)에 보이는 지문이 이것을 잘 설명해준다. 즉, 이들 일용 근로자의 삶이란 "날마다 입에 풀칠하기도 겨를이 없는데 어느 해가에 석달 치나 밀린 집세를 치를 수가 있다는가? 그런데 엎친 데 덮친다구 있는 자식도 먹 여 살릴 수가 없어서 할 수만 있으면 남을 주고 싶은 형편인데, 자식새끼를 또 배 게 해서 만삭이 되어 오는 배는 내일, 모레를 다투고"(「산모」, p.176.) 있는 실정 인 것이다.

삶의 희망이 거세된 인물들에게서 보여주는 의미는, 주체적 각성은 이루어졌으나, 이념적 세계가 정립이 안 되어 있고, 아직 모색 단계에 놓여 있음을 나타내는 것이다. 그것은 개별화된 개인의 비극과 대타적 흥분 상태 속에 놓여져 있는 것을 의미한다.

李箕永은 노동자의 삶과 그 투쟁 양상을 작품 속에서 묘사하면서 계급투쟁에 대한 자신의 이념 정립을 가속화시켜 나간다. 이념적 투쟁 방향이 노동문제로 집중된다는 점[74]은 결국 李箕永의 사상적 모색이 일단 하나의 전환적 계기를 마련했다는 것을 의미한다. 이같은 양상을 보이는 작품의 예로는 「호외」와 「조희 뜨는 사람들」이 있다.

「호외」의 배경은 C제철소이다. 李箕永은 이 작품에서 집단의 힘을 제시해나간다. 그것은 엄밀하게 말해서 지식인이나 소외된 자로서의 개인의 문제에서 탈피하여 모순의 극복에 눈을 돌리기 시작하는 조짐으로 보인다.

약삭빠르고 요령만 부리며 공장감독에게 아부 잘하는 '채원식'은 순진하고 피해의식에 젖어 있는 '성득'을 조롱하다가 의협심에 불타는 '박준철'에게 봉변을 당한다. 채원식의 조롱과 박준철의 대립은 인간관계에 의한 계급적인 대립의 성격을 보여주는 것이다. 공장감독은 이 사건을 빌미로 하여 '박준철'과 그의 동료들을 해고시킨다. 사실은, 공장감독이 지난 여름의 파업 주동

---

74) 임규찬, 『일본프로문학과 한국문학』, 연구사, 1988. p.13.
　　일제 식민지 치하에서 계급적 대립이 첨예한 양상을 보이는 것은 노동운동 현장이라고 할 수 있다. 근대산업의 강제적 이식과 수탈이 식민지 사회의 본질이라고 한다면, 이러한 양상은 프로소설에 의해 취급될 수 있는 적절한 소재이기도 했다. 일본의 경우, 그같은 징후는 사회주의 문학에서 드러나고 있었다. 일본의 中野秀人의 「제4계급의 문학」이나, 平林初之輔의 「제4계급의 문학」은 이같은 점에서 노동문학에 대한 이론적 기초를 제공한다.
　　이들은 민중을 제4계급으로 규정하고 이들의 문학은 동정이나 애원의 문학이 아니라 반항과 투쟁에 의한 문학이어야 하며, 항상 학대받고 있는자의 편에 서서 해방의 불을 당겨야 한다고 보아, 계급투쟁으로서의 문학개념을 정립하였다. 이러한 논리는 한국의 프로문학에서 노동문학이라고 하는 양식의 탄생을 자극하는 것으로 보인다.

자가 '박준철'을 비롯한 그의 동료임을 알고 기회를 엿보다가 '성득'이와 '채원식'의 싸움을 빌미로 그들을 해고시켜 버린 것이다.

그러나 이러한 부당 해고에 반발하여 공장노동자들은 파업을 일으킨다. 이 사실이 신문의 '호외'로 보도되면서 전기회사도 동조파업을 하여 시내의 전차들이 일제히 멈춰 서게 된다.

이 작품은 노사 간의 갈등과 대립, 그리고 그것이 파업으로 발전하는 점진적인 사건의 확대를 보여준다. 결국 이 같은 작품 구조에서 파업에 대한 열기와 호응은 말하자면 노동현장에 대한 분석을 시도한 것이다. 이 같은 인물과 노동현장의 인간적 유대가 묘사되고 있다는 것은 점차 관념적인 형태의 인물을 창출하던 이전의 단계에 비하면 훨씬 성격의 부여, 대립과 갈등 등이 실제적인 차원을 확보해 나가고 있음을 말해 준다.

그러나 이 작품에서 주동적인 인물은 발견되지 않는다. 단지 외부인사의 선동적인 연설 정도가 나타날 뿐이다. 이런 점에서 이 작품은 아직 이념적 실천행위를 담당하는 인물의 창조가 전면에 마련되지 않았음을 말해 준다. 이러한 면모는 관념적인 상태에서 벗어나지 못했음을 시사한다.

이념적 실천행위를 시도하는 구체적인 인물의 창조는 「조희뜨는 사람들」에서 처음 발견된다. 이 작품은 종이 제조과정의 리얼리티를 유지하면서 노동운동을 주도하는 '샌님'의 실천적인 면모를 보여주고 있다.

제지공장촌에 들어온 '샌님'은 무지한 노동자들과 똑같이 일하며, 먹고, 자는 생활 속에서 잠행을 통해 이들에게 영향력을 행사해 나간다. 산협 안에 있는 제지공장촌은 농토가 없기 때문에 조상대대로 종이제즈를 통해 생계를 이어 나가는 마을로서 화창한 계절인 봄과 가을 두 번의 작업으로 일년 생활비를 벌어야 한다.

이런 마을에 회사가 들어와 종이공장을 세우고, 노동자들에게 종이를 납품하도록 하여 노동자들을 착취해 가기 시작한다. '샌님'은, 노동자들을 고용하는 물주들 가운데 한 사람인 '박선달'의 부도덕한 밀고행위에 대항하여 주동적 역할을 수행한다. 여기에서 '샌님'과 '장별장'의 주도로 노동자들끼리 단결하게 되며 회사와 싸움을 시도한다. 그러나 이들의 동맹파업을 눈치 챈 회사는 경찰력으로 하여금 '샌님'과 '장별장'을 체포케 한다. '샌님'은 체포되면서 종이공장 노동자들에게 계속 투쟁할 것을 지시한다.

> 만일 우리 중에서 누가 한두 사람이 불행한 일이 있더라도 조금도 겁내지 말고 일제히 행동을 취하라. 그렇게 그대로 밀고 나가기만 하면 일도 잘 될 것이다. 만일 그렇지 않고 와해가 되는 날이면 죽도 밥도 안된다.
>
> (「조희뜨는 사람들」, p.119.)

그는 일종의 실천적 인텔리겐차로 전위적 인물이다. 무지한 노동자들을 각성시켜, 노동운동을 이끌어 나가기 위하여서는 이러한 인물이 필요했던 것이다. '샌님'은 이념실천형의 지식인의 유형에 속한다고 할 수 있다. 인용 부분에서도 볼 수 있듯이 그는 희생적으로 헌신하며, 투쟁의식에 불타고 있는 인물이다. 그의 발언에는 이 같은 강렬한 계급의식의 측면이 드러난다. 어느 정도 관념성이 드러나지 않는 것은 아니나, 그는 이념의 실천과 이상적 노동운동의 모델을 제시하는 인물형이다.

또한, 조직적인 힘의 결속과 폐쇄된 사회상황 속에서 이루어지는 주체의 각성은 '샌님'과 노동자들을 잇는 하나의 고리이다. 이러한 점에서 이 작품은 노동자의 각성과정이 드러난다. 이 점은 「조희 뜨는 사람들」의 후반부에서도 확인된다.

> 그래, 그들은 우선 생활의 위협도 있고 해서 할 수 없이 일을 다시 시작하였다. 한 보름 동안 소요하던 이 쟁의도 마침내 그들의 실패로 이렇게 끝장을 막고 말았다. 그러나 그들의 실패는 다만 실패만은 아니었다. 그들은 다시 상담하며, 오직 샌님과 장별장이 어서 나오기를 기다리고 있었다. 과연이다. 그들의 마음 속에 샌님이 뿌려준 씨는 낫으로

밤으로 싹트기 시작하였다.

(「조희 뜨는 사람들」 p.121.)

　이 작품에서는 파업의 성공과 실패에 문제가 있는 것이 아니라, 노동자들에게 전망을 제시해 주는 데 그 의의가 있다. 결국 "샌님이 뿌려준 씨"란 노동운동의 전위적 실천의 상징이다. 따라서 이 작품은, 노동운동은 실패했지만 민중들에게 각성의 계기를 마련했다는 점에서 그 의의를 찾을 수 있다. '샌님'에 의한 노동운동의 현실적인 의미부여는 그 인물의 잠행적인 운동과 결합되면서, 행동지침의 제시라는 구체적인 주제의식을 드러낸다. 곧, 인물의 성격이 드러나지는 않지만 주제의 발현이 돋보이는 작품인 것이다.

　「조희 뜨는 사람들」은 노동자와 지식인의 연대 과정과 이념적 실천의 면모를 보여준다고 할 수 있다. 「호외」의 경우, 노동자의 동맹파업이 감정의 대립과 공장주임의 의도적인 노동자 해고에 의해 시도되며, 그것이 다소 비현실적인 양상으로 전개되는 면도 보인다. 즉, 노동자들의 심정적 동조가 파업이라는 극단적 행위로 발전될 수 있는가라는 문제다. 그러나 「조희 뜨는 사람들」에서는 상황의 설정이 구체적으로 전달되어 리얼리티를 확보한다. 더구나 '샌님'은 전위적 인물로서 인텔리겐차의 혁명적 성격이 잘 구현되어 나타난다는 점에서 「호외」의 차원을 극복하고 있는 것이다.

　이상에서 살펴본 대로, 李箕永의 초기 작품에 나오는 지식인은 계급주의적 행동의 가능성은 수반하고 있으나 그것이 의식의 차원에만 머물러 있고 구체적 행동으로는 드러나지 않는다. 이같은 사실은 아직 사회주의의 미성숙단계로 인해, 이념과 실천의 합리성이 유보된 상태로 보여진다. 또한 단순근로자들은 절대빈곤의 생존조건 속에서 미래에 대한 전망조차 거세된다. 이와 같은 인물의 창출은 주체의 각성과 함께 실천의 모색단계를 시사한다. 이런 모색단계는 공장 노동자들에 오면 투쟁의 양상으로 나타난다. 이와 같은 사실은 사회주의 이념이 점진적으로 발전의 단계를 나타내는 것으로 파악되며 이것은 또한 시대적 요청이기도 한 것이다.

3. 악한적 인물의 의식

한국에 프로문학이 처음 대두될 당시는 공장 노동자들의 생활과 그 투쟁의 문제가 적극적으로 제시되기도 했지만, 조선사회 현실자체가 농민문학에 대한 절실한 문제를 외면할 수 없다는 점에서 농민문학에 대한 관심의 적극성이 필요하기도 했다.75) 이런 측면에서 프로문학으로서의 농민문학의 성격을 규명한 사람은 백철에 의해서다. 백철은, 농민문학은 종국에 가서는 프롤레타리아문학과 일치될지 모르나 현단계에서는 어디까지나 별개의 문학으로서 빈농의 문학, 혁명적 이데올로기를 내용으로 한 혁명적 농민문학이어야 한다76)고 했다. 그는 "우리의 현실에 비추어 농민문학이 결국은 하층부의 계급적 기초와 요구 위에 성립하는 것이 본질적으로는 프로문학의 갈 길"77)이라고 봤다

이 같은 백철의 견해는 농민문학의 이상적 향방을 제시해 주는 것이었으며, 그것이 작품으로 구현된 것은 李箕永에 의해서다. 李箕永은 자신이 자라 온 농촌을 작품 속에서 묘사해 나갈 때 얻게 되는 장점을 잘 인식하고 있었다. 그것은 계급적 모순에 의한 불평등한 상황뿐만 아니라, 농촌 사회 내부에 드리워진 인습과 현실에 대해 익숙한 경험의 논리를 펼 수 있었기 때문이다. 그는 이런 점 때문에 '우수한 농민作家'로 지목 받기도 했다.78)

즉, 李箕永은, 김기진이 제시한 농민문학의 이론적 기반과 창작방향을 수용하여, 소설의 제재를 농민의 생활상에서 취했으며, 빈농 이외의 지주, 또는 자본가의 생활상에서 취했다 할지라도 그것은 반드시 농민의 생활과 대조되는 것으로서 다루었다.79) 또한, 유해송의 말대로, 소작료 문제, 농촌에 나날이

---

75) 권영민, 「1930년대 초기의 농민문학론」(신경림, 『농민문학론』, 온누리, 1983. p.122)
76) 백철, 『신문학사조사』, 신구문화사, 1980. p.391.
77) 백철, 「농민문학문제」, 《조선일보》, 1931.10.11.
78) 권환, 「하리코프대회 성과에서 조선 프로예술가가 얻은 교훈」《동아일보》 1931.5.17.

일어나는 농민운동, 농민의 현상황을 잘 드러내어[80) 농민의 현실 문제를 실감 있게 살려낸다. 李箕永은「문인과 생활」에서, "자기의 실제 생활과 그의 쓴 글의 거리가 그리 멀지 않아야 하며 실제 생활을 붓으로 옮겨 쓴 것이 우수한 작품이 될 만큼 그의 생활도 충실하고 건전해야 한다"[81)고 하면서 창작 태도 면에 있어, 作家의 건전한 생활과 충실한 체험을 강조했는데, 이 같은 태도는 그의 농민소설에 그대로 드러난다.

그의 작품에 등장하는 인물들은 계급의식이 지속적으로 발전을 보이는데, 이는 말하자면, 계급적 모순에 대한 대응방식의 구비이자, 구체적인 대결이 드러난다는 의미다. 이러한 이념적 구체성의 확보와 作家의 의도가 결부된 국면은 결국 사회적으로 요구하는 존재적 위상과 전형적 인물의 창출이라는 문제로 이어지는 것이다.

지각된 현실에 관한 고려는 作家의 경우, 무엇보다도 그 사회에 합당한 객관적 판단이 우선되어야 한다는 점은 명백하다. 이 점은 作家에게 '위임 commitment'의 문제로 나타난다.[82) 위임이란 인물에 의해 구현되는 세계적 전망의 능력이 作家 자신에게 부여된 임무라는 것을 보여준다. 李箕永은 빈궁의 문제를 해결하지 못하는 무력한 지식인이나 자신의 환경적 힘을 숙명으로 간주하는 도시빈민이나 농촌빈민들의 묘사에서, 점차 그들의 사회적 존재가 어떠한 전망을 구비해야 하는지에 대한문제로 전환시켜 나간다.

이 점을「농부정도룡」(《개벽》 55-56, 1926.1-2.)과「서화」(《조선일보》, 1933.5.30-7.1)[83) 등을 예로 삼아 검토해 보기로 한다. 이들 작품은 체험적 요소와 결부된 농촌에 대한 익숙한 배경묘사와 인물창조에 성공한 작품이며, 李箕永이 농민소설 作家로서 명성을 얻는 데 기여한 작품으로 평

---

79) 김기진,「농민문제에 대한 초안」,《조선농민》, 1929.3.
80) 유해송,「농민문학의 이론」,《비판》, 1932.9.
81) 李箕永,「문인과 생활」《중외일보》. 1926.12.10.
82) 비스츠레이,『마르크스주의의 리얼리즘의 모델』, 편집실 역, 인간사, 1985. p.75.
83) 본고에서 인용한 텍스트는, 李箕永,『서화』(동광당서점, 1946.)이다.

가된다.

「농부 정도룡」은, '문제적 인물'이란 새로운 인물유형의 성공적인 창조와, 구체적 현실의 핵심적인 모순을 형상화시킨 작품[84])으로, 또는 '정도룡'을, 현실적 개연성이 부족한 약점 때문에, 李箕永의 소설에서는 리얼리즘이 심화될수록 필연적으로 거세되어야 하는 '완결된 인물'로 본다.[85]) 그러나 '정도룡'은 그 기능상으로 볼 때, '사회적 전망의 과잉에 의한 이념의 投射的 人物'로 보아야 한다.

'정도룡'의 의식은 매우 근대적이다. 그는 자유연애로 결혼을 했으며, 산아제한의 필요성도 주장할 줄 안다. 그 외에도 조혼의 폐습에 대해 개명된 생각을 가지고 있다. 이를테면 그는 계급투쟁의 구현에 걸 맞는 의식적 힘을 구비하고 있는 인물이다. 그러나 그는 당시, 농민으로서는 개화의식이 너무 드러나서 현실과는 불균형을 이루는 인물로, 李箕永의 관념적인 세계에서 도출된 인물로 간주된다.

자식을 팔아먹는 '용쇠'가 막내딸을 때리는 것을 보고, '정도룡'은 그를 때리면서 다음과 같이 말한다.

　　　"이 못난 자식아! 세상에 저보다 약한 자를 학대하는 것같이 못난 짓은 없다....양반이 상놈을 천대하거나, 관리가 백성을 학대하거나, 남자가 여자를 구박하거나, 부모가 자식을 박대하거나 모다 일반이 아니냐?"
　　　"그런 이들(글로만 착한 일을 다 아는 양반들- 필자 주) 중에는 도로혀. 우리같은 무식한 자보다도 악한 짓을 하는 자를 많이 보았다. 그들은 우리네 농민의 고통을 모른다....그러므로 그들에게 배운 지식을 실행케 하려면 우선 고통을 맛보여야 할 것이다. 할 수 있으면 어떤 놈이든지 모다잡아서 저 논밭 두렁 속에 몰아 처넣고 광이와 호미를 하나씩

---

84) 정호웅, 「경향소설의 변모과정」, (김윤식 외, 『한국리얼리즘 소설연구』, 문학과 비평사, 1987. p.66.)
85) 한형구, 「농민소설의 발전과정」, 위의책, p.131.

앵겨 놓고는 채찍으로 소 몰듯이 들두드려 일을 시킬 것이다....예수장
이니 하느님이니 나무아미타불이니 공자니 맹자니 영웅호걸이니 하는
그들의 말과 일이 모다 소용없는 것이다. 아니, 그들의 힘으로 인간을
구원한 일이 언제 있다더냐?"

(「농부 정도룡」, 2회, pp.44-45.)

이러한 '정도룡'의 발언은 사회제도와 종교, 사상에 대한 전면적인 부정으
로 혁명적 논리의 정당함을 드러낸다. 그러나 이런 주장은 구체적 보편성에서
구축된 것은 아님을 보여준다. '정도룡'에 의한 '이들-양반, 관리'의 부정은
혁명적 세계를 암시하는 것으로 매우 급진적인 양상을 담고 있지만, 그것은
단순한 생각의 개진일 뿐이다. 결국 이같은 점은 사회적 전망에 대한 성급한
추단에서 기인된 논리적 비약이다.

'정도룡'이 악덕지주인 '김주사'를 응징하는 대목 역시, 「홍길동전」에 나
타나는 활빈의적의 양태와도 같이, 매우 소박한 해결방식이다. 이것은, 아직
사회적으로 계급투쟁의 여건이 미성숙한 단계로 빈농들의 폭발력이 응집되어
있음을 뜻한다. '정도룡'의 사고와 근대화된 의식이 현실과는 차이가 나듯이,
농민의 좌절과 수탈에 맞서는 대결형태 역시 설득력을 구비하지 못한 것은 그
의 결정적인 결함이다.

이는 달리 말해서 '作家의 위임'이라는 리얼리즘의 미학이 「농부 정도룡」
의 경우, 너무 과장되고 영웅화된 개인에 집중됨으로써, 그 반대급부로 얻어
지는 효과는 관념적 완결성 -이는 다르게 표현하자면 지식인의 공상적 차원과
도 연결된다 으로 치달았다고 할 수 있다. 이것은 지식인의 극좌적 양상을
지적하는 것이라고 할 수 있는데, 「농부 정도룡」에서 李箕永의 인물 형상화
는 '돌출'된 것이지 '완결'된 것으로는 보기 어렵다.

「鼠火」는 1933년에 발표된 작품으로서, 이 작품에 대해 임화는 "현실의
지극히 위축된 일 단면을 예술화하는 단소한 형식의 문학이 아니고, 일 시대
의 계급투쟁의 역사적 전모를 그리고 일정한 시대의 객관적 현상을 역사적으

로 개괄하는 기록적 로만의 형식을 나타내어서 여태까지의 우리문학(프로문학-필자 주)과는 구별된다"[86]고 했다. 곧 「서화」는 李箕永의 농민소설 중에서도 한 단계 발전된 양상을 보여준다고 할 수 있다. 그러한 근거로는 농촌의 피폐한 상황을 진지하게 묘사하고 있다는 점과 '돌쇠'라는 인물의 형상화에 성공하고 있다는 점이다.

'돌쇠'는 노름을 통해 자신의 생계를 꾸려 나가는 '악한적 인물형'[87]이다. 그러나 그는 농촌사회의 모순상에서 나타난 인물로 루카치의 개념 규정과 일치하지 않는다. 그가 情婦인 응삼의 처 '이쁜이'에게 자신의 변명을 늘어놓는 대목[88]에서 그 의미를 알 수 있다.

> "집에 먹을 것이 없고 나무는 산에 가서 해올 수 있다 하나, 쌀은 어디 가서 얻나. 농사는 해마다 짓지마는 양식은 과세도 못하고 떨어진다. 해마다 빚만 는다. 엄동설한 이 추운데 어린 처자와 부모동생이 굶어죽게 되었다. 오냐 도적질 외에는 아무거라도하자. 아니 도적질이라도 할 수 있으면 하자. 그러면 노름이라도 하자"
>
> (「서화」, p.70.)

결국 '돌쇠'의 노름은 반사회적인 행위임에도 극한적 생활 속에서 용인받을 수 있는 최소한의 상황윤리인 셈이다. 정당한 방법을 통한 정당한 생계수단에 의한 삶의 영위가 어렵다는 것은 그 배면에 사회적 경제적 불평등의 존속 때문이라는 전제가 선행된다. 그러한 불평등의 실정 안에서 노름은 우회적인 농촌 현실의 통박이라고 볼 수도 있다. 따라서 '돌쇠'의 항변은 변명이라

---

86) 임인식, 「李箕永 씨 작 '서화'-6월 중 창작」《조선일보》, 1933.7.19.
87) 뤼시엥 골드만, 『소설 사회학을 위하여』, 조경숙 역, 청하, 1989. p.13.
88) "집에 먹을 것이 없고 나무는 산에 가서 해올 수 있다 하나, 쌀은 어디 가서 얻나. 농사는 해마다 짓지마는 양식은 과세도 못하고 떨어진다. 해마다 빚만 는다. 엄동설한 이 추운데 어린 처자와 부모동생이 굶어죽게 되었다. 오냐 도적질 외에는 아무거라도 하자. 아니 도적질이라도 할 수 있으면 하자. 그러면 노름이라도 하자"
(「서화」, p.70.)

기보다는 사회 속에 온존할 수 있는 최소한의 존재적 증명이다.

그러나 '노름'이 자행되는 현실은, 생계의 절박한 상황과 일제의 민속놀이 말살정책으로 인해 일어나는 사회적 문제이다. 삶에 있어서의 궁핍화가 '물질적 소외'를 초래하고, 그와는 반대로 지주계급의 유한적 생활에서 비롯된 오락 - 노름, 필자 주 - 이 농민들에게는 하나의 생계를 이어갈 수 있는 방편이 된 것이다. 요컨대 '돌쇠'의 발언에서 나타나고 있는 '노름에 대한 정당성'의 이유는 '도적질'까지도 필요하다고 생각될 만큼 절박한 현실에 처해져 있기 때문이다. 이러한 점은 '돌쇠'의 노름행각에 대한 빈농들의 시선이 부러움으로 가득차 있다는 점에서도 확인된다. 그는 정월 대보름날 밤 '응삼이'의 소 판 돈을 노름으로 챙긴다. 마을에서 이 사실을 가장 분하게 여긴 인물이 '김원준'이다.

그는 마름의 아들이자 면서기이고, "노름이면 빡 하는 위인"(「서화」, p.76.)인데 돌쇠에게 선수를 뺏긴다. 더구나 자신이 노리는 여자 인 응삼이의 처 '이쁜이'까지도 '돌쇠'가 가로챈 것이다. '김원준'은 구장을 찾아가 '돌쇠'의 행각을 트집잡아 풍기문란 -돌쇠와 이쁜이의 애정관계를 빌미로 한-을 명목으로 동회를 소집하여 '돌쇠'를 응징하려 한다. 동회가 소집된 자리에서 동민들은 '돌쇠'에게, 불미스런 행동과 도박행위를 하지 않겠다는 다짐과 사과를 강요하지만 '돌쇠'는 거기에 반발한다.

> "일년내 농사를 지어야 먹을 것은 제 돌을 못대고 식구는 많은데 굶어 죽을 수는 없으니... 응삼이와 노름한 것도 실상은 이렇게 환장할 지경이 되었을 뿐 아니라, 응삼이가 소 판 돈이 있는 줄 알고 노름하자고 꾀이는 사람이 많은 줄로 알기 때문에, 그렇다면 남에게 뺏길 것도 없어서 그날 밤에 노름을 하였지요"
>
> (「서화」, p.94.)

이는 곧, 사회적 모순에 순응하는 것이 아니라 사회적 모순의 우회적 공격을 의미한다. 이 같은 항변은 결국 삶의 빈궁 속에서 나타난 결과일 뿐이라는 점이다. "남에게 뺏길 것도 없어서 그날 밤에 노름을 하였지요"라는 말에는 그가 노름행위를 했다는 점에 대한 윤리적 타당성을 주장하는 것이 아니라 체념적 삶에서 벗어나려는 몸부림이 담겨 있는 것이다. 이것은 풍자적 공격성을 담고 있는 것이기도 하며, 예리한 사회모순의 지적인 셈이다. 이렇게 말하는 그에게 농민들은 호응을 보내고 있다는 점은, 사회적 모순에 대한 공격적 인물로서 '돌쇠'가 제시되었음을 말해준다. 이에 따라 '김원준'의 기도는 실패로 돌아간다. 그러므로 그 의미를 확대해 볼 때, '김원준'의 기도는 '가진 자의 위선적 보복행위'일 뿐이다.

그러나 공회에서 '정광조'의 등장은 새로운 국면을 제시해준다. 그는 동경유학생인 지식인으로서 '진흥회장 정주사의 아들'이다. 그는 다음과 같이 말한다. "도박으로 말하면, 우리 동네에서 젊은 사람치고서 누구나 다 하기 때문에, 특히 돌쇠의 죄만은 아니"(「서화」, p.92.)라는 암시를 준다. 그리고 그는, '돌쇠'의 '이쁜이'와의 애정행각을, "二姓之合은 百福之源이라는 결혼을 두 당사자의 의견을 무시하고 양가부모가 강제로 조혼시킴으로 해서, 남자는 첩을 두고 외입을 하고, 여자는 本夫를 살해하고 淫奔逃走하는 일이 벌어지는데, 이것은 잘못된 결혼제도의 폐습이므로, 자유연애가 돌쇠만의 죄가 아니"(「서화」, pp.92-93.)라는 의견을 제시한다.

이와같은 지식인 '정광조'의 발언에 대해 '돌쇠'는 "세상은 우리가 모르는 별 세상이 또 있나부지?"(「서화」, p.99.)라는 인식변화의 조짐을 보인다. 그러한 암시적 세계의 부여는 '슬로건적 메세지의 경색된 피력'보다는 매우 우회적이고 기교적인 수법이다. 그리고 그의 이러한 발언은 지식인의 역할을 드러내는 것으로, 사회 계몽의 의도하에서 사회적 모순을 지적해 주는 것이라고 할 수 있다. 이것은 지식인을 통한 作家의 개입이라고 할 수 있으나, 그러한 의견제시가 암시적인 진술에 의해 은폐되어 있다는 점에서 어느 정도 설득력을 얻는다. 또한 이 작품에서, 李箕永이 지속적으로 추구했던 지식인의 역할인 '실천적 면모'가 서서히 드러난다고 할 수 있다.

베르너 미텐쯔바이는 「30년대 리얼리즘 논쟁」에서, "사회주의 리얼리즘 예술가는 현실을 노동하는 민중과 이 민중과 연합된 지식인의 관점에서 취급 해야 한다"[89]고 했는데, 이는 민중을 이념적으로 각성시켜야 하는 지식인의 역할을 드러낸 것이다. 민중을 이념적으로 각성시키기 위하여서는 민중을 계몽시켜야 하며, 그것은 바로 지식인이 떠맡아야 하는 역할이며, 따라서 민중을 계몽시키는 행위는 지식인의 실천인 것이다.

궁핍한 상황에 대처하는 반응은 각각 다른 측면으로 나타나기도 하는 데, 「아사」(《조선지광》 64, 1927.2.)의 '정첨지'는 딸 '돌순'이가 지주인 '최주사' 집에 팔려가자 굶어 죽거나, 「원보」(《조선지광》 79, 1928.5.)의 '원보'처럼 제도적 모순에 대하여 숙명적으로 받아들이며 객사하는 등, 그들은 부르조아 착취계급에 대하여 직접 행동으로 대처하지 못하고 죽음으로 항거하거나, 숙명적으로 받아 들이는 등 극히 내면적 상태의 반응을 보인다. 그러나 이들과는 달리, 「농부 정도룡」의 '정도룡'이나 「서화」의 '돌쇠'와 같은 인물은 계급적 모순에 대하여 공격적이며 설득력을 갖고, 그 상황을 직접 극복하려 한다. 그래서 '정도룡'이나 '돌쇠'의 이와 같은 대처반응은 다수 빈농계급에게 공감을 획득하는 요인이 되기도 하지만, 그 대처반응이 빈농들을 집단의 힘으로 결속시킬 수 없었다는 점에서, 사회주의의 의식이 유보된 의미를 지닌다.

「농부 정도룡」과 「서화」에 등장하는 '정도룡'이나 '돌쇠'와 같은 인물의 창조는 부정적인 측면으로 발전한 하나의 예로서, '악한적 인물'을 대표한다. 특히 '돌쇠'의 항변은 그의 부도덕성이 한 개인에게 국한된 문제가 아니라 사회전체로 확대됨을 보여주는 것이다. 바로 이런 형태는, "타락한 사회에서 타락한 형태로 진정한 가치를 추구하는 이야기"[90] 라는 골드만의 소설적 정

---

89) 베르너 미텐쯔바이, 「30년대 사회주의 리얼리즘 논쟁」, (스테판 코올, 『리얼리즘의 역사와 이론』, 여균동 역, 미래사, 1986. p.291.)

의에 접근한다고 할 수 있다.

이상에서 李箕永 초기의 작품세계는 첫째, 계급주의를 각성하기 시작한 인물들의 작품과 둘째, 극한적인 빈궁상황에서 그 상황에 대처하는 인물들의 변화양상을 드러낸 작품들과 셋째, 이러한 상황에서 그 상황을 극복해 보려고 시도했던 돌출된 인물들이 등장하는 작품으로 구분이 가능하다.

첫째로 우선 계급주의를 각성하기 시작한 인물들이 등장하는 작품들은, 「민며느리」, 「해후」, 「채색무지개」, 「고난을 뚫고」, 「김군과 나와 그의 안해」 등의 작품들이다. 이들 작품에 등장하는 인물들은 외적 충격과 인격적 모욕을 통해 계급적인 각성과 자기수련을 시도하거나, 직업혁명가로 이념에 충실한 인물들로 나타난다. 이들 인물들은 계급주의를 각성하기 시작한 인물들로 볼 수 있다.

둘째로 극한적인 빈궁상황에서 그 상황에 대처하는 인물들의 변화양상이 다양하게 드러나 보이는데, 이들 인물들이 등장하는 작품은, ① 「가난한 사람들」과 「오매를 둔 아버지」, ② 「실진」과 「어머니」, ③ 「호외」와 「조희 뜨는 사람들」을 들 수 있다. 이들 ①의 작품인 「가난한 사람들」과 「오매를 둔 아버지」에 등장하는 인물은, 계급주의적 행동의 가능성은 수반하고 있으나, 그 것이 구체적 행위로는 드러나지 않는 인물이다. 이 같은 사실은 아직 사회주의의 미성숙단계로 이념과 실천이 유보된 상태로 볼 수 있다. 다음 ②의 작품인 「실진」과 「어머니」에 등장하는 인물은, 절대빈곤의 극한 상황속에서 미래에 대한 전망조차 거세 당한 인물들로, 作家가 이와 같은 인물을 창출했다는 의미는, 作家에게 있어서 주체의 각성과 실천의 모색단계를 시사해 주는 것으로 파악된다. 그리고 다음 ③의 작품인 「호외」와 「조희 뜨는 사람들」에 등장하는 인물은 공장노동자들로서 이들은 작품에서 집단적 주인공들로 파악된다. 그런데 여기에서 특기할 만한 작품은 「조희 뜨는 사람들」인데, 이 작품에

---

90) 뤼시앙 골드만, 앞의책, p.20.

는 지식인이 전면에 드러나고 있다.

셋째로 궁핍한 상황에 대응하는 인물들의 양상을 앞에서 밝히기는 했지만, 이들과는 별개의 반응을 보이는 인물들이 있다. 이들은 「농부 정도룡」에 나오는 '정도룡'과 「서화」에 나오는 '돌쇠'다. 이들 인물들은 계급적 모순에 대하여 공격적인 반응을 보이며, 그들의 행위에 대해서 정당한 논리성을 획득하고 있다. 그러나 그들의 행동은 빈농 다수의 공감을 얻을 수 있으면서도 집단적 결속력을 얻지 못한다.

Ⅳ. 「故鄕」의 작품세계

식민지 시대의 문학이 갖는 의의가 그 시대의 응전방식이라고 한다면, 李箕永의 「故鄕」(《조선일보》 1933.11.15-1934.9.21.)[91]은 그 시대를 첨예하게 반영시킨作品이라고 할 수 있다. 이와 같은 점은 「故鄕」이 그의 첫 장편일 뿐만 아니라, 지금까지의 작품에서 구현되었던 인물형들이 이념적 실천 방향으로 뚜렷이 진전되고 있기 때문이다.

주로 궁핍한 시대상을 반영해 온 그의 문학적 흐름은 「故鄕」 이전까지만 해도 전망을 암시적으로 드러내는 데 불과했다. 그러나 그 소극성에서 탈피하는 전환점이 바로 「故鄕」이다. 그의 소설이 소극성에서 벗어나 적극적인 인물의 형상화와 세계에 대한 전망을 가능하게 해 준 구체적인 계기는, 이른바 집단적인 힘의 발견에 있다.

당시의 사회적 현실에 비추어 볼 때, 농민계층이 80% 이상을 차지하는 농업사회라는 점은 지식인에 의한 계몽의 필요성을 말해준다. 무지한 빈농들의 의식각성과 현실극복능력의 배양은 적어도 계몽의 직접적인 사회적 목표였던 셈이다. 빈농들은 그들의 집단적 잠재력을 지식인의 계몽을 통하여 비로소 확인하게 되는 것이다. 이러한 집단적 힘의 결속과 의식적인 현실극복의 방법은 지식인에 의해 계몽되어야 하는 주된 제재로 작용한다.

「故鄕」에서는 빈농을 계몽시키는 지식인의 역할이 명료하게 드러난다. 사회주의 리얼리즘의 측면에서 李箕永의 문학을 살펴볼 때, 「故鄕」만큼 이념에 의한 전망을 제시한 작품은 드물다. 본고에서는 「故鄕」을 다음과 같은 항목을 중심으로 검토하고자 한다.

첫째로 李箕永의 농민소설은 「民村」(李箕永소설집 『民村』, 문예운동사, 1927)[92]과 「洪水」(《조선일보》, 1930.8.21-9.3.)와 「故鄕」에서 발전

---

91) 본고의 텍스트는, 李箕永, 『故鄕 (상), (하)』, 한성도서, 1939.판으로 한다.
92) 본고의 텍스트는, 李箕永, 「民村」, (『李箕永단편집』, 학예사.1939.판)으로 한다.

단계를 찾을 수 있다. 「民村」과 「洪水」는 「故鄕」 이전에 발표된 농민소설이다. 이들 작품세계는 李箕永의 체험의 영역과 세계관의 범주에서 크게 벗어나지 않는다. 세 작품의 서사구조는 발전적인 단계를 거치면서, 「故鄕」에서는 이념적 실천과 전망을 제시하는 완결점을 이루는 것이다. 이러한 점에서 「故鄕」은 당시 농촌현실을 통해 식민지사회의 모순을 부각시킨 프로문학의 대표작으로 볼 수 있다.

둘째로 「故鄕」의 등장인물들은 「故鄕」 이전 작품의 인물들과 유형적 연관성을 지니고 있다. 지식인, 여성운동가와 소작농민, 그리고 그와 대립되는 地主像은 「故鄕」 이전부터 반복되어 나타나는 양상을 보인다. 말하자면, 인물의 특성은 일정한 유형으로 고정되어 있다. 이런 이유 때문에 「故鄕」은 李箕永의 작품에서 특히 '積層的 또는 統合的'이라는 성격을 구비한다고 보는 것이다.

셋째로 「故鄕」에서는 이념의 구체적인 실천이 제시되어 있다. 실천의 구체적 행위는 농민의 집단적 결속과 현실극복의 힘을 획득하는 과정으로 나타나기도 하며, 다른 한편으로는 지식인이 농민을 계몽시키는 전위적 역할을 수행하는 면으로 드러나기도 한다. 「故鄕」은 그의 작품에서도 사회주의적 세계관을 통한 이상적 사회건설의 전망을 제시한다. 그러므로 「故鄕」은 이념과 실천이 현실공간에서 어떤 방식을 통해 모색될 수 있는가라는 문제에 대한 시도였다고 판단된다. 이 같은 점에서 본다면 「故鄕」에 드러난 중심적 문제는 계몽과 그 이상의 실현에 놓여진다.

「民村」의 발표연도는 1927년이지만 창작은 1925년 12월이다.(같은책, p.117.) 따라서 필자는 「民村」을 李箕永 농민소설의 최초의 작품으로 간주하겠다. 1926년에 발표된 「농부 정도룡」도 농촌사회의 모순을 그리고 있지만, '정도룡'이 악한적 인물이라는 특성을 구비하고 있다는 점에서 논의의 대상에서 제외시켰다.

1. 농민소설의 발전적 전개양상

李箕永의 농민소설은 「民村」에서 시작하여 「洪水」를 거쳐 「故鄕」으로 발전적으로 전개된다. 「民村」과 「洪水」의 작품세계는 李箕永의 체험의 영역과 세계관의 범주에서 크게 벗어나지 않는다. 두 작품의 서사구조는 발전적인 단계를 거치면서, 「故鄕」에서는 이념적 실천과 전망을 제시하는 완결점을 이루는 것이다. 이러한 점에서 「故鄕」은 당시 농촌현실을 통해 식민지사회의 모순을 부각시킨 프로문학의 중요한 작품으로 간주된다.

李箕永의 농민소설이 어떤 과정을 거치면서 변모했는가를 「民村」, 「洪水」, 「故鄕」을 통하여 살펴보자. 李箕永이 「故鄕」을 발표한 시기는 1930년대 중반기다. 그는 「故鄕」 연재 마무리를 한달 앞두고 8월에 '신건설사' 사건에 연루되어 '치안유지법' 1조 2항에 의거 기소되었으며, 전주 형무소 미결감에서 1935년 12월에 집행유예로 풀려난다. 이 사건이 카프의 2차 검거인데, 이때는 이미 카프가 해산되고 사회적으로 국내외 정세가 프로문학운동을 용납하지 않는 시기였다. 카프 해산이 1935년 5월이므로 李箕永이 계급주의를 이념적 실천의 입장에서 다룬 마지막 작품은 「故鄕」이 된다. 李箕永에게 있어서 「故鄕」은 "프로문학의 결실기를 이룬"[93] 중요한 작품이다.

「民村」은 李箕永의 농민소설에서 프로문학의 이념을 제시한 최초의 작품이며, 「洪水」는 「故鄕」과 유사한 서사구조를 가지며 프로문학의 이념을 확대 발전시킨 작품이다. 그리고 「民村」과 「洪水」가 「故鄕」 이전에 발표된 소설임을 감안해 볼 때, 「民村」에서 드러난 프로문학의 이념성과 「洪水」와 「故鄕」에서 드러난 서사구조의 유사성은 李箕永의 농촌문제와 관련된 일련의 사회적 관심과 문학적 형상화를 비교적 일관되게 지속시킨 것으로 보인다. 이것은 한국사회에서 차지하는 농촌의 비중에 대한 관심이 농촌 출신이라는 개인적 배경과 부합되고, 그와 함께 사회주의를 통한 당대 사회에 대한 응전

---

93) 백철, 『신문학사조사』, 신구문화사, 1898. p.388.

방식을 구현시킨 것으로 해석된다. 또한 농촌사회에 대한 문학적 응전방식은 「民村」에서 출발하여 「洪水」를 거쳐 차츰 발전적인 단계를 거치면서, 「故鄕」에 이르러 이념과 실천의 보다 성숙한 완결을 드러낸다. 말하자면 「故鄕」에 이르는 그 적층과정은, 李箕永의 문학적 모색을 보다 객관적인 현실로 나타냈으며 인물을 창조한 구현인 것이다.

作家의 경험이 형상화된다는 것은 루카치가 말하는 '구체적 보편성 concrete universal' 94)이라는 미학적 용어에 의해 설명될 수 있다. 作家의 체험이야말로 작품의 구체적이며 생동감있는 현실적인 인간의 상황을 창조하게 해주는 역할을 수행하는 중요한 인자인 것이다. 李箕永의 작품이 지닌 농촌현실의 구체성 역시 이 같은 관점에서 파악된다. 비록 농촌의 빈궁한 현실과 인물묘사가 이전의 다른 作家들에게서 취급되지 않은 것은 아니나,95) 그러한 묘사가 李箕永의 경우처럼 뚜렷한 서사적 의도-사회주의적 세계에 입각한-와 결합되어 현실의 계급적 모순과 사회적 상황에 대한 의미로 확장시키는 데 성공한 예는 그리 흔치 않다.

이들 세 작품은 카프 해산 이전에 발표되었다는 데서 공통점을 가지고 있다. 카프 해산 이전까지만 해도 프로문학은 하나의 구심점을 지니면서 문학과 정치의 운동적 차원에 주력할 수 있었다. 이러한 상황은 李箕永에게 있어, 그가 문학과 이념의 일치를 지속적으로 추구할 수 있었다는 추론을 가능하게 해준다. 카프 시대만으로 한정할 때, 「民村」이 李箕永의 최초의 농민소설이라면, 「故鄕」은 완결적 의미를 갖는 농민소설이다. 또한 그 사이에 「洪水」가 발표되기 때문에, 세 작품의 비교를 통해 그의 농민소설의 특성과 변화양상을

---

94) 게오르그 비스츠레이, 『마르크스주의의 리얼리즘모델』, 편집실 역, 인간사. p.72.
95) 이러한 경우는 김유정의 소설에서 잘 나타난다. 그의 소설에 묘사되고 있는 빈궁의 문제는 희화화된 슬픔을 보여준다. 「소나기」, 「봄봄」, 「뽕」 등은 빈궁상황에 대한 소재의 취급이 사상적 요소의 유무에 따라 얼마나 많은 편차를 갖게 하는가의 예를 보여준다. 이에 대한 최근의 연구로는 박남철, 「김유정소설연구」(한양대 박사학위논문, 1989.)가 있다.

파악할 수 있을 것이다.

「民村」은 빈농의 가난과 심리적 갈등, 지주의 횡포를 형상화한 작품이다. 작품의 배경이 되는 '향교말'은 대대로 상민들만 사는 전형적인 농촌으로서 이곳 지주는 옛날의 교양을 갖춘 사대부로서의 양반이 아니라 속화된 약탈자로 등장하고 있다. 말하자면 그는 봉건적 수탈과 식민지적 억압의 전형으로서 상징되는 인물의 유형이다.

이들은 착취와 지배세력의 구심점을 이루는 사회적 계급으로, 시쳇양반인 박주사의 아들은 "잇속이 어찌나 밝은지 종의 턱찌기까지 핥아먹는 다라운 양반"(「民村」 p.308.)이다. 이같은 진술에는 양반 지주에 대한 더 이상의 사회적 존경이나 명망을 허용하지 않는 적대감이 개입되어 있다. 더구나 '박주사의 아들' 뿐 아니라 지주는 옛날의 봉건적 양반이 아니라 새로운 사회정세에 적응하여 살아남아 온갖 정당하지 못한 수단과 방법으로 재물을 획득한 인물이다. '박주사의 아들'은 자본제적 지주이자 동척회사 마름, 면협의원, 금융조합의 평의원으로 욱일승천하는 권력지향형 인물의표상이지만 윤리적으로 파탄된 면을 보여주는 지주의 전형인 것이다. 그는 적대자적 위상을 구비한 채, 프롤레타리아인 농민과 대립하게 된다.

동네사람들의 빈정거림은 바로 이 같은 계급적 갈등의 징후를 드러낸다.

> "박주사 양반같은 것은 양반 탕반 개 팔아 두 냥반만도 못한것이 무슨 양반이라구?"
> "예전처럼 양반은 돈을 알면 못쓴 댓는데 지금 양반은 돈을 잘 알아야만 되나 부데. 그이도 돈으로 양반이지 만일 돈이 없어 보게. 누가 그리 대단히 알겠나. 그러니까 그에게 돈이 떨어지는 날에는 양반도 떨어지는 날이란 말일세. 그러니까 돈을 제 할아비 신주보다 더 위할 밖에.
> 우리네 가난한 사람의통갑데기를 벗겨서라도 돈을 더 모으자는 것은 좀더 양반노릇을 힘있게 하자는 수작이지."
>
> (「民村」, pp.306-307.)

이러한 빈농 아낙네들의 빈정거림에는 지주에 대한 계급적 대립과 적의가 노출되어 있다. 이것은 또한 사회적 권력을 유지하기 위해서 '돈'에 집착하는, 비인간적인 지주에게 가해지는 비난인 것이다. 여기서 '돈'은 빈농들과 지주 사이에 서로 다른 의미를 드러내 준다. 즉 '돈'은 빈농들에게 있어서는 생존과 결부된 절실한 문제지만, 지주에게 있어서는 사회적 신분의 확보와 권력유지 그리고 윤리적 타락의 방편으로 드러나는 문제다.

'박주사 아들'은 빈농 집안 '김첨지'의 딸인 16살난 처녀 '점순'을 엽색의 대상으로 삼는다. 그는 갚지 못하는 장릿벼 대신에 점순이를 요구한다.[96] 이와 같은 상황에서 빈농의 반응은 정신이상으로 나타난다. 또한, '점순'을 사랑하는 지식인 청년 '서울댁(창순)'은 이러한 상황에 대처했을때, 분노와 비탄의 반응 밖에는 드러낼 수 없는, 전혀 문제의 해결 능력이 없는 무능한 인물인 것이다.

> 그러나 그들의 모든 힘은 벼 두 섬값만도 못하였다! 부친의 실성과 모친의기절과 오빠의 울음과 또한 '서울댁'의 무서운 눈도벼두 섬의 힘만은 못하였다! 부모의 사랑과, 형제의 우애와, '서울댁'의 순결한 사랑의 힘도 벼 두 섬의 힘만은 못하였다! 벼 두 섬은 부친을 미치게 하고 딸의 가슴에 못을 박고모친을--오빠를--영원히 슬프게 하고도 남았다. 그리하여 지금까지 귀엽게 길러온 따뜻한 우애도 또한 인간의 행복아! 어서 오너라하고 동경하고 바라던 처녀의 꽃다운 희망도--이 벼 두 섬 앞에는 아무 힘이 없이 물거품같이 사라지고 말았다.
>
> (「民村」, p.117.)

연민과 감상이 깃들어 있는 이 인용은 감정절제의 결핍이라는 결함이 나타

---

96) 이같은 사건의 전개는 계급적 수탈의 극한적 대립을 보여준다. 이와 같은 서사구조는, 장릿벼 때문에 딸을 팔아야 하는 「아사」(《조선지광》 64, 1927.2.)와 흡사하다. 이 두 작품이 공통적으로 지니고 있는 이러한 서사구조는 李箕永의 농민소설의 기본 모티프를 이루고 있다.

나지만, 농촌의 빈궁에서 오는 비극성은 인간의 희망과 미래를 말살하고 있는 점을 고려할 때, 지주와 빈농의 첨예한 대립과 갈등을 보여주는 것이라 말할 수 있다. 빈농이 장릿벼로 빌린 '벼 두 섬'을 갚을 수 없는 현실은 식민지 사회의 경제적 궁핍을 단적으로 보여주는 예이다.

이같은 삶의 방식에 있어서의 계급적 대비-'박주사 아들'에게서 나타나는 삶의 쾌락지향과 빈민에게서 나타나는 삶의 희생과 절망-는 당시의 시대적 상황의 재현인 것이다. 이 작품에서 드러나는 '점순'의 희생, 그녀 부모의 실성과 기절, '오빠'와 '서울댁'의 한탄과 빈농들의 절망과 그에 대립하여 '박주사의 아들'로 나타나는 지주의 비윤리성의 표출은 비록 소박하지만 계급적 대립을 드러내면서 李箕永의 농민소설에서 뚜렷한 방향을 제시한다.

「洪水」는 농민들의 집단적 대결양상과 지식계급의 전위적 역할을 제시한 작품이다. 특히, 지식인의 선도적 역할에 큰 의미를 부여한 것이기도 하다. '두레'와 농민조합의 지도자인 '박건성'의 개인적 역량은 그가 중심적인 인물로서 손색이 없다는 점을 반증해 주는 것이 된다. 그러나 '박건성'은 지식인의 계급적 범주 안에서 그의 역할이 고정되어 있다.

소작쟁의는, 제도적 모순에 대한 항거와 궁핍한 상황의 극복 및 생존권의 확보라는 의미를 지닌다. K강의 범람으로 인한 농민들의 공동대처의 모습을 사실적으로 그려주고 있는 이 작품은 洪水로 인한 농작물 피해를 감안하지 않고 소작료를 전처럼 그대로 받으려는 지주와의 갈등을 보여준다. 더욱이 '박건성'의 귀향동기에는 농민들의 의식함양이라는 비교적 뚜렷한 목적이 드러나 있다. 그는, 노름판만 벌어질 뿐 아무 변화가 없는 故鄕에, 7년 만에 돌아와 농민들을 깨우쳐야겠다는 사명감에서 신문독회를 열고, 이를 농촌야학운동으로 발전시켜 나간다. 또한, 洪水가 일어나자 농민들의 힘을 규합하여 그들 자신의 힘으로 대처하도록 지도한다. 모든 사람들이 공동생활을 하고, 각각 역할을 분담하여 洪水피해의 수습책을 수립하여 단합된 힘을 과시하는 것이다.

그때 지주와의 갈등이 시작된다. 지주는 洪水의 피해에도 불구하고, 그들의 소작료를 경감해 주지 않는다. 더구나 추수를 강행하려는 지주의 시도에 맞서 농민들은 집단적 결속을 보여주려 하나, 지주들은 자신들의 이익을 위해 기득권을 유지하려고 한다. 그들은 소작쟁의에 공동으로 대처하기로 하고, 소작계약의 공동해제, 양곡대여의 중단협약 등의 위협수단을 강구한다. '박건성'은 이러한 갈등상황에서 농민들의 힘을 규합하여 빈농조합을 결성하고, 그들의 집단적인 힘을 독려하는 역할을 주동적으로 담당한다.

李箕永은 당시의 식민지체제의 계급적 상황을 부르조아(일제와 매판적 지주)와 무산대중(도시빈민과 빈농을 포함한 대다수의 한국인)으로 설정해 놓는다.[97] 그는 계급주의를 통한 사회인식을 실천적 행위의 출발점으로 삼고 있다.

> 계급주의는 현하 조선사회에서의 특수한 사정을 고찰하여야 하는데 현재의 조선은 특수한 환경으로 조직적인 탄압과 압제에 피해를 당하므로 부르조아계급에 대항하지 않으면 안된다. 그러나 조선은 후진국으로 아직 모든 것이 초창기인 만큼 흩어져 있는 모든 대중을 현단계에서 단결하고 조직하여야 한다. 우선 집단의식이 필요한 때이다.[98]

그는 조직적인 대항을 위해 집단의식의 필요성을 강조하고 있다. 이 집단적인 힘이야말로, 빈농들을 착취하는 제도적 모순과 대결할 수 있는 근원인 것이다. 「洪水」에서는 공동체적 삶의 양식을 '풍물놀이'를 통해 제시하고 있다. '풍물놀이'는 다음과 같이 묘사된다.

> "풍물소리와 함께 아침바람에 기폭을 펄펄 날리고 나가는 광경이 건
> 성이 에게는 다시없이 즐거웠다. 그것은 마치 원시 부락민족이 전쟁에

---

97) 李箕永, 「집단의식을 강조한 문학」-조선사람이 요구하는 예술, 《조선지광》 75, 1928.1.
98) 李箕永, 위의글.

나가는 것 같은 긴장된 기분을 느끼게 하였다."

(「洪水」《조선일보》 1930.8.25.연재 5회분.)

이 인용부분은 단결된 힘의 과시이자 계급적 모순과의 대결을 우회적으로 드러내는 장면이다. 결국 '풍물놀이'는 단순한 놀이나 연희의 기능만을 제시하는데 그치는 것이 아니라, 공동체임을 확인하도록 해주는 집단적 제의의 성격을 띤다. 따라서 계급적 투쟁의 소도구로 나타나는 풍물놀이는 상황에 대한 긴장과 밀도를 더해주는 역할을 한다.

'박건성'은 보통학교를 졸업하고 모친의 병을 고치기 위하여 일본의 방직공장에서 일하다가 계급주의 사상을 통해 사회모순을 인식하고 사회운동에 참여하게 되는 인물로서, 매우 현실감 있는 사회주의자로 나타난다.

그러나 '박건성'의 실천적 모습에는 집단적 힘을 주도해 나가는 개인의 능력이 너무 강조되어 있다. 곧, 그의 역할은 '민중계몽'이며, 영웅적 개인[99]과 흡사하다. 소작쟁의 과정에서 '박건성'은 체포된다. 「洪水」에서 드러나는 빈농들의 의식의 각성화는 다음과 같이 나타난다.

이런 판에 건성이가 검속이 되었으니, 그러나 원식이 치백이 준필이 장접장 등....이 꾸준히 잘 싸우고 있었다. 그러나 그들이 아즉 처음 경험이니 만치 혹시 실패할런지도 모른다마는 그것이 실패만은 아니었다. ......이미 뿌리심고 든든히 선 조합은 그로 말미암아 흔들리지 않았다. 그들에게는 홍수 같은 힘이 점점 한데로 뭉쳐 흐를 뿐이었다.

(「洪水」, 《조선일보》, 1930.9.3.연재 12회분)

---

99) 이 영웅적 개인의 모습은, 그 실천과정에서, 비범함을 '제시(보여주기-showing)' 하기만 한다는 점에서, 고전소설의 양상과는 차이가 난다.(조세프 캠벨,『세계의 영웅신화』, 이윤기역, 대원정사, 1988.) 또한 「洪水」에서 '박건성'의 행위는 전망을 제시해 주며, 그는 그것만을 중심적 영할로 부여받았다는 점에서, 「故鄕」에서 현실적인 사고도 할 수 있는 '김희준'과는 차이점을 드러낸다.

'洪水'는 결국 자연적 재해인 동시에 농민들에게는 사회적 모순을 인식하도록 해주는 소설적 장치로 활용되고 있다. 더 나아가서는 그것이 농민의 단결된 힘과 계급투쟁의 분노를 나타내는 알레고리적인 의미를 구비하게 된다. 또한 이러한 역할을 충실히 수행한 인물로 지식인 청년 '박건성'이 전면에 나타나 농민들에게 미래에 대한 낙관성을 제시해 준다. 그러나 이러한 '낙관성'은, 그의 이념적 지향에 따른 사회적 전망이 너무 교훈적으로 서술되고 있다는 점에서, 작품의 미적 구조에 기여하지 못하는 걸림돌이 되고 있다.

이렇게 볼 때, 「故鄕」의 서사구조는 이미 「洪水」에서 발견된다고 할 수 있다. 「故鄕」과 「洪水」는 소작쟁의에서의 집단적 힘의 결속과 지식인의 역할이 강조되어 있다. 이러한 소작쟁의 양상은 「洪水」와 「故鄕」에서 분쟁해결방식 유무의 차이로 드러난다. 소작쟁의와 집단적 힘의 결속과 지식인의 역할이 강조되는 작품으로는 특히 「조희 뜨는 사람들」과 「洪水」와 「故鄕」을 예로 들 수 있는데, 이러한 서사유형은 「조희뜨는 사람들」에서는 '샌님'에 의한 쟁의의 주도로 나타나며, 「洪水」에서는 다시 '박건성'의 주도로 반복되고, 「故鄕」에서는 '김희준'의 주도와 '洪水'라는 천재지변에 의해 다시 되풀이된다.

作家에게 있어 이념의 실천이란 사회의 모순에 대한 예리한 분석과 객관적 토대를 마련하고, 그것을 기반으로 하여 전형적인 인물을 창조하고 미래의 세계에 대한 전망을 제시해 주는 작업이다. 임화가 「故鄕」을 가리켜, "현실과 관념을 집대성한 작품"[100] 이라고 지적한 것도 동일한 맥락에 속한다. 결국 李箕永의 소설은 '초기 소설의 작품세계'에서 살핀대로 그 이념적 실천작업을 부단히 심화시켜 온 것이라 볼 수 있다. 그리고 이를 '이념과 실천'의 결합된 양상으로 본다고 할 때, 그의 세계관이 보다 분명한 토대를 확보하게 된 것은 「故鄕」에 와서이다.

「故鄕」의 기본제재는 이념과 실천의 모색이라는 두 측면으로 구분된다.

---

100) 임화, 「소설문학 20년」, 《동아일보》, 1940.4.12-20.

이 作家가 이전부터 즐겨 사용해 온 것이지만, 이 두 가지 제재는 「故鄕」에 이르러서 뚜렷이 드러난다. 이 두 제재는, 그 하나는 노동쟁의에 대한 천착이며, 다른 하나는 농촌에 대한 묘사인 데, 「故鄕」에 와서 하나로 통합되는 것이다. 「故鄕」은 소재적인 측면에서 '積層的'인 성격을 구비하고 있는 것이다. 박영희는 「故鄕」의 이러한 적층문학적 성격을 가리켜, "民村의 과거 십년간의 문학적 창작생활이 이 「故鄕」을 창작하기 위한 준비작업이었다"[101]고 말한 바 있다. 사실 李箕永의 「故鄕」은 이미 1930년대 프로소설이 확보한 가장 높은 수준을 점유한다. 구체적 근거로는, 지식인이 전면에 나서서 사회주의적 계몽성을 전파하고 현실안에서 실천하는 행위를 드러낸 작품중에서 「故鄕」만한 수준을 확보한 예가 없다는 점 때문이다. 또한 노동운동의 구체적인 사례를 형상화하여 농촌사회의 미래에 대한 전망을 제시해 준 작품은 이것밖에 없다 해도 과언이 아니기 때문이다.

「故鄕」에서 보여주는 李箕永의 이념적 실천은 '집단적 힘'을 통한 전망의 제시로 나타난다. 이 '집단적 힘을 통한 전망의 제시'는 판페로프의 「빈농조합」에서 영향을 받은 것으로 보인다.[102] 그는 작품창작에 있어서, 사회주의의 수립과 이상사회의 건설이라는 이념적 방향을, 현실모순의 반영에서 찾으려고 한다. 그는 이러한 작품의 방향을 확고히 다지려고 한 듯, '作家는 현실을 외면해서는 안된다'고 했다.

「故鄕」은 「洪水」의 서사구조를 차용하면서도 양식상의, 그리고 구성상의 변별점이 발견된다. 가령 양식상의 차이를 거론하자면, 「洪水」는 중편으로서 구조적 밀도가 「故鄕」보다는 앞서고 있다. 「故鄕」은 장편소설이라는 서사형식의 측면에서 「洪水」와 다르다. 또한 구성상 「故鄕」의 다양한 삽화의 나열은 「洪水」의 세계와는 성질을 달리한다.

101) 박영희, 「民村의 역작 '故鄕'을 읽고서」, 《조선일보》 1936.12.1.
102) 李箕永, 「내 심금의 현을 울린 작품-판페로프의 '빈농조합'」, 《조선일보》 1933.1.17.

「民村」에서「洪水」를 거쳐「故鄕」에 이르기까지 그 동일한 현실공간을 지속적으로 전개시키고 있다는 점과 지식인형 인물의 이념적 실천행위가 '서울댁'(「民村」), '박건성'(「洪水」), '김희준'(「故鄕」) 등을 거치면서 구체적인 현실인식을 심화시키고 있음을 확인할 수 있다. 박승극의 지적에 의하면, 李箕永은 소박한 마르크스주의자에 가깝다. 그는 李箕永을 "마르크스주의 자라고 하기는 어렵다. 그는 마르크스주의를 신봉한 일 학도였으며 사회주의를 통절히 느끼는 양심적인 作家"[103] 라고 지적한 바 있다. 이런 점으로 미루어 볼 때, 李箕永의 작품은 자신이 설정한 사회주의적 이상에 대해 상대적으로 관념성을 드러냈던 것도 사실이다. 예컨대「民村」의 '서울댁'은 감정적인 울분을 지니고는 있으나, 어떤 현실적인 대안을 지닌 인물은 아니다. 그러나 그같은 관념성이, 이념의 실행을 위해 실천적 방법을 채택하면서「洪水」의 '박건성'을 거쳐 '김희준'에 이르면, 인간적인 결함을 지닌 보다 현실적인 모습을 구비한다. 그리고 프롤레타리아로 인식한 농민계층들에 대한 동지애를 확인하면서 사회적 전망을 제시하는 국면으로 발전하게 된다. 즉, 보다 객관화된 인물과 상황, 그리고 이념실천의 행동규범을 수립했다는 점에서「故鄕」은 李箕永의 농민소설에서 진전된 작품미학을 보여준다.

이상에서 李箕永이 지속적으로 추구했던 프로문학의 이념을 감안할 때, 李箕永의 농민소설로서는 최초의 작품이「民村」이며, 최후의 작품이「故鄕」임을 알 수 있다. 그 사이에 발표된「洪水」는「故鄕」과 유사한 모티프를 드러내는 것을 확인할 수 있었다. 따라서 李箕永의 농민소설은「民村」에서 출발하여「洪水」를 거쳐「故鄕」에서 완결됨을 보여준다.「民村」은 프로소설의 이념에서 계급적 모순을 드러낸 작품이라면「洪水」는 이념의 실천적 의지를 보여주었으나, 전망의 제시에는 실패한 작품이고,「故鄕」은 이념의 실천적 의지와 전망을 동시에 드러냈다는 점에서, 李箕永의 농민소설은 발전적 전개 과정을 보여준다.

---

103) 박승극,「李箕永검토1.-그의 인간 사상과 작품」,《풍림》, 1937.5.

2. 반복적 인물유형과 적층적 통합성

「故鄕」의 등장인물들은 이전의 인물들과 유형적 연관성을 지니고 있다. 지식인, 여성운동가와 소작농민, 그리고 그와 대립되는 地主像은 「故鄕」이 전부터 반복되어 나타나는 양상을 보이는 것이다. 말하자면, 인물의 특성은 일정한 유형으로 고정되어 있다. 이런 이유 때문에 「故鄕」은 李箕永의 작품에서 특히 '적층적 또는 통합적' 성격을 구비하는 것이다.

인물은 作家의 윤리적 성격과 세계관을 가장 잘 보여주는 작품이해의 통로이다. 作家의 사고 역시 하나의 모델이라고 본다면, 그리고 그 모델이 이념을 구비한다면 실천적인 인물의 창조로 나타나는 것은 필연적이다. 사회주의적 리얼리즘이 세계에 대한 전망 곧, 미래에 대한 진지한 실천적인 관점을 제시하는 이념적 차원에 더 많은 비중을 차지한다[104]고 볼 때, 「故鄕」은 식민지사회의 모순과 궁핍상을 반영시켰다는 점에 의의가 있다. 특히 이러한 문제를 인물에 국한시키지 않고 농촌이라는 배경과 모순을 극복하는 농민들의 주체적 행위 등의 다양한 문제와 관련지어 볼 때, 李箕永의 프로소설은 형상화시키지 못했던 풍부한 소재를 결합시켜 봉건적 수탈의 모순상황에 대한 극복방안을 전형화했다는 데에 있다.[105]

---

104) René Wellek, Concepts of Criticism, Yale Univ. Press, 1963, pp.240-241.
　　이미 르네 웰렉에 의해서도 지적된 바 있듯이, 전망은 문학을 통한 '예언적' 경향으로 역사에 대한 낙관적인 신념이다. 그것은 주로 사회주의 리얼리즘의 교훈성에 결부되는 문제로서, 구체적인 현실과 진리 사이에 가로놓인 상호모순성을 가리킨다. 진리가 궁극적이고 절대화된 세계라고 할 때, 현실은 그로부터 멀리 떨어져 있는 것이며, 그러한 상황의 해결은 전망을 통해서만 극복가능하다.
105) 요컨대 전형화는 객관적 진리를 목표로 하는 예술적 일반화의 독특한 방식으로서, "개인적인 것 속에 있는 사회적인 것을, 특수한 것 속에 있는 보편적인 것을, 우연적인 것 속에 있는 합법칙적인 것을, 여러 현상들 속에 있는 본질적인 것을 발견해 내고 끄집어 내어 예술적으로 설득력 있게 표현하는 방식"이다.(스테판 코올, 『리얼리즘의 역사와 이론』, 여균동 역, 미래사, 1986, pp.152-153.) 전형성은 作家의 객관적인 현실과의 접촉을 통해서만, 그리고 현실의 충실하고 진정한

「故鄕」에 형상화된 인물들을 기존의 인물들과 비교해 볼 때, 관념적 실천이 보다 현실감있는 형태로 대체되고, 한편으로 실천성의 보강에 주력하는 면을 보여준다. '김희준'은 바로 이러한 인물이다. 그러나 여성운동가의 인물유형은 관념적인 면 -달리 보면 원형적 이미지에 가까운 모성애의 발현자라는 의미에서- 을 지니고 있다. 그러나 김희준과 안갑숙의 애정관계를 임화는 "현실과 관념의 집대성"106) 이라고 지칭했거니와, 「故鄕」에서의 이러한 구도는 다소 상투적인 수법에 속하는 것으로, 인습의 상처를, 안갑숙을 통해서 극복하는 계기를 마련한다.

'김희준'은, 「서화」의 '정광조'처럼 사건에 개입하여 사건의 선악을 판정하는 판관적 성질을 포괄하면서도, 이전의 지식인들보다 구체화된 모습을 지닌다. 이를테면 그는 세계와의 대결을 감행하는 지도적 인물이면서도, 자신이 '갑숙'이와의 관계 때문에 내면적 갈등을 겪고 있다는 점에서 보다 현실적인 면을 구비하는 것이다. 이러한 연애의 플롯은 '김희준'의 조혼으로 인한 피해를 부각시키는 선에서 정지된다. 그리고 그들의 애정은 사회주의적 세계의 건설을 위한 동지적 관계로 승화된다. 이렇게 볼 때, '김희준'이라는 인물은 이상과 현실과의 갈등을 겪는 부조화를 보여주는 인물이다. 여기에서 김희준의 내면적 갈등은 다소 실감있게 나타난다. 자신에게 주어진 참담한 궁핍상과 원만하지 못한 결혼 생활 -집안 일에 등한시하는 남편상-, 그리고 갑숙의 적극적인 구애 등은 조혼으로 인한 인습의 피해자임을 보여준다.107) 그의 이러한 형상은 특히 지식인의 신구윤리의 갈등이라고 표현할만 한데, '수신적 측면'과 동등하게 취급되던 '사회적 위상의 균형'이 깨진 인간형으로 '김희준'을 볼수가 있다는 사실이다. 이것은 '김희준'에 와서야 李箕永이 창조한 실제적인 지식인상이 이념과 조화되면서도 다른 한편으로는 '결함을 지닌 현실성

반영을 추구함으로써만 구현될 수 있다.
106) 임화, 앞의글.
107) 「故鄕」 (상권) '달밤' 부분 참조.

있는 인물'로 형상화되었음을 뜻한다.108)

李箕永은「故鄕」이전의 작품에도 지식인 상을 드러냈지만, '김희준'처럼 이념을 실천적으로 수행하면서도 내면적 갈등을 겪는 인물을 그리지는 못했다.「民村」의 '서울댁(창순)'은 이념을 자각하고는 있었지만 실천의지가 결핍된 인물이며,「서화」의 '정광조'는 판관적 역할을 수행하지만 농민집단을 결속시켜서 전망을 드러내 보이는 데는 미흡했다. 또한「洪水」의 '박건성'은 처음부터 사회주의자로 농촌에 들어와서 뚜렷한 목적의식 아래에서 빈농들을 지도 계몽하며 야학을 개설하고 농민들에게 의식적 자각을 시도한다. 그 결과 洪水의 피해를 농민들의 집단의 힘으로 극복하게 했으며, 그 힘으로 소작쟁의를 지도하기도 했지만, 역시 전망의 제시에는 부족한 면을 보인다. 그러나 '김희준'은 이념의 실천의지를 드러내보이면서 농민들을 지도 계몽하고 '두레'를 조직하는 등 농민들의 잠재력을 자각시키고 洪水의 피해를 집단의 힘으로 극복했다는 점에서 '박건성'과 유사하지만, 소작쟁의를 성공으로 이끌며 전망의 제시를 드러냈다는 점에서 그들보다 발전된 양상을 보인다. 그러면서도 그는 현실적인 갈등도 극복한다. 그러므로 이전의 인물과 '김희준'은 차이가 나지만, 지식인으로 현실의 모순을 깨닫고 그 모순을 극복하려는 의지를 갖고 있으며 계급투쟁으로 이상사회를 건설하려는 의지를 보인다는 점에서 그들과 동일선상에서 파악되어져야 하는 인물이다.

'안갑숙'은 '김희준'에 버금가는 '여성운동가'로 드러나지만, 그녀의 특성은 李箕永 자신의 진술에 의해 보다 뚜렷하게 확인된다. 그는 "내 소설에는 언제나 이상적 여주인공의 모델이 있다"109)고 말하면서, '모성애적' 특성을 지닌 이상적인 인물을 그리려고 했다고 고백하고 있다. '안갑숙' 역시 예외가 아니어서, 정략결혼을 거부하고 가출하는 그녀가 갑자기 노동자로 변신

---

108)「故鄕」의 주인공인 '김희준'의 모델은 李箕永의 친구인 '변상권'이란 설이 있다.(박충록,『조선문학간사』, 연변교육출판사; 연변,1987-열사람, 1988. p.275)

109) 李箕永,「동경하는 여주인공」,《조광》 1934.4.

한다. 이 과정에는 물론 그녀의 진보적 가치관이 보다 많이 작용하는 것이나, 그녀가 '김희준'의 조력자로 등장한다는 사실에서 본다면, '김희준을 돕는 여성상의 이상형'으로 관념화되어 있다는 판단이 가능하다. '김희준'과 '안갑숙'의 단선적인 혹은 평면적인 형상화에 대하여, 김남천은 "作家는 자기와 근접한 연관을 가진 지식계급의 전형을, 적극적인 방향에서 모색하고자 할 때, 作家는 흔히 작중인물에 대하여 溺愛와 관념적인 이상화에 빠질 위험성이 있다"110)고 지적하고 있다. 김남천의 주장은 지식계급인 作家가 갖고 있는 일반적인 경향으로서, 인물의 전형화를 시도할 때, 적극적이고 원심적인 방향에서 형상화한다면, 작중인물은 관념화의 위험성 - 이것은 갑숙의 경우에 해당한다 - 에 빠지게 되고, "소극적이고 구심적인 방향으로 치중할 때, 심리적인 자기생활이 형이상학적으로 추구"111)되는 위험성을 경고한 것이다.

'안갑숙'의 경우처럼 李箕永은 이전의 작품에서도 여성 사회주의 운동가를 그려냈지만, 그들은 모두 단순하고 맹목적으로 사회주의 운동가로 변신하여 설득력이 떨어진다. 즉 「민며느리」의 '금순'이나 「해후」의 'S', 「시대의 진보」의 '혜숙'은 무지한 시골여성이거나 사회주의를 전혀 의식하지 못한 인물이다. 그러나 연인에게 인격적 폄하를 당하거나, 연애에 실패한 후 가출하여 계급투쟁의 선봉에서는 운동가로 변신한다. 「채색무지개」의 '옥숙'은 맹목적으로 사회주의를 동경하는 인물이다. '안갑숙'의 경우에도 '권경호(곽경호)'와 불륜의 관계를 맺고 아버지인 '안승학'을 설득할 자신이 없자, 가출하여 어느날 갑자기 제사공장의 노동쟁의를 지도하는 계급주의 여성운동가로 변신한다는 점에서 이전의 작품에 나오는 사회주의 여성 운동가들과 같은 유형에 속한다.

'김인동'의 애인인 '방개'의 경우도 어느날 갑자기 여성운동가로 변신한

---

110) 김남천,「지식계급 전형의 창조와 '故鄕'의 주인공에 대한 감상」, 《조선중앙일보》 1935.6.30.
111) 김남천, 위의글, 《조선중앙일보》 1935.6.29.

다는 점에서 안갑숙과 동일하다. 이처럼 이들은 대부분 인습적 상태에서 과감히 탈출한 다음 몇년간의 고난과 고학이라는 자기수련을 거쳐 사회운동가로 변신하는 데에 성공한다는 서사구조를 공유하고 있다.

'김인동' '김원칠' '김선달' 등은 「서화」의 '돌쇠'와 「농부 정도룡」의 '정도룡'과 같은 인물로 연관지을 수 있다. 이들은 '악한적' 성향을 지닌 인물유형으로서, 이념을 드러내는 데는 적극적 행위자로 나타난다. '돌쇠'의 윤리적 부정성은 사회주의적 공동체를 지향하는 과정 속에서 적극적인 역할로 변모된다. 이들은 논리와 체계를 갖춘 인물이라기 보다는, 현실적인 주체로 자리잡는다. 하지만 '정도룡'의 폭력적 대응이 농민들의 모순해결의 욕구와 자기파괴적 성향에서 만들어 낸 이상화된 사건추이라고 한다면, 거기에는 현실성이 박약하며, 과격한 관념적 소산이라는 비판을 받을 수 있다. 따라서 '정도룡'의 인물적 특성은 모순타파라는 욕망의 분출과 폐쇄된 사회적 비극성을 비범한 능력으로 해결해 나가는 모델인 것이다. 이같은 적극적 기질은 '김인동' '김원칠' '김선달' 등으로 통합되는데, 이들은 농촌의 집단적 주체의 한 축으로 공통적인 정신구조를 갖고 있으며, 농촌현실의 모순을 자각하고 이념의 실천의지를 행동으로 드러내는 인물로,112) 지식인의 역할과는 변별된, 농민들의 각성된 모습을 보여준다.

'안승학'의 경우를 살펴보자. 지금까지 살펴본 인물들이 제도권의 수탈과 억압에 희생되는 인물들이라면, 이들과는 달리 제도권의 보호아래서 기득권을 유지하며, 제도권의 수탈정책에 적극 참여하는 집단으로 지주계급과 부재지주의 권익을 대행하는 '마름'이 있다. 이들은 요컨대 플롯상 인물간의 중심적 갈등을 보여주는 '적대적 주인공'(Antagonist)이다. 「故鄕」에서 이 적대적 주인공의 전형은 '안승학'이다. 부재지주 민판서의 마름인 '안승학'은 계급적 위악을 행사하는 대표적 역할을 수행한다. 그는 축첩과 같은 탈윤리적 행동과 고리대금업으로 인간성의 결함을 드러내고, 농민들의 원성의 대상이

---

112) 이경호, 「李箕永의 '故鄕' 연구」, 한양대 석사학위논문, 1990. pp.43-48.

된다. 이런 인물유형은 李箕永 소설에서는 제도권과 부의 기득권을 유지하는 세속적이며 비인간적인 표상이다. 이러한 인물상은 식민지 체제 그 자체를 상징하는 것이기도 하다. 그러므로 이들은 기득권 유지의 철저함과 향락 추구적인 생활, 그리고 축첩과 같은 비정상적인 측면을 더욱 부각시킴으로써 프롤레타리아와는 대립적 축에 서있다고 할 수 있다.

李箕永의 작품에서 이와 같은 인물은 「民村」의 '박주사 아들', 「농부 정도룡」의 '김주사', 「洪水」의 '정고령', 「서화」의 '김원준'과 같은 인물들로써 '적대적 주인공'(Antagonist)이다. '박주사의 아들'은 장릿벼를 갚지 못하는 소작인 집에서 벼 두 섬값으로 처녀를 빼앗아 첩으로 만들며, '김주사'는 이익을 위하여 이미 모심기를 바로 앞둔 논을 떼는 행동을 서슴없이 하며, '정고령'은 洪水로 소출이 형편없는 상황에서도 빈농들의 소작료의 탕감을 거부하며, '김원준'은 노름과 계집질 등 향락추구에 빠진 비인간적인 인물이다. 이와 같은 인물은 「故鄕」에서 '안승학'에 그대로 적층된다.

이들이 나약한 면을 보이는 경우는 '정도룡'이 칼을 들고 '김주사'를 찾아가서 위협하거나, 김희준'을 비롯한 농민들이, '안승학' 집안의 비행-딸이 경호와 불륜의 관계를 맺은-을 소문내지 않겠다는 협상의 조건으로 내걸고 협박할 때의 경우이다. 이처럼 지주는 나약한 혹은 부정적인 면만을 드러내는 부르조아 계급의 평면적 성격으로 일관되고 있다.

이상에서 살펴본 바와 같이, 「故鄕」은 이전의 李箕永 작품에서 제시한 인물들이 전형적으로, 통합되어 나타나는 사실을 확인할 수 있었다. 그들은 지식인, 사회주의 여성운동가, 실천적 농민들이며, 그리고 이들과 대립되는 지주들이다.

농촌 계몽의 지도적 역할은 지식인에 의해 수행된다. 그의 작품에서 지식인은 프로문학의 이념적 구현에 따라 각각 다른 차이를 드러낸다. 이들 지식인은 이념의 실천적 지도자로, 농민을 지도 계몽시켜 전망을 발전적으로 제시한 '김희준'-「故鄕」을 위시하여, '서울댁(칭순)'-「民村」, '정광조'-「서화」,

'박건성'-「洪水」 등이 있다. 그런데 '서울댁'은 계급적 모순에 대하여 자각은 하고 있으나 실천의지를 보여주지 못하며, '정광조'는 판관적 역할만 하며, '박건성'은 이들에 비하여 직접 농촌을 지도 계몽하고 농민들에게 계급적 모순을 자각시키는 실천의지를 보여주지만, 전망의 제시에 실패한 인물로 드러난다는 점에서 '김희준'과 다르다.

그리고 노동쟁의의 전망을 제시하며 여성 사회주의자로 계급투쟁의 선봉에 나섰던 '안갑숙'과 같은 인물을 '금순'-「민며느리」, 'S'-「해후」, '옥숙'-「채색무지개」, '혜숙'-「시대의 진보」에서 찾을 수 있었다. 이 사회주의 여성운동가들은 무지하거나 맹목적으로 계급주의 이념을 신봉하고, 연애의 실패 등과 같은 갑작스런 계기로 사회주의 여성운동가로 변신하는 모습을 보여 주는 등 李箕永의 작품에서는 가장 설득력을 잃는 실패한 인물상이다.

다음으로 지식인 농촌지도자 '김희준'을 도와 소작쟁의 과정에서 의식과 행동이 뚜렷하여 작품에서 중요한 역할을 맡은 인물인 '김인동', '김원칠', '김선달' 등과 '정도룡'-「농부 정도룡」, '돌쇠'-「서화」, '원치서'-「원치서」 등은 동일선상에서 파악이 가능하다. 즉 이들은 무지한 농민들이면서도 농민들 집단에 영향력을 가장 직접적으로 행사할 수 있는 구심력을 갖고 있다. 그들이 소유한 의식은 농민의 집단의식을 대변하기도 하며, 현실의 실천적 사유와 감정을 갖고 있기도 하고[113] 소작쟁의에 핵심적 역할을 담당하기도 한다. 李箕永의 작품에서, 실천의지를 행동으로 보여주는 집단적 주인공은 바로 이들이다.

위의 인물들과 대립되는 '적대적 주인공'(Antagonist)으로 인색하고 냉정하고 권모술수에 능하며 제도권의 보호아래 그들의 富를 축적할 수 있었던 지주(또는 부재지주), 마름 등 부르조아의 전형을 나타내는 '안승학'과 같은 인물을 '박주사 아들'-「民村」, '김주사'-「농부 정도룡」, '정고령'-「洪水」, '김원준'-「서화」에서 찾을 수 있었다. 李箕永의 작품에서 이들은 항상 도

---

113) 이경호, 앞의책, p.70.

덕적으로 타락하고 단순하게 그려져 있어서 그들의 개별적인 성격은 드러나고 있지 않지만, 계급주의 이념을 강조하는 데는 빈농들로부터 타도와 증오의 대상이 된다.

또한「故鄕」에는 도식적 인간유형이 드러나고, 사회주의 이념을 실천하기 위한 뚜렷한 목적아래, 등장인물은 단순화되고 전형화 된다. 초기 소설과 비교해 볼 때,「故鄕」이전의 작품에서 드러나는 양상은「故鄕」에서도 반복적으로 제시되는 것이다. 따라서「故鄕」은 '적층과 통합'의 양상을 보인다고 할 수 있다.

3. 주체적 삶과 실천의지

「故鄕」에서는 이념의 구체적인 실천이 제시되어 있다. 실천의 구체적 행위는 농민의 집단적 결속과 현실극복의 힘을 획득하는 과정으로 나타나기도 하며, 다른 한편으로는 지식인이 농민을 계몽시키는 전위적 역할을 수행하기도 한다.「故鄕」은 사회주의적 세계관을 통한 이상적 사회건설의 전망을 제시한다. 그러므로「故鄕」은 이념과 실천이 현실공간에서 어떤 방식을 통해 모색될 수 있는가라는 문제에 대한 시도였다고 판단된다. 이같은 점에서 본다면「故鄕」에 드러난 중심적 문제는 계몽과 이상의 실현에 놓여진다.

고리끼는 사회주의 리얼리즘의 특성[114]을 다음과 같이 설명한 바 있다. 첫째로 전략적이며[115] 메세지의 전달이 강조되는 경향문학이다. 그러므로 이 문학은 무엇인가를 주장하는 서사전략을 구비한다. 둘째로 '집단주의 collectivism'에 바탕을 두고 인간의 특성을 규정한다. 따라서 '사회주의적 개인성은 오직 집단적 노동조건 속에서만 발전된다'[116]는 고리끼의 명제가

---

114) 게오르그 비스츠레이, 앞의책, p.64.
115) 여기에서 '전략 stratigy'이라는 말은 사회주의 건설의 프로그램을 지니고 있는 강령, 계획 등의 의미로도 바꾸어 사용할 수 있다.
116) 게오르그 비스츠레이, 위의책, p.64.

성립되는 것이다. 셋째로 사회주의적 리얼리즘 문학은 낙관적 인생관을 피력하고자 한다. 삶은, 위대한 행복을 누리는 지상적 삶을 궁극적인 목적으로 하는 행동이자 창조인 것이다. 넷째로 그것은 사회주의적 개인성을 고양시키는 것을 목적으로 한 교훈성의 개입을 적극 독려한다.

李箕永의 대표작 「故鄕」은 사회주의적 모델과 논리에는 미흡하지만, 그러나 이러한 점을 단순 비교하기에는 역사적 상황이 판이하게 다르다는 점을 염두에 둔다면, 자신이 수립한 이념의 실현을 제시하려는 의도가 두드러지게 나타난다. 물론 이 같은 자발적 행위와 신념의 조화는 작품 안에서 세계와 인물의 특성으로 구현되겠으나 도식적인 인간유형과 사건의 반복적인 양상을 적층하는 원동력이 된다.

그는 완전한 사회주의자라기 보다는 '이념'이라는 이상적 세계에 대한 신념을 하나의 진리, 혹은 원리로 소유하게 된 '양심적인 作家'117)였다. 그 때문에 그의 사회주의적 이상에는 다소 관념적인 부분이 개재되었던 것도 사실이다. 또한 지식인의 '실천'에 많은 비중을 부여한다. 이것은 '이념의 실현을 위한 인물의 창출'이라는 모색이자 李箕永 자신의 행동방향이었던 것이다. 식민지체제라는 거대한 권력의 극복을 위한 문학적 응전방식은 李箕永의 경우, 신념의 가시화 혹은 그것이 구현되리라는 낙관적 의지에 문제의 핵심이 있다. 결국 李箕永의 「故鄕」 이전 소설들이 갖는 어느 정도 일관된 방향성은 이념의 실천행위로서의 문학임을 말해 준다. 그리고 관념성이 어느 정도는 사회적 전망을 제시하는 선으로 발전하고, 현실성있고 객관적인 상황으로 구성된다는 점에서 「故鄕」은 보다 진전된 세계를 보여준다.

「故鄕」에는 다양한 농촌의 궁핍상이 제시되고 있다. 그러한 궁핍상의 묘사는 자연과 농촌의 정경을 통하여 상징적으로 드러내는 사회적 모순을 의미한다.

---

117) 박승극, 앞의책.

마을 사람들은 오늘도 논으로 밭으로 헤어졌다. 오후의 태양은 오히려 불비를 퍼붓는듯이 뜨거운데 이따금 바람이 솔솔 분대야 그것은 화염을 부채질 하는 것 뿐이었다.
　　숨이 콱! 콱! 막힌다. 논꼬에 고인 물이 부글부글 끓어 오른다. 텀벙! 뛰어드는 개구리는두 다리를 쭉! 뻗고 뻐드린다. 그놈은 비시감치 자빠지면서 입을 딱-딱- 벌리었다.

(「故郷(상)」-'농촌점경', p.1.)

　　이 농촌의 점경은 궁핍상을 암시하는 것으로, 농촌의 암울한 상황을 전제로 한다. '여름 태양'으로 암시되는 상황적 의미는 농민의 힘겨운 생활을 단적으로 드러낸다. '불비'와 '화염'의 이미지는 부정적이며, 삶의 고단함을 나타낸다. 거기에다, "숨이 콱! 콱! 막힌다. 논꼬에 고인 물이 부글부글 끓어 오른다"는 묘사는 여름과 더위에서 비롯한 삶의 절망적인 모습을 연상시킨다. 농촌의 절망적인 궁핍상은 '춘궁'에서 더 구체화 된다.

　　"그게 무에야? 웬 술지게미를 받아온대여?"
　　갑숙이는 업동이네가 머리에 이는 광주리 속을 들여다 보다가,
　　"아니 웬 술 지게미들만...돼지먹이를 받아가나?"
　　박성녀와 업동이네는 별안간 면구한 생각이 나서 얼굴을 붉히고 허굽흔 웃음만 마주 웃고 있다.
　　"돼지죽이 아니라 사람죽이라우."
　　지금까지 혼자 서서 손장난만 하고 있던 갑성이는 누이에게로 고개를 돌이키며 그들의 대화 속으로 뛰어 들었다.
　　"하하하 정말 사람죽이지."
　　"사람이 그걸 어떻게 먹어?"

(「故郷(상)」-'춘궁', p.91.)

　　안승학의 딸 갑숙과 아들 갑성이가 서울에서 故郷으로 돌아오는 길에, 읍내 양조장 앞에서 술지게미를 사오는 마을사람들과 만나 나누는 대화다. 양조장에서 가축사료로 쓰이는 술지게미를 사먹으면서까지 춘궁기를 넘겨야 하는

극한적 상황이다. 그러나 갑숙이와 갑성이는 이러한 점에 대해 무지하다. 결국 이것은 가진 자와 못 가진 자의 대립적인 양상을 드러내 주는 장면이다.

'김희준'의 귀향을 그리고 있는 '돌아온 아들'의 대목에서는 이 자연정경의 묘사가 농촌사회의 변모라는 보다 구체적인 상황설정으로 전환되고 있다.

> 오년 동안에 故鄕은 놀랠만치 변하였다. 정거장 뒤로는 읍내로 연하여서 큰 시가를 이루었다. 전등 전화가 가설되었다. C 私鐵은 원터 앞 들을 가로뚫고 나갔다. 전선이 거미줄처럼 서로 얽히고 그 좌우로는 기와집이 즐비하게 늘어섰다. 읍내 앞 큰 내에는 굉장하게 제방을 쌓았다. 上里 안골에서 내리질르는 물과 봉화재 골짜기에서 흐르는 물이 정거장을 휘돌아서 원터 앞들을 뚫고 흐르다가 읍내앞-정 남쪽으로 와서는 한데 합쳐서 큰 내를 이루었다. 세 갈래가 진 물목은 웅덩이처럼 넓게 팽졌다.
> 이 물목은 강물의 어구와 같이 여울이 졌다. 그래서 洪水가 질 때에는 물목이 벅차서 부근의 전답은 물론이요, 읍내앞 장거리까지 침수가 되었다. 그런데 거기를 굉장하게 방축을 싸올리고 양쪽으로는 신작로의 가로수와 같이 '사구라'와 버드나무를 심었다. 그리고 정자를 새로 지었다. 그러나 그동안 변한 것은 그뿐만이 아니었다. 상리로 올라가는 넓은 뽕 나무 밭- 개울 옆으로는 난데 없는 제사공장이 높은 담을 두르고 굉장히 선 것이었다. 양회 굴뚝에서는 검은 연기가 밤낮으로 쏟아져 나왔다.
>
> (「故鄕(상)」-'돌아온 아들', pp.20-21.)

이러한 배경묘사는, 급변하는 농촌사회의 모습을 보여 주는 것이지만, 식민지 사회의 경제적 수탈을 드러내는 데 그 본뜻이 있다. 전등과 전화의 가설, 철도 건설 등은 가난한 농촌과는 그다지 관련을 보이지 않는 것일 수도 있다. 그러나 '원터'는 근대문명이 수용되는 중소도시에 인접한 곳이라는 점에서, 또 제방의 건설이라는 장치를 통해서, 앞으로의 작품에서 전개될 서사구조-洪水-를 예시해 준다. 따라서 '원터'가 지닌 상황적 의의는 그것이 '식민지농촌'의 한 전형이라는 데 있다.

물론 作家가 형상화하는 모든 작업들이 전형적이라는 의기를 갖지만, 그것이 객관성을 확보하고 있는가에 따라 작품의 이념적 완성도는 매우 다르게 나타난다. 이 같은 관점에서 보면 '원터'는 근대화된 읍내와 근접한 공간이며 대다수가 근대문명의 혜택을 받지 못하는, 전근대적 상황에 처해 있다는 설정이 현실적 모순이라는 의미망을 형성하고 있다.

위의 인용은 '김희준'의 귀향과정에서 관찰된 현실이다. '김희준'의 사회 현실의 인식은 제사공장과 밤낮으로 검은 연기를 뿜고 있는 데서부터 시작된다. 위력과 풍모를 지닌 근대산업에 대면하면서 그는 자신의 귀향에 대한 목적을 계몽과 각성에 두어야 한다는 인식을 하게 된다.

김희준은 이와같은 격세지감의 사회변화를 비관적이고 부정적인 견지에서 바라보지 않는다. 그는 낙관성에 바탕을 두고 이 상황을 관찰한다. 이것은 「故鄕」 안에서 핵심적인 정황의 예시다. 김희준을 통해 확대되는 주체적인 각성과 그것의 실천이라는 이념적 계몽성은 이 작품의 주된 서사골격을 이루는 것이다.

다음 인용문에 보면, 김희준의 귀향은 동경유학 후 어떤 의도를 안고 결행된 것이라는 점을 알 수 있다.

> 거의 왼 동리사람이 옹기옹기 나와서 동구앞을 내다 보았다. 젊은 각시들은 울 밑과 삽작 문옆에 붙어서 고졸망구니들은 달음박질을 해서 골목길거리로 뛰어 나왔다. 이 바람에 닭이 풍기고 송아지가 뛰고 돼지가 꿀꿀거린 것이다. 그런데 웬일이냐? 그들은 희준의 행장이 너무나 초라한데 고만 놀래였다. 그들의 생각에는 그도 좋은 양복에 금테 안경을 쓰고 금시계줄을 늘이고 그리고 짐군에게는 부담을 잔뜩 지워가지고 호기 있게 들어올줄 알았다. 그것은 그들뿐 아니라 희준의 모친과 그의 아내까지도--. 한데 그는 시커먼 학생양복에 테두리가 오골쪼골한 모자를 쓰고 행장이라고는 모서리가 해여진 손가방 한 개를 들었을 뿐이다.

그는 일본으로 건너간지 오륙년만에 나오지 않는가. 서울가서 중학을 마치고 다시 일본까지 건너가서 유학을 하고 나올 적에는 그는 무엇이든지 장한 일을 하고 온 줄 알았다. (그들의 장한일이라는 것은 돈을 많이 벌었거나 무슨 월급자리를 얻었거나 그런 것인데 그는 아무것도 못한 것같기 때문에---)

"공연히 미친년같이 뛰어 나왔지. 난 무슨 행차나 들어 온다구 허허허 참! 우리 아들(역부)이 서울 갔다 오는 길도 이보다는 났겠구먼!"

(중략)

그러나 희준이는 이런 것에는 도무지 상관도 없는 사람처럼 유쾌한 기분으로 마을에 들어왔다. 모친과 동리사람은 그의 이런 기분을 이상히 여겼다. 혹시 그는 일부러 어리손을 치느라고 이런 기분을 강작함이나 아닐까? 그들은 희준의 심정을 참으로 알 수 없었다. 사실 그때 희준이는 진심으로 유쾌하였다. 그것은 故鄕에 돌아오는 기쁨보다도 그동안의 변천은 어쩐지 형용하지 못할 그런 쾌감을 자아냈다.

(「故鄕(상)」-'돌아온 아들', pp.23-24.)

인용 대목에서 '김희준'의 귀향동기가 구체적으로 드러나 있지는 않다. 그의 귀향은 금의환향과는 거리가 먼 초라한 귀향이다. 문맥상으로 '김희준'의 일본유학은 근대학문의 습득과 계급적 세계관을 접할 수 있는 수련과정이지만 입신출세의 도구적 관점과는 다르다는 것은 짐작이 가능하다. 변덕쟁이 '김소사'의 빈정거림은 매우 세속적인 가치관에서 연유하는 것이며, 그것은 마을 사람들의 의식과도 동일하다. 그들은 지식이란 곧, 권력을 창출한다는 일반적인 사고에 젖어있기 때문에 지식인을 선망의 대상으로 본다. 이를테면 이들 농민들은 아직 각성되지 못한 물질 선호의 의식을 갖고 있으며, 유학은 곧 신분상승과 출세의 척도라는 시각에서 '김희준'을 바라보는 것이다.

그러나 김희준은, 마을사람들의 그러한 반응에 대하여, 아무런 반응을 보이지 않는다는 점에서, 그의 이념과 가치관이 세속적인 것과는 다르다는 것을 암시해 준다. 「故鄕」은 이미 그런 인물의 형상화를 전략적으로 암시하고 있다. '김희준'이 보여주는 일련의 맥락은 바로 '원터의 계몽과 근대화에 대한 낙관적 희망'으로 요약되는 것이다. 예컨대 '장성해 가는 것들'에 대한 묘사 역시 그러한 낙관성의 확인이다.

> 태아를 비트는 산모의 진통과 같이 묵은 것은 한편으로 씨러져 간 것 같다. 그것은 다만 묵은 것을 조상하는 것이 아니었다. 묵은 둥치에 서 새싹이 엄돗는 것과 같다 할까? 늙은이는 더 늙고 죽어 갔으나 젊은 이들은 여름풀과 같이 씩씩하게 자라났다. 어린 아이들은 몰라보도록 컸다.
>
> (「故鄕(상)」-'돌아온 아들' p.25.)

이와 같은 낙관성의 확인은 동경유학생 '김희준'의 역할을 암시해 준다. 「故鄕」에서, 그의 귀향은 '원터'라는 전근대화 된 농촌에서, 세속적인 의식 에 물들어 있는 농민들을 계몽시키고 이상사회를 건설하는 데에 있음을 예견 해 준다. 지식인의 이러한 역할은 이념의 실천의지에 바탕을 두고 있다. '당 시 조선내에는, 일본사회의 급진적 시대사조에 감염된 좌경 인텔리들이 국내 로 들어와 소위 신사조란 이름의 사회주의 사상을 전파하게 되는데'[118] 동경 유학생인 '김희준'도 식민지 사회에서 떠맡아야 할 사명감을 인식하고 있었 다고 간주된다. '김희준'이 귀향하면서 떠올린 생각은 그 사명감의 특성을 잘 드러내 준다.

> 그는 그때 동경을 떠나올 때 차 안에서 부터 여러가지 생각에 얽혀 있었다. 그는 실제로 故鄕에 돌아와서 할 일을 궁리해 보았던 것이다.
>
> (「故鄕 (상)」-'돌아온 아들' p.40.)

이를테면 그것은 무지한 농민들의 의식을 깨우치기 위하여 시작한, '야학' 을 겸한 '청년회' 운동과 농민들의 공동체적 삶의 회복을 가능하게 했던 '두

---

118) 김창순, 「한국 공산주의 운동사」, (『한국현대문화사대계』 5, 고려대 민족문화연 구소, 1980. pp.818-820.)

레', 그리고 洪水 피해로 인하여 소작료 삭감을 요구하는 농민들과 함께 소작쟁의를 이끌었던 일 등이다.

'김희준'은 귀향하자마자 자신의 힘으로 농사를 지으면서 신분상의 제약을 극복하고자 한다. 그는 농촌의 실상을 좀더 구체적으로 깨달아 간다. 그의 이같은 생활은 농민들이 필요한 것이 무엇인가를 체험적으로 파악하게 한다. 그래서 그는 청년회를 조직하고, 야학을 개설하여 농민을 지도한다. 그의 강한 의지는 계몽운동의 형태로 드러난다.

> "무엇 때문에 사는가? --놈들은 모두 조고만 사욕에 사로잡혀서 제한 몸 생각하기에 여념이 없지 않은가? 그래서 말로나 글로는 장한 소리를 하지만 뱃속은 돼지같이 꿀꿀거리는 동물이야!그것들과 같이 일을 해 보겠다는 나 자신부터 같은 위인이 아닐까?"
> 그러다가도 어떤 박자로 열을 올려서 다시 일에 열중할 때에는 금시로 어떤 희망에 날뛰어서 낙관을 하게 했다.
> "그렇다! 그들도 사람이 아닌가! 잘 지도하면 된다!"
> (「故鄕(상)」-'달밤', p.203.)

이같은 김희준의 독백은 농민들의 각성을 지도하는 자신의 과업에 대한 회의와 갈등, 그리고 그로부터 반전되는 심리적인 樂觀을 잘 묘사해 준다. 농민들의 각성되지 못한 차원을 한 단계 끌어올리려는 목적과 그 계몽적 노력이 하나의 특성으로 나타난다.

'김희준'의 회의와 갈등은 樂觀 쪽으로 기울어지며, 마을 사람의 신임을 얻기 위해 노력한다. 야학을 개설하여 마을 청년들의 무지한 의식을 계몽시키고, 마을의 궂은 일을 도맡아 하느라고, 제 집 제쳐두고 밖으로만 돌아다니므로, 그의 아내 복임이로 부터, "남과 같이 잘 먹이고 잘 입혔수? 계집 자식 호강 시켰수?"(「故鄕 (상)」-'달밤' p.210.) 하는 원망까지 듣는다. 그러나 이러한 '김희준'의 노력은 마침내 마을 사람들의 신임을 얻어 '두레'를 결성하는데 성공을 거두며 그는 마을의 실제적 지도자로서의 위치를 굳힌다.[119]농민들은 "희준이의 지도를 받아서 첫째 술을 과음하는 버릇을 고치게 되었고, 술과 기타 음식을 일정하게 제한해서 먹고 매사에 서로 불공평한 일이 없도록"(「故鄕 (하)」-'수재' p.235.)그들의 생활습관과 의식마저 고쳤던 것이다.

빈농들의 공동체적 삶을 의식하게 한 계기는 '두레'다. '두레'는 「故鄕」의 중요한 裝置-'Device'-120)다. 이 '두레'를 계기로 농민들은 그들이 갖고 있는 잠재적인 힘을 확인할 수 있었고 농민 개개인 間의 개인적 증오가 해소되는 계기를 마련할 수 있었으며, 그 힘은 뒤의 소작쟁의에 단결된 힘으로 뭉쳐질 수가 있었다. '원터' 마을 농민들의 '두레' 나가는 모습을 보자.

> 희준이도 잡이 손 속에서 징을 치며 돌아다녔다. 이 바람에 김선달도 신명이 나서 '부쇠' 앞에 마주 돌아서서 발을 굴러가며 자진가락을 넘기었다. 이튿날 아침에 집집마다 한 명씩 나선 두레꾼들은 농기를 앞세우고 안승학의 구레논부터 김을 매었다.
>
> "깽무갱깽, 깽무갱깽, 깽무갱, 깽무갱, 깽무갱깽...."
>
> 아침해가 뾰주름이 솟을 무렵에 이슬은 함함하게 풀끝에 맺히고 시원한 바람이 산들산들 내 건너 저편으로 불어온다. 깃발이 펄펄 날린다. 장잎을 내 뽑은 벼 포기 위로는 일면으로 퍼렇게 푸른 물결이 굼실거린다.
>
> 그들은 머리에 수건을 질끈 동이고 꽁무니에는 일제히 호미를 찼다. 쇠코 잠방이 위에 등거리만 걸치고 허벅다리까지 드러난 장단지가 개구리를 잡아먹은 뱀의 배처럼 불쑥 나온 다리로, 슬 엉긴 논두렁 사이로 일렬로 늘어서서 걸어간다. 그중에는 희준이의 하얀 다리도 섞여서 따라간다.
>
> 두레가 난 뒤로는 마을사람들의 기분은 통일되었다. 백룡이 모친과 쇠득이 모친도, 두레바람에 화해를 하게 되었다. 인동이와 막동이 사이도 옹매듭을 풀었다.
>
> (「故鄕(상)」-'두레' pp.366-367.)

---

119) 정미원,「李箕永의 '故鄕'의 작중인물 연구」,외대 석사학위논문,1988.p.28
120) Something (as a figure of speech) in a literary work designed to achieve a particular artistic effect.(Webster's Dictionary, p.311)

농민들의 공동체적 삶의 회복 가능성은 '두레'에서 인용한 위의 글에서 잘 드러난다. 지금까지 그동안 마음 속에 옹맺혔던 개인들 간의 오해와 대립이 풀리는 순간인 것이다. "두레가 난 뒤로는 마을 사람들의 기분은 통일되었다"는 지문은 바로, 김희준의 실천적 의지로, 농민들의 의식을 공동체적 의식으로 전환시키는 데 성공적이었음을 말해주고 있다. '백룡이 모친'과 '쇠득이 모친' 간의, 또는 '인동'과 '막동'이 간의 갈등은 이 두레의 협력적 분위기로 인해 혈연적 관계로 재생되는 것이다. 이 연대감의 회복은 결국 「故鄕」이 가진 이상적 계몽형태의 값진 수확으로 보인다. 왜냐하면, 이것이 어떤 점에서는 '낭만적 계몽소설'[121]에 해당하는 내용을 구비하고 있기 때문이다.

'두레'로 농민들은 그들의 잠재적 힘을 확인하게 하여 그들의 의식을 통합할 수 있었으며 농민들은 그 힘으로, 지주에게 정면으로 대결하여, 소작쟁의를 벌일 수 있었다. 그들은 이전에는 소작쟁의를 상상도 할 수 없었지만 '두레'로 자신들의 공동체 의식으로 단합하여 소작쟁의를 승리로 이끌 수 있었다. 그것은 소작농민들의 주체적 삶의 양상이다. 소작쟁의와 농민들의 승리는, 「故鄕」의 가장 중요한 作家 의도이자 프로문학의 이념과 전망의 제시이다. 그리고 소작쟁의의 승리뿐만 아니라 소작쟁의의 과정도 이념의 실천적 행위를 드러내는 중요한 부분이다. "이 소작쟁의 과정은 농민들의 계급적 각성

---

121) 이러한 점에서 고찰하고 있는 경우는, 한승옥, 『한국현대장편소설연구』(민음사, 1989. pp.121-124.)를 참조할 수 있다.
　위의 연구는 이광수의 「흙」과 비교하여 그 특징적인 면을 밝히고 있다. 곧, 「흙」에 비해 「故鄕」은 분명한 귀향동기가 드러나 있지 않다는 의미에서 '세속적 성취없는 귀향'으로 결론짓고, '농촌사업에 대한 열망'과 '이상향 복구의 의도'가 있다고 본다. 「흙」의 '허숭'은 그러나 사회적 지향에 대한 굴복의 결과 일어난 파탄과 도피의 성격을 지닌다(같은책, p.123.)고 한승옥은 보고 있다.
　'김희준'은 세계에 대한 낙관적 전망을 구비하고 있으며, 「故鄕」의 전반부는 '계몽적 행위'가 작품구조의 중심축으로 드러난다. 그리고 후반부에서는 '이념적 실천'이 강조되고 있는 점으로 볼 때, 이 작품의 특성은 낙관성에 바탕을 둔 계몽성이 중심구조라고 생각된다. 따라서 「故鄕」은 굳이 이념적 차원을 고려하지 않더라도, '낭만적 계몽소설'에 포함시킬 수 있다.

을 제고하는 과정이며 상호 협조의 미덕을 발휘하는 과정이기도 했다."122)

소작쟁의의 원인은 '두레'에 의한 농민들의 집단적 잠재력의 결속이지만 직접적인 계기가 된 동기는 洪水에 있다. '원터'의 洪水피해는 농촌의 모순 상황을 예각화하는 하나의 도구로 활용된다. '洪水'라는 도구적 사건은 특히 사회구조의 모순에 기인한 무산계급의 피해로 작용한다. 즉, '洪水'는 '농민들의 단합된 힘'에 의해 극복되는 고난의 계기이자 도도히 흐르는 역사적 물결의 범람인 것이다. 따라서 이는 농민들의 각성된 힘의 통합이, 장차 도래할 지주와의 대결로 이어지게 하는 각성과 행동화를 위한 전환적인 사건이다.

> 날이 번쩍 들자 큰 물이 지나간 벌판은 폐허와 같이 살풍경을 이루 었다. 물에 나간 논은 말 할 것도 없거니와 그렇지 않은 것도 마치 우 박맞은 김장밭 같이 짓떼여 졌다. 농사는 큰 흉년이었다. 원터 사람들은 하늘을 우러러 탄식을 하였다.
>
> (「故鄕(하)」-'수재' p.247.)

인용된 대목은 추수를 얼마 앞 둔 '원터' 마을의 洪水피해 상황이다. 작인 들은 차차 소작료를 중심으로 '물론'(物論,필자 주「故鄕 (하)」-'수재' p.249.)을 시작했으며, "그들은 '희준'이를 의미있게 쳐다보며 무엇을 하소 연하는 것 같았다"(「故鄕 (하)」-'수재' p.249.) 이처럼 소작인들은 소작쟁의 를 앞장서서 이끌어 나갈 인물로 '김희준'을 이미 선택하고 있었다. 여기에서 '희준'의 위치는 소작인들의 지도자로 자연스레 굳혀 있었다.

소작쟁의의 전개는 다음과 같다. 소작인들은 洪水피해를 이유로 소작료 탕 감을 사음인 '안승학'에게 요구했으나, 안승학은 그들의 요구를 미루기만 한 다. 그래서 소작인들은 서울 민지주에게 직접 올라가서 다시 소작료 탕감을 요구하나, 민지주는 모든 것을 안승학에게 미룬다. 안승학은 소작인들의 요구

---

122) 박충록,『조선문학간사』 연변교육출판사, 1987.(『한국민중문학사』, 열사람, 1988. p.278.)

를 거절한다. 추수도 방치한 상태로 추수철도 지나가게 되고, 더구나 소작인들은 식량도 떨어져서 아사지경에 이르게 되자, 더 이상 버티지를 못하고 동요가 일어난다. 이때 '안갑숙'이 두번에 걸쳐서 작인들의 식량대금을 후원하고,[123] '방개'도 '인동'이를 통하여 식량기금을 후원하여서 위기를 넘긴다. 결국 희준이가 안승학 집안의 가정사를 빌미로 하여 안승학을 위협하게 되자, 안승학은 제 집안의 불명예스런 사건을 소문내지 말라는 조건으로 소작료의 탕감을 승락한다.

이상의 소작쟁의 전개과정에서 드러나는 것은 농민들의 집단적 결속력도 아직은 한계를 드러낸다는 점이다. 이 소작쟁의를 성공시키는 데 기여한 중요한 인물이 바로 '안갑숙'이다. 안갑숙의 등장으로 「故鄕」은 노농 연계투쟁의 양상을 드러내며, 이념의 실천의지를 보다 극명하게 제시해 준다.

「故鄕」에서 가장 중요한 서사단락은 '김희준'과 농민들이 전개하는 소작쟁의와, '안갑숙'(후에는 제사공장 노동자 '나옥희'로 등장)이 주도하는 제사공장의 노동쟁의이다. 안갑숙은 가출 후 김희준의 도움으로 제사공장에 여공으로 들어가 거기서 노동쟁의를 주도한다.

그녀의 주도적 활약은 두 가지이다. 하나는 노동쟁의 중에 동료 여공들의 희생을 최소화하는 것이며, 또 하나는 '원터'의 소작쟁의를 물심양면으로 지원해 주는 것이다. 그녀는 노동쟁의 중 주모자로 체포된 '고두머리 외 그중 머리 큰 애'(「故鄕(하)」, p.279.)를 구출하기 위해 공장감독과 비밀협상을 추진하기도 한다.(「故鄕(하)」, p.313.)또한 김희준에게 그녀의 아버지(안승학)를 협박할 수 있는 계교 - 그들에게는 고육책일 수 밖에 없는-를 일러주기도 한다.(「故鄕 (하)」, p.414.)

김희준과 안갑숙의 관계는 단순히 이념 때문에 만난 관계가 아니다. 그 둘은 어렸을 때부터 같은 마을의 소꿉친구이기도 했으며, 성장하여 다시 만났을

---

123) 그녀는 두 번에 걸쳐, 소작쟁의를 하는 농민들을 위하여 원조금을 희준이에게 전달한다.(「故鄕 (하)」, pp.393-394.와 pp.413-415.)

때는, 둘 사이에 애정의 갈등을 보이기도 한다. '안갑숙'이 '김희준'을 사랑하는 것처럼(「故鄕 (하)」 p.446.), '김희준'도 번민을 많이 하였지만, 결국 '안갑숙'에게, 그녀를 여성으로 사랑했던 것을 사죄한다.

> 그러니 이성간의 사랑은 단순한 개인과 개인의 결합만이 그 전부가 아닐 것입니다. 육체적 결합을 초월하고 결합되는 사랑! 동지적 사랑이라 할까? 이런 사랑이야말로 연애라는 것보다도 더 크고 힘있고 영구적인 사랑인줄로 나는 생각합니다.
>
> (「故鄕(하)」-'먼 동이 틀 때', p.448.)

이와 같이 '김희준'과 '안갑숙' 사이에 있어서, 연모관계가 동지적 관계로 결속되는 것은, 고루한 교훈주의적 엄숙성을 변용시켜 동지애로 승화시키는 하나의 관념적인 정신적 결합을 드러내는 것이다. 그리고 그것은 계급의식이 계몽성의 부각을 통해 '순치'되는 양상을 보여주는 것으로, '고리끼'의 말처럼 '교훈성의 개입'[124]을 보여주는 것으로 계급주의의 전파와 동일한 의미를 갖는다. 이 관계 때문에 안갑숙은 김희준을 적극적으로 도울 수 있었으며, 김희준은 그녀로 인해 소작쟁의를 하는 농민들로부터 더욱 신뢰를 얻게 된다. 결국 희준이는 갑숙이가 일러 준 계교대로 안승학 집안의 약점을 잡고 협박한다.

> 게다가 정조를 유린한 청년이라는 것이 중놈에게 이끌려 다니던 여자의 몸에서 애비가 누군지도 잘 알 수 없게 생겨난 사람이라면!...
> 만일 이 사실을 동네 사람들이 안다면얼마나 조롱거리가 되겠읍니까!
>
> (「故鄕(하)」-'고육계' p.428.)

결국 이와 같은 협박으로, 안승학은 소작인들의 소작료 탕감 요구에 동의한다. 마지막 장인 '먼동이 틀 때'는 사상적 감화를 통한 낙관적인 신념의 제시, 혹은 개인적 감정에서 동지애로 결속되는 '승화'가 가장 소박한 형태로 드러

---

124) 게오르그 비스츠레이, 앞의책. p.64.

난다.

　하늘은 한빛으로 검은데 서쪽 만리재 고개에 걸쳐 쪼각달은 구름에
가리웠는지 보이지 않고 웅장한봉화재 연봉의 산 날맹이가 어둠 가운
데 희미하게 윤곽이 나타나면서 동쪽 하늘빛이 희꾸무레하게 걷히기
시작한다. 검은 장막이 한꺼풀 벗기어지고 희미한 회색 구름이 하늘 한
구석에 서 점점 커지면서 장차 오는 광명을 예고하는 것 같다.
(「故鄕(하)」-'먼동이 틀 때', p.450.)

　이처럼 자연에 의지한 간접적인 제시방식은"동쪽하늘 빛이 희꾸무레하게
걷히기 시작하는" 상황의 전달을 통해"광명을 예고" 하는 희망적인 것으로
암시된다. 이것은 作家가, 시대적 모순을 감내하면서 공동체적 삶의 회복을
통한 전망과 이상적 국면을 보여주고자 한 것이다.
　이 때문에 「故鄕」에서 해결되는 노동쟁의와 소작쟁의는 임시적 해결이라
는 공통성을 지닌다. 따라서「故鄕」에서 보여주고 있는 소작쟁의의 해결 역시
그것은 하나의 작은 출발일 뿐 완전한 승리는 아니다.
　그리고 「故鄕」에서 드러난 결점은 몇 가지로 지적이 가능한데, 우선 관념
적으로 설정된 인물인 '안갑숙' 을 들 수 있다. 그녀는 연애에 실패하고 아버
지인 '안승학' 의 패악이 무서워 집을 뛰쳐 나온 평범한 인물인데, 제사공장에
여공으로 들어 가면서 갑자기 의식이 바뀌고 노동자들의 지도자가 되며, 노동
쟁의를 주도한다. 그녀를 가리켜 '관념의 화신' 이라고 극언한 민병휘의 말처
럼,[125] 그녀는 이 작품에서 중요한 역할을 드러내기는 했지만, 여성사회주의
운동가가 되는 결정적인 동기도 없이, 제사공장에서 노동쟁의를 주도한다는
점에서 설득력을 잃고 있는 인물이다.[126] 즉 그녀는 李箕永의 말대로, 사회
주의 여성 운동가인 '이상적 여성상'[127]을 그리려다 실패한 인물이다. 이 점

125) 민병휘, 「춘원의 '흙'과 民村의 '故鄕'」, 《조선문단》 23, 1935.5.
126) 간복균, 「1930년대 한국농민소설연구」, 단국대 박사학위논문, 1986. pp.133
127) 李箕永, 앞의글.

에 관하여 李箕永은「'故鄕'의 평판에 대하여」에서, '안갑숙'을 뚜르게네프의「처녀지」에 나오는 '쏘로민'을 연상하여, 이상적 인물로 그리려고 한 듯하다. "봉건적 질곡밑에서 더욱 이중으로 굴욕적 생활을 하고 있는 여성에게 순진고결한 이상적 여성을 발견하고 싶어서, '안승학' 같은 인색한에 대조하여 아름다운 여학생을 전형을 그리려고 했다"고 고백하고 있다. 결국 그는 "의도만 좋다고 효과가 그대로 나타나는 것은 아니다"[128]라고 한 것처럼 강렬한 作家의도가 리얼리티를 상실한 하나의 예이다.

다음으로 사건의 해결방식이, 상대의 개인적인 또는 집안의 어떤 약점을 이용한다는 점에서는 방법상의 한계가 드러난다. 그것은 달리 말해 목적과 수단의 정당성이 병행되는 것이 아니라, 그 두 요소가 제한된다는 사회적 상황의 한계를 보여주며, 그로 인한 문제해결 혹은 그들의 쟁취가 일시적이거나 타협적이라는 의미로 해석될 수 있다. 결국「故鄕」의 결말 역시, 소작농들의 단결과 이념적인 완전한 승리에는 유보적인 의미를 지니고 있다고 하겠다.

또한 李箕永은「故鄕」에서도 이념의 예단화를 통한 현실과 관념의 배합을 너무 연역적인 차원에서만 시도한 결과, 상투적인 결말구조를 탈피하지는 못하고 있다.

「故鄕」에서의 구조와 문체상의 결함은, 김남천이 언급했듯이,「故鄕」은 "쓸데없는 반복의 되풀이와 군더덕과 잔소리가 어지간히 많이 들어있는 것이 사실"이다.[129] 이러한 점은 매우 신빙성있는 주장으로, 한문어투가 가진 생경한 서술은 그것이 작품의 묘사와 인물의 사실성에 많은 장해요소로 작용한다는 점을 부인할 수 없다.

그러나 이러한 몇 가지 결점에도 불구하고 李箕永의「故鄕」은, 이념적 적층성에 의한 계몽성이 잘 구현되어 있고, 다양한 계층적 인물의 전형화에 성공하고 있으며, 사회적 이상과 그 실천적 모색을 시도하고 있다는 점에서

---

128) 李箕永,「'故鄕'의 평판에 대하여」,《풍림》 2, 1937.1.
129) 김남천,「李箕永 검토-그의 인간 사상 작품 문장에 대하여」,《풍림》 6, 1937.5.

프로문학 작품의 대표작이라 할 만 하다.

또한 그는 이 작품에서 농민들의 각성과 공동적 결속을 주도하는 적극성을 보이면서 농민 개개인을 집단적 주인공으로 내세우는 특이함을 창출하고 있다. 이러한 점은 그가 이전까지의 작품에서 보여주었던 세계에 대한 진전으로 평가될 수 있는 부분이다. '김희준'의 경우에 한정시킬 때, 그는 '조혼'이라는 인습의 피해자이며, 자신의 신분과 지식을 과시하는 인물이 아니라 행동을 통해 농민들을 깨우치는 긍정적이며 외향적인 성향을 지니고 있는 인물이다. 또한 그는 전능한 능력을 발휘하는 것이 아니라, '안갑숙'이라는 조력자 그리고 집단적 주인공들과의 통합된 힘을 발휘하면서 갈등과 대립을 해결한다. 이것은 매우 복합적인 구성으로써, 이전의 사건 해결방식인 의도의 성급한 노출을 극복한 발전 양상이다.

이상에서, 李箕永의「故鄕」은 이념의 실천적 모색이 계몽구조를 중심으로 드러나 있음을 알 수 있다. 또한 사건의 전개양상, 미래에 대한 낙관적 전망 등은 '주체적 삶과 실천의지'라는 주제로 통합되고 있는 것을 확인할 수 있었다.「故鄕」의 배경이 되는 '원터'는 농촌의 빈궁상황이 드러나지만 근대화의 과정에서 변하고 있는 마을이었다. 가까운 읍내는 제사공장이 가동되고 전기와 철도가 가설되어 있다. 이와 같은 배경의 설정은 노동자와 농민의 연계투쟁을 豫示해 준다.「故鄕」은 노동자의 노동쟁의와 농민의 소작쟁의의 연결고리로서 사회주의 운동의 실천적 구조를 보여준다. 또한 李箕永의「故鄕」은 식민지 시대에서 그의 이념과 실천력의 결집이 어떠한 방식으로 이루어지고 전개되었는가를 가장 극명하게 보여준 작품으로서 한국 프로문학의 도달점이자 통합적인 세계를 드러낸 작품이라고 할 수 있다.

지금까지「故鄕」의 작품세계를 살펴 보았다. 첫째로 李箕永의 농민소설의 변화과정에 대하여, 둘째로 초기작품에 등장하는 인물과「故鄕」에 등장하는 인물과의 유사성에 대하여, 셋째로 미래에 대한 낙관론을 제시하여 빈농들의 의식을 일깨워 주는 지식인의 역할과 실천적 계몽성에 대하여 검토해 보았다.

첫째로 李箕永이 지속적으로 추구했던 프로문학의 이념을 염두에 두고볼 때, 李箕永의 농민소설로서는 최초의 작품이 「民村」이며, 최후의 작품이 「故鄕」임을 알 수 있었다. 그 사이에 발표된 「洪水」는 「故鄕」과 유사한 모티프를 드러내는 것을 알 수 있었다. 따라서 李箕永의 농민소설은 「民村」에서 출발하여 「洪水」를 거쳐 「故鄕」에서 완결됨 보여주고 있다. 「民村」은 프로소설의 이념에서 계급적 모순을 드러낸 작품이라면 「洪水」는 이념의 실천적 의지를 보여주지만, 전망의 제시에는 실패한 작품이다. 그러나 「故鄕」은 이념의 실천적 의지와 전망의 제시를 드러내 보였다는 점에서, 李箕永의 농민소설의 전개에 있어서 발전적 전개과정을 제시한다.

둘째로 「故鄕」은 이전의 李箕永 작품에서 제시한 인물들이 전형적으로 통합되어 나타나는 사실을 확인할 수 있었다. 그들은 지식인, 사회주의 여성 운동가, 실천적 농민 등이며 그리고 이들과 대립되는 계급은 지주들이다.

李箕永의 작품에서 농촌 계몽의 지도적 역할을 맡은 인돌유형은 지식인이다. 그의 작품에서 지식인은 프로문학의 이념적 구현에 따라 각각 다른 차이를 드러낸다. 이들 지식인은, 이념의 실천적 농촌 지도자로 농민을 지도 계몽시켜 전망을 발전적으로 제시한 '김희준'(「故鄕」)을 위시하여, '서울댁-창순'(「民村」), '정광조'(「서화」), '박건성'(「洪水」) 등을 확인할 수 있었다. 그런데 '서울댁'은 계급적 모순에 대하여 자각은 하고 있지만 실천의지를 보여주지 못하며, '정광조'는 판관적 역할만 하는 관념적 지식인으로 나타나며, '박건성'은 이들에 비하여 직접 농촌을 지도 계몽하고 농민들에게 계급적 모순을 자각시키는 실천의지를 보여주지만, 전망의 제시에 실패한 인물로 드러난다는 점에서 '김희준'과 차이를 보인다.

또한 노동쟁의의 전망을 제시하며 여성 사회주의자로 계급투쟁의 선봉에 나섰던 '안갑숙'과 같은 인물을 '금순'(「민며느리」), 'S'(「해후」), '옥숙'(「채색무지개」), '혜숙'(「시대의 진보」)에서 찾을 수 있었다. 이 사회주의 여성 운동가들은 무지하거나 맹목적으로 계급주의 이념을 신봉하게 되고, 연애의 실패 등 갑작스런 계기로 사회주의 여성운동가로 변신하는 모습을 보이는 등 李箕永의 작품에서는 가장 설득력을 잃는 인물들로 나타난다.

다음은 지식인 농촌지도자 '김희준'을 도와 소작쟁의 과정에서 의식과 행동이 뚜렷하여 작품에서 중요한 역할을 맡은 인물인 '김인동', '김원칠', '김선달' 등과 '정도룡'(「농부 정도룡」), '돌쇠'(「서화」), '원치서'(「원치서」) 등은 동일선상에서 파악이 가능했다. 즉 이들은 무지한 농민들이면서도 농민들 집단에 영향력을 가장 직접적으로 행사할 수 있는 구심력을 지닌 인물들이다. 그들이 갖고 있는 의식은 농민의 집단의식을 대변하기도 하며 현실의 실천적 사유와 감정을 갖고 있기도 하고 소작쟁의에 핵심적 역할을 담당하기도 한다. 李箕永의 작품에서, 실천의지를 행동으로 드러내 보여주며 집단적 주인공을 드러낼 때, 가장 중심적인 역할을 맡은 인물들은 이들이라고 할 수 있다.

그러나 위의 인물들과 대립되는 '적대적 주인공'(Antagonist)으로 인색하고 냉정하고 권모술수에 능하며 제도권의 보호아래 그들의 富를 축적할 수 있었던 지주(또는 부재지주), 마름 등 브르조아의 전형을 나타내는 '안승학'과 같은 인물을 '박주사 아들'(「民村」), '김주사'(「농부 정도룡」), '정고령'(「洪水」), '김원준'(「서화」) 등에서 찾을 수 있었다. 李箕永의 작품에서 이들은 항상 도덕적으로 타락하고, 단순하게 그려져 있어서 그들 개개인의 독특한 개성은 드러나지 않지만, 빈농들로부터 타도와 계급적 증오의 대상으로, 가장 적절한 도구적 인물들로 나타난다. 이처럼 「故鄕」은 이전의 작품에서 드러난 인물이 반복적으로 제시되고 있어서 '적층과 통합'의 양상을 보인다.

셋째로 李箕永의 「故鄕」은 이념의 실천적 모색이 계몽구조를 중심으로 드러나 있다. 또한 사건의 전개양상, 미래에 대한 낙관적 전망 등은 '주체적 삶과 실천의지'라는 주제로 통합되는 것을 확인할 수 있었다. 「故鄕」의 배경이 되는 '원터'는 농촌의 빈궁상황이 드러나지만 근대화의 과정에서 변화하고 있는 마을이었다. 가까운 읍내는 제사공장이 가동되고 전기와 철도가 가설되어 있다. 이와 같은 배경의 설정은 노동자와 농민의 연계투쟁을 豫示해 준다. 「故鄕」은 노동자의 노동쟁의와 농민의 소작쟁의의 연결고리로서 사회주의 운동의 실천적 구조를 보여준다. 또한 李箕永의 「故鄕」은 식민지 시대에서 그의 이념과 실천력의 결집이 어떠한 방식으로 이루어지고 전개되었는가를 가장 극명하게 보여준 작품으로서 한국 프로문학의 도달점이자 통합적인 세계를 드러낸 작품이라고 할 수 있다.

V. 「故鄕」 이후의 작품

李箕永의 소설적 전망이 좌절을 보이고 이념적 축을 상실하게 되는 데에는, 일제 식민지정책의 군국주의로의 선회와 국내정세의 악화가 주된 계기로 작용한다. 더구나 한 개인의 문제 이전에 사회 전체에 해당된 이 좌절의 요건에는 또한 사회주의적 전망의 포기를 강요하는 抑壓技制의 대두가 포함된다. 유감스럽게도 李箕永의 작품에 관한 논의가 대부분 「故鄕」에 집중됨으로써, 보다 전체적인 모습을 조망하는 데까지 이르고 있지 못한 것이 현재의 연구실정이다. 따라서 「故鄕」 이후의 그의 작품세계를 살펴 본다는 것은 통시적 분석방식을 견지하면서, 다른 한편으로는 공시성을 확보함으로써 어느 정도 논의의 객관성을 유지할 수 있으리라는 판단이다. 그의 「故鄕」 이후의 작품의 경향은 다음 몇 가지로 분류가 가능하다.

첫째로 「故鄕」 이후 이념적 토대가 慣性을 이루면서 그 여력을 보여주는 흐름이 있다. 이들 작품은 계급주의 운동에 따른 모순의 해부라는 톤을 유지한다. 또한 이 작품군에서는 빈궁의 문제와 농촌문제가 되풀이되고 있으며, 계급적 관점이 허용되지 않는 사회적 여건 속에서 주로 회고적 수법을 동원하기도 하며, 혹은 풍자수법을 통해 지식인의 이상주의를 희화화한 경우도 포함시킬 수 있다.

둘째로 만주로 이주하는 유민들의 삶에 천착하는 경향이다. 그는 여기에서 '만주개척소설'이라는 주제 안에서 유민의 삶을 제도권의 관점으로 묘출해 낸다.

셋째로 그는 급격하게 作家정신의 퇴조를 드러내면서, 제도적 순응의 경향을 보여주고 있다. 李箕永은 일제말기-좀 더 정확히 말해 1938년 경부터-에는 현저하게 친일적 양상을 드러내기에 이른다. 결국 이 같은 「故鄕」 이후의 대략적인 작품의 흐름 속에서는 낙관적인 전망의 모색 가능성조차 폐색되는 조건들이 암시적으로 등장한다는 점에 유의하지 않으면 안된다. 그리고 이 같은 그의 좌절은 이념적 기반의 퇴색과 함께 점차 현실세계에 대한 순응의 형태를 나타냄을 의미한다.

이상과 같은 점에 유의하면서 李箕永의 작품과 그 특성을 검토해 보기로 한다

1. 상황의 악화와 이념의 관성화

우리문학에서 '1930년대성'이라는 말이 가능하다면, 이 시기는 다음과 같은 점으로 요약해 볼 수 있다. 이 시기가 주는 시대적 의미는, 식민지체제의 정착과 함께 일제의 본격적인 대동아 공영권 수립의 의지가 드러나면서 제 2차 세계대전의 한계상황 밑에 놓여지게 된다는 점이다. 또한, 비록 강제적이기는 하지만, 이 시기에 오면 비약적인 생산력의 증대와 초기 자본주의의 토대가 확립되면서 전통적인 것의 해체와 근대 서구문명이 이식되는 점을 들 수 있다. 그러나 이러한 사회현실의 변화는 역설적으로 그 풍성한 근대문명의 유입 속에서도, 절대빈곤은 치유되지 못하고 오히려 심화되는 모습을 보여준다. 이것은 요컨대 "서구의 최신문화가 노예시대적인 사상통제 아래서 꽃피게 되는"[130] 역설적 상황인 것이다.

그러나 이러한 상황이 하나의 전환을 겪게 되는 시기는 대략 1930년대 중반기이다. 이 기간 곧, 1935년에서 1937년에 이르는 시기는 李箕永의 문학에 커다란 영향을 미친다고 생각해 볼 수 있다. 즉, 1935년 카프의 해산과 더불어 신사참배가 시작되고, 1937년에는 중일전쟁의 발발과 함께, 국내상황은 전시체제로 전환되고 있기 때문이다.[131] 카프의 해체는 作家집단의 문화적

---

130) 최유찬, 「1930년대 한국문학 개관」, 이선영편, 『1930년대 민족문학의 인식』 한길사, 1990. p.9.
131) 조연현은 『한국현대문학사』(성문각, 1969, pp.585-595.)에서 일제말기를 다음과 같이 정의하고 있다. 그는 일제말기를 1937년을 전후한 시기로부터 해방 이전까지로 봤으며, 이를 다시 나누어, 1937년 전후에서 1941년 전후를 전기로 그 이후

대응과 이들 간의 교호를 통해 구축한 문화운동의 전선이 붕괴되는 것을 뜻한다. 이로 인해 作家는 이제 개인으로서 역사의 격랑을 헤쳐 나가야 하는 사회적 부담을 안게 된다.

이러한 사회적 맥락과 관련지워 볼 때, 李箕永의 이념적 실천과 그것의 작품을 통한 모색은 이미 「故鄕」에서 통합의 극점을 이룬다는 전제가 가능하다. 그 이후 그는 사상적 慣性에 의해 자신의 작품세계를 지속시켜 나간다. 즉 그는 이념의 실천적 측면에서 「故鄕」의 세계를 「맥추」(《조광》 15.16호, 1937.1.2.) 에서 보여주며, 도시에서 좌절하는 지식인의 빈궁한 삶의 양상을 「돈」(《조광》 24, 1937.10)」, 「생명선」(《家庭の友》 1941.3-8.)[132] 등의 작품에서 보여주고 있다. 또한 「산모」(《조광》 20. 1937.6.)[133], 「노루」(《삼천리문학》 1,1938.1.), 「나뭇꾼」(《삼천리》 81, 1937.1.) 등의 작품에서는 식민지 말기적 빈궁양상을 무지한 빈민들의 삶을 통해서 그려내고 있다.

그러나 李箕永의 계급주의적 세계관이 약화된 양상을 보이는 것은 「십년후」(《삼천리》 74, 1936.6.), 「적막」(《조광》 9. 1936.7.) 등의 작품에서이다. 「십년후」와 「적막」은 계급주의 운동이 사회적 정세 안에서 더 이상 허용될 수 없는 상황으로 설정되고 있다. 이런 상황에서 作家는 새로운 기법의 창작방법 찾기를 모색할 수 밖에 없겠는데, 그것은 바로 지식인의 내면화된 자의식의 세계를 우회적인 경로를 통해 드러낸 그의 두번째 장편인 「인간수업」(《조선중앙일보》 1936.1.1-7.23)이다.

그럼 사상적 慣性을 드러낸 작품부터 살펴보자.

「故鄕」의 맥락을 계승하고 있는 주요한 작품은 「맥추」다. 이 작품은 소작

를 후기로 보고 있다. 일제말기의 전기에는 전시체제의 완비가 특징적이며, 그 후기에는 종전의 전시체제를 한층 강화하여 계엄적 상황으로 접어 들었다고 본다.

132) 본고의 텍스트는, 李箕永, 「생명선」 (李箕永, 『광산촌』, 성문당, 1944.판에 수록)을 택한다.

133) 본고의 텍스트는, 李箕永,「산모」(李箕永 창작집,『서화』,동광당 서관,1946 년 판에 수록)를 택한다.

쟁의를 통한 저항이 제도권에서 합법화되는 양상을 드러내고 있다. 여기에서도 악덕지주의 전형인 '유영호'가 등장하고 있는데, 그는 축첩과 고리대금업을 겸하면서 수탈을 일삼는 인물이다.

> 그런 때 (채무자에게 지불명령을 내리는 때-필자 주)는 의례히 그집 처녀가 새로 익은 앵도같아서 손을 대도 좋을 만한 때였다. 그때 그는 돈 대신사람을 새로 요구한다. 처녀는 할 수 없이 그의 손으로 넘어간다. 그러나 그는 몇 달을 살지 않고 그 여자를 내버린다. 왜? 다음으로 또다른 여자가 그렇게 달려 올 차례가 되기 때문에..... 참으로 얼마나 많은 여자가 그의 독아에 이렇게 걸려들 것인가?
>
> (「맥추」, p.223.)

이 같은 유영호의 삶의 방식은 탐욕의 추구와 인간성의 결여를 드러내 준다. 그는 수탈자로서 고정된 인물상이며, 악덕지주의 전형에 변화를 보이지 않는 인물이다. 이 작품에서도 여성의 문제는 지주의 축첩에 의해서 희생되는 개인의 문제이나, 그 희생의 여파가 소작인들 사이에 두루 끼치게 됨으로 문제의 핵심을 제시해 준다. 또한 농번기 때는 강제부역으로 소작인들 모두에게 노동력의 희생을 강요한다. 따라서 소작인들의 공동투쟁이 가능해지는 것은 농민들에게 이와 같은 공동의 희생을 요구하기 때문이다.

여기에 항거하는 대립적인 인물은 '점돌'이다. 그는 유영호와 보통학교 동창이면서도, 유영호의 부당한 처사에 대해, 그의 약점을 잡아 보리타작의 부역을 거부하는 것이다. 그의 이와 같은 우회적 항거는, 이념의 확고한 신념이 전제되지 못하는 상황에서 나타나게 된 하나의 임시적 방편으로 여겨진다. 이 작품은, 유영호가 소작인 '수천이'의 처를 강제로 겁간하려는 순간을 목격하고, 이를 제지하려는 '점돌'이에게, "사내가 외입을 하기로 예사지 뭐 그렇게....?"(「맥추」, p.224.) 라는 말에서, 당시 수탈자의 인격적 결함과 위악적 권위를 함축해서 제시해 주며, 또한 사회적 모순에 대한 문제를 제기시켜 준다.

「맥추」에서 보여주고 있는 것처럼, 지주의 비윤리성과 부당한 처사에 소작인들이 단결하여 항거할 수 있는 힘조차, '朝鮮小作調停令(1936.2.12. 공포)'에 의한 제도적 보호 아래에서만 가능함을 시사하고 있다. 이처럼 이 작품에서 드러난 지주와 소작인의 대립은 이념성을 강조하기 보다는, 지주의 비윤리성을 내세워 소작인들의 증오를 드러내 보인 것으로 당시의 사회적 상황을 우회적으로 표출한 것으로 보여진다. 이와 같이 철저한 증오의식에서 드러난 소작인들의 집단항거는 「故鄕」의 연장선상에서 파악이 가능할 수도 있다. 그러나 소작인들의 집단적인 힘의 과시가 이념의 토대 위에서 드러난 것이 아니라, 제도권의 보호 아래에서 드러난 사실은 그 의미를 감소시켜주는 것이다.

이는 이제까지 李箕永이 농촌의 모순상황을 묘출해 내는 데에 반복적으로 사용했던 소작쟁의가, 이념적 갈등과 대립의 의미가 아니라, 사회적 위악의 폭로와 그에 대한 대립양상으로 제도권 안에서 그려지고 있다는 사실로 풀이할 수 있다. 그것은 곧 저항의 한계가 식민지 제도에 용인되는 범위 내에서만 가능함을 보여주는 것으로 탈이념화의 조짐을 드러내는 것으로 보인다.

이와 같이 「맥추」는 「故鄕」의 연장선상에서 파악이 가능한 작품이면서도, 탈이념화의 조짐을 보여주는 작품이다. 그리고 李箕永은 이전부터 지속적으로 추구해 왔던 문학적 소재-예컨대 도시빈민과 지식인의 궁핍상, 농촌의 빈궁상-를 그려내고 있다. 이러한 점은 모두가 그의 이념적 지속성에 기인한 '慣性的 世界'로 볼 수 있다.

「돈」과 「생명선」은 도시에서 좌절하는 지식인의 빈궁한 삶을 보여주고 있다. 「돈」은 자식의 장례비를 벌기 위해 어린 주검을 방안에 그대로 두고 소설을 쓰는 作家의 빈궁을 묘사한 작품으로, 도시빈민의 한계상황을 다룬 작품이다. 「돈」의 '경구'는 소설가다. 그는 실직한지도 1년이 되는데 (「돈」 p.172.)수입이라고는 지극히 불안전하여서 옷가지를 전당잡히거나 아끼는 책을 古本屋에 내어다 팔아서 근근히 연명한다.

경구가 돈을 만드는 방법은 세가지 밖에 없었다. 처음에는 있는대로 전당질을 하다가 그것이 떨어진 뒤로는 동무들의 주머니를 헐어서 푼돈을 얻어오고 그렇지 않으면 안해가 궁상맞다는 소설을 써서 십년 일득으로 원고료를 맛보는 것이었다.

(「돈」, p.172.)

이렇게 어려운 처지인데 친구들도 고작 신문기자요 사립학교 선생들로, "몇 푼 안되는 월급을 타갖고 제각기 살림을 하느라고 허덕이므로"(「돈」 p.172.) 사실 손 벌리기가 난처하다. 「돈」의 비참한 상황에는 자식들의 병이 연달아 덧치는 것도 큰 이유가 된다. 둘째 아들 '순철'이는 눈병을, 갓 태어난 아기는 丹毒을 번갈아 가면서 앓는다. 그것은 "마치 어린애들의 봇쌈하는 형국으로, 이쪽을 모래로 막으면 저쪽이 터지고 저쪽을 막으면 이쪽이 터지는 형세로"(「돈」 p.174.) 나타난다. 결국 갓난 아기를 놓치고, 그 아기의 장례비를 마련하기 위하여, 아기의 시체 옆에서 작품을 쓰는,(「돈」 p.178.) 상황에 다다른다. 이와 같이 「돈」에서 드러난 상황은 극단적인 기아와 절망의 상황이지만, 그러나 그 상황을 극복할려는 의지가 전혀 드러나지 않는다. 또한 이 작품은 시대적 고통과 계급적 모순을 제시해 주기 보다는 지식인의 자의식을 강하게 드러 내어서, 그 가난을 고집스레 堅持하려는 의지가 나타나고 있다.

물론 내가 쓰는 소설이 돈이 안 생기는 줄은 나도 잘 안다. 그러나 나는 적어도 예술적 양심으로 쓰는 소설이다! 나는 돈을 벌기 위해서만 소설을 쓸 수는 없다. 그럴 것 같으면 애여 소설을 집어 치우고 다른 무슨 돈벌이 할 길을 뚫어 갔지 여태 있겠니.....

(「돈」, p.168.)

이처럼 '경규'는 가족을 위해서 자기의 예술적 양심을 희생시킬 수는 없다는 의지를 강하게 드러낸다. 물론 이것은 "예술을 한다는 것에 지나치게 집착하여 예술만이 능사라는 착각속에 빠져 있거나, 혹은 실제적 삶의 문제를 예술 절대론에서 빚어진 이상심리로 대응해 보려는 "134) 당시 지식인의 속성을 드러내 주고 있다. 그리고 李箕永이 이처럼 지식인의 궁핍양상을 「故鄕」이후의 작품에서도 드러낸 것은 그동안 꾸준히 지속시켰던 세계관을 견지하려는 다분히 의도적인 목적의식 때문이라고 볼 수 있다.135) 이처럼 「돈」은 극한 상황을 극복하려는 아무런 대안도 제시하지 않은 채, 막연한 상황제시로 끝난다.

　　「생명선」은 도시의 삶에 실패한 지식인의 번민과 좌절과 낙향을 그리고 있다. 「생명선」은, "남과 같이 생리에 영악하지 못하고, 남에게 아첨할 줄 모르고, 여자에게 상냥히 굴 줄 모르는 어디까지나 고린 선비"(「생명선」 p.172.)이며, 인쇄소 교정공 '권형태'와 "덩치가 큼직하고 하마같이 큰 입을 벌리며 늘 헤, 헤 웃는 것이 바보 같으나 윗사람을 떠받치는 데나 남의 비위를 맞추는 데는 마치 개같이 충성되고 생쥐처럼 약은"(「생명선」 p.156.)이 회사 외판원 '죠상'[趙樣]을 대비하여 인간의 진정한 삶의 문제를 제기하고 있다. '권형태'는 중학을 졸업하고, 문학공부도 하고 돈도 벌려고 서울로 올라온다. 그는 일당 1원 50전에 하루 10시간 이상 야근까지 하면서 일하지만, 부엌이 없는 단간방에서 어렵게 살아 간다. 거기에 엎친 데 덮친 격으로, 아기가 폐렴에 걸려서 빚까지 100여원 가까이 지게 된다. 또한 아내마저 도시생활 10년 만에 '너무 세속적'으로 변하였다.

(「생명선」, p.175.)

　　안해의 천박한 물질주의가, 그보다도 거기서 오는 무시로 당하는 푸념은 정말 피로한 노동에 지치는 괴로움보다도 더한 지옥이었다.

(「생명선」, p.168.)

　결국 '권형태'는 돈 잘 버는 외판원 '죠상'을 찾아가서 외판하는 방법을

---

134) 조남현, 앞의책, pp.26-27.
135) 拙著, 「民村 李箕永의 도시빈민소설연구」, 《한양어문연구》 8, 1990. p.42.

배울려고 하나 그것은, 허풍을 잘 쳐야 하고(「생명선」 p.179.), 뱃심이 좋아야 하고(「생명선」 p.180.), 남한테 진대기 붙을 줄도 알아야 한다(「생명선」 p.183.) 는 말을 듣고 외판원도 쉽지 않음을 알게 된다. 그는 자식의 병원 빚에 치어서 도시에서 더 이상 버틸 수 없음을 알고, 체면도 벗어 붙이고 농사를 짓기 위하여 故鄕으로 내려간다. 여기서 제목 '생명선'이 상징하는 이미지는 인간이 옳게 살아가는 삶의 도리 정도로 풀이가 가능하다. 그 이유는, 결혼 10년만에 도시 생활에서 물질의 노예가 된 아내의 의식이나, 비인간적인 행동을 서슴없이 하면서 살아가는 '죠상'의 삶의 방식은 인간의 옳은 삶의 도리가 아님을 암시하기 때문이다.

그러면 「돈」과 「생명선」이 시사해 주는 점이 문제가 되겠는데, 이 두 작품은 다 같이 무기력한 지식인의 좌절된 삶의 양상을 보여주고 있다는 데서 공통점을 찾을 수 있다. 그러나 「돈」(1937년 발표)의 경우는 비참한 삶의 양상을 제시해 준다는 데서 프로문학의 慣性을 찾을 수 있지만, 「생명선」(1941년 발표)의 경우는 '권형태'가 "농촌에서 성장한 사람이 턱없이 도회인이 되겠다고 허영에 들떠서 목적없이 헤매던 것"(「생명선」 p.218.)을 반성하며, 진정한 농군이 되겠다(「생명선」 p.232.)고 결심하는 데서, 李箕永의 세계관은 일제 말기의 제도권에 접근하지 않으면 안 될 만큼 상황이 급박하게 변하고 있음을 감지할 수 있다.

식민지 시대 36년 간 일제는 이 땅에 철저히 수탈만을 강요했는데, 그 빈궁 상황은 도시나 농촌, 또는 지식인이나 노동자 농민 등 모두에게 예외가 없이 드러난다. 식민지 말기적 빈궁상황을 무지한 빈민들의 삶을 통해서 그려 낸 작품은 「산모」, 「노루」, 「나뭇꾼」 등이다. 이들 작품도 李箕永이 이전부터 지속적으로 추구해 왔던 문학적 소재다. 이러한 점은 모두가 그의 이념적 지속성에 기인한 '慣性的 世界'라고 볼 수 있다.

「산모」와 같은 작품은 도시빈민의 삶을 통해 빈궁한 삶의 비극성을 그려 나가고 있다. 일용근로자 부부의 빈궁은 해산을 앞둔 산모를 엄동설한 속에 내쫓기는 상황을 낳는다. 장작을 패주고 일당을 받아 살아가는 일용근로자 부부는 해산을 앞두고 집세가 석달치나 밀리게 되어 엄동설한에서 내쫓기게 된다. 이농한 이들 부부는 도시생활에서 특별한 생계수단을 마련하지 못해, 이같은 처지에 놓이게 된 것이다.

> 거지와 같이 길바닥에서 쫓겨난 일을 생각하면 다시 더 살아서는 무엇하랴 하는 모진 마음이 새록새록 들다가도 지금 자기의 뱃속에서 죄 없는 자식이 태어 나올랴고 하지 않는가! 자기 목숨보다도 애매한 자식까지 죽일 생각을 하니 그녀는 차마 그 짓은 못하겠다. 죽어도 자식이나 낳아 놓고 죽고 싶다.
>
> (「산모」, p.187.)

남편은 벌이를 나가 아직 들어오지 않고, 산모는 집주인에게 내쫓기어 사직공원에서 해산을 하게 되는 절박한 상황이 제시되고 있다. 그녀는 자포자기한 상태에서 거리에서 해산을 하며 남들의 도움을 받지만, 그들 부부는 그들을 쫓아낸 집주인에게 되돌아가 항의한다는 내용이다. 이 작품에도 그 저변에는 유산계급에 대한 적의를 지니고 있다.

「나뭇꾼」은 산감에게 몸을 허락하고 나무를 해다 파는 여자의 이야기다. 이 작품은 李箕永의 작품에서 드물게, "성의 교환가치"를 인정하는 '性의 物象化'[136]가 드러나는 작품이다. 여자의 경우, 양식은 떨어져 몇끼를 굶고, 방까지 춥고 보니 아이들과 살 수가 없는 데다가, 남편은 앓아 누워서 다급한 김에 산에 나무를 하러 갔다가 산감에게 들킨다.(「나뭇꾼」, p.488.) 산감에게 몸을 허락하고 그 이후로는 마음대로 나무를 해다가 팔 수가 있었다. 그녀는 그 뒤로 성의 교환가치를 의식하게 되고 성을 생활의 방편으로 삼아 살아간다.

> "그래 집으로 와서 가만히 생각해 보니 미련한 년이 갈눙은 맞다

---

136) 현길언, 『현진건 소설연구』, 이우출판사, 1988. p.83.

구.... 고만 아귀둥한 생각이 납되다 그려. 예라 기위 그렇게 된 몸이니 한번 당하나 두번 당하나 일반 아니냐....... 그래 그 뒤로는 무에 다를게 냐구 막우 터놓고 나무나 싫컷 하자구, 않 그랬겠어?........."

(「나뭇꾼」, p.488.)

"그래도 그 나무를 팔아서 어린 자식들하고 배불리 먹는 것을 보면 ....그들은 나무를 어떻게 해오는 줄도 모르고 아주 날마다 나무 잘 해 온다고 좋아 하겠지! 그것은 어린것들 뿐 아니라 애어룬(그녀의 남 편, 필자 주)까지도........."

(「나뭇꾼」, p.489.)

위의 인용은 극한 상황에 놓인 젊은 여자와 '명구'와의 대화다. '명구'는 산에 나무하러 갔다가 산감에게 들켜서 나무하는 데 실패를 했는데, 젊은 여 자가 수월하게 나무를 해오는 것을 보고, 그녀의 뒤를 캐어서 산감과 그녀의 관계를 알아낸다. '명구'가 '이제는 그런 나쁜 짓을 그만 하라'고 말리자, 그 녀는 "천만에 그나마 그만 두면 어떻게 살라구... 더구나 이 추운 겨울 동안 을!"(「나뭇꾼」, p.488.) 하면서, "사람은 그때 그때의 처지대로 사는겐가 봐"(「나뭇꾼」, p.489.)라고 체념한다. 이 작품에서 젊은 여자의 생활방편은 不貞 한 짓이지만,[137)](그녀의 남편 몰래 행하는 짓이므로, 필자 주) 만약 무능한 남 편이 그녀의 不貞을 알았다고 해도, 그들은 생활의 이 유일한 방편을 포기하 지는 못했을 것이다. 그런 측면에서 여자의 "사람은 그때 그때의 처지대로 사 는겐가 봐"라는 자기 합리화는 설득력을 가지며, 극한 상황에 처한 빈민들의 한계상황을 잘 드러내 준다.

다음, 「노루」를 살펴 보면, 심심소일거리로 노루사냥을 하던 지주 '학호' 가 실수로 사람을 잘못 쏘아 다리병신을 만든다. 피해자 '김원백'은 지주에게 보상금 50원을 받아서,(「노루」, p.73.)그 돈으로 약은 안 쓰고 밭을 사서 그 뒤로는 생활의 여유가 생겼다.

---

137) 현길언, 위의책, p.82.

원백이는 오십원이란 말에 정신이 펄쩍 났다. 오백량! (1원=10량, 필자 주)이것은 참으로 얼마나 큰 돈인가? 그는 자기의 죽기생전 이 만치 큰 목돈은 쥐여보지 못할 것이다. 그는 그야말로 전화위복인가 싶었다.

(「노루」, p.74.)

비록 한 다리는 사고로 절을 망정, 이 사건은 '원백'이 주위 농민들도 다 부러워 할 만큼 재산을 모았다는 내용이다.

이처럼 이들 작품들은 모두 계급주의 시각이 유지되고 있으며 사회적 빈궁을 극한적으로 제시해 주는 것이기는 하나, 이념의 투쟁적 면모가 희석된 측면을 보여준다.

李箕永의 계급주의적 세계관이 약화된 양상을 보이는 것은 「십년후」, 「적막」 등의 작품에서이다. 「십년후」와 「적막」은 우선 암시적이나마 계급주의 운동이 사회적 정세 안에서 더 이상 허용될 수 없는 상황이 배경으로 설정되고 있다. '경수'(「십년후」)나 '박명호'(「적막」)는 자신들이 과거에 지니고 있었던 이상주의적 정열의 소진을 보여준다. 그들은 현실생활 속에 안주하는 것을 논리화시켜 나간다.

그렇다! 자기의 지금 생활은, 그 앞에서는 오직 가련한 존재로 나타날 뿐이다. 마치 매소부(賣笑婦)의 본색을 드러내 뵈는 것과 같다 할까? 잡지기자! 통속적 취미잡지의 삼문기자!(삼류기자?, 필자 주) 그것은 참으로 인류사회에 얼마마한 유익을 끼칠 수 있는 것인가? 만일 정당한 의미에서 자기의생활을 찾을 수 있다면, 자기는 그와 같은 빙공영사의 타락한 잡지는 응당 박멸해야 될 것이다. 이런 생각은경수로 하여금, 제 절로 얼굴이 붉어지게 하였다.

(「십년후」, p.267.)

"참 자네도 요즈음의 분위기를 느낄런지 모르네마는 시대는 퍽 달러 진줄 아네. ....이런 시대에서 무엇을 하겠나? 생활이 바작바작 말라가는 사회에서 이러니 저러니 해야 다 소용없는 짓인줄 아네.... 그래서 나는 무엇보다도 시급한 것은 경제적으로 실력을 양성할 필요가 있다고 생각하네 .... 사람이란 대관절 먹어야만 사는 노릇이니까 ....먹고나서 볼일 이니까 .... 그만큼 환경이 달려진 줄 아네----"

실력양성! 명호는 새삼스레 창규의 입에서 이런 말을 들을 줄은 실로천만 의외였다. 그만큼 그는 실망하고 비소망이 평일의 감이 없지 않다. 그는 삼년 전의 창규의 생활을 눈 앞에 떠올렸다. 그리고 그때 창규는 지금의 자기와 같은 처지와 바꿔어졌을 때 그는 자기에게 무엇이라고 말하였던가?.....그것은 과연 격세지감이 없지 않았다.

(「적막」, p.242.)

이같은 논리의 문제는 이미 운동과 이념에 의한 관점에서 벗어난다. 이들 작품은 현실생활에 모순을 느끼는 지식인의 강한 자의식과 갈등이 내밀하게 묘사되고 있지만, 그것이 투쟁적 차원으로 전개되지는 않는다. 이것은 이미 절망을 바탕에 드리우는 내면적인 황폐함을 보여준다. 또한 그것은 사상적 투쟁의 좌절과 현실적 삶에 안주하려는 욕구로 나타나기도 한다. 이러한 회의와 전망의 부재는, 백철의 지적과도 같이 "主潮를 상실한"[138] 지식인의 내면세계이기도 했던 것이다. 이것은 또한 회고적 세계와 현실의 억압에 순응해 나가는 전조였던 셈이다.

李箕永의 두번째 장편인 「인간수업」 (《조선중앙일보》, 1936. 1.1-7.23) 은 지식인의 이러한 내면화된 자의식의 세계를 우회적인 겉로를 통해 드러내 준다. 임화의 표현과 같이 그 세계는 "헤어날 길 없는 內省 속을 방황"[139] 하면서 발견한 하나의 방법론인 것이다. 현실의 압제 속에서 이념의 재현이 가능하지 못하므로 해서, 그의 作家의식은 풍자적 원리 곧, 아이러니적 양식을 통해 이상화된 세계로의 실천을 꿈꾼다. 의식의 이념적 실천의 회로가 폐쇄된 사회적 현실의 부조화 속에서 드러난 李箕永의 우회적 전망인 셈이다. 따라서 그의 풍자적 세계는 과장되어 나타난다.

---

138) 백철, 앞의책, p.254.
139) 임화, 「사실주의의 재인식」, 『문학의 논리』, 학예사, 1940, pp.130-131.

XX대학 철학과를 나온 '현호'는 "사람은 무엇하러 사는 것인가?"(「인간수업」, 《조선중앙일보》, 1936.1.5.)라는 명제에 대해 고민하다가 염세주의에 빠져서 입원하여 치료를 받은 경력을 가지고 있다. 그는 고민 끝에 "사람은 생각하는 것이 목적이 아니라 사는 것이 목적"임을 깨닫는다. 그는 '人間修業'을 하러 출가를 결행한다.

그의 출가동기는, 물질적으로 풍족해서 기생동물처럼 남의 힘으로만 살아온 자신의 잘못을 깨닫는 데서부터이다. 이러한 점에는 지식인에 대한 자학과 야유적인 면이 내포되어 있다. 또한 그의 자력갱생의 의지는 《自己創造》라는 잡지의 창간과 지행합일의 생활화 원리를 주창하면서 노동의 가치를 몸소 익히려 한다. 그러한 생활의 신조는 단적으로 그가 발표한 '知(학술)·情(예술)·意(기술)의 三術主義'에서 확인된다.140) 이러한 점은 '현호'의 철학적 원리의 현실에의 적용이자, 이상화된 관념성향이다. 다음은 李箕永의 관념성향을 예시적으로 드러내는 주는 대목이다.

"(전략)나는 이 주일 동안 노동의 세계에 투신해 봄으로써 비로소 인생의 진리를 발견하였네....나는 그 전에는 다만 막연히 인간수업을 한다고 떠돌며 사모관대를 하고 돌아다닌 것이 지금 생각하면 부끄럽기 마지 않네. 그런 짓을 한 것은 참으로 어린애 장난이 아니면 어릿광대같은 짓으로 엄숙한 현실을 철없이 모독한 것이 후회되네. 따라서 나는 종래와 같이 일시 기분적으로 지금도 위선을 하려는 것은 아닐세. 나는 이제야 비로소 현실을 똑바로 보았네. 그리고 나의 갈 길을 찾았네....
    (중략)

---

140) 「인간수업」에 나타난 '三術主義'란 다음과 같다.(《조선중앙일보》, 1936.3.16.)

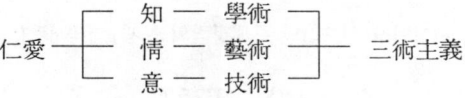

나는 비로소 자주독립한 인간이 되고싶단 말일세. 착한 현실은 인류
의 노동과 창조에서 축적된 문화적 현실이 아닌가?...(中略)....

이 한 일을 보더라도 나는 모든 진리가 노동에 있는 줄 아네. 배우고
쉬고 노는 것도 결국은 노동의 재생산을 위함인줄 아네. 왜 그러냐 하
면 인생의 참된 행복을 가져오는 것이 노동에 있고 또한 악한 현실을
착하게 만들 수 있는 것이 노동에 있기 때문으로"

(「인간수업」, 《조선중앙일보》, 1936.7.26-27.)

이상의 현호의 발언에서 나타나는 특성은, 그가 대타적 인식을 전개하고 있
음에도 불구하고 그의 관념적 사고는 비약적이며, 이상추구적인 것임을 알 수
있다. 이것은 노동의 체험, 곧 현실의 값진 영역으로 상정되는 인간행위의 신
성함과 결부되지만 공상적인 수준에 머문다. 이는 달리 말하면, '의식의 과잉
현상'[141]을 드러내 보이고 있다는 의미다. 이같은 현실성의 박약함과 의식의
논리비약은 현실과 의식의 괴리에서 빚어지는 부조화에 연유한 것임은 짐작
할 수는 있으나, 그것의 표출형식이 지식인의 '무지한 이상주의' 곧, 객관성
이 결여된 조악함으로 드러난다는 데에 문제가 있다. 이러한 '현호'의 치기와
의식의 유아성은 지식인의 인식의 과잉과 한계를 간접적으로 드러내는 것으
로 보인다.

이러한 과잉적 의식현상에 대해 김남천은 「'인간수업' 독후감」에서, "세
르반테스의 「돈 키호테」에 비견시키려는 위대한 계획으로 창작되었으나, '현
호'의 행동이 會話와 教說에 치우침으로써 리얼리즘의 효과를 감쇄시켰
다"[142]고 지적했다. 김남천의 이 같은 지적은 「인간수업」이 어떠한 점에서
실패하고 있는가라는 문제를 간명하게 드러낸다. 「인간수업」은 관념의 분출
이 현실의 절박함과 그에 대한 예리한 풍자-위트를 구비한 야유와 공격성-로
무장되지 못하고, 지식인의 허위와 그것을 반성하려는 논리의 비약과 실천의

---

141) 권일경,「'동키호테' 적 지식인상에 드러난 주체정립의 문제」,『李箕永 선집-2,인
간수업』 풀빛, 1989, p.349.
142) 김남천, 「'인간수업' 독후감」《조선일보》, 1937.5.25.

엄숙주의가, 기묘한 배합을 통해 매우 저열한 관념소설로 떨어지고 있다는 사실이다. 그것은 달리 말해 인물의 주체적 인식이 객관적 혹은 희화화된 상황하에서도 마땅히 지녀야 할 문학적 함축미가 구비되지 못함으로 해서 발생된 경직된 양상이기도 하다. 이상주의에 대한 치열한 모색과 인식의 과정이 생략된 채, 무성한 원리의 제시와 인물의 공상적 교설은 「인간수업」이 지니고 있는 결정적인 결함으로 부각된다고 말할 수 있다. 그러한 논리에 대한 평가는, 지식인의 이상주의에서 연유한 "위선적 행위"(「인간수업」, 《조선중앙일보》, 1936.4.9.)로 언급된다.

이와 같이 「인간수업」은 풍자적 수법이 갖추어야 할 요건인 핵심적 의미의 전달이 불분명하며, 희화화된 이상주의조차 구체적인 현실과의 관련성을 구현시키지 못한다.143) 이러한 맥락 속에서 「인간수업」은 이념적 세계관의 지속을 우회적으로 형상화하려고 의욕적으로 시도를 했으나 결국 위의 문제들과 같은 결함을 지니고 있다는 점에서 실패를 보인 작품이라 할 수 있다. '현호'의 인물적 특성은 정상적인 판단과 사고를 수행하는 인물이 아니라는, 점에서 그 안에 암시되고 있는 의미를 간추려 낸다면, 그것은 '주체의 의식분열과 이념의 파탄'으로 귀결된다.

결국 李箕永의 논리가 파행적 면모를 드러내 보이는 것은 「인간수업」에 와서인 셈이다. 그것은 사회적 상황과 그에 따른 주체의 정립이 우회적 방편을 마련하고자 하였음에도 불구하고 실패하게 된 주된 요인이기도 했다. 더 이상의 사상적 전망이 허용되지 않는 사회구조와 자신의 입지는, 「인간수업」에서

---

143) 李箕永은 이미 「오빠의 비밀편지」에서도 허위와 위선에 가득찬 지식인의 자유연애를 희화화한 바 있으며, 「부흥회」(《개벽》 72, 1926.8.), 「외교관과 전도부인」(《조선지광》 91, 1929.5.), 「비」(《백광》, 1937.1.) 등에서는 기독교의 비리와 맹신, 위선 등의 문제에 대해 풍자하고 있었다. 또한 그는 「쥐이야기」(《문예부흥》 1, 1926.1.), 「묘양자」(《조선일보》 1932.1.1-1.31.연재) 등의 작품을 통해서는 계급적 모순을 우화적으로 형상화시켰다. 이외에도 「참패자」(《광업조선》, 1938.2.), 「금일」(《사해공론》, 1938.7.), 「고물철학」(《문장》, 1939.7.), 「야생화」(《문장》 7, 1939.7.) 등의 작품에서는 세태를 풍자하기도 했다.

드러나는 암시적인 사회배경인 것이다. 발생론적으로 보자면, 「인간수업」에도 이미 친일적 요소가 없지 않은 것은 아니다. 「인간수업」에서 '현호'가 내리고 있는 '노동'의 가치인정은, 지식인의 관념적 모색이 식민지 전시체제 안에서는 용인되지 않는 비생산적이라는 판단의 연장선상에서 드러난 논리이다. 곧, 그에게 있어 '노동의 신성함'이란, 사회제도, 사회현실이라는 식민지 전시체제의 생산독려책에 바탕을 둔, 파시즘적 세계에 대한 원리론의 또 다른 裏面이다. 이렇게 본다면 「인간수업」은 李箕永 자신의 이념적 토대가 붕괴되면서 발생한 파행의 단초를 제시하고 있으며, '관념세계로의 도피'라는 혐의에서 벗어날 수 없다고 할 수 있다. 그러므로 전망의 부재 혹은 이상주의의 희화화라는 우회적 수법의 실패가 이미 예견되고 있었다. 또한 그것은 전망의 파행뿐만 아니라 이념적 탈각이자 변질의 시작이었던 것이다.

이상에서 다음과 같은 점을 확인할 수 있다. 즉, 「맥추」는 계급주의의 慣性을 유지한다는 면에서, 「故鄕」의 연장선상에서 파악된다. 또한 이러한 세계를 다시 세분해 볼 때, 도시에서 좌절하는 지식인의 빈궁한 삶의 양상을 「돈」, 「생명선」 등의 작품에서 보여주고 있으며, 「산모」, 「나뭇꾼」, 「노루」 등의 작품에서는 식민지 말기적 빈궁양상을 무지한 빈민들의 삶을 통해서 그려내고 있다. 동시에 「십년후」와 「적막」 등에서는 이 계급주의적 세계와의 단절과 이념의 좌절을 보인다. 그리고 「인간수업」에서 李箕永은 자신의 이념적 토대를 관념적 이상주의에 귀속시키면서 자기파탄의 징후를 노정하는 것이다. 이러한 상호 모순적인 작품의 경향은 확고한 이념적 통일성이 해체되면서 나타나는 다양한 국면으로의 세계관의 굴절이자 왜곡을 보여주는 것이다.

2. 이데올로기의 희석과 제도의 수용

일제 말기의 뚜렷한 사회현상 중의 하나는 만주사변 발발 이후 농촌의 궁핍화와 더불어 나타나는 流移民化 현상이다.[144) 李箕永의 소설에서 '만주'

가 지닌 의미는 최서해나 안수길과는 다른 차이를 드러낸다.145)

'만주'는 식민지 이민정책에서 빼놓을 수 없는 질량을 구비하고 있다고 볼 수 있다. 그 역사적 방증으로, 일제는 1938년 일본 국가총동원법의 한반도 적용법령을 발표하며, 그 이듬해인 1939년에는 鮮滿拓植會社에서 만주로 조선농민을 이주시키는 정책을 적극적으로 추진하여, 충남도민 약 삼천명을 수송하고 있음을 볼 수 있다. 이어 일제는 1940년에는 강력한 경제통제정책을 추진하여 민족동화정책인 황국 신민화에 박차를 가한다. 이 일련의 사회정세는 이미 민족말살이라는 차원에까지 이르고 있다.146) 流民의 삶은 일제의 통제경제와 수탈정책으로 인한 병참기지화에 기인한 것이라면, 이들에게 남겨진 마지막 피난처는 '만주'였던 셈이다.

그러나 李箕永의 만주에 대한 시대적 인식은 이미 그 바탕에, 친일적 요소를 강하게 피력하고 있었다는 것을 기록에서 확인할 수 있다. 그는 「만주와 농민문학」(《인문평론》 2, 1939.11.)에서, 새로운 농민문학의 성격을, '생생한 소재와 웅장한 스케일과 위대한 창조성을 장래할 농민문학'으로 긍정적으로 바라보며 '대지의 문학'으로 규정짓고 있다. 이는 일제의 수탈정책에 희생되는 빈농의 삶을 드러낸 이전의 농민문학과는 다른 시각차이를 보여주는 것이다. 李箕永은 만주의 농촌을 조선의 농촌과는 다르게 경이의 눈으로 바라본다. 그는, 이주동포들이 간도에 조선농촌을 이룩한 것을 예로 들면서, 동남북만주 전역도 水田 개발의 가능성을 제시 한다.

    그렇다면 만일 동남북만주의 일망무제한 광야와 황지를 모다 옥토로

---

144) 윤영천, 「이용악론-민족시의 전진과 좌절」, 김윤식·정호웅 편, 『한국근대리얼리즘作家연구』, 문학과 지성사, 1988.참고.

145) 오양호는 「이민문학론」(《영남어문학》 3집, 1976.)에서, 이 문제를 안수길의 작품을 통해 고찰하고 있다. 그는 특히 최서해의 소설과 안수길의 소설이 가진 배경공간인 '만주'에 대해 주목하고 있는데, 그에 의하면 '만주'는 "체험적 민족 궁핍화를 고발한다"는 점에서 지속적인 소재의 측면을 보인다.

146) 『개항100년년표. 자료집』, 《신동아》 별책부록, 1976.1. pp.183-194.참조.

개척하야 수전을 풀게 된다면, 그것이 얼마나 장관일 것이냐. 자연계 일
대의 변혁이 될 것이다. 물론 그것이 일조일석에 될 일이 아니나 그들
은 개척민으로서의 위대한 창조력을 발휘할 수 있는 동시에 조만간 성
취될 사업이며 또한 그것은 원시적 대자연 속에 파묻힌 거인의 시를 찾
어낼 수 있게 할 것이다. (中略)이런 대륙적 신흥 기분은 실로 만주가
아니고 볼 수 없는 광경이라 하겠으나 그 중에도 만주의 농촌개발은 장
대한 자연과 투쟁 중에서 위대한 창조성(수전개척)을 띠어 있고 그 만큼
그것은 장래의 농민문학을 개척함에 있어서도 위대한 소재와 정열을
제공할 줄 안다. 과연 만주에 있어서 신흥 농촌 건설사업은 동시에 농
민문학 즉 대지의 문학을 건설 할 훌륭한 재료가 될 수 있으리라 생각
한다. 나는 실제로 그들이 대륙적 풍토와 싸워가면서 농촌을 건설하려
는 노력과 고투의 생활을 좀더 구체적으로 써보고 싶다.147)

이런 만주개척은 일제의 지배 이데올기 안에 수용되는 것을 의미한다. 이
미 김윤식이 지적해 주고 있지만,148) 만주가 지니고 있는 이역적 토양은 일
본의 제국주의 이념의 구현을 의미하는 것이다. 그에 따르던, 만주국 안에서
의 한국인의 지위는 일본인과 같은 식민국의 지위를 느끼도록 만들어 주는
인종학적 우위의 상태를 보이고 있다. 곧, 개척이민의 역사에서 일구어 낸 그
창조력마저 근본적으로는 일제의 식량기지화라는 정책적 배려 안에 포함되
는 것이다.

李箕永은 이러한 점을 충분히 인식하고 있었으며, 그가 만주 원주민에 대
하여 문화적으로 우월감을 느끼고도 있는데, 이는 일제의 이념을 그대로 적용
하고 있는 것으로 보인다. 그는 또한 한국농촌의 빈궁한 현실은 만주땅에서
개척을 통해 극복될 수 있다고 믿고 있다. 이같은 점은 특히 앞서 논의했듯이
카프해산 이후 이념의 퇴조와 함께 드러난 이념의 파탄증상과 긴밀히 연관지
워 진다.

---

147) 李箕永, 「만주와 농민문학」,《인문평론》 2, 1939.11.
148) 김윤식, 「우리문학과 만주체험」《소설문학》, 1986.6.-7.

그 이념의 파탄이 현실과 이상의 괴리로 인해 생성된 것임에도 불구하고, 이렇듯 식민지 제도권으로의 급속한 편입과 적응을 보이는 이유는, 이전까지의 사회주의적 리얼리즘문학의 모델을 나름대로 수립해 나가는 가운데에서 식민정책의 현실논리와 결합할 수 있는 어떤 요소가 있기 때문일 것이다. 바로 이것은 그의 문학에 이미 제국주의의 논리와 친화작용을 할 가능성과 여건이 구비되어 있었다는 의미와도 통할 수 있다. 그는 두 가지 점에서 이념의 변질을 보일 수 있는 가능성을 내포하고 있었다.

그 하나는, 지식인에 의한 계몽의 양식은 그러한 계층의 적극성이 수반되지 않고서는 성립되지 못한다는 사실이다. 李箕永은 자신의 이념적 모색을, 근대적 자아의 확립과 사회주의적 세계의 건설에 목표를 두고 있었다. 그의 작품은, 이러한 목표에 적합한 인물을 '고안'하여 내는 데 있어서, 일관된 지속성을 보여준다. 그러나 그러한 인물의 한계는 계몽적 정열의 유무에 따라 이상을 구비하게 되는 것이다. 이로 미루어 볼 때, 변질되어 가는 인물의 돌파구로서 한국농촌보다도 '만주'는 매력적인, 그리고 동경의 대상으로서 고려됨 직 한 것이다. 또 하나의 가능성은 그의 문학에 흐르고 있는 집단주의가 쉽게 제국주의 혹은 군국적 파시즘의 국가주의와 친화하여 그들의 상동성에 기인하는 도식성이 서로 일치되어 갔으리라는 가정이다.

만주는 그러한 점에서 두 이념에 기여하는 바가 일치한다. 요컨대 사회주의적 리얼리즘문학이 가지고 있는 미래에 대한 전망과 모색이 집단적 인물의 창출과 관련되는 것이라고 할 때, 李箕永은 노동쟁의와 소작쟁의의 해결방식에 이들 집단적 인물의 창조와 그들의 힘을 집중하는 방식을 통해 비록 일시적이거나 임시적인 승리를 쟁취하는 방식을 보여준다. 그리고 여기에는 계몽을 주도하는 지식인의 역할도 상대적으로 점증비례하고 있다.

이상과 같은 점으로 추론해 보건대, 위에서 인용한 「만주와 농민문학」에 나타난 李箕永의 지향은 사회주의적 이념과 결합되었던 한국농촌의 현실적 고려가 만주개척으로 쉽게 전환되는 사상적 변질의 증좌가 되는 셈이다. 그는 이 글에서 대륙경략의 주체적 지위를 획득한 한국인의 창조성을 높이 평가하고, 그것이 이주동포의 개척사라는 점에 대해 감격한다. 그러나 그는 한국농민의 농촌건설과 개척의 고투 등이 어떠한 사회적 정치적 맥락을 지니고 있는 것인지에 대해서는 침묵하고 있다. 이 논법은 제국주의의 대륙경략에 정확하게 일치한다는 점에서 이미 李箕永의 전향은 움직일 수 없는 증거인 것이다.

'식민지는 하나의 제도'라는 사르트르의 명제처럼,149) '좋은 식민통치자와 나쁜 식민통치자의 논리는 있을 수 없는 것이며, 그것은 다만 극복되어야 할 대상일 뿐'이다. 그러나 생존과 결부된 상황을 고려해 볼 때, 전향에 대한 실증적 검토는 생략될 수 없다. 어쨌든 사상적 전향 혹은 체제로의 흡수를 강요하는, 회피할 수 없는 전시체제의 억압적 현실에서 李箕永은 파행적 면모를 드러낸다. 이러한 점은 李箕永 개인뿐만 아니라 당대사회에 속했던 모든 作家들에게 해당되는 문제이다. 식민지 현실의 수용은 시대상황의 반영으로도 드러낼 수 있다. 최서해 등이 그 예에 해당될 것이다.150) 그와는 달리 李箕永은 「故鄕」에 이르기까지 매우 지속적으로, 계급투쟁의 방법으로 지식인과 각성된 노동자, 농민 등을 통해 의식의 전환을 시도하고, 또 그 안에서 미래에 대한 낙관적인 전망을 피력해 오고 있었다. 이는 요약해서 말하자면 계급주의와 계몽주의 혼합된 양상이기도 하다.

그러나 이러한 전망과 이념적 토대의 변질은 「인간수업」에서 살핀 대로, 이념의 空洞化로 인해, 그 내적 불안이 외부세계로 바뀌는 조짐이 예견되었다. 결국 그 외부세계로 향한 시선에 와 닿은 곳이 '만주'였던 것이다. 그가 추구하던 이념적 전망이「십년후」와 「적막」에서 퇴조를 보인 사실은 이미 살펴 보았지만, 이념의 기반은 다시 '만주'로 눈을 돌림으로써 식민지 제도의 합법성을 수용한 것으로 여겨진다. 이는 유랑민의 거처이기는 하지만 전혀 회

---

149) 사르트르, 『상황 Ⅴ』, 박정자 역, 사계절, 1983. pp.33-59.
150) 최서해의 「탈출기」(《조선문단》 6, 1925.3.)는 간도 유민의 삶을 일제의 수탈정책에 따른 계급적 빈궁으로 파악한 최초의 작품이다.

망이 보이지 않는 최서해의 '간도땅' 과는 다른 의미를 나타낸다.151)

그는 이같은 점을 「대지의 아들」 (《조선일보》 1939.10.12 - 1940.6.1.)
에서 분명히 하고 있다.

> 지평선과 하늘이 맞붙은 들 가운데 느릅나무 한 주가 우뚝 섰다. 나무
> 밑에는 조그맣게 검은 벽돌로 지은 당집이 있다. 넓은 농장 안에는 길찬
> 벼가 쪽 고르게 들어섰다. 바람이 지나칠 때마다 벼 이랑이 굼실 거린
> 다. 저편 강 기슭 일변으로 푸른 물감을 칠해 놓은 것같은 버들 밭이
> 우거졌다. 거기에 연달아서 갈대꽃이 부옇게 피었다. 그것은 마치 유록장
> 옆에 백포장을 친 것 같아서 이 고장이 아니고는 볼 수 없는 일대장관을
> 이루었다. 그 밖에는 붉은 이삭이 팬 고량밭이 둘러 있다.
> 만국지도와 같은 그 위에 팔월의 태양이 내리 비친다.
>
> (「대지의 아들」-'初夜'.1)

이곳은 송화강 지류의 '개양둔' 으로, 李箕永에게 있어 만주는 최서해의
사회적 궁핍과 항거의 땅이라는 이미지보다 '풍성하고 희망찬 땅' 으로 묘사
되고 있다. 이곳은 '황건오' 에게 "언제 보아도 싫지 않은 희망과 동경을 자아
내게"152) 한다. 그의 이러한 희망과 동경은 적어도, 굼실거리는 벼 이삭과 함
께 생존의 가능성이 보장되면서 소생한 것이다. 이러한 의식이 지니고 있는
의미는 당시의 국내상황에 비해 매우 이질적이라는 점을 간과해서는 안된다.
그리고 만주의 개척이 가능한 것은 일제의 만주 곡창화정책에 의해 조종된 정
치적 맥락을 상기해야만 한다. 즉, 식민지 제도 속의 만주는 일제 침략의 확대
이자 그 논리가 지배하는 지역인 것이다.

'황건오' 가족의 만주 이민은 국내에서의 절대빈궁 때문이다. 그들은 소작

---

151) 최서해의 소설 「탈출기」, 「박돌의 죽음」, 「기아와 살육」, 「큰물 진 뒤」, 「십삼원
   」 등의 작품을 예로 들어보았을 때, 이들 작품에서 공통적으로 나타나는 '간도'
   의 이미지는 가난한 유민의 고난과 반항의 땅으로 결론지워진다. 이 점에 대해서
   는, 백철, 앞의책, pp.62-63.에서도 언급되고 있다.

152) 李箕永,「대지의 아들」,《조선일보》, 1939.10.12.

을 짓고 나무장사를 하지만, 연명할 수 없어 이주하게 된 것이다. '황건오'는 「故鄕」의 '김원준'에 상응하지만, 그러나 그에게는 제도의 보호아래에서 이 농이 보장된다는 상황의 차이를 보인다. 이를테면 그는 기타 인물들-그의 아 들인 '황덕성'이나, '서치달' 등과 같은-과 함께 식민지의 제도적 영향 하에 위치한다. 이러한 이념의 공백은 이미 자신들의 삶에서 사회주의적 세계에 대 한 어떤 인식보다도 '만주개척'이라는 삶의 외형적 조건에 대처하는 평면성 을 드러낸다고 볼 수 있다. '황건오'는 '개양둔'의 주동적 인물로서 마을 일 에 적극 참여한다.

그의 아들인 '황덕성'은 '황건오'의 바램을 충족시켜주는 명민함과 우수 한 재능을 지니고 있다. 그는 보통학교를 마치고, 봉천의 농림학교에 입학하 여 장차 만주를 개척하는 것이 꿈이다. 이러한 미래에 대한 포부는 이전까지 의 소설적 전망의 주된 내용이 되어 온 사회주의 사회의 건설이 아니라 식민 지메카니즘-일제의 만주경략이라는-에 종속된 것을 드러낸다. 신학생이자 농 사개량을 주장하는 연사인 '서치달'은 농사강습회에서 음력설에 대한 이중과 세의 폐해를 주장하면서 만주개척의 의미를 보다 극명하게 제시해준다.

> 만주의 옥토라도 이삼년 경작한 뒤에는 돌괴와 밀쑥이 번식하면손을 댈 수 없기 때문에 그들은 개량할 노력을 생각하는 대신 다른 데로 이 사할 생각부터 했기 때문에 기성답(旣成畓)은 일방으로 황폐해 가는 반비례로 그들의 생활은 언제까지 안정을 얻지 못하였다는 말과, 그러 나 지금은신간(新墾)할 황무지도 그리 없고 또한 이러한 유동농민은 '국책상'(강조 표시, 필자 주)으로도 허락되지 않는 바인즉 불가불 정 착농민이 누구나 되어야겠는데 그리하자면 무엇보다도 농사개량에 힘 쓰지 않으면 아니된다.
>
> (「대지의 아들」-'농사강습회'. 2)

따라서 '서치달'의 계몽강연의 요지는, 황무지의 개발이 어느 정도 끝나간 다는 뜻과 함께, 유민의 삶에 대한 문제의 접근과 정착농을 요구하는 일제의 정책적인 배려까지도 수용하고 있는 셈이다. '국책'이 뜻하는 바는 만주경략에 대한 전진기지로서의 농토개간과 정착민의 활용을 통한 식량확보에 본뜻이 있기 때문이다. 작품에서 드러나는 이와 같은 점은, 李箕永의 의식적인 측면과 무의식적인 측면을 다같이 드러내 준다고 볼 수도 있겠는데, 그의 이런 논법은 이념의 원리가 식민정책의 전망으로 대체되는 결과로 간주된다.

이러한 점은 사건의 전개에서도 그대로 드러나고 있다. 강 상류 마을과의 동족간의 물길싸움은 관청과 경찰력이라는 제도적 보장과 합법성이라는 테두리 안에서 해결을 보게 된다. 이 물싸움은, 가뭄이 극심하자, 강상류의 鮮農들이 자신들의 水田에만 물을 공급하기 위하여 물길을 막아 수로를 끊은 데서 시작된다. 이 마을의 지도자인 '강주사'와 '황건오' 등은 이러한 사정을 관청에 호소하지만, 관에서는 그 곳이 자신들의 관할이 아니라고 발뺌한다. 그들은 이후, 경찰의 묵인 하에 집단적인 행동을 통해 破堡를 시도한다. 이들은 경찰당국과의 교섭을 통해 묵계로 승인 받은 후 破堡에 성공하고, "참으로 개선장군과 같이 활개를 치며"(「대지의 아들」,-'거사전후.1') 돌아온다. 결국 관리의 공평성이나 제도적 합리성을 끌어들인다는 의미는 제도권 속에 作家의식이 놓여진다는 의미다.

> 실로 단체적 행동의 체험은 그들로 하여금 전에 맛보지 못하던 쾌락을 주었다. 혼자 즐기는 것이 여럿이 즐기는 것만 못하단 말과 같이 그들은 공동생활의 새로운 흥미를 느끼었다. 그것은 비록 며칠 동안이 아니라도 공통된 정신 밑에서 진실한 생활체험을 얻을 수 있었다. 거기에는 아무런 불의가 없었고 욕심이나 심술이 없었다. 왜 그러냐 하면 생활의 정신이 같기 때문에---. 그들은 한 가지 목적을 달하기 위해서 제각기 지혜를 짜내고 힘을 합치고 게으름뱅이를 정리하고 약한 자를 붙들어주고 장상을 공경하고 어린 사람들을 우애할 수 있었기 때문에---
> 그들은 조금도 사욕이 없었다. 만일 이 같은 정신으로 집에 돌아와서 왼 동리사람들이 힘을 합칠 것 같으면 참으로 못할 일이 무엇일까.
> (「대지의 아들」,-'거사전후.5')

인용된 부분에서 볼 수 있듯이, 이들의 집단적 행동에 대한 화자의 논평적 의미부여는 '쾌락'의 부분에 집중되고 있다. 이는 곧, 감각적 인식 위에서 전개된 논리의 표출이며, 이념의 공백이 초래한 의미의 굴절인 셈이다. 그러므로 "진실한 생활체험"은 갈등의 해결이 가져다 주는 정태적이고 소극적인 사유영역이라는 점에서 추상성을 내포하는 것으로 보인다. 기실 이 추상성은, 李箕永의 집단적 힘에 의한 이념적 전망이 좌절되면서 보여주는, 지배 이데올로기에 안주하려는 데에 기인하는 것이다. 물길싸움이 끝난 후, 관청의 안도와 관리들의 賞讚에서도, 제도적 합법성과 그들의 집단적 행동에 대한 정당성이 강화되는 부분153)에서도 이러한 점이 확인된다.

「대지의 아들」은 만주를 배경으로 하는, 일제의 지배 이데올로기에 적극적으로 찬동하는 것은 아니라고는 해도, 그것이 지닌 전망과 의식은 이념의 희석과, 식민지 제도와 환경을 수용한다는 점에서는 분명히 친일적이다. 더욱이 사건의 전개에서 제시되는 동족 간의 대립과 갈등은 그것이 민족에 대한 긍정이라기 보다는 극복되어야 할 부정적 측면으로 부각됨으로써, 소위 臣民으로의 소양을 구비해 나가는 지배이데올로기의 선전문학의 요건을 구비한다. 그럼에도 불구하고 지금까지 줄곧 반복되어 온 인물의 진보성154)은 크게 손상

---

153) 「대지의 아들-'탈출.2'」, "현에서 비로소 개양둔 사람들이 직접 행동에 나선 줄을 알 수 있었다. 그러나 그들은 현직 경찰관의 양해를 먼저 얻었다 하고 또한 규율적 행동을 하였을 뿐더러 조그만 불상사도 내지 않고 문제를 원만히 해결하였다는 데는 별로 책망을 할 말이 없었던 것이다......(중략)....그러므로 현에서는 개양둔 사람들이 직접 행동한 사람들을 처벌한다든가 현지 경관이 상부의 허가를 맡지 않고 임의로 그들의 거사를 묵인했다는 책임을 물을 것이 아니라, 그것은 소위 하의가 상달되지 못하고 상의가 하달되지 못한 한 개의 실례로서 좋은 자료를 제공한 듯도 싶었다."

154) 이 작품에서 '황건오' '황덕성' 부자는 근대교육의 힘을 신봉하는 인물이며, '강주사'는 보통학교의 설립자이자 마을의 정신적 지도자이다. 또한 '황덕성'은 봉천에 있는 농림학교를 졸업하고 나서 만주를 개척하는 것이 이상이다. 그리고 '귀순'은 '덕성'과의 사랑을 성취하기 위해 결혼 전날, 도망쳐 '덕성'과 재회한다는 점에서 볼 때, 李箕永이 그리는 근대적인 의식, 곧 자유연애 사상을 갖춘 진취적인 여성상과 상통한다.

당하지 않고 있다. 이 점이야말로 李箕永이 지닌 사회주의의 이념과 일제의 지배논리가 친화작용을 통해 변질된 전망을 제시하고자 한다는 단서로 활용될 수 있는 증거가 된다.

이상에서 「대지의 아들」이 내포하고 있는 제도적 순응현상을 살펴 보면, 李箕永이 외부로 눈을 돌리면서 보았던 -창조적 가능성을 지닌 동경의 세계였던- 그 '만주'에도 기실 일제의 지배논리가 암묵적으로 관류한다는 사실을 알 수 있다. 곧, '개척'이라는 군국주의의 침략적 이념의 확대가 李箕永에게는 동경과 무한한 가능성의 세계로 비춰진다는 그 역설은 作家의식의 공동화가 빚은 또 다른 하나의 오류였던 셈이다.

3. 체제 지향적 계몽성

일제말기 李箕永의 문학적 궤적을 드러내는 정신사적 의미는 사상적 변질의 극단을 보여준다. 그것은 또한 作家의 내면세계의 황폐화와 그것조차 토로하지 못하게 하는 일제의 '신체제문학론'155)의 억압적 현실 속에 적극적으로 참여하고 있다는 사실이다.

물론 이러한 점이 作家의 내면적 황폐화나 창작의 정상적 여건에서 비롯된 것인지, 그리고 그것이 작품의 생산에 얼마나 많은 영향을 미쳤는지 하는 문제에 대해서는 아직 실증적인 연구성과가 많지 않기 때문에156) 뭐라고 단

---

155) ____,「작품의 명랑화」,《인문평론》 14,1941.1.
   이 글은 최재서의 글로 추측이 되는데, 이 글에서 당시의 작품에 대하여, '시에 있어서 비애의 색채가 농후하다던가, 소설에 있어서 암흑면의 노출이 심하다던가 또는 애욕의 묘사가 너무 노골화' 하다고 지적하고 있다. 일제당국에서는, 이러한 작품경향은 '신체제국민생활'에 적절하지 않다고 하면서, 작품 속에서 보다 명랑한 분위기를 제시하도록 요구하고 있다.
156) 일제 말기, 作家의 전향에 대한 연구로는 다음 논문등이 있다.
   임종국,『친일문학론』, 평화출판사, 1966.
   三枝壽勝,「굴복과 극복의 말-일제 말기 한국문학이 제기하는 문제점」,《문학

정지을 수는 없으나, 李箕永의 경우·그의 작품경향이 노골적인 친일문학으로 접어드는 것은 「東天紅」(《춘추》 13-25, 1942.2.-1943.3.)157)과 「鑛山村」(《매일신보》 1943.9. 23-11.2.)158)에 이르러서이다. 「대지의 아들」은 지배 이데올로기와 접합되면서 이념의 심한 왜곡과 변질을 겪지단 그것은 이면적 구조로 자리잡은 것이며, 표면적으로는 제도적 순응의 형태로 드러난다. 그러나 보다 적극적이고 자발적으로 일제의 이념에 찬동하는 면이 드러난 작품은 이들 작품이다.

「동천홍」은 일제의 국책을 긍정적으로 받아들여 造型된, '장일훈' 이라는 대학 졸업자의 이야기이다. 경도에서 고학을 하면서 대학을 졸업한 '장일훈' 은 집을 나와 옥림광산에 취직하게 된다. 그가 광부로 취직한 동기는, "어려서부터 고상한 이상을 동경하였으며 제 이상대로 살고 싶었"(연재 4회, p.148.)기 때문이다. 그는 또한 "청년은 누구보다도 국가와 사회를 위하여 제 2세 국민으로서의 자각을 가져야 하는데",(4-p.148.) 모두 이기적인 생각을 가지고 혼자만 잘 살고자 지나친 이윤추구를 하기 때문에 현실이 모순에 차 있다고 생각한다. 그는 도시에서 룸펜으로 생활하다가 집안의 눈치를 피해 자신의 힘으로 생산적인 일을 해 보고자 한다.

결국 장일훈의 가출과 결심이란 지배 이데올로기의 요구에 조응하는 것에 지나지 않는다. 곧, 그는 사회적 의무를 결행하고자 하나 그 사회적 의무의 실행에 개인적 고뇌가 수반되지는 않는다. 요컨대 개인의 필연적 동기가 거세되어 있다. 이는 作家정신의 파탄성에 기인한다기보다 정세에 항거하지 못한 데에 기인한 것이다. "묘사되는 세계에 대한 지배력이 상실되면, 作家는 그

　　과 지성》 1977.여름.
　　　김윤식, 「사상전향과 전향사상」, 『한국근대문학사상사』, 한길사, 1984.
　　　김동환, 「1930년대 한국 전향소설연구」, 서울대 석사학위논문, 1987.
157) 이 작품의 서지는 연재분과 페이지를 부기하는 것으로 대신한다.
158) 본고에서 인용하고 있는 텍스트는, 李箕永, 『광산촌』(성문당서점, 1944.판)이다. 이하 페이지만 기재.

가 취택한 장면, 사건, 인물 등으로부터 압도적인 영향을 받게 되며, 나중에는 아주 동화되어 버리기까지 되다"159)는 임화의 지적처럼, 李箕永도, 일제말기라는 사회적 정황에 압도되어 자신의 이상을 사회정세와 맞바꾸어 버린 것으로 볼 수 있다.

장일훈은 광산의 책임을 맡고 있는 친구 '윤걸'을 찾아가서 坑夫로 취직을 부탁한다. 그는 물론 사무원으로 취직을 할 수도 있으나, "단순한 자기일신의 영달보다는 과거의 모순된 생활에서 시대양심을 올바로 붙들고 진실히 살 길을 찾아 몸소 그것을 실천해 보자는 데"(6-P.194.) 있다. 이러한 다짐은 섬약한 지식인이 일제의 시책에 동화되었음을 의미하기도 하지만, 정신의 황폐화를 육체적 적응으로 대체시키고자 하는 몸짓이기도 하다.

'과거의 모순된 생활'이란 말하자면 사회주의적 경력을 가진 자의, '체제 속의 참회행위'인 셈이다. '시대양심'이 내포하고 있는 의미는 그러한 측면에서 일단 명확한 의미를 드러낸다고 볼 수 있다. 그러므로 시대양심은 절대적인 군국주의의 체제와 질서가 요구하는, 복종적 인간의 도덕율을 지칭하는 것이라 볼 수 있다.

그는 그리하여 갱내의 광부로 일하기로 결심한다. 또한 그는, 무지하지만 신실한 '김사문'과 소학교를 졸업한 '정창수'를 감화시켜, 광부들의 낭비와 퇴폐적인 생활과 의식을 개혁시킨다. 이전까지의 광부들의 생활은 장래가 없는 생활이었던 것이다. 이러한 교화적 인물은 신체제적 인간형의 확산을 위해 정신적 가치의 전락을 보여주는 인물이다. 광부들의 생활은 그같은 교화적 측면에서 보면 비생산적이며, 타락한 생활인 것이다.

옥림광산에 있는 사람들은 대개가 다 그러하다. 하루 2원 미만의 품삯을 타가지고 모든 비용을 제하게 되면 실상 남는 것은 몇푼 안된다. 거의 절반은 밥값으로 들어가고 남는 것은 잡용으로 쓰면 알맞다.

---

159) 임화, 「생산소설론」, 《인문평론》 7, 1940.4.

(中略)

　밤저녁의 한가로운 시간에는 자연히 울적한 심회를 걷잡지못하여 무
엇이나 위안을 요구하게 된다. 그런때에 제일 유혹을 느끼는 것은 술과
계집이다. 이와 같이 본능적 충동이 불현듯 일어날 때는 마치 맹수와
같이 무서운 발작을 일으킨다.

(「동천홍」, 7회, p.106.)

　미래가 없는 그들은 매일 밤마다 동료들과의 술다툼과 외상, 싸움 등으로
연명하고 있는 것이다. '일훈'의 교화는 이런 퇴폐와 낭비를 개선시키기 위한
것이다. 이 광부들의 부정적 인간상은 제도적 이데올로기의 단순논리를 증명
하는 수단이 되고 있다. 요컨대 광부들의 쾌락적 삶은 또 하나의 시대적 절망
의 다른 표현이며, 이에 비해 교화적 인물에 의한 개선의 노력은 선명한 적극
성을 내포한다.

　어느날 일훈이는 자청하여 광부들에게 술대접을 하면서, 신체제의 이념에
합당한 훈계를 시작한다. 그는 광부들의 낭비와 술주정을 고치고 무절제한 생
활을 벗어나자고 제안한다. 그러나 그것은 일본인으로 완전히 동화된 자의,
요컨대, 臣民의 가치관에서 도출된 발언이다. 그는, 의식의 개혁과 정신적 수
양, 근검절약하는 생활, 저축, 고등강습과 야학 등을 통해 광부들에게 자신처
럼 완전한 동화를 이룬 생활을 권유한다. "모다 국어를 해득하면, 첫째는 황
민(皇民)으로 벙어리와 귀머거리를 일시에 면하기도 하시겠지만, 생활상의
수입으로 유익이 많으실 줄 압니다. 어느 일판에 가든지 국어를 모르는 분이
품삯이 적다"(8-p.195.) 는 실례를 들고 있다. 이러한 그의 훈시와 감화는 광
부들의 신뢰를 받는다. 그후, 옥림광산의 풍기도 순화되어 道內에 모범광산
으로 聲價를 드러내고 표창을 받게 된다. 이처럼 「동천홍」의 서사구조는 식
민지 지배논리의 교화와 감화라는 구도로 요약할 수 있다. 그러나 이같은 변
질된 계몽성은 그 바탕에 시대적 고뇌라기 보다는 현실감이 결여된 체제적 인
물을 통해 제시되고 있다는 점이다.

그는 동쪽 하늘을 바라 보았다. 훤하게 날이 밝아오며 동천(東天)이 붉으레 해진다. 장엄한 여명이다. 아침 노을이 물들어 가는 동쪽하늘은 점점더 붉은 빛이 더 해 간다. 아니 그것은 노을이 아니다. 욱일(旭日)의 광휘(光輝)가 대지를 밝혀 옴이었다. 이 새봄의 쾌청한 아침 해는 만물에게 은총을 베풀기 위하여 또 한날의 등극함이 아니냐.

(「동천홍」, 13회, p.220.)

결말부분을 인용한 위의 대목은 「동천홍」이 일제의 국시를 충실하게 이행하고 있는 선전문학이라는 사실을 분명하게 보여주고 있다. 우선 여기에는 떠오르는 태양의 이미지에서 '일장기'를 연상할 수 있다. 결말부분에서는 특히 李箕永이 지금까지 사회적 전망을 암시해 왔던 점과 대비해 볼 때, 매우 차이가 난다. 우선 이전의 결말부분에서 계급적 연대의식과 사회주의적 세계에 대한 전망을 제시해 주던 전례와는 다르게 아침노을에 표상된 일본의 위세에 감복하는 듯한 자세가 어울러져 있음을 발견할 수 있다. "아침해는 만물에게 은총을 베풀기 위하여"라는 구절은 이광수의 「신시대의 윤리」에서 발견되는 친일적 성향과 본질적으로 동일한 것이다.160) 곧 이러한 이미지 역시 국가적 문화주의의 간접제시인 셈이다. 따라서 「동천홍」은 인간을 도식화시키고, 파시즘적인 국가주의에로 교화시키고 계도시킨다는 두 개의 단계적 구성방식 외에는 플롯의 필연성을 찾아보기 어렵다고 할 수 있다. 이와 같은 맥락은 李箕永이 해방 이전까지, 마지막으로 발표한 작품인 「광산촌」에서도 반복되고 있다.

---

160) 이광수,「신시대의 윤리」,《신시대》, 1941.1. pp.36-37.
　　"국민은 남녀를 물론하고 총 들고 전선에 선 각오를 가질 것이다. 일거수 일투족이 전혀 국가를 위한 일이요, 나나 내것을 위하는 일이 없다. 이해니 고락이니 하는 것은 염두에 없다. 생사도 염두에 없다. 이 몸이 천황께 바친 몸이거니 사념이 있으랴.(중략) 조선 민족이 충성을 바치고 무슨 댓가를 요구하는 동안 조선 민중은 결코 아무 것도 얻지 못할 것을 각오하여야 한다. 조선 민중이 勤勤孜孜히 배울 것은 천황께 모든 것을 바치는 공부다. 그래서 그것이 완성된 때에 皇民氏가 완성되어서 나라에서 줄 것을 줄 것이다."

「광산촌」은 징용으로 보국대에 끌려가서 갱부로 근무하는 '이형규'라는 청년의 이야기라는 점이 차이날 뿐이지만 서사구조는 「동천홍」과 유사하다. '이형규'는 광산을 학교로 생각하는 인물이다. 그는 또한 일터에서 남의 모범이 되도록 일하고 퇴근 후 독서하는 건전한 생활을 통해 무지하고 방종한 습관에 빠진 동료들을 감화시켜 이들의 의식을 변화시킨다.

그러나 그는 대동화전쟁 자체를 긍정적으로 보는 체제 선전의 대변자이기도 하다. 곧, '이형규'는 광부를 전장의 병사처럼 '산업현장의 戰士'임을 역설한다. 더불어, 그는 전시체제에 알맞는 정신무장을 주장하기도 한다.

> 전쟁은 파괴인 동시에 건설을 가져온다. 그것은 엄청난 소비인 동시에 거대한 생산력을 갖게 한다.따라서 전쟁의 규모가 크면 클수록 국력을 집중하게 된다. 금차 대동아전쟁과 같이 일억 국민이 총동원이다.
> (중략)
> 오늘날 전시 하에 증산을 목적으로 활동하는 산업전사로서의 영예가 크다. 하겠지만 그 밖에도 광부의 생활은 긍지를 가질 수 있다.그것은 광부는 한갓 인부가 아니라 국가사회를 위한 훌륭한 생산자라는 점이다.
> (「광산촌」, pp.97-98.)

이런 투철한 사명감은 결국 일제가 지향하고 있었던 전시동원체제에 적절한 국가주의적 관점에 지나지 않는다. 이 작품도 「동천홍」과 함께 전시체제 국민정신무장과 생산독려의 내용[161]을 담고 있는 것이다. 임화와 총독부 문화부장 矢鍋와의 대담[162]에서 피력한 바 있듯이, 1930년대 후반 전시체제 속의 당대문학의 위상은 이른바 "銃後의 役割"로 인식되고 있었다. 이 '銃後文學論'은 기실 일제의 戰時 문화지배양식이 문학에 전이되면서 대두한 입론이다. 더욱이 이 '총후문학론'은 일본의 국수주의적 문예운동으로서, 한반도에 순회강연을 통해 소개 전파되면서,[163] 전시체제에 적합한 소위 '銃後

---

161) 임화, 앞의글.
162) 「矢鍋 林和 對談」《조광》 65. 1941.3.

臣民'164)으로서 가져야 할 군국주의의 덕목과 인간형을 조형화시킨 이론으로 자리잡는 듯하다. 李箕永 역시 이러한 정세와 문학론에 감염되는 것은 예외가 아니다.

그는 박영희저 「전선기행」의 독후감에서,165) 박영희의 「전선기행」을 다음과 같이 평가하고 있다. "황군의 전투 노고와 그에 대한 감루, 감사와 일본정신을 실천적으로 파악하려 한 선무공작 등-전지의 현실을 북지의 광막한 평야와 황진 만장인 대륙적 자연의 배경에 비치어서 충실히 묘파한 점은 총후의 국민으로서는 누구나 읽어야 할 시국인식의 양서인 동시에 또한 전쟁문학으로서도 훌륭한 수확을 조선문단에 끼친 줄 안다."이러한 진술은, 이미 그의 이념도 일제의 군사적 위세 밑에서, 일본의 전시체제문화로 흡수되고 동화되었으며, 그동안 지속했던 이념의 해체를 보여준다.

곧, 「동천홍」과 「광산촌」은 '內鮮一體' 혹은 '皇國臣民化'에 대한 거리낌없는 의식적 동화를 피력하고 있는 것이다.

이제까지 논의한 바를 요약하면 「故鄕」 이후의 작품세계는, 카프의 해체 이후 그의 이념적 기반의 상실과 파행적 국면을 노정시켰다는 사실이다. 「故鄕」은 그러한 점에서 李箕永이 추구한 이념적 전망의 완결이다.

첫째로 「故鄕」 이후의 파행적 국면은 「맥추」나, 지식인의 빈궁상황을 드러낸 「돈」, 「생명선」 등과, 무지한 빈민들의 빈궁양상을 드러낸 「산모」, 「나뭇꾼」, 「노루」 등의 작품을 통해 계급주의적 세계의 잔영을 유지하지만, 그 세계는 현저하게 약화된 양상을 보인다. 또 하나의 분화된 작품의 경향은 「십년후」와 「적막」과 같은 계급의식의 좌절과 전향의 징후를 보여주는 작품군이

---

163) ____,「文藝銃後運動 半島各都에서 盛況」,(《문장》 11, 1940.8. pp.98-99.)을 보면, 당시 일본으로부터 이 '文藝銃後運動'을 확산시키기 위하여 菊池寬, 久米正雄, 小林秀雄, 中野實, 大佛次郞 등 5명이 파견되어 전국적인 순회강연을 했던 것으로 나타난다. 이와 비슷한 시기에 '총후문학론'에 관한 글이 발표되었다. 정인섭, 「총후문학과 개척문학」《매일신보》, 1940.7.6.

164) 앞의글.

165) 李箕永,「전선기행을 읽고」,《조선일보》 1939.10.16

있다. 또한 관념적이고 우회적인 풍자수법을 도입하고자 한 「인간수업」과 몇 개의 단편들이 또 하나의 작품군을 형성한다. 이들 작품군들은 모두 「故鄕」의 이념적 세계가 붕괴되면서 발생한 파편적 흐름이다.

둘째로 「대지의 아들」에 이르면서 李箕永은 作家의식의 도피적 출구를 '만주'를 통해 발견하고자 하나, 그것이 '제도의 순응형태'로 제시되고 마는 결과를 보여준다.

셋째로 더나아가 「동천홍」과 「광산촌」은 일제의 전시체제 하의 문학적 위상을 적응시키면서 일제의 선전문학으로 변질되고 마는 것이다. 즉, 「故鄕」이후의 세계는 사회적 전망의 상실과 식민지체제로 동화된다고 할 수 있다.

그럼에도 불구하고, 식민지 현실 안에서 李箕永이 추구하고 있었던 문학적 지향은, 결국 자신이 살고 있었던 사회와 역사에 대응하기 위한 그 나름대로의 최대의 응전방식이었음을 간과해서는 안 될 것이다.

Ⅵ.동시대적 의미망과 문학사적 위상

1. 작품세계의 변모양상

앞서 李箕永 소설의 분석을 통해 인물과 주제양상을 중심으로 그 변모양 상을 살펴보았다. 그의 작품세계의 변모양상은 '초기 소설 세계', '「故鄕」의 작품세계', 그리고 '「故鄕」이후의 작품'으로 크게 구획해 볼 수 있었다. 그 결과 그의 문학적 세계가 프로문학운동의 변천과정과 흐름을 함께 한다는 점 을 발견할 수가 있었다.

李箕永이 형상화시킨 작품세계는 식민지 상황에서 비롯된 빈궁이라는 소 재를 바탕으로 하여, 당대사회의 모순에 희생되거나 그러한 빈궁을 극복하고 자 하는 인물상과 그에 대한 주제의식에 집중되고 있다고 할 수 있다. 곧, 그는 자신의 작품에서, 리얼리즘 문학의 형식들 속에 있는, 변화, 발전, 투쟁하는 동 시대의 사회적 현실을 묘사하고 있다. 뿐만 아니라, 그는 전통적 인습과 모순 적 현실에서 발현되는 갖가지 양상들을 사회주의적 관점으로 조명해 나간다.

그러나 그것은 다분히 가치론적인 인식이었다. 그는 현실 안에서 높은 것과 낮은 것, 긍정적인 것과 부정적인 것, 선과 악의 기준을 수립하고자 한다. 李 箕永의 이 같은 대립적인 세계인식은 식민지 상황에 대한 체험과 대응방식에 서 비롯된 것으로 보인다. 그리하여 그의 문학은 역사적 운동세력과 그 잠재 력이 가진 특유한 현실의 상호관계 안에 놓인다고 말할 수 있다. 적어도 이것 은 식민지의 첨예한 대립적 상황을 표출해 내는 프로소설의 예외적 성과로 보 인다. 또한 이는 作家가 현실에 대한 모순을 파악하고 그것을 분석한 데서 드러난 모순의 형상화이며, 그의 체험적 묘사방법에 의해 성취한 世界觀인 것이다.

李箕永의 소설은 그같은 원리가 積層된 귀결로서 「故鄕」을 산출하지만, 그러나 그의 작품 모두가 일관된 모습을 보여 주지는 않는다. 그의 작품은 「

故鄕」을 전후로 하여, 集積的인 측면과 그리고 解體的인 변모과정을 보여 준다.

사회와 문학이 긴밀한 상관성을 맺고 있었던 식민지 시대 문학 가운데서도, 특히 '선전 propagender'과 '선동 agitation'을 하나의 문학적 원리로 담아 내고자 했던 카프 문학의 지향성 속에서 李箕永의 문학적 궤적은 대략적으로 일관성을 구비하고 있는 것으로 보인다. 왜냐하면 일제에 의한 국가침탈과 그로부터 발생한 억압은 李箕永의 경우, 그러한 세계관의 모색과 수립, 그리고 좌절이라는 흐름을 겪은 것으로 추론되기 때문이다. 作家는 사회와 개인의 매개적 인물로서 자신의 역사적 전망을 작품 속에 반영한다.

李箕永은 자신의 작품활동과 이념의 실천적 모색을 일치시킨 것으로 보인다. 곧, 이념을 통한 식민지사회의 다양한 모순의 발견과 함께 그것에 대한 극복의 가능성을 낙관적으로 표현해 내는 데 성공한다. 기실 이 점은 李箕永의 문학이 프로문학의 성과와 한계를 가늠할 수 있는 시사점을 제공해 준다.

李箕永의 소설에서 발견되는 전체적인 양상은 시대적 상황에서 염출된, '빈궁의 극복'이라는 주제가 그의 소설세계의 버팀목이자 지속적인 테마가 되고 있다.

李箕永의 작품 중에서도 카프의 제1차 방향전환 전후로 발표된 「가난한 사람들」, 「오매를 둔 아버지」, 「민며느리」, 「해후」, 「채색무지개」, 「고난을 뚫고」 등은 계급주의 세계관을 모색해 가는 양상을 드러내 준다.

李箕永의 소설은 이러한 계급주의의 모색의 양상뿐만 아니라, 도시와 농촌의 빈궁상황을 드러내기도 하며, 노동쟁의와 소작쟁의 등 계급투쟁의 철저한 상황과 전망을 제시해 나가기 시작한다. 이것은 李箕永의 계급주의적 세계관이 수립되면서 차츰 고양되는 과정이라고 볼 수 있다. 특히 공장노동자들의 세계를 제재로 하여 노동쟁의의 준비과정과 노동쟁의의 모습을 그린 「호외」, 「조희뜨는 사람들」 등이 여기에 해당된다.

그의 소설에서 나타나는 주도적 인물상과 대립적 인물상은 적어도 하나의 전형적인 구도라는 점으로 이해할 만하다. 그 계급적 대립으로 고정된 인물이나 상황은「농부정도룡」,「서화」,「원치서」등에서 발견되는 점이다. 이 시기의 작품들은 이념의 모색과 농촌현실을 진지하게 묘파 하면서 빈궁에 대한 계급적 각성을 피력하거나 상황윤리에 따른 악한형 혹은 의적형 인물을 형상화하는 데 성공하고 있다. 또한 지식인의 개입이 방관자적 위치에서 서서히 실천적인 세계의 전면에 나타나기 시작한다는 점이 특기할 만하다.

그러나 이념의 확립과 그것의 실천적 차원이 세계의 전망을 보여주는 하나의 積層的 양상을 띠는 작품은「故鄕」이다.「民村」이후「홍수」를 거치면서 궁핍의 근원적 의미는 식민지적 현실에 고정되는 경향을 보여준다. 이들 작품에서는 지식인의 의식적 각성이 점차 구체화되면서 실천적인 면모를 구비하게 된다.「故鄕」에서는 지식인의 현실이 강화되고 있다. 지식인은 농민을 각성시키는 위로부터의 계몽이 아니라, 계급적 차원의 전위적 행위를 효과적으로 실행하는 가운데, 농민이라는 집단이 차츰 각성된 세력으로 변모해 나가며 노동운동과의 연대를 간접적으로 제시해 간다. 그러한 점에서「故鄕」은 이념 구현의 한 전형이자 사회적 전망을 제시해 주는 것이다.

그러나 이 작품에서 '김희준'이라는 지식인에 한해서만 촛점을 맞춘다면 '지식인에 의한 농민의 각성과 공동체적 사회의 건설'이라는 측면이 너무 강조된다.「故鄕」이 시사하는 작품의 의의는 이와 같이, '지식인에 의한 농민의 각성과 공동체적 사회의 건설'에 있는 것은 아니다.「故鄕」의 의의는 이런, 한 지식인의 역할을 강조하려는 측면보다는, '김희준'이라는 지식인의 역할, '안갑숙'이라는 조력자, '김인동' '김원칠' '김선달' 등의 주도적 소작농의 자발성이 모두 등가적이며, 통합적인 관계에서 위력을 발휘하는 데 있는 것이다. 이들 인물들의 집단적 대응으로 인해 노동쟁의와 소작쟁의가 돌파구를 마련하고 있다. 이같은 해결과정은 그 자체로써 하나의 문학적 상징이자 李箕永 자신의 作家的 모색이다.

그러나 이 작품에서 보여주는 그 서사적 구조는 李箕永이 추구해 온 사회주의적 리얼리즘의 방략이라는 측면에서 볼 때 다소 퇴보된 면도 없지 않다. 즉, 「故鄕」은 이전까지의 모티프가 반복적으로 재현되면서 통합되는 '적층적' 성격을 노정하고 있으나, 사건의 해결방식이 전망의 제시를 위해, 의도적이고 비정상적인 방법을 사용하고 있다. 이를테면, 사회모순에 대처하는 집요한 분석과 방책이 다소 미흡한 점이다.

카프의 해산과 함께 계급주의는 결정적으로 타격을 입게 된다. 이미 1931년 신간회 해체에서부터 발단된 일제의 정치적 억압과 사상적 통제는 사회운동 모두가 탄압 받는 상황으로 바뀌는 것이다. 이러한 상황 하에서 作家는 자신의 생존과 부딪치게 된다. 따라서 作家의 사상적 전향이 비록 일본 제국주의의 위력에 대한 굴복을 뜻한다고 볼 수도 있겠으나, 다른 한편으로는 사회제도로서의 억압에 대처할 만한 作家적 용기가 당대에 존재 했겠는가라는 문제도 동시에 해명되어야 한다.

그들에게 현실과의 타협-곧 사상적 동조-은 두 가지의 의미를 갖는다. 그 하나는 체제와의 협조를 통한 생활의 보장과 체제 내의 안주이며, 또 다른 하나는 항거를 유보하고 내적인 모색을 시도하는 것이다. 그러나 이러한 타협의 유형조차도 정신적 고결성를 보존할 수 있는 수단으로는 미흡했다. 이들 作家들에게는 철저한 협조가 아니면 생계가 보장될 수 없는 상황만이 양자택일적 조건으로 제시될 뿐이다. 그러한 사회적 정세는 곧, 사회주의 문학의 포기를 뜻한다. 그는 이후 풍자문학을 통한 우회적 대응방식을 취하기도 한다.[166]

李箕永은 이처럼, 삶의 비극적 상황을 극복하기 위하여 풍자수법으로 세

---

166) 李箕永, 「창작의 이론과 실제-모델과 풍자소설,기술문제에 관하여」, 《동아일보》, 1938.10.2.
"풍자문학은 문학의 상도로 보아 정면공격이 아니라 측면공격에 비할 수 있다. 作家는 풍자 속에 몰입해서 그것을 문학정신으로 다시 끌고 나오자면 풍자에 져서는 안된다." 여기서 그가 말하고 있는 '문학의 常道'란 식민지 사회 속에서 허용되었던 제한된 창작과 실천의 폭까지도 함유한 차원이다. 그러한 차원에서 문학이 지향했던 이념을 통한 정치적 실천이 정면공격이라면, 측면공격이란 일제의 탄압적 국면에 대처하는 우회적 문학기법인 셈이다.

계를 묘사하거나, 作家정신의 堡壘를 현실의 희화화와 통속성 사이에 찾을 려고도 했다. 그러나 그러한 의도와는 달리 李箕永은 그리 뛰어난 문학적 성과를 거두지는 못한다. 요컨대 그는 식민지 말기의 혹독한 탄압 속에서 作家의 양심과 신념의 차원을 고집하면서 골계가 수단의 영역으로 남아야 하며, 풍자는 '범속함(통속성이라는 부정적인 의미를 가진 용어로 대치할 수도 있는)'에까지 이르지 않도록 통제하여 궁극적으로는 문학정신 혹은 作家의 세계관을 드러내는 목적을 성취해야 한다고 본다.

그러나 李箕永의 경우, 자신이 설정한 양심과 신념의 보루가 서서히 탈각되면서, 이념의 치열한 실천에서 나타나던 건강한 공동체적 힘의 제시와 희망이 더이상 지속적으로 전개시키지 못한다. 우선 프로문학의 전개가 허용되지 않는 사회적 정세에 대한 좌절에서부터 사상적 전향의 조짐이 발견된다. 바로 여기에서부터 李箕永은 일제의 체제에 대한 순응의 형태를 보이는 것이다.

그는 「인간수업」과 같은 풍자소설을 필두로 「대지의 아들」, 「처녀지」 등 이른바, '만주개척소설'을 써서 당시 일제의 만주경략과 미곡수확의 정책에 암묵적으로 동조하게 된다. 그와 같은 작품세계의 변질은 특히 국내상황으로부터 만주를 발견한 것이었음에도 그의 그러한 도피가 식민지 메카니즘 속에 빠져드는 한계로 작용한다. 이것은 정세에 대한 우회적 회피의 결과였던 셈이다. 결국 「동천홍」, 「광산촌」 등에는 자신의 입지를 親日文學 쪽으로 옮겨가는 것이다.

이상에서 李箕永의 작품세계를 검토하면서 작품의 변모양상은 다음과 같이 정리할 수 있다.

첫째로 그러한 변모양상에서 李箕永의 작품군은 인물과 주제에 의해 대략 세 개의 범주로 나누어 볼 수 있다. 즉, 관념성을 드러내는 계급적 인물상, 빈민들의 폐쇄된 삶과 주체의 각성, 그리고 모순된 현실 안에서 전도된 윤리의식이 상황윤리로 변모되면서 예각화되는 인물상 등으로 분류해 볼 수 있다.

둘째로 李箕永의 초기소설에서는 지속적으로 사회적 빈궁이라는 소재를 통해 빈민의 삶에 나타나는 비극성에 촛점을 맞추고 있다. 요컨대 그것은 그의 이념적 토대의 모색단계에서 발견되는 사회인식의 결과라는 추론이 가능하다.

셋째로 이같은 가난의 형상화를 통해 관념적인 형태의 사회주의적 세계관을 형성해 가기 시작한다. 그러나, 인물의 관점에서 살펴볼 때, 지식인의 양상은 전망의 부재에서 차츰 현실로의 참여를 통해 실천적인 모습을 구체화시켜 나간다.

네째로 그 같은 인물상과 주제의 완결점이자 적층과정의 도달점이「故鄕」이다.「故鄕」은 지식인과 노동자, 농민의 삼각적인 연대가 완성되는 가운데 미래에 대한 낙관적 희망을 암시해 주는 구성을 보인다. 따라서「故鄕」에 이르는 과정은「故鄕」이전의 세계와 분류가 가능하다. 초기소설이 이에 해당된다.

다섯째로「故鄕」이후의 작품세계는 '파행적'이라고 해도 좋을 만큼, 풍자적 기법의 시도와 실패, 통속성의 노출, 내적 파탄과 회고적인 운동가의 내면세계의 제시 등의 과정을 거치면서 완만하게나마 일제의 식민지체제를 용인하게 되는 양상을 보인다. 李箕永의 작품세계는 카프라는 문학운동의 구심점이 일제의 탄압으로 공동화되면서 그 사상적 흔들림이 자신의 작품세계에도 영향을 미쳐, 친일적 모습 혹은 그 체제에 동조하는 내적 파탄의 경로를 보인다.

2. 문학사적 위상

民村 李箕永은 당대에 이미 "作家적 명성은 물론 카프 간부로서 춘원 이후의 作家적 명망이 높았음을 세인이 旣知하는"[167] 상태였다. 이러한 점은 1910-20년대 소설의 새로운 경지를 개척한 春園 李光洙의 계몽주의의 한계

---

167) 민병휘,「民村 李箕永과 함광 안종언」,《청색지》5, 1939.5.

가 李箕永에 의해 어느 정도 극복되었음을 뜻한다. 李箕永은 그의 성장배경과 문학으로의 입문에서 볼 수 있듯이, 적어도 신소설 이후 이광수의 계몽주의소설의 영향권에서 그리 멀리 떨어져 있는 인물이 아니었다. 무엇보다도 우리 소설사의 계보를 소급해 보면, 거기에는 어김없이 계몽주의적 흐름이 온존하고 있다. 이 사상의 근원은 그러니까 '식민지사회로의 전락'에 대한 성찰에서 기인한 것이었기 때문이다.

그러나 李箕永은 「싸닌」의 급진적 자유주의 사상과 관련된 문제의식-예컨대, 전래되고 있던 인습과 제도의 허위 폭로, 자유연애의 주창 등과 같은-의 세례를 받으면서 자신의 문학적 입각점을 수립해 나간다. 이 자유연애의 흐름은 이광수뿐만 아니라 김동인 등과 같은 당대 최고 作家들에게도 발견되는 시대의식의 공통분모이기도 했다. 1920년대의 암울한 정세 하에서 지식인의 고뇌는 신비주의와 데카당틱한 예술지상주의적 세계로 도피하려는 두 개의 흐름 안에 놓여 있었다.

李箕永은 조명희와의 만남에서, 사회주의 사상을 접하면서 자신의 정신적 방황을 마감하기에 이른다. 곧, 사회주의 사상을 통해 그는 식민지사회의 모순된 현실에 접근하고 더 나아가서는 이광수 류의 계몽주의와는 다른 길을 발견했다. 그것은 본질적으로 '사회주의를 통해 사회적 전망을 모색'하는 일이었다. 그는 이러한 사회의 모순구조를 농촌사회 속에서 발견하였다. 이것은 자신의 성장과정에서 축적된 체험과도 긴밀히 관련된 것이기도 했다. 李箕永이 '농촌作家'로서 자신의 위상수립은 그의 다양한 체험 위에서 사회주의 이념을 구현시킨 결과라고 할 수 있다.

따라서 그의 作家的 명망은 적어도 다음과 같은 몇 가지의 이유에서 정당성을 갖는다.

첫째, 신경향파 소설의 문학사적 성과가 관념적인 대상인식이라는 취약성을 지니고 있다는 점에 비추어 보면, 그는 사회주의적 세계에 대한 전망을 끊임없이, 또 진지하게 모색해 나가고자 했다는 사실이다. 이러한 점은 조명희

이래 프로소설의 소박한 작품수준을 한 단계 발전시킨 소설사적 공과이다. 즉, 소설사적인 관점에서 본다면 李箕永의 이념적 모색과 전망은 자생적으로 발현된 신경향파 문학의 감정적인 폭력성의 노출문제 -가령 최서해의 「홍염」 기타의 작품들에 나타나는 것처럼-가 극복되는 것을 의미한다.

둘째, 이전의 계몽주의문학이 관념적인 계몽에 치중했던 지식인의 세계로부터 李箕永은 계몽성의 확대와 심화를 통해, 도시와 농촌의 빈궁과 그 비극적 삶으로 그 영역을 확대시켜 나간다. 거기에 그는 이념의 눈으로 이들 세계를 포착해 낸다. 「무정」과 「흙」의 세계가 서구 근대문화에 대한 무반성적 선택논리와 부르조아적 각성을 지향한다고 할 때,168) 李箕永의 작품세계에서 드러나는 인물의 특성은 그 인식기반에서부터 차이를 보인다. 즉, 그가 창조한 인물은 계몽성을 이념의 범주와 결합시켜, '프롤레타리아' 계급을 이끌어갈 수 있는 현실적인 지도자를 형상화시켜 가는 과정을 보여준다.

셋째, 그는 그러나 농촌에서의 소작쟁의를 통해 계급적 대립을 첨예하게 조망한다. 즉, 지주 등 봉건적 매판세력과의 대립이 주된 갈등구조로 고정된다. 그것은 또한 봉건적 가치에 대해 강한 거부감으로 나타나면서 윤리적으로 파탄한 적대적이고 부정적인 인물의 이미지를 낳는다. 봉건적 가치를 견지하는 인물에 대한 부정적 특성은 아무래도 사회주의적 이념에 토대를 둔 계몽성에서 유래한 것으로 보인다. 이러한 계급적 대립에서는 사회모순과 인간사회의 선악에 대한 가치론적 판별기준이 이미 확립되어 있었던 바, 지주와 매판세력은 대부분 고정된 인물상을 드러낸다.

넷째, 프로소설이 지닌 가장 근본적인 결함이었던 정치우위론과 이념편향주의가 李箕永에게는 문학과 예술의 형상화에 앞선 가치는 아니었다. 그에게는 문학을 통한 사회적 욕구와 전망, 그리고 전형화된 인물의 문제가 보다 긴요한 것이었다. 이러한 점에서 그는 창작의 빈곤이라는 프로문학의 약점을 극복하는 드문 예가 된다. 「故鄕」은 조명희의 「낙동강」 이후 프로소설의 차원

---

168) 한승옥, 『한국현대장편소설연구』, 민음사, 1989. pp.87-127.

에서 한 단계 발전된 작품이다.

다섯째, 「故鄕」이 갖는 장점 중의 하나는 그의 數多한 작품이 이를 중심으로 적층되어 리얼리즘의 새로운 차원을 개진한다는 점이다. 가령 조명희의 「낙동강」이나, 李箕永의 「民村」은 주제의 유사성을 보여준다. 이들 작품에서 나타나는 지식인의 죽음(「낙동강」)과 대응력을 갖추지 못한 계급적 분노(「民村」)는 당대적 사회의 비극적 국면을 드러내기는 하나 그 자체로는 완결을 보인 것이 아니다.

두 작품은 자생적인 계급의 모순을 인식하고 폭발력을 암시한다는 점에서 최서해와는 변별된다. 「낙동강」의 경우, 가혹한 계급적 모순상황 속에서도 한 여성의 각성과 미래에의 전망을 나타낸다. 「民村」은 경제적 궁핍으로 인한 비인간적 상황의 초래에 아무런 대처능력이 없음에도 불구하고, 그 모순을 적확하게 꿰뚫고 있다. 그리고 서사전략이라는 관점에서도, '각성의 요구'라는 강력한 메세지가 수반되고 있다. 이것이야말로 사회주의적 문학의 모델이 갖는 전망이다. 이렇게 볼 때, 「故鄕」의 '김희준'에 의해 집단적 힘이 결속하는 계기는 당대적 문제 해결방식의 구체적인 사례이자 보다 진전된 인식의 도달점인 셈이다. 「故鄕」은 그 같은 의미에서 이념을 바탕으로 삼은 계몽성, 곧 인민성이 주가 되는 사회주의적 인간이었다. 그는 '김희준'을 통해 그 같은 인간형의 창출에 성공하였다.

여섯째, 계몽의식은 사회주의적 리얼리즘 문학의 모델에서 발견되는 교훈주의적 엄숙성 때문에 다소 경직된 것도 사실이다. 표현에 있어서도 이러한 점은 그의 문체에서 발견되는 장황한 묘사와 반복어법, 한문투어 등으로 인해 묘사의 평면성을 벗어나지 못한다는 결함과 관련되어 있다.[169] 또한 李箕永의 「故鄕」 이전의 소설에서 형상화된 인물상은 대체로 관념적이며, 도식적이다. 이러한 양태는 지식인, 여성운동가 등 사건을 주도하는 인물들에게서 발견되는 현상이다. 이들은 대부분 인습의 피해를 과감하게 탈피하는 진보적 사

---

169) 김남천, 「李箕永검토-그의 인간. 사상과 작품. 문장」《풍림》 6. 1937.5.

고유형을 공유한다. 이것은 이념수립의 과정에서 비교적 초기에 나타나는 현상이다.

일곱째, 李箕永의 소설에서 간과할 수 없는 문학적 결함은, ① 계몽주의적 이념에 수반되는 작위성이다. 이 작위성은 이념의 보다 세련된 묘사수준에 이르지는 못했다는 것을 시사한다. ② 그의 작품에서 발견되는 소재적 특성은 '계급주의를 위해서만' 효력을 발휘하는 경직성을 드러낸다. 가령, 빈궁한 삶의 배면에는 계급적 모순만이 존재했을까, 혹은 그 문제에만 그가 着目했을까라는 의문을 가질 수 있다. ③ 이러한 소재의 편향된 효과와 배려가 작품의 미적 구성과 승화된 이념적 현실묘사에 기여하지 못하는 장애요소로 작용한다. 지주와 마름의 비윤리성과 비인간적인 인물설정은 일관되게 묘사되고, 또한 그러한 인물유형들이 농촌의 폭압적 계급집단을 대표하는 전형으로 확보됨에도 불구하고 너무 단순논리에서 그려진 것은 아닐까 하는 혐의를 낳기에 충분하다. ④ 이 적대적 인물의 정태적인 형상화는 적어도 지식인의 계몽과 그의 실천행위, 그리고 각성된 농민의 집단적 힘의 결속과는 상대적으로 미약한 또는 의도적인 것임을 말해주고 있다.

여덟째, 「故鄕」에 이르는, 그리고 그 이후의 작품들에서 지속적인 흐름에는 두 개의 축이 존재하고 있다.

① 그 하나는 계몽적 모티프이다. 이것은 앞서 검토한 바와 같이 이광수에게서 그 기원을 찾을 수 있다. 그러나 그것은 계몽주의적 사고-각성한 자와 각성되어야 하는 자들 사이에 발생하는 사회적 전망과 연계되는 것-로써 당대 한국사회의 낙후한 실정에 기인한 것으로 보인다. 사회주의 사상 역시 사회모순 구조의 개선과 인간의 의식화를 다룬다는 점에서는 계몽주의의 속성과 유사한 측면이 있다. 하지만 사회주의 사상에는 분명한 이념적 지향과 모델이 존재한다는 점에서 차이가 난다. 이를테면, 투쟁을 통한 프롤레타리아 계급의 이익을 성취하려는 역동성과 전형적인 입상이 있어야 하고, 분명한 메세지가 있어야 하는 것이다. 이같은 서사전략은 비록 그 경직된 교조주의가 마땅히

비판받을 대목이라 해도, 소설사에서 미학적 원리로 채택되었다는 것은 분명 새로운 차원이었다. 그러나 李箕永의 소설에서는 유감스럽게도「故鄕」이전과 이후로 단절되는 양상을 보인다. 우선 그 단절은「故鄕」前期가 계몽성의 이념적 발현이라는 뚜렷한 지향점을 가지고 있으나,「故鄕」後期에는 그 계몽성이 일제체제의 이익을 대변하는 내용상의 변질을 보인다는 점이다. 이는 달리 말해 식민지로의 동화를 의미한다. 대부분의 作家들이 그러했듯이 일제 말기의 정치적 억압과 폐쇄된 생활여건 속으로 그는 동화되어 갔던 것이다. 곧, 그의 계몽성의 변질은 일제 식민지 체제에 적극적으로 가담하는 선전 문학으로 이어진다. 그러나 또 한 편으로 이 같은 그의 문학적 궤적은 프로소설의 쇠퇴와도 부합되는 일면이다.

② 두 번째 축은 각성된 집단의 대응이 서사구조의 골간을 형성하면서 갈등과 대립의 세계에 대응방식을 갖춘 반복성이다. 이 문제는 앞으로도 밝혀져야 할 李箕永 문학의 총체적 의미와도 관련된다. 집단적 힘의 발견은 그가 계몽적 의식의 기반 위에서 전개해 간 이념적 모색의 값진 소산이다. 이를테면, 이광수의 문학에서 발견되는 도피주의적인 세계에서는 늘, 계몽성이 지식의, 혹은 근대문화의 위력을 전파하고자 하는 영향력 문제에 집중되고 있으나, 李箕永에게서는 그러한 측면은 나타나지 않는다. 오히려 그는 지식인의 '지식전달의 선구자적 풍모'와는 다른, 실천적 행위에 주목하고 있었다. 이것은 지식인의 자발적인 이념 실천행위이다. 이러한 이념의 실천 위에서 각성되지 않았던 농민들이 각성된 자로 변모하게 된다. 특히 농촌을 제재로 한 소설에서 각성된 계급으로서의 농민은 집단적 혹은 더 나아가 공동체적 삶의 필요성과 그에 대한 전망을 인식하는 데에까지 이르고 있다. 모순된 세계와의 대결은 그러므로 이념적 토대에서 확대된 계급성의 이상적 대응인 것이다.

아홉째, 李箕永의 소설을 하나의 큰 흐름으로 집약시켜 조망해 본다면, 거기에는 이념적 전망의 끊임없는 모색과정이 존재한다. 그의 소설이 가진 큰 특징의 하나는 농촌현실의 다양한 부면이 작품 내에서 일련의 에피소드로 구성되어 제시되고 있다는 점이다. 이러한 묘사의 풍부함은 그것이 가진 함량이 당대 프로소설과의 맥락에서는 독특한 영역이었다는 사실이다. 사회구조적 모순에의 끊임없는 천착을 통해 보여주는 농촌현실의 구체상은 달리 말해 식민지적 모순상황 그 자체라고 할 만 하다. 따라서 李箕永의 문학적 응전방식은 식민지 사회 속에서 가장 긴요한, 모순극복의 과제를 蘊縮시켜 재현한 세계로서 농촌이라는 공간을 확보했던 셈이다. 그러므로 이광수의 소설이 갖는 의의가 민족계몽의 필요성을 착안한 데에 있다면, 李箕永의 명망은 그 필요성을 지식인, 농민, 노동자, 도시빈민 등의 문제로까지 확대시킨 데에 의의가 있다.

열번째, 李箕永은 카프 해체와 일제의 전시체제 속에서 자신의 문학적 경향과 이념적 해체를 강요받는다. 그러한 정세 하에서 李箕永은 우회적 묘사방식을 통한 비판력의 확보를 시도하고자 하며, 혹은 계급주의적 세계를 유지하려 하지만 다른 한편에서는 사회운동에 대한 회의와 방황을 노정한다. 이러한 정신적 좌절과 방황의 근저에는 적어도 당대 作家들이 소유하고 있었던 내면세계의 붕괴현상 또는 이념의 탈각화라는 당대적 사회현상이 가로놓여 있다. 이를테면, 그것은 作家개인의 문제가 아니라 민족 전체에게 가해진 폭력적 현실의 결과인 것이다. 사상적 변질을 겪으면서 그는 전향과 일제의 전시체제에 적극 참여하는 인물과 세계를 제시하여 나간다.

여기에서도 李箕永은 계몽의식의 반복적인 그러나 그것이 왜곡된 양상을 보여준다. 「대지의 아들」은 먼저 제도에 대한 순응형태를 보이는 작품이다.또한 「동천홍」과 「광산촌」은 동형의 서사구조를 갖는 작품으로써 이른바 전시체제 하에서 요구하는 인간상을 창출한다. 그만큼 일제말기 李箕永의 친일소설은 일본체제의 시책에 대한 적극적인 참여의식의 폭을 보여준다. 따라서 친일소설 혹은 친일문학이 한국문학의 입장에서 조망할 문제라면, 대부분의 친일소설은 민족적 동질성이 해체되어버린 양상을 보여주는, 일본의 선전문학으로 전락하고 만다는 점을 주시해야 한다. 李箕永의 문학 역시 그와같은 시대적 조건에서 예외가 아니었다.

李箕永의 소설사적 지위는 신경향파 소설의 "추상적 반항이나 절망이나 狂調"를 극복하고 "불행많은 인간, 혹은 일반사회가 돌아보지 않는 인간들에 대한 동정과 신뢰와 그들의 인간적 가치의 확인과 창조력에 대한 희망"을 제시해 주고 있다는 점에서 높이 평가받고 있다.170) 이러한 임화의 발언은 그의 문학이 사회적 모순에 희생되는 인간집단 곧, 도시빈민, 지식인, 노동자, 농민 등을 이념적 관점에서 파악함으로써, 한국 프로소설의 수준을 한 단계 올려 놓았다는 의미로 해석할 수 있다.

더구나 카프의 제1차 방향전환에서 "관념과 현실의 통일"171)을 주요의제로 상정하였을 때, 「낙동강」에 대한 문학적聲價에 맞먹을 만큼, 「故鄕」은 프로소설의 경향적 정신을 "집대성하고 그 이래의 모든 노력이 합쳐진 성과"172) 라는 평가를 받는다. 요컨대 그가 당대의 문학사적 검토작업에서 주목받을 수 있었던 배경은 지식인의 이상주의적 완결미에 역점을 두기보다는, 이념적 토대를 구축한 가운데 현실적인 인물설정과 사건전개에 주력했다는 점 때문이다. 따라서 「故鄕」은 인물과 주제의 측면에서 폭과 깊이를 확대심화시키는 데 기여했던 것이다.

---

170) 임화, 「소설문학의 20년」, 《동아일보》 1940.4.18.
171) 임화, 위의글.
172) 임화, 위의글.

Ⅶ. 결 론

식민지 시대의 문학을 논의할 때, 늘 그것의 본질적인 의미와 지향점은 무엇이었던가를 반문하지 않을 수 없다. 타자의 지배논리를 강요당하는 특수한 식민지의 정신사적 상황과 낙후한 사회현실 속에서 문학의 맥락은 늘 왜곡되고 폄하될 위험을 안고 있다. 그러나 다른 한편으로는 이 식민지 상황이 한국사회를 객관화시켜, 문학적 인식에 충격을 준 점도 간과되어서는 안된다. 근대문학의 개척자에서부터 거대한 변절의 논리를 발견하게 되는 상황에서 우리는 근대문명의 위력과 열강의 침략에 대한 소박한 논리만을 가졌던 것은 아닐까. 식민지 현실 안에 있는 作家집단은 우선 이러한 문제에 대한 경험을 지니고 있지 못했으며, 근대국가로 발돋움하는 데 실패한 뼈저린 체험을 사회주의로 눈돌리면서 그 같은 문제를 논리화시켜 나간다. 요컨대 'KAPF'라는 문학운동단체가 함유하는 사회적 맥락 역시, 긍정적으로 본다면, 문학을 통한 식민지체제의 대응은 하나의 구체적인 이념의 표출로 일단 생각할 수 있다.

李箕永의 문학이 논의의 대상으로 주목받을 만한 근거는 바로 여기에 있다. 그의 문학은, '식민지 시대'라는 특수한 상황 속에서 파생된 사회적 모순현상을 사회주의의 이념 안에서 해결하고자 모색해 나갔다. 뿐만 아니라 그는 사회주의적 세계관에 입각하여 당대사회의 다양한 부면을 재현하는 지속성을 지니고 있었다. 이러한 점은 무엇보다도 당대 사회의 상징적 의미망을 형상화한 것으로 판단된다.

1920-30년대 소설에서 李箕永 소설이 갖는 문학사적 의의는 두 가지 측면에서 설명될 수 있다. 그는 계몽성과 이념성이라는 두 개의 축을 수립하면서, 당대사회에서도 가장 소외된 프롤레타리아 계급에 대한 묘사에 주력해 나갔다. 특히 그는 식민지의 모순 속에 처한 인물의 전형화를 시도하면서, 이념적 인식과정과 미래에 대한 그들의 전망을 제시하였다. 결국 이 같은 특성은 식민지 시대의 극복의지 혹은 이념적 표출이며, 사회적 욕망이 반영된 것이라고

할 수 있다. 그리고 그 특성들이 作家의 진지한 사상적 모색의 소산이라고 볼 때, 李箕永은 1930년대 한국 프로소설의 영역을 확대 심화시키는 데 기여했다는 말이 가능하다.

지금까지 본고는 李箕永의 해방 이전의 소설을 논의하는 가운데, 2장에서는 그의 생애와 문학관에 관해 살펴 보았다. 이를 통해 보면, 李箕永은 개화기의 격동기에 소년시절을 보내면서 신소설, 이광수 최남선의 계몽주의적인 문학에 접하였다. 더욱이 그는 이전의 전통적 인습에 대하여 적대적 자세를 보이면서, 계몽주의와 '아르쯔이바세프'의 「싸닌」을 통하여, 문학의 공리적 측면과 급진적인 세계와 자유연애사상을 습득하는 등 作家적 자세를 확립한다. 그리고 「싸닌」의 그 새로운 세계를 접하면서 그는 문학에의 입문을 결심하게 된다. 이후 그는 조명희와의 만남을 통해 문학적 사상적 전개가 사회주의적 세계관으로 통합되고 있다. 李箕永은 체험과 이념의 일치를 통한 인물의 대표성(혹은 전형성)을 확보하고자 노력한 것이다.

3장에서의 「故鄕」이전의, 초기 작품세계를 요약해 보면 다음과 같다. 첫째, 그의 초기 소설은 계급주의적 세계관을 관념적으로 드러낸 인물상을 보여준다. 곧, 목적의식의 과도한 의욕으로 인해 사회모순을 극복하는 이상주의자의 개별화된 투쟁이 형상화되고 있다. 둘째, 극한적인 빈궁상황에서 그 상황에 대처하는 빈민, 노동자들의 대응양상을 다양하게 드러내 보인다. 세째, 계급적 모순에 공격적인 반응을 보이면서 빈농들에게 공감을 얻지만, 그러나 집단적 결속력을 획득하지는 못하는 악한적 인물을 보여준다. 이것은 주체를 정립시켜 나가는 모색단계를 반영시킨 것으로 볼 수 있다.

4장에서는 이러한 흐름이 「故鄕」으로 적층되는 양상을 보이는데, 그 예시적 구조로 「民村」과 「홍수」에서 확인할 수 있었다. 「故鄕」을 적층적 작품이라고 규정할 수 있는 근거는, 이들 농민소설에 나타나는 서사구조가 다수의 작품에서 지속될 뿐만 아니라, 「故鄕」에서 그러한 지속성이 발전적으로 재구성되기 때문이다. 「故鄕」에서 나타나는 인물의 전형, 사건의 전개양상, 미래에 대한 낙관적 전망 등은 '주체적 삶과 실천의지'라는 주제로 통합된다.

5장 「故郷」 이후의 작품에서는 李箕永이 지속적으로 견지했던 이념이 분화 해체되는 모습을 크게 세 가지로 논의해 보았다. 첫째로 계급주의의 慣性이 유지되지만 현저하게 이념의 약화를 보인다는 점이다. 곧, 풍자수법을 통한 우회적 수법의 시도가 있으나, 주체의 정립이 혼란을 보인다. 그리고 사회운동의 의미가 차츰 퇴색되고, 전망의 변질을 드러낸다. 둘째로 이러한 경향은 식민지 제도와 근대적 세계에 대한 낙관성을 보이면서 그의 이념적 토대와 전망이 변질되는 가운데 식민지 메카니즘에 순응하는 암묵적 동조 분위기를 노출하는 것이다. 세째로 체제지향적 인간상과 계몽적 논리를 피력함으로써, 노골적인 전향의 논리를 수립한다.

작품의 흐름과 유형적 검토를 통해서 얻게 되는 그의 작품변천의 의의는 다음과 같다. 「故郷」 이전에는 계급주의적 세계관을 통해 과도한 목적의식을 드러내거나 빈궁한 삶 속에 처한 다양한 인간상을 조명한다. 또 한 편으로는 사회적 모순에 공격적인 인물의 형상화를 시도한다. 그러나 「故郷」 이전에 발표된 농민소설들은 「故郷」에 이르러 적층 통합되다가, 이후에는 풍자와 이념의 퇴조를 드러내면서 차츰 친일소설의 경로를 밟게 된다.

그러나 이같은 통시적 흐름 안에서 李箕永의 문학적 원리와 틀은 변화되지 않는다. 계몽성과 이념성으로 그의 문학적 원리를 구분할 때, 전자는 이광수 이래로 낙후한 한국사회 현실에 수행한 문학의 공리적인 면을 지칭한다. 이념성은 사회주의라는 세계인식의 한 방식으로서, 미래에 대한 전망을 제시하는 버팀목 역할을 담당한다. 또한 이념성은 식민지 사회를 극복하는 객관적 진리와 명제-곧, 민족해방이라는 당대로서는 거의 절대적인 지상과제-를 함유하는 것이라면, 계몽성은 그것을 실천하는 방식이다. 이 두 개의 축은 李箕永 소설을 이해하는 주요항목이 된다.

「故郷」을 중심으로 초기소설에는 이 두 개의 축이 병행되는 모색과정으로 고양되지만, 그것이 「故郷」 이후에 오면, 일단 진전속도는 현저하게 감퇴된다. 사회적 정세가 전시체제로 변화하면서, 폭력적인 억압과 제도로의 편입을 강요하는 배경 안에서 「故鄉」에 이르는 작품세계와 「故鄉」 이후의 세계는 단절된다. 그리고 이념성이 탈각되고 내적 공동화라는 일종의 공백현상이 일어나면서, 그 가운데로 일제의 전시체제가 틈입하게 되고, 연이어 왜곡과정을 거친다. 이로 인해 그의 이념성은 계몽성의 변질을 가속화시켜 나간다. 바로 그 결과가 '親日'이었던 셈이다. 요컨대 李箕永에게 국한된 문제는 '그의 문학세계 내부의 어떤 인자가 변절의 요소로 잠복해 있었는가' 하는 점이다. 이것이 필자에게는 프로소설의 변천사와 李箕永의 소설변천과 동류항으로 바라보게 하는 점이다. 李箕永에게서 발견되는 그의 이념적 변질의 잠재요건은 '전체주의'- 일본 마르크스주의자들이 국수주의자로 전향한 것과 동일한 의미에서-라고 생각된다. 집단적 힘의 위력을 통해 사회적 전망과 미래에 대한 낙관성을 견지해 온 그였지만, 그보다 더 큰 힘에 압도되었을 때, 그는 의식과 이념의 파행상을 보이면서 서서히 일제라는 더 큰 힘에 동화되어 갔던 것이다. 이것은 어쩌면 전향한 作家들 모두에게 해당될 수 있는 당대의 절대적인 힘의 논리일지 모른다. 이 정신사적 맥락은 물론 앞으로 더 많은 검증과 주의를 요구하는 것이겠으나, 李箕永의 경우 이념성과 계몽성이라는 축은 근본적으로 변하지 않는다.

이제까지 해방 이전까지의 李箕永의 소설에 대해 살펴 보았다. 그리고 이러한 작업을 통시적으로 구분지워 살펴 본 결과, 얻어진 결론적 사실들은 다음과 같다.

첫째로 그의 문학적 배경이 결코, 사회주의 사상에서 출발했던 것이 아니라 오히려 고전소설과 신소설, 그리고 1910년대 이광수, 최남선의 계몽주의적 문학의 영향을 하나의 축으로 계승하고 있다는 점이다. 프로소설사의 계보 역시 이들 근대문학 선구자의 영향을 받았을 뿐만 아니라 그 토양을 근거로 삼고 사회주의적 세계관을 수립해 나간다는 사실이다. 그리하여 사회주의의 충격과 그것의 습득을 통해, 식민지 사회가 당면하고 있었던 모순현상을 인식하고 그것에 대응하면서 앞으로의 전망을 수립해 나간 것이다. 이렇게 볼 때, 우리는 사회주의 세례에 집착하지 않고서도, 소설사적 계보와 맥락의 연속성을 복원할 수 있을 것이다. 달리 말해 李箕永은 사회주의라는 사회적 현실과 이상에 대한 이념적 규범을 습득함으로써, 이광수류의 계몽주의적 문학으로부터 보다 광범한 계층과 집단에 이르는 식민지적 삶의 양상들을 구현했다는 점이다. 기실, 계몽주의가 가진 유약한 지식인의 의식과 그 차원이, '관념(사고)'에서 다양한 '계층(현실)'으로 확대되면서, 한국근대소설이 이룩한 선구자적 계몽성이 한국사회 내에 실제적인 국면으로 재현되는 것이다. 이러한 점은 정치우위론과 그 연대성을 강조해 나가는 KAPF의 논쟁적 관점과는 매우 다르게 작품의 창작이라는 실제적인 성과로 꼽을만 하다.

둘째로 李箕永 소설에서의 원리가 되는 두 축의 굴절과 변질은 정신사적 상처로 남을 수밖에 없다는 사실이다. 그의 문학은 「故鄕」 이전부터 꾸준하게 지속성을 지니면서 현실에 대한 묘사와 미래에 대한 전망을 드러내 주고 있었으나, 그러한 흐름이 「故鄕」 이후에는 사실상 전면적인 해체와 붕괴과정을 겪는다. 그것은 李箕永 자신이 바라던 식민지 체제의 극복이 아니라 반대로 위압적인 일제의 힘에 동화되어 버리는 것을 의미한다. 가령 作家의 전향에 대한 문학사적 맥락을 '상황에 대한 굴복'이라 말할 수 있다면, 그것은 엄격한 의미에서 자신의 문학적 토대를 상실 당하는 것임에 틀림없다.

따라서 李箕永의 일제 말기의 전향 소설은 사실상 작품원리의 형틀만 남은 形骸에 불과하며, 그 형상화의 수준에서 볼 때, 극히 작은 의미밖에는 차지하지 못한다.

셋째로 「故鄕」은 농민소설이 지니고 있는 여러가지의 국면-지식인의 계몽, 전근대적인 현실에서의 진전 가능성, 각성하지 못한 자의 삶에서 각성한 자로서의 삶, 공동체적 삶의 가능성, 그리고 미래에 대한 낙관성과 계층 간의 연대의식 등등-을 검토해 볼 때, 한국프로소설의 중요한 성과임을 부정할 수는 없다. 왜냐하면, 해방 이전까지 그만한 현실인식과 이념적 전망을 구비한 작품의 성과가 카프 진영과 민족주의문학 진영에서 발견되지 않고 있기 때문이다.

끝으로 본고가 지금까지 논의했던 해방 이전까지의 李箕永 소설에 대한 검토를 통해 확인할 수 있었던 것은, 李箕永의 문학이 긍정적인 측면에서만 평가되지 않았을까 하는 점이다. 그러나, 식민지 현실 안에서 李箕永이 추구하고 있었던 문학적 지향은 결국 자신이 살고 있던 사회와 역사에 대응하기 위한 하나의 방식이었다는 사실이다.

※ 참 고 문 헌

1. 국내논저

권영민 편, 越北문인연구, 문학사상사, 1989.

------, 한국근대문인대사전, 아세아문화사, 1990.

김시태, 문학의 삶과 성찰, 이우출판사, 1984.

------, 식민지시대비평문학, 이우출판사, 1982.

------, 한국프로문학비평연구, 아세아문화사, 1978.

김용직, 한국근대시사, (하), 학연사, 1986.

김우창, 궁핍한 시대의 시인, 민음사, 1977.

김윤식 외 편저, 한국근대 리얼리즘 作家연구, 문학과 지성사, 1 988.

------, 한국근대문예비평사연구, 일지사, 1976.

------, 한국현대현실주의소설연구, 문학과 지성사, 1991.

김윤식·정호웅편, 한국 리얼리즘 소설연구, 문학과 비평사, 1987.

김재용, 민족문학의 이론, 한길사, 1990.

-----편, 카프비평의 이해, 풀빛, 1989.

김치수외 공저, 식민지시대의 문학연구, 깊은샘, 1981.

김태준, 증보소설사, 청진서관, 1933.

------, 증보조선소설사, 학예사, 1939.

동아일보, 개항 100년 년표 자료집, 신동아 별책부록, 1976.1.

박영희, 문학의 이론과 실제, 일월사, 1947.

박인기, 한국현대시의 모더니즘 연구, 단대출판부,1988.

박종원·류만 공저, 조선문학개관 I Ⅱ, 사회과학출판사, 북한, 1986.

배성찬 편, 식민지시대 사회운동론 연구, 돌베개, 1987.

백철, 조선신문학사조사, 백양당, 1949

신상성, 한국근대소설론, 경운출판사, 1987.

신용하, 독립협회와 만민공동회-사회사상편, 한국일보사, 1975.

신형기 편, 해방3년의 비평문학, 세계, 1988.

역사문제연구소 문학사연구모임, 카프문학운동연구, 역사비평사, 1989.

윤재근, 문학비평의 논리와 실제, 이우출판사, 1986.

이득재 외, 문학의 이론과 실천, 사계절,1986.

이재선, 한국현대소설사, 홍성사, 1979.

임규찬, 일본프로문학과 한국문학, 연구사, 1988.

------, 한국현대문학사의 쟁점, 창자과 비평사, 1990.

임규찬 · 한기형 편, 카프비평자료집 Ⅰ-Ⅷ, 태학사, 1989, 1990

임종국, 親日文學論, 평화출판사, 1963.

임화, 문학의 논리, 학예사, 1940.

조연현, 한국현대문학사, 성문각, 1969.

한승옥, 한국현대 장편소설연구, 민음사, 1989.

현길언, 현진건소설연구, 이우출판사, 1988.

홍성암, 한국역사소설, 민족문화사, 1989.

2. 국외논저

谷口吉彦, 東亞綜合體の原理, 日本評論社, 1940.

敎學局, 臣民の道, 內閣印刷局; 東京, 1941.

누시노프세이트린, 사회주의문학론, 백효원 역, 신학사, 1947.

로빈슨, M, 일제 하 문화적 민족주의, 김민환 역, 나남, 1990.

로젠타리 외, 창작방법론, 홍면식 역, 문경사, 1949.

루나찰르키 외, 사회주의 리얼리즘, 김휴 편역, 일월서각, 1987.

루카치, G.소설의 이론, 반성완 역, 심설당, 1985.

--------, 우리시대의 리얼리즘, 문학예술연구회 역, 인간사, 1988.

뤼시엥 골드만, 소설사회학을 위하여, 조경숙역, 청하, 1982.

미르스끼, D.S, 러시아문학사, 이항재역, 화다, 1988.

미첼 H. 리차드, 일제의 사상통제, 김윤식 역, 일지사, 1982.

박산달 L, 외, 마르크스 엥겔스문학예술론, 김대웅 역, 한울, 1988.

박충록, 朝鮮文學簡史, 연변교육출판사; 연변, 1987.

뷔르거, 페터, 미학이론과 문예학방법론, 김경연 역, 문학과 지성사, 1987.

비스츠레이, 게오르그, 마르크스주의의 리얼리즘모델, 편집실역, 인간사, 1985.

사르트르, J.P,SITUATION ⅴ, 박정자역, 사계절, 1983.

上垣外憲一, 일본유학과 혁명운동, 김성환역, 진흥문화사, 1983.

소련 콤 아카데미문학부, 소설의 본질과 역사, 신승엽 역, 예문, 1988.

----------------, 마르크스 레닌주의 미학의 기초이론 Ⅰ Ⅱ, 신승엽 외 공역, 일월서각, 1988.

아르쯔이바세프 미하일, 싸닌, 러시아문학전집 4, 董玩 역, 문우출판사, 1965.

Wellek, R, Concepts Criticism, Yale University Press,1963.

윌리암스,레이몬드, 이념과 문학, 이일환역, 문학과 지성사, 1982.

윌킨슨, D.제임스, 지식인과 저항, 이인호·김태승 역, 문학과 지성사, 1984.

이글튼 테리, 비평과 이데올로기, 윤회기 역, 열린책들, 1987.

----------, 반영이론과 생산이론, 이경덕 역, 까치, 1986.

藏原惟人, 예술론, 김영석 외역, 개척사, 1948.

제라파, 미셸, 소설과 사회, 이동렬 역, 문학과 지성사, 1981.

Jameson, F, Political Unconsciousness, Cornell Univ. Press, 1981.

---------, 변증법적 문학이론의 전개, 여홍상외 공역, 창작과비평사, 1984.

조세프 캠벨, 세계의 영웅신화, 이윤기역, 대원정사, 1988.

陣繼法, 사회주의예술론, 叢成義역, 일월서각, 1979.

짐멜, 게오르그, 돈의 철학, 안준섭 외 공역, 한길사, 1983.

코올, 스테판, 리얼리즘의 역사와 이론, 여균동 역, 미래사, 1986.

프리들렌제르, 게오르기, 리얼리즘의 시학, 이항재 역, 열린책들, 1986.

황동민 편, 포석 조명희선집, 소련과학원 동방도서출판사 : 소련알마아타, 1959.

3. 논문 기타

文章誌, 文藝銃後運動 半島各都에서 盛況, 문장, 11, 1940.8.

간복균, 1930년대 한국농민소설연구, 단국대 박사학위논문, 1986.

권일경, '동키호테'적 지식인상에 드러난 주체정립의 문제, 인간수업, 풀빛, 1989.

김기림, 인텔리의 장래-그 위기와 분화과정에 대한 연구, 조선일보, 1931.

김남천, '인간수업' 독후감, 조선일보, 1937.5.25.

------, 李箕永 검토-그의 인간 사상과 작품 문장에 대하여, 풍림, 6, 1937.5.

------, 지식계급전형의 창조와 '故鄕'의 주인공에 대한 감상, 조선중앙일보, 1935.6.29.

김동환, 1930년대 한국전향소설연구, 서울대 석사학위논문, 1987.

김성수, 李箕永의 초기소설과 사회주의 리얼리즘의 형성, 김학성 · 임형택 외, 한국 근대문학사의 쟁점, 창작과 비평사, 1990.

김우종, 李箕永론, 현대문학, 1990.6.

김윤식, '故鄕'에서 '두만강'까지, 동서문학, 1988.8-10.

------, 우리문학과 만주체험, 소설문학, 1986.6-7.

------, 李箕永의 '땅'론, 실천문학, 1990.겨울.

민병휘, 民村 李箕永과 함광 안종언, 청색지, 5,1939.5.

------, 춘원의 '흙'과 民村의 '故鄕',조선문단, 23,1935.5.

박남철, 김유정 소설연구, 한양대 박사학위논문,1989.

박승극, 李箕永 검토(1), 풍림, 6,1937.5.

박영희, 民村의 역작 '故鄕'을 읽고서, 조선일보, 1936.12.1.

------, 최근 문예이론의 신전개와 그 경향, 동아일보, 1934.1.10.

백철, 농민문학의 문제, 조선일보, 1931.10.1-20.

---, 출감소감-비애의 성사, 동아일보, 1935,12,22-27.

송현호, 한국 근대소설론연구, 서울대 박사학위논문, 1989.

서경석, 1920-30년대 한국 경향소설연구, 서울대 석사학위논문, 1987.

------, 자서전적 소설의 한 유형-李箕永의 '봄'론, 문학정신, 1990.6.

신춘호, 한국 빈궁문학의 두 양상, 고려대 석사학위논문,1973.

------, 한국농민소설 연구, 고려대 박사학위논문,1980.

안동일, 李箕永가족 탐방기-越北作家 李箕永가를 촛아서, 다리 26. 1989.12.

안막, 조선프롤레타리아예술운동약사, 사상월보, 1932.1.

안함광, 로만논의 의제 문제와 '故鄕'의 현대적 의의, 인문평론, 13, 1940.11.

A 기자, 李箕永과의 잡담집, 신인문학,12,1936.8.

오양호, 농민 소설연구, 영남대 석사학위논문,1971.

------, 이민문학론, 영남어문학, 3,1976.

유진오, 10월 창작평, 조선일보, 1933.10.14-19.

윤홍로, 1920년대 한국 소설연구, 서울대 박사학위논문, 1979.

이광수, 신시대의 윤리, 신시대, 1941.1.

李箕永 外,문학자의 자기비판, 인민예술, 2, 1946.10.

이재선, 반항의 시학과 상상력의 제한 -李箕永 '故郷'론, 세계의문학, 1988. 여름

임영환, 1930년대 한국 농촌사회 소설연구, 서울대 박사학위논문, 1986.

임화, 6월중 창작 -李箕永씨작, '서화', 조선일보, 1933.7.19.

----, 생산소설론, 인문평론, 7, 1940.4.

----, 세태소설론, 동아일보, 1938.4.2.

----, 소설문학 20년, 동아일보, 1940.4.12-20.

----, 암흑기의 문학은 융성하는가, 조선문학, 11, 1936.11.

임화 外, 矢鍋 林和 對談, 조광, 65, 1941.3.

장사선, 한국 근대비평에서의 리얼리즘론, 서울대 박사학위논문, 1988.

정미원, 李箕永 '故郷'의 작중인물연구, 외대 석사학위논문, 1988.

정인섭, 총후문학과 개척문학, 매일신보, 1940.7.6.

조남현, 1920년대 한국 경향소설연구, 서울대 석사학위논문, 1974.

조명희, 생활기록의 단편 -문예에 뜻을 두던 때 부터, 조선지광, 65, 1927.3.

최웅권, 조선 무산계급 문학과 20-30년대의 일본무산계급문학운동, 조선어 어문학논문집, 연변대학출판사, 중국연길; 1988.

최유찬, 1930년대 한국리얼리즘론 연구, 연세대 박사학위논문, 1986.

------, 1930년대 문학개관, 이선영편, 1930년대 민족문학의 인식, 한길사, 1990.

최재서, 작품의 명랑화, 인문평론, 14, 1941.1.

한설야, 포석과 民村과 나, 중앙, 28, 1936.2.

4. 해방 이전 李箕永 관련자료(연대순)

조명희, 생활기록의 단편 -문예에 뜻을 두었을 때부터, 조선지광 65,

1927.3.

박영희, 문예운동의 이론과 실제, 조선지광, 75, 1928.1.

윤기정, 1927년도 문단의 총결산, 조선지광, 75, 1928.1.

------, 李箕永씨의 '民村'을 읽고, 조선일보, 1928.3.20-23.

박영희, 1929년의 예술, 조선일보, 1930.1.1-10.

김팔봉, 1929년 문예게 총결산, 중외일보, 1930.1.2-7.

------, 예술의 대중화, 조선일보, 1930.1.7-14.

안막, 맑스주의 예술의 비평기준, 중외일보, 1930.5.19-30.

----, 조직과 문학, 중외일보, 1930.8.2.

박영희, 예술사회학의 출발점, 조선일보, 1930.8.29.

------, 1931년판 '카프 시인집'을 일고, 비판소개, 중앙일보, 1931.12.15.

송영, 무언의 李箕永, 문학건설, 1, 1932.12.

안석주, 무언가소의 民村 李箕永, 조선일보, 1933.1.26.

임인식, 6월중의 창작, 李箕永씨 작 '서화'를 읽고, 조선일보, 1933.7.19.

김기진, 프로문학의 현재수준, 신동아, 28, 1934.2.

박영희, 문학의 이상과 실천, 조선일보, 1934.6.30-7.5.

민병휘, 포석과 서해, 삼천리, 58, 1935.1.

김기진, 조선문단의 현단계, 신동아, 39, 1935.1.

홍효민, 조선문단 및 조선문학의 진전, 신동아, 39.1935.1.

박승극, 조선문학의 회고와 비판, 신인문학, 1935.3.

안함광, 조선푸로문학의 현단계적 위기와 그의 전망, 예술, 1935.4.

한효, 昭和9년도(1934)의 문학운동의 제동향, 예술,1935.4.

민병휘, 춘원의 '흙'과 民村의 '故鄕', 조선문단, 23, 1935.5

박승극, 조선문학의 재건설, 신동아, 44, 1935.6.

鶴嶺山人, 카프 해산과 문단, 해산에 관한 약간의 隋感, 조선중앙일보, 1935.6.9-18.

김남천, 지식계급 전형의 창조와 '故鄕'의 주인공에 대한 감상, 조선중앙
일보, 1935.6.28-7.4.

홍효민, 조선농민문학의 근본문제, 신동아, 45, 1935.7.

한설야, 포석과 民村과 나, 중앙, 28, 1936.2.

A 기자, 李箕永외 문인들과의 자유만담집, 신인문학, 1936.8.

박영희, 民村의 역작 '故鄕'을 읽고서, 조선일보, 1936.12.1.

백철, 리얼리즘의 재고, 사해공론,9,1937.1.

민병휘, 民村의 '故鄕'론, 백광,3-6,1937.3-6.

박승극, 李箕永 검토,1-그의 인간 사상과 작품, 풍림,6,1937.5.

김남천, 李箕永 검토,2-그이 사상 작품 문장, 풍림, 6, 1937.5.

------, '인간수업' 독후감, 조선일보,1937.5.25.

이무영, 소설가 아닌 소설가-'서화'를 읽고, 동아일보, 1937.8.3.

이원조,'서화' 신간평, 조선일보, 1937.8.17.

박영희, 民村 李箕永-'故鄕'을 중심한 제작, 동아일보, 1938.2.19-20.

김남천, 세태와 풍속, 장편소설 개조론에 奇함, 동아일보, 1938.10.14-25.

현민, 李箕永씨 인상, 조선문학, 15, 1939.1.

채만식, 소재와 구성-民村의 '묘목'과 남천의 '녹성당'-3월 창작, 동아일
보, 1939.3.9.

안회남, 3, 4월 창작평-'묘목'의 매력, 조선일보, 1939.4.11.

민병휘, 民村 李箕永과 함광 안종언, 청색지, 5, 1939.5.

엄흥섭, 李箕永저-'李箕永 단편집', 문장, 10, 1939.11.

임화, 생산소설론, 인문평론, 7, 1940.4.

----, 소설문학 20년, 동아일보, 1940.4.1-20.

정인섭, 총후문학과 개척문학, 매일신보,1940.7.6.

人文評論, 文藝銃後運動, 半島各都에서 盛況, 인문평론, 10, 1940.8.

권환, 농민문학의 제문제, 조광, 59, 1940.9.

안함광, 로만논의의 제문제,'故鄕'의 의의-장편검토, 인문평론, 13, 1940.11.

人文評論, 문학정신대, 작품의 명랑화, 인문평론, 15, 1941.1.

林和 外, 矢鍋 林和 對談, 조광, 65, 1941.3.

김오성, 조선의 개척문학, 국민문학, 5, 1942.3.

안회남, 장편소설의 수준, 李箕永작 '봄'을 읽고, 매일신보, 1942.9.12.

 * 이하 해방이후

한효,'故鄕' 연구, 신문학, 1, 1946.4.

임화, 조선민족문학 건설의 기본과제에 관한 일반보고, 조선일보, 1946.2.13.

自由新聞, 북조선 예술연맹, 자유신문, 1946.3.30.

김남천, 백남운씨 '조선민족의 진로' 비판, 조선인민보, 1946.5.10-14.

文學, 조선문학가동맹 운동사업개황 보고, 문학, 1, 1946.7.

文學,제1회 전국 문학자대회 결정서, 문학, 1, 1946.7.

안회남, 문학의 대중화문제, 서울신문, 1946.11.3.

김만형, 이북 문화인에 경고, 서울신문, 1949.12.5.

송영, 내가 본 民村, 신경향, 1950.6.

5. 李箕永 연표

1) 李箕永 작품 연보

단편, 오빠의 비밀편지, 개벽, 49, 1924.7.

단편, 가난한 사람들, 개벽, 59, 1925.5.

중편, 民村, 조선지광, 1925.12.

단편, 쥐 이야기, 문예운동, 1, 1926.1.(삼천리, 60, 1935.3.재수록)

단편, 장동지의 아들, 시대일보, 1926.4-.

중편, 농부 정도룡, 개벽, 55-56, 1926.1-2.

단편, 팔아 먹은 딸, 문예운동, 2, 1926.2.

단편, 오매를 둔 아버지, 개벽, 68, 1926.4.

단편, 외교원과 전도부인, 조선지광, 1926.5.19.

(李箕永 창작집 '民村' 1926.5.19작으로 소개됨)

단편, 부흥회, 개벽, 72, 1926.8.

(별건곤, 1, 1926.11. '박선생'으로 제목만 바꿔 재수록.)

단편, 박선생, 별건곤, 1, 1926.11.(부흥회, 개벽, 72, 1926.8. 동일작품.)

단편, 천치의 논리, 조선지광 , 61, 1926.11.

단편, 실진, 동광, 9, 1927.1.

단편, 농부의 집, 조선지광, 63, 1927.1.

단편, 어머니 마음, 현대평론, 1, 1927.1.

단편, 유혹, 조선일보, 1927.1.4-.(연재중단)

단편, 아사, 조선지광, 64, 1927.2.(농부의 집 속편)

단편, 호외, 현대평론, 2, 1927.3.

단편, 비밀회의, 중외일보, 1927.4-.

단편, 민며느리-금순이 소전, 조선지광, 68, 1927.6.

단편, 해후, 조선지광, 73, 1927.11.

단편, 채색무지개, 조선지광, 75, 1928.1.

단편, 고난을 뚫고, 동아일보, 1928.1.5-24.

꽁트, 숙제, 조선지광, 77, 1928.3,4. 합병호.

단편, 원보, 조선지광, 78, 1928.5.

꽁트, 자기희생, 조선일보, 1929.3.12-.

단편, 외교원과 전도부인, 조선지광, 91, 1929.5.

단편, 향락귀, 조선일보, 1930.1.2-18.

단편, 조희 뜨는 사람들, 대조, 2, 1940.4.

단편, 홍수, 조선일보, 1930.8.21-9.3.

단편, 광명을 빼앗기까지, 해방, 1, 1930.12.

단편, 앞잡이, 해방, 3, 1931.2.

단편, 시대의 진보, 조선지광, 94, 1931.1, 2. 합병호.

단편, 이중 국적자, 해방, 7, 1931.6.

장편, 현대풍경, 중외일보, 1931.6.27-1932.4.27.(150회 이후 연재중단.)

단편, 부역, 시대공론, 1, 1931.9.

단편, 묘양자, 조선일보, 1931.1.1-31.

단편, 양잠촌, 문학건설, 1932.12.

단편, 박승호, 신계단, 4, 1933.1.

단편, 김군과 나와 그의 아내, 조선일보, 1933.1.2-15.

단편, 변절자의 아내, 신계단, 8, 1933.5.(후편은 검열로 중단, 1933.6.)

중편, 서화, 조선일보, 1933.5.30-7.1.

장편,故鄕, 조선일보, 1933.11.15-1934.9.21.

단편, 양개, 게재지 미상, 1933.-종교의 위선과 기만성을 폭로한 작품.

단편, 가을, 중앙, 3, 1934.1.

단편, 돌쇠, 형상, 1, 1934.2. ('서화'의 본편, 장편 '만세전후'의 1편이
'서화'이고 2편이 '돌쇠'임.)

단편, 진통기, 문학창조, 1-.1934.6-(연재중단)

단편, 노예, 동아일보, 1934.7.24-29.

단편, B씨의 치부술, 중앙, 11, 1934.9.

단편, 남생이와 병아리, 청년조선, 1-, 1934.10-.(연재중단)

단편, 쥐이야기, 삼천리, 60, 1935.3.(문예운동, 1, 1926.1에서 재수록.)

장편, 인간수업, 조선중앙일보, 1936.1.1-7.23.

단편, 흙과 인생, 예술, 3-, 1936.1-.(연재중단)

단편, 유선형, 중앙, 28, 1936.2.(유모어 소설로 소개)

단편, 도박, 조광, 5, 1936.3.

단편, 배낭, 조광, 7, 1936.5.(학생소설로 소개)

단편, 십년후, 삼천리, 74, 1936.6.

단편, 유한부인, 사해공론, 5, 1936.7.

단편, 적막, 조광, 9, 1936.7.

단편, 성화, 고려시보, 1936.?(삼천리, 81, 1937.1. 추측)

장편, 야광주, 중앙, 35, 1936.9.(종간으로 연재중단)

단편, 비, 백광, 1, 1937.1.

장편, 어머니, 조선일보, 1937.3.30-10.11.

단편, 나무꾼, 삼천리, 81, 1937.1.

단편, 맥추, 조광, 15-16, 1937.1-2.

단편, 추도회, 조선문학, 속간, 7, 1937.1.

단편, 오빠의 비밀편지, 사해공론, 22, 1937.2.(개벽, 49, 1924.7.에서 재수록.)

단편, 인정, 백광, 5, 1937.5.

단편, 산모, 조광, 20, 1937.6.

단편, 돈, 조광, 24, 1937.10.

단편, 노루, 삼천리문학, 1, 1938.1.

장편, 신개지, 동아일보, 1938.1.19-9.8.

단편, 참패자, 광업조선, 1938.2.

단편, 설, 조광, 31, 1938.5.

단편, 금일, 사해공론, 39, 1938.7.

단편, 환상기, 조선일보, 1938.7.3-9.

장편, 청년, 삼천리, 99-, 1938.8-.(연재중단.)

단편, 욕마, 야담, 34, 1938.10.

단편, 대장간, 조광, 36, 1938.10.

장편, 진통기, 조선문학, 15-, 1939.1-.(연재중단)

단편, 묘목, 여성, 36, 1939.3.

단편, 수석, 조광, 41, 1939.3.

단편, 소부, 문장, 3, 1934.4.(후편 '귀농', 조광, 50, 1939.12.)

중편, 권서방, 가정지우, 20-23, 1939.5-8.

단편, 고물철학, 문장, 6, 1939.7.

단편, 야생화-나의 고백, 문장, 7, 1939.7.(임시증간 창작 32인집.)

단편, 형제, 청색지, 6-7, 1939.9-10.

장편, 대지의 아들, 조선일보, 1939.10.12-1940.6.1.

단편, 귀농, 조광, 50, 1939.12.(전편 '소부', 문장, 3, 1939.4.)

단편, 봉황산, 인문평론, 6, 1940.3.

단편, 왜가리, 문장, 16, 1940.4.

장편, 봄, 동아일보, 1940.6.11-8.11.연재하다가 동아일보 정간으로 중단.
이후, 인문평론, 12-15, 1940.10-1941.2.연재 속간.

단편, 간격, 광업조선, 1940.9-12.

단편, 아우, 조광, 62, 1940.12.

단편, 삼각형- 처복론, 신세기, 1941.1.

단편, 종, 문장, 24, 1941.2.

단편, 여인, 춘추, 2, 1941.3.

중편, 생명선, 家庭の友, 1941.3-8.

단편, 인가훈, 춘추, 12, 1942.1.

장편, 동천홍, 춘추, 13-26, 1942.2-1943.3.

단편, 시정, 국민문학, 5, 1942.3.

중편, 저수지, 半島の光, 1943.5-9.

단편, 공간, 춘추, 29, 1943.6.

장편, 광산촌, 매일신보, 1943.9.23-11.2.

단편, 농막일기, 게재지 미상, 1944.

  * 이하 해방이후

단편, 개벽, 문화전선, 1, 1946.7.

단편, 농막선생, 게재지 미상, 1947.

2) 작품집 및 장편소설

작품집, 民村, 문예운동사, 1927.(民村, 외교원과 전도부인, 쥐 이야기, 오매를 둔 아버지 등 수록.)

작품집, 카프作家 7인집, 집단사, 1932.(원보, 제지공장촌 등 수록.) 작품집, 농민소설 3인집, 별나라사, 1933.(부역, 홍수 등 수록.) 장편, 故鄕, (상), (하),한성도서, 1936.

작품집, 서화, 동광당서점, 1937.(서화, 도박, 인정, 산모 등 수록.)

장편, 신개지, 삼문사, 1938.(나뭇군, 돈 등 수록.)

작품집, 李箕永 단편집, 학예사, 1939.(오빠의 비밀편지, 쥐 이야기, 民村, 추도회, 적막, 유한부인, 비, 묘목 등 수록.)

장편, 인간수업, 영창서관, 1941.

장편, 어머니, 영창서관, 1941.

장편, 생활의 윤리, 대동출판사, 1942.

장편, 봄, 박문서관, 1942.

장편, 신개지, 세창서관, 1943.

장편, 동천홍, 조선출판사, 1943.

장편, 광산촌, 성문당, 1944.(생명선 수록.)

장편, 처녀지, (상),(하), 삼중당, 1944.

  * 이하해방이후

장편, 땅, 문예출판사, 1973.-1부 '개간편' (1948), 2부 '수확편' (1949)

장편, 두만강, -1부 (1954), 2부 (1959), 3부(1961)

장편, 조국, 1967.
장편, 역사의 새벽길, 1972.
수기, 태양을 따라, (1987)-장편수기 유고집.

3) 희곡

희곡, 그들의 남매-월희, 조선지광, 82-85, 1929.1-6.
희곡, 인신교주, 신계단, 5-6, 1933.1-2.
 * 이하 해방이후
희곡, 닭싸움, 우리문학, 2, 1946.3.
희곡, 해방, 신문학, 1, 1946.3.

4) 비평 및 잡문 기타

과거의 생활에서, 조선지광, 61, 1926.11.
문인과 생활, 중외일보, 1926.12.9-10.
집단의식을 강조한 문학-조선사람이 요구하는 예술, 조선지광, 75, 1928.1.
관념론적 유물론, 조선일보, 1929.3.16-30.
부인의 문학적 지위, 근우, 1929.5.
반동적 비평을 매장하라, 대조, 5, 1930.8.
문예시감-1931년을 보내면서, 중앙일보, 1931.12.14.
고리끼의 문단생활 40년기념제, 신계단, 2, 1932.11.
'적막한 예원'의 일절을 읽고-김동인군을 반박, 문학건설, 1, 1932.12.
송영군의 인상과 작품, 문학건설, 1, 1932.12.
내 心琴의 絃을 울린 작품-판꿰로프작 '빈농조합',조선일보,1933.1.17.
'혁명가의 아내'와 이광수, 신계단, 7, 1933.4.
作家가 본 作家 -유진오, 조선일보, 1933.7.2-9.

문단인의 자기 고백 -作家, 태도, 양심, 동아일보, 1933.10.10.

문예적 시감수제, 조선일보, 1933.10.25-29.

문학을 이해하라, 동아일보, 1934.1.16.

노변야화, 조선일보, 1934.1.14-26.

사회적 경험과 수완-34년 문학건설, 조선일보, 1934.1.25.

문예평론가와 창작비평가作家와 평론, 조선일보, 1934.2.3-4.

창작방법문제-文藝的時事感, 동아일보, 1934.5.30-6.4.

문학과 현실, 문학창조, 1, 1934.6.

문리, 문장, 수법, 조선일보,1934.7.6-11.

문예시평, 청년조선, 1934.10.

作家와 위생, 사해공론, 12, 1936.4.

막심 고리끼에 대한 作家적 인상초, 조선중앙일보, 1936.6.22.

문예시감 2, 3, 조광, 10, 1936.8.

인상깊은 가을의 몇 가지, 사해공론, 17,1936.9.

'自序'-'故鄕'(상),한성도서,1936.10.

신문과 作家, 사해공론, 19,1936.11.

조선문학의 재건을 위하여, 사해공론, 20, 1936.12.

문학을 지원하는 이에게, 풍림, 1.1936.12.

'故鄕'의 평판에 대하여, 풍림, 2, 1937.1.

문예시감-비판과 작품에 대하여, 조선일보,1937.3.11-16.

소년시절의 그리운 정서, 풍림, 5, 1937.4.

막심 고리끼 1주년제, 조광, 20, 1937.6.

스케일이 크지 못함이 作家의 결함-경제고갈, 동아일보, 1937.6.6.

평론가 대 作家문제, 동아일보, 1937.6.22.

문학청년에게 주는 글-특집 문화공의, 조선일보, 1937.6.6.

'나그네'의 한 장면, 조선문학, 13,1937.6.

산문정신과 사상-중견作家의 말, 조선일보, 1937.7.14-15.

이상과 현실, 동아일보, 1937.8.4.

초하수필, 조선문학, 14, 1937.8.

나의 수업시대-作家의 올챙이 때 이야기, 동아일보, 1937.8.5-8.

作家.評家는 유기적-作家와 비평가의 변, 조광, 23, 1937.9.

먼저 자부심을 가져라-후진에게, 조선일보, 1937.11.9-10.

엄흥섭씨 단편집 '길'을 읽고, 조선일보, 1938.3.15.

문학자와 교육자-인격문제, 동아일보, 1938.5.27.

과학적 합리성의 파악과 방법, 조선일보, 1938.7.9.

성하수필-탁류에 배타고 내려올 때, 사해공론, 40,1938.8.

박승극저 '다여집', 동아일보, 1938.9.18.

창작의 이론과 실제-소재와 작품-,동아일보, 1938.9.29-10.1.

　　　　-모델과 풍자소설-,동아일보, 1938.10.2.

　　　　-묘사의 대담성-,동아일보, 1938.10.4.

作家와 독자-창작에 나타난 두 가지 현상, 동아일보, 1938.12.3.

내가 본 유진오, 조선문학, 15, 1939.1.

斷想, 조선문학, 17, 1939.3.

동경하는 여주인공-내 작품의 여주인공, 조광, 42, 1939.4.

인간과 기술자, 청색지, 5, 1939.5.

당선作家의 상금소비 계산서, 조광, 44.1939.6.

예술 탐광가-나의 창작 노트, 조광, 44, 1939.6.

'自序'-'李箕永 단편집',학예사, 1939.7.

문인도와 상인도, 신세기, 7, 1939.9.

박영희저 '전선기행'을 읽고, 조선일보, 1939.10.16.

'신개지'의 영화화에 대하여, 영화연극, 1, 1939.11.

새 영화예술의 발달-시나리오, 영화연극, 1, 1939.11.

만주와 농민문학, 인문평론, 2, 1939.11.

전선기행, -조선일보(1939.10.16) '박영희 저 전선기행을 읽고' 재수록, 박문, 14, 1939.12.

원산행 소감, 게재지 미상, 1939.11.소설이론, 29, PP.558-562.

실패한 처녀 장편-처녀 장편 쓰던 시절, 조광, 50, 1939.12.

나의 문학동기-나의 문학 10년기, 문장, 13, 1940.2.

文藝時事感數題-작품과 作家 정신, 매일신보, 1941.5.6.

　　　　　　　-作家와 早老性, 매일신보, 1941.5.7.

　　　　　　　-전형기와 문학, 매일신보, 1941.5.8.

　　　　　　　-예술의 허구성, 매일신보, 1941.5.9-10.

　　　　　　　-40대의 기록, 매일신보,1 941.5.11.

문학의 세계, 매일신보, 1942.6.18-23.

'동천홍'에 대하여-연재 장편作家, 대동아, 2, 1942.7.

　*이하 해방이후

조선문학의 지향-좌담회, 예술, 3, 1946.1.

북조선의 예술동향-토지개혁과 예술가의 임무, 중앙신문, 1946.1.21.

포석 조명희론-'낙동강'의 재간, 중외일보, 1956.5.28-29.

문학자의 자기비판-좌담회, 인민예술, 2, 1946.10.

※ 作家年譜 - 李箕永(1895.5.29-1985.8.9.)

1895. 5.29. -忠淸南道 牙山郡 排芳面 回龍里에서 출생.

出生地, 忠淸南道 牙山郡 排芳面 回龍里.

原籍地, 忠淸南道 天安郡 天安邑 留糧里 269番地.

父, 德壽李氏, 忠武公派 23代 李敏彰,母,密陽 朴氏.

-父, 20세 무과급제.

1898. - 천안군 북일면 중엄리로 이사.-천안 엄리는 읍내에서 10리 쯤 산으로 들어가는 골짜기임.(지금-1936.7.현재, 천안읍 안루로 합동되어 있다.-李箕永, 나의 수업시대, 동아일보, 1937.8.5.).

북일면 안서리로 이사하여 소작으로 전락했으며 여기서 성장. 7살-하엄리 글방에서 한문 수학(訓長.田后釋-전 읍내 아전)

1906. -모친, 장질부사로 죽음.

1907. -천안 사립 寧進 학교 입학.

1909. -2살 위인 趙炳箕(1893.5.16 生)와 結婚.

무婚으로 因習에 대하여 부정적 시각을 갖게 됨.

1911. 4. -천안 사립 上里 학교(-現, 天安국민학교 3회) 修了. 당시의 친구로는 민웅식, 변상권 등이 있음.

숙부와 班村 유량리로 이사.

1913. -南鮮 일대 방랑.

1917.10. 4. -장남 李種元 출생.(母,趙炳箕)

1918. -논산 영화 여고 고원, 귀향하여 남감리교파 교회 권사 직책.

조모, 부친의 죽음에 제사까지 거부했으나, 이후 사상과 철학이

흔들리고 기독교를 거부, 부정.

1918-1922. -3년간 호서은행 천안지점 서기보로 근무.

1919. 3. 1.후 -문화계몽사업, 동아일보에 時事문제, 唱歌투고, 현대문학 접함.

1921. 8.25. -장녀 李花實 출생.(母,趙炳箕)

1922. 4. -日本 東京 九段坂의 유학생 감독부에 유숙하며,

正則英語學校 야간에 다님.(낮에는 神田區 新保町 宏文社에서 寫字 生으로 아르바이트를 했음)

1923. 7. 5. -장녀 李花實 죽음.

1923. 9. 1. -(1923.9.1.am.11: 57, 8) 關東大震災로 한 달 뒤 동아일보사 가 파견한 弘濟丸을 之浦에서 타고 일주일만에 부산에 상륙하여 귀 향.(1923.9.하순경으로 추찰)

1924. 7. -'개벽' 창간 4주년 기념현상모집에 단편소설'오빠의 비밀편지가 3등으로 당선되어 문단에 등단함.

-심사, 염상섭. 1등은 없고, 2등 최석주 '파멸', 3등 李箕永.

-이해 洪乙順(1903 生)과 서울에서 再婚한 것으로 추찰.

1924.10.25. -차남 李震宇 출생.(母, 趙炳箕)

1924.12. -3남 李種赫 출생.(母, 洪乙順)-在北. *.족보의거

1925.여름. -조명희의 알선으로 '조선지광'사에 입사.

1926. 6.30. -차남 李震宇 죽음.

1926.10.18. -차녀 李乙華 출생.(母,洪乙順)-在北.

1927. -카프가 재조직되면서 출판부 책임을 맡음.

1929. 4.14. -4남 李平 출생.(母,洪乙順)-在北.

1931.여름.-(1932.초), 카프 1차 검거로 전주 형무소에 구속, 집행유예로 풀 려남.

1932.10.23. -5남 李建 출생.(母,洪乙順)

1932.12.16. -5남 李建 경성의학전문학교 부속병원에서 죽음.

1933.　-이광수, 김동인과 이론투쟁.

1934.여름. -(1935.12). 카프 2차 검거로 전주 형무소 미결감에서 1년여 복역.

1937.10.30. -6남 李種華 출생.(母, 洪乙順)-在北.

1941. 3. 6. -7남 李種倫 출생.(母, 洪乙順)-在北.

1944. 3.21. -3녀 李乙男 출생.(母, 洪乙順)-在北.

1944. 3.　-1944년까지 서울에서 줄곧 살다가 강원도 내금강 병이무지리로 들어감.

1945. 8.15. -3.8 선이 확정되고 분단이 되면서 내금강 병이무지리는 자연히 북측에 편제됨.(사상적인 면에서는 북측에 동조하였으므로 越北이라고 볼 수 있음)

1945. 9.　-평남지구 프롤레타리아 예술동맹 조직, 강원지부 조직책, (李箕永·최인준).

1946. 3.25. -북조선 예술 총연맹 결성.

　　　　(당시 조직표)

　　명예위원장. 李箕永.

　　　위원장. 한설야.　부위원장. 안막,박팔양.

　　제 1서기장. 안함광. 제 2서기장. 한재덕.

　　　출판국장. 박팔양.　경리국장. 한재덕.

　　국제문화국장. 김사량.　조직국장. 안함광.

　　예술위원. 李箕永, 한설야, 박팔양, 안막, 안함광,

　　　　　　한재덕, 김사량 등.

이후 李箕永은 조선문학예술 총동맹 (略,문예총) 위원장으로 죽을 때까지 이 직책에 있었음.

1957.11.25. -본처 趙炳箕 아산군 온양읍 용미리 16번지에서 사망.

1960.　-'두만강'으로 인민문학상 수상.

60년대에는 최고인민회의 대의원에 피선되었으며 상설위원회 부의장직에
도 있었음.

1984. 8. 9. -병으로 사망.

1986. 4. 5. -장남 李種元, 천안시 청수동 57번지에서 사망.

※ 李箕永 가계도

　　21대, 李佐熙-豊川李氏

　　22대, 李奎琬-杞溪兪氏

　　23대, 李敏彰-密陽朴氏-池英子

　　24대, 李箕永-趙炳箕-洪乙順

　　25대, 李種元(장남)- 成四熹-李乙姬-李鍾年

　　李花實(장녀)

　　李震宇(차남)

　　李種赫(3남) 以下在北

　　李乙華(차녀)

　　李平(4남)

　　李建(5남)

　　李種華(6남)

　　李種倫(7남)

　　李乙男(3녀)

　　이외, 孫子 4남 4녀, 曾孫子 6남 2녀.

　　(남측자료기준, 대체로 戶籍에 의거했으며 族譜로 보완했음)

민촌 이기영의 작가세계

인쇄일 초판 1쇄 2002년 08월 19일
       2쇄 2015년 08월 04일
발행일 초판 1쇄 2002년 08월 29일
       2쇄 2015년 08월 18일

지은이 권 유
발행인 정 찬 용
발행처 국학자료원
등록일 1987.12.21, 제17-270호

서울시 강동구 성내동 447-11 현영빌딩 2층
Tel : 442-4623~4 Fax : 442-4625
www. kookhak.co.kr
E- mail : kookhak2001@hanmail.net
ISBN 978-89-8206-973-4 *93810
가 격 18,000원